汉风烈烈 4

清秋子 著

河南文艺出版社
· 郑州 ·

目 录

001　一　代王悬心初入都

041　二　姐弟重逢两世殊

073　三　南越重归汉舆图

107　四　新人当朝老臣黜

147　五　御驾甘泉驱北虏

189　六　贾谊惜被聪明误

229　七　元勋遭忌成囚徒

265　八　淮南谋反自取辱

301　九　薄昭获罪饮鸩毒

355　十　隐忍方得山河固

一

代王悬心
初入都

话说汉初时节，刘邦与吕后相继谢世。一代雄主，轰轰烈烈活过，又猝然撒手人寰，万民都不免心怀忐忑。从今以后，世道将如何，汉家运势又怎样？全想不出个所以然来。

　　也无怪官民担心，高后八年（前180年）秋八月，庚申这一日，当朝后少帝所居的长乐宫内，果然就骤现兵变。原来，是老臣陈平、周勃等一干人，不甘屈从吕氏子侄的淫威，鼓动京师北军哗变，诛杀了吕后诸侄，将后少帝与张太后也软禁了起来。

　　消息传开，阖城官民奔走相告，街衢鼓乐喧天，不啻当年闻听暴秦覆亡一般。

　　陈平、周勃见民心可用，不由大喜，便趁热打铁，在丞相府集合当朝重臣，彻夜议定大计。众臣以后少帝为吕后所立、并非刘氏血脉为由，决意废之，另立代王刘恒为新帝，以绝吕氏之患。

　　代王刘恒为刘邦庶子，为人温厚，立其为帝，诸臣都以为妥，唯新任御史大夫张苍略有担心，未置可否。

　　见张苍不语，陈平知其必有所虑，遂不敢大意，忙问道："张公有何见教？"

　　张苍犹疑道："齐王刘襄首倡诛吕，其弟刘章、刘兴居为内应，均有大功。他兄弟二人必以为，新帝非齐王莫属。今忽推代王为帝，那刘章、刘兴居如何能服？"

陈平笑望一眼张苍，略一摆手道："公可勿虑。 私下里，绛侯已允诺他兄弟：事成，以刘章为赵王、刘兴居为梁王。 他兄弟几人，自可权衡其中利弊，即便齐王做不成新帝，他兄弟三人，亦必不会反。"

众人闻此言，方觉释然，都认定刘襄兄弟不足为虑。

次日，朝暾初起，天方黎明，诸臣议罢大事，都觉意气满怀。陈平见众人再无异议，便狡黠一笑："此等天下大事，仅我辈几人议定，怕还不足以服众，须广召宗室、勋臣，为我助威，以壮声势。"

周勃道："你这丞相府，终究还是气闷，不如到北军校场去，大会群贤，议定新政。 要教那天下人都望风归服，不敢怀有二心。"

陈平望望在座诸臣，一挥袖道："正是此话！ 便有劳张公，将那宗正刘郢、朱虚侯刘章、东牟侯刘兴居、典客刘揭、棘蒲侯柴武等，连同所有列侯，以及官吏二千石以上者，都请去北军大营，共商宗庙大计。"

张苍应声而起，拱手道："在下这便去请。"说罢便离座，大步出去了。

周勃在旁望望陈平，忽而笑道："丞相只顾了大丈夫，高帝几位长嫂，亦不可缺。"

陈平忙道："正是正是！ 这便有劳中谒者去请。 只不知高帝之嫂，还有哪几位尚走得动？"

中谒者张释当即答道："尚有高帝长兄之妻阴安侯、次兄之妻顷王后，两位夫人都还健朗。"

"那便好，都以车辇请来，与我辈同坐。料得此番阵势，不由那四方不服！"

琅琊王刘泽顿时泪涌，唏嘘道："两位长嫂多年不见，竟都还安好。"

周勃也甚是感慨："亏得两位长嫂原为田舍妇，与世无争，不然何以能活到今日？"

陈平道："还有那长嫂之子、羹颉侯刘信，虽庸碌无为，然名分还在，也一并请来吧。"

周勃大笑："那位'刮锅侯'吗？不说倒还忘了。稍后，我顺路载上便是。"

陈平见事已妥帖，便起身朗声道："诸君，我等这便分头去知会。今日拨乱反正，重开新局，于一夜之间议定大计，各位皆为功臣。须得再辛苦半日，一鼓作气，要教那河清海晏，再无鬼蜮。"

众人喊了一声好，就都起身，步出丞相府门，分头登车去了。

朝食过后，所邀各宗室、列侯及官吏，皆齐集于长乐宫外北军大营，一时冠盖如云，遍布校场。待众人分尊卑坐下，陈平便讲明会议之事，来者无不欢呼。

宗正刘郢欣然道："当今后少帝，来路本就不明，又生长于深宫，未离妇人怀抱，如何治得了天下？今迎回高帝之子，方为上计。"

刘章、刘兴居兄弟二人，意在拥立长兄刘襄为新帝，未料事有变故，都不免悻悻。那刘兴居便高声发问道："迎代王为新帝，可是诸臣共推？"

陈平拿眼斜睨过去，淡淡一笑，算是作答。周勃却亢声道：

"不错！ 此即天命也，今日议罢，便可迎回代王了。"

刘兴居欲起身再诘问，却被刘章死死拉住，只得将话咽下，脸上犹有愤然之色。

陈平看见，却佯作不知，只管说道："太尉昨日只身入北军，一声'拥刘者左袒'，便定了天下大事。 我等老臣，食先帝之禄，用得着之处，便是在今日。 今后无论何人，若再倒行逆施，诸吕便是他前鉴无疑！"言毕，逼视全场，竟致满场鸦雀无声。

那刘章听得心惊，死扯住刘兴居衣襟不放。 刘兴居也听出陈平语含威胁，一时间不敢造次，只是低下头去不理。

周勃随即起身，高声道："丞相说得好！ 诸君与嫂夫人若无异议，便可去迎代王了。"

陈平却一笑，拉周勃坐下，交代道："太尉莫急。 那代王刘恒，现今终究为藩王，朝中重臣去迎，于礼不合。 我这便起草征书，征召他返长安。 待他入城之时，再行君臣之礼不迟。"

周勃这才明白，于是笑道："哦哦！ 这等事，文臣说了算，老夫是多言了。"

陈平便唤过书佐来，口授公文一通。 书写毕，陈平接过，即向众人高声读了一遍。

这一通公文，名为征书，实为委婉劝进。 陈平在此处，是用了一番心思的，想到这征书一发，便不怕他代王托词不来。

待陈平将征书当众读罢，众人又是一片欢呼。 四围执戟的卫卒，也猜出是要换天子了，都齐齐举戟，三呼万岁。

周勃精神抖擞，一把拿过征书来，交给宗正刘郢，嘱咐道："誊毕，即盖天子玺，勿延误片刻，尽早遣使送往晋阳（今山西省太原市）。"

刘郢接过，转身即去布置了。众人正欲起身离去，周勃却拦阻道："今日大会，不可不贺！北军别无长物，唯有美酒多如山积，请诸君畅饮一番再走。"

话音刚落，却见刘兴居腾地站起，发问道："朝食方毕，却又要饮酒吗？"

刘章一个疏忽，未拉住刘兴居，此时便惶急，直眨眼睛，示意刘兴居不可妄言。满场人不知刘兴居此为何意，都屏息欲听下文。

周勃拉下脸来，冷笑一声道："新岁即至，世事亦更新，如冬月忽闻春雷，当然要饮酒！小将军有何见教？"

刘兴居便躬身一揖，不卑不亢道："朝食刚过，又欲饮酒，下臣以为于礼不合，恕不奉陪了！"说罢，便撩起衣襟，大步退了场。

众人立时一片哄笑。刘章顿觉大窘，连忙起身去追。

周勃遂也大笑，挥挥手道："小儿辈，有此脾性，倒也可嘉。诸君不必理会，且拿酒来。"

再说晋阳代王宫中这几日里，亦是颇不安宁。秋来大熟，农家所收谷粟，尽已入了打谷场，塞下人家都一派欢悦，唯刘恒却夜夜不能安寝。因往年此时，胡骑最易来犯，刘恒幼年即与薄太后来此，年年逢秋，最为惊悸。

当年代国都城在代郡（今河北省蔚县），离匈奴甚近，不利防守。刘邦平定陈豨后，将太原郡划入代国，改代都为晋阳。晋阳之北，有奇峰险阻，好歹可以阻挡一下边寇。

不料今秋并无边警，倒是长安代邸①频频传来密报，说长安城内人心不稳，老臣或将有异动。果然至九月中，天崩地裂，老臣在都中起事，将诸吕杀了个血流成河。刘恒闻报，亦惊亦喜，半晌合不拢嘴。稍一思忖，便急奔入后殿，告知薄太后。

那薄太后年已半百，患有目疾，受不得大惊吓，闻讯只是扪住胸口，喘息道："恒儿，亏得我母子早年便避居于此，前者躲过了诸吕相逼，今日又不致受老臣挟制。"

刘恒道："母后之言，正是儿臣所欲言。儿幼时遵父命，远来北地，心中却挂记长安，不能释怀，然时日愈久，愈觉侥幸。以今日看来，此等苦寒之地，倒是个福地了。"

此时的刘恒，已然二十六岁，平素多有历练，早出落成一位稳健之才。又与窦美人恩爱相谐，生了一女两子，更是沉稳得多了。凡有国政，片时也不敢疏忽，总要与近臣商议再三。遇事一遵母命，二听谏议，只是小心守住这一方天地。

事过半月有余，这日晨起，刘恒赴薄太后处问安毕，返回前殿，正欲坐下阅览奏疏，忽有谒者上殿，急呼道："大王，长安有来使至！"

刘恒心知必是老臣遣使前来，通报诛吕之事，便急忙宣进。

那朝中来使，是宗正府的一位曹掾，见了刘恒，不等开口，纳头便拜。

刘恒慌得站起身道："朝使何必多礼，这教孤王怎受得起？"便上前要去扶起。

---

① 代邸，代国在长安的常设机构，其他诸侯国亦同，类似于今之驻京办事处。

那朝使连忙自己爬起来，连连揖道："大王，今昔已不同，看过这征书便知。"说着，便躬身将征书呈上。

刘恒匆匆阅过，不由脸色大变，疑似在梦中，不能相信。接着又看了一遍，方知是天大的好事落在了自家头上。略思片刻，又疑心是老臣设下的圈套，便将征书置于案上，只是沉吟不语。

那朝使看得急了，又揖请道："朝中重臣，盛赞大王贤德，都盼大王早日入登大位，以安天下人心。请大王勿迟疑，小臣也好随大王同归。"

刘恒以手抚额，默然许久，方道："朝使奔波数日，实在辛苦。都中之事，孤王也曾有耳闻，只未料变动竟如此之大！敝国地处险要，乃匈奴南犯要冲，孤王一时脱不开身，请朝使先回去复命，孤王于半月之内，即可动身。"

那朝使便是一怔："半月？诸吕伏诛，已有多日，少帝居深宫不出，难孚众望。百官心甚不宁，恐日久生事，大王岂可延宕？"

刘恒摆摆手道："你这便回朝吧，朝中又不是没有天子。容本王略作交代，收拾行装，再作计议。"

那朝使无奈，只得叩拜退下，回朝复命去了。

待那使者一走，刘恒便急召属臣前来商议。诸臣闻此意外，都惊愕不止，殿上顿时声如鼎沸。

片刻，便有近臣郎中令①张武，出列奏道："事若蹊跷，必有其因。那朝中大臣，皆为高帝时旧将，习兵事，多诈谋，今欲奉大王为新帝，本意绝非止于此！以往彼辈，极畏高帝、吕太后之

①郎中令，始置于秦，为九卿之一。汉初沿置，为皇帝左右高级官职。主掌宿卫及顾问、谏议等。

威，不敢有何异动。如今吕太后宾天不及一月，便群起攻杀诸吕，喋血京师，致天下震动。臣以为：此征书，乃是以迎大王为名，而掩其犯上之举也，故万不可信。古来以外藩入主者，多有不祥，大王切勿轻履险地，不如称病不应召，以观其变。"

张武言毕，诸臣多随声附和，都以为长安事未定，唯静观其变，方为上计。

此时列班中有一人急了，抢出一步，高声道："大丈夫，临事岂能如此优柔！诸臣所议，多为非，大王不可误信。"

刘恒抬眼看去，原是中尉宋昌，便笑道："到底是武人胆大，宋公不妨尽言。"

宋昌即道："以往秦失其政，豪杰并起，都以为天下属己，而志在必得之。然终为天子者，唯刘氏而已，众豪杰遂绝了此念。那陈平、周勃等老臣，即便有包天之胆，也未必敢取刘氏而代之。"

张武听了，便冷笑道："在下倒要问，诸吕有何德何能，尚能险些夺了天下；那班老臣，又有何事不敢为？"

宋昌转过头来，逼住张武反问道："郎中令可知，吕氏那群子侄，若不是姓了吕，又何来此胆？在下既敢劝君上入都，自有在下的道理。"

刘恒即颔首一笑："中尉，你尽管说来。"

宋昌便道："回禀大王，臣以为：一则，高帝子孙诸王，遍布天下，如犬牙交错。刘氏宗室，若磐石之固，天下还有谁人不服其强？二则，汉家兴，除秦苛政，约法令，施德政，百姓得以谋生计，彼辈能不感念刘氏乎？故刘氏天下便难以撼动。三则，往日吕太后以天子之威，立诸吕三王，擅权专制，然宾天未及一月，便有周勃仅持一节，驰入北军，一呼而士卒皆左袒，拥刘氏而攻诸吕，顷刻灭之。 此乃天授刘氏之尊，而非人意也！ 今大臣即是有生变之心，奈何百姓不为其驱使，党羽虽众，又岂可专有天下？ 况且刘氏天下，内有朱虚侯、东牟侯守宫，外有吴、楚、淮南、齐、代诸王拱卫，无人可以摇撼。 今高帝之子，唯淮南王与大王幸存，大王贤明仁孝，闻名于天下，且又年长；故而诸臣欲迎立大王，岂非正在情理之中？ 请大王早做决断，勿生疑也。”

刘恒听了两面之词，心中仍权衡不下。 宋昌便又催促道：“千载难逢的好事，且万无一失，君上还犹疑甚么？”

刘恒苦笑一下，挥挥袖道：“各位且散了吧，容孤王禀明太后再议。 此事譬如下注，寻常人所赌，不过是个荣华富贵；孤王这一赌，却是要赌上身家性命，故而不可不慎。”

散朝后，刘恒急趋后殿，禀报薄太后。 薄太后闻听也是大惊，踌躇不能作答。 两人相对半晌，皆是无语。

刘恒见无人可以商议，只得返回宣室殿，绕室徘徊，顿足叹息。 稍后，窦美人前来问安，闻听刘恒说朝中征书事，也是惶急，含泪劝道：“如此大事，君上务要小心。 成败如何，唯有天知了！”

刘恒闻言，不禁心中一动，便唤来近侍，吩咐去外间寻一位方士来，求一卦看看，也好安心。

未几，一位方士应召而入。 但见此人，天生一副异相，身体枯瘦，面目黧黑，初看似獐头鼠目之辈，细观之，才觉其胸中大有韬略。

刘恒不禁好奇，遂问道：“看足下颇为面生，请问姓名？”

那人叩首答道：“谢大王！ 小人阴宾上，一贯游走四方，居无定所，于近日才来代地，今日乃初次见大王。"

刘恒笑了笑："阴宾上？这名字好古怪。"

"微末小民，取个奇名，方可令人不忘。"

"哦？确有道理，孤王倒是记住了。今召足下来，欲问一卦，不为他事，单问那出行吉凶。"

阴宾上闻言，略一颔首，便取出蓍草来，摆来弄去，做了许多势；又将一块龟甲烧裂，细察其纹路走向。忽而，面露喜色道："回禀大王，是个吉兆！可放心出行。"

刘恒难掩心切，急忙问道："那卦辞如何说？"

"此乃大横之卦。占曰：'大横庚庚，余为天王，夏启以光。'"

"哦，此卦甚好，然卦辞却陌生，为何从未听说过？"

"不错，此非《易》之卦辞，乃是民间所传，灵验无比。"

"这……孤王倒要讨教了：所谓'大横庚庚'，究竟是何意？"

"庚，变更也。这一卦，说的是王位有变，就如夏启承袭禹王。"

刘恒望住卜者，面露疑惑道："那么'余为天王'又是何指？我早已为王，又何来甚么天王？"

那阴宾上便幽幽一笑："自是指天子无疑了。小的仅能释卦辞，而不知其他。"

刘恒拿过龟甲来，喃喃道："仅凭此纹，焉知是实是虚？"

阴宾上便跪下，拜了一拜，恳切道："不瞒大王，小的操此业，已半生有余，无一不灵验，即是指鹿为马，人家也信。大王既问卜，吾所言，虚虚实实，只当是天意，不妨信之。"

刘恒不禁哑然失笑："足下倒是爽直。操此行当，平日可得温饱乎？"

"尚可。"

"除此之外，还有何种本领？"

"这个……在下还会借寿。"

"哦？ 如何借寿，且为我道来。"

"小的为人占卜，必有言在先，若肯借用寿数一岁，则酬金减半数，求卜者无不应允。"

"这如何使得？ 区区一岁，亦是人家的寿数！"

"市井小民，以眼不见者为虚。 你索要一吊钱，他视同割肉；若求他借寿数，则无不爽快。"

刘恒听了，不禁大笑："倒也是。 试问，你如今借了多少？"

阴宾上伸出一掌，答道："若原寿以七十为限，小的已增寿至五百六十岁了。"

刘恒又拊掌大笑："恭喜恭喜！ 然则，随口一说，便可当得真吗？"

阴宾上忽地双目圆睁，炯炯有光，逼住刘恒问道："人，可以欺天吗？"

刘恒便一惊，背上竟冒出冷汗来，连忙拜谢道："谢先生指教！ 孤王今后行事，凡出一言，必有践行，绝不敢欺天！"

阴宾上这才释颜，随口又玩笑道："大王命贵，何不也向臣民借寿？ 如此，益寿至五百年亦不难。"

刘恒连忙道："不可不可。 卜者以言行世，王者则以政服人。你向人借一岁命，不过是一句话；孤王向臣民借一岁命，则是万人膏血了。"

阴宾上闻刘恒此言，面露敬佩之色，随之叩首道："今日方知，代王贤明，真乃名不虚传。 小人所解的这一卦，料是也有八九分说中了。"

刘恒便淡淡一笑："天意从来难料，你姑妄言之，我姑妄听之。 今日便到此吧。"说罢，即召来少府，命赏赐阴宾上五十金，以车辇送返住处。

待阴宾上走后，刘恒便去与薄太后商议。 薄太后听了卦辞，忽想起了当年许负之言，脱口道："原来，许负说我可'母仪天下'，竟是应在了恒儿你身上！"

刘恒却是一脸茫然，不明所以："甚么母仪天下？"

薄太后想到此事，唏嘘不止，便将当年请许负看相的往事，向刘恒和盘托出。

刘恒听了，心中更是忐忑，犹疑半晌，才嗫嚅道："即便如此，也不可大意。 昔年赵王如意之祸，便是前鉴。"

薄太后想了想，断然道："你我母子，隐忍了二十余年，今朝忽有天赐良机，若不取，恐是有违天意。 可遣你阿舅，先入都探问，待探得万无一失，你再应召也不迟。"

刘恒听了，连连称善，当即传下诏去，遣母舅薄昭乘驿车赴长安，往太尉邸中去打探虚实。

那薄昭，乃薄太后唯一亲弟。 楚汉相争时，因年少并无战功，早年便随了薄太后、刘恒来晋阳，一直在城中闲住。

刘恒将他召来，叮嘱了一番，然后又道："阿舅，此去长安，吉凶未卜，若你实不愿去，也可作罢。"

薄昭仅比刘恒年长几岁，正是少壮年纪，闻刘恒此言，立时胆气陡生："哪里有此话！ 大王即是命我下油镬，我亦不敢辞，况乎不过是往见太尉。"

刘恒大喜，起身执了薄昭之手，千叮万嘱，送下殿去。

薄昭心知事关重大，若刘恒入都顺遂，则自家一生荣华不可限量。于是不计利害，登上邮传车，日夜兼程赶路，恨不能一步便到长安。

待他进得城内，但见街头安堵如常，百姓面带喜色，这才放下心来。遂直奔北阙甲第，寻到太尉邸，递了名谒进去。

少顷，见周勃竟亲自迎了出来，招手大笑道："你便是薄昭？别时尚是少年，今日竟是个壮男了。老臣盼代王归正位，正盼得急。来来，请随我进来。"说罢，便拉了薄昭步入正堂。

两人落座，薄昭便告知刘恒与薄太后之意，恳切道："太尉，吾家……甥儿刘恒，实是可怜！出生至今，二十余年小心翼翼，一句错话不敢出口，算是在刀剑下活到了今日。大位不大位的，本非所求，望太尉如实相告：征书所言，可是真？"说罢，便移膝向前，连连叩起头来。

周勃连忙扶住薄昭，安抚他道："贤弟，万勿如此！薄太后贤明，为世人敬仰，在下亦是心服。那代王贤名，更是无人不知。朝中老臣皆已衰老，不欲留下吕氏余孽，免得三十年后孽子坐大，故有废帝之议，岂是要图谋倾陷刘氏？"

薄昭闻此言，忍不住伤心道："十五年来，刘氏飘零无依，真的是怕了！"

周勃也甚感悲戚，便以实情相告："我等老臣，正是激于大义，方有群起诛吕之举。贤弟可放心，如今这天下，诸吕尚坐不成，哪个老臣还敢有贪心？前日征书，乃陈平丞相亲笔所拟，字字恳切，并无虚言，皆是老臣们的一番心愿。"

薄昭仍是心存疑虑，又追问道："吾甥若入都，可做得真皇帝吗？"

"你这是哪里话？ 贤弟多虑了。 那前后两少帝，似两个木偶一般，乃是吕太后专权所致，当今朝堂中，权势大如吕太后者，可有谁人？ 贤弟莫非是疑我周某，欲挟持代王，而自为周公乎？"

薄昭望了望周勃，见周勃一脸至诚，全无惺惺作态之色，便知此事定是无诈。 然低头想想，仍欲以一语激之，便说道："我那甥儿，手无缚鸡之力，若他贸然入都，北军士卒只消两三个，便可将他拿下。 请问太尉，这入都登位之事，可有人作保？"

周勃闻言，不禁气血上涌，对天拜了三拜，发誓道："以我周勃万世之名作保，若存弑君之心，便是史书上剜不去的贼子，子孙万代，亦受人唾骂……"

薄昭连忙拉住周勃衣袖，连声道："好了好了，太尉，我便信你。"

周勃这才坐直，整整衣冠，惨笑道："诛杀诸吕，我等已赌上了身家性命；若敢再诛杀刘氏，则是万年也不可赦了！ 你只需回禀代王：入都之日，百官必至渭水畔郊迎。 代王行至渭水，若不见隔岸有百官迎候，则打马返回便是，可否？"

薄昭听了，再无话说，遂拱一拱手，起身告辞，去了代邸歇宿。 次日，在代邸一觉醒来，片刻也不愿延误，搭了邮传车便急返晋阳。

数日后，薄昭风尘仆仆回到晋阳，见了刘恒，即拜贺道："征书所言皆实，无可疑者。"

刘恒问明了赴京师始末，便对身边宋昌笑道："都中之事，果如公所言，公有大功！ 诛吕至今，已近两月，都中并无异常，我等毋庸再疑。 这几日，孤王便动身，公可为我骖乘。"

宋昌连忙谢恩道:"此乃吾王之福,而非臣下之功也。"接着又向张武拜谢道:"若非足下有疑,我辈焉知长安城中虚实,也请足下受我一拜。"

刘恒便指着殿上诸臣,笑道:"诸位文武,都是孤王心腹,明日皆随我去朝中。上天既有眷顾,便都不要辜负了。"笑罢,转头又对薄昭道:"阿舅立有大功,容入都之后,再行封赏。"

诸事议定后,刘恒便禀告薄太后,欲先往长安去,待坐稳大位,再迎母后及妻子儿女入都。

薄太后望望刘恒,不觉两眼就湿了:"恒儿,看你这许多年,大气都不敢出一口,也真是命苦。此去吉凶祸福,只得托付于天了,诸事都须小心。"

刘恒也觉伤感,便道:"以阿舅在都中所闻,朝堂上事,当不致有诈;然万一有变……儿不得脱身,还望母后勿心焦,照看好儿臣妻子儿女便是。"

一番话,说得薄太后双泪直流,叹息道:"我等弱枝人家,比不得豪强大户,即是嫁入天子家,也还是命薄呀。"

刘恒见母后伤心,便连忙打住话头,又说起了女儿刘嫖事:"刘嫖任性,窦美人也管教不住,还望母后多费心。"

薄太后拭泪道:"你只管去,家中事,有我与窦姬照应,切勿挂记。宋昌、张武等人随你去,我还要叮嘱他们,无论遇何事,都须忍下,不得争一时之短长。"

"母后想得周全,儿自会小心,倒是母后请勿太过忧心。"

"唉,为娘知你心!前年我卧病,你竟衣不解带,亲奉汤药数月。世间孝亲,未有过于此的。这几日我目疾加重,对面竟是看不清人了。来来,你近前来,让为娘好好看一看你。"太后遂拉过刘恒，轻抚刘恒脸颊五官，俄而又泪如雨下。

刘恒忙为薄太后拭泪，劝道："上天已佑我母子多年，今往长安，或有至福，儿定当与母后同享。"

薄太后摇头道："老妪还要甚么至福？为母这一世，有孩儿你，便可知足了……"言未毕，竟放声大哭起来，惊得刘恒连忙温语安慰。

数日后，刘恒辞别薄太后及窦美人，带了宋昌、张武、庶饶、宪足、庐福等近臣，分乘六辆邮传车，前往长安。一路上，与诸臣议论天下事，倒也不觉路远。不几日，便到了长安左近。

至闰九月己酉日，车行至高帝长陵，可望见封土如山，高矗入云，众人不觉都屏住了息。刘恒便命车驾停下，吩咐宋昌道："孤王虽奉诏，然亦不能轻信。此地离长安尚有数十里，孤王率众人，暂在陵邑歇息。你一人先入城，留意是否有变。"

宋昌领命，便独自登车，催御者加鞭疾驰，前往渭水畔。堪堪来到渭桥下，手打遮阳看去，见对面岸边，果然黑压压的有一群文武，卤簿仪仗，排列数里，于清寒中肃立不动。陈平、周勃以下百官，皆衮服冠带，迎候于道旁。近旁百姓闻讯，也都络绎前来看稀罕。

这等郊迎阵势，自秦亡以来，就未曾有过，想这光天化日之下，又怎能隐伏劫持之谋？宋昌心中一喜，未等车驾靠近渭水，便令御者掉头，返回去报信。

那边刘恒一行，歇了还未及一个时辰，就见宋昌乘驿车驰回。但见他跳下车来，气喘吁吁禀道："百官皆至渭桥边迎候，君上毋庸再疑。"

刘恒也知事已稳妥，但心中仍是悬悬，又追问道："朝臣尽数都来了？"

"以臣观之，应是来齐了，已在寒风中等候多时。"

"那好！ 孤王也不宜再拖延了。 老臣之中，多有年迈者，耐不住疲累。 我们这便走，你上车来，仍为我骖乘。"

待刘恒车驾抵近渭桥，百官便一片欢悦，都伏地而拜，齐声呼道："恭迎君上！"

车驾缓缓过桥停住，刘恒连忙下车来，疾步向前，揖礼谢道："诸君辛苦了！ 如此大礼，孤王万不敢当。"

周勃领百官行了大礼，礼毕便抢前一步，面奏道："大王，请屏退左右。 臣有数言，要说与大王听。"

此时，宋昌正护卫在刘恒之侧，闻周勃之言，心中不悦，当即正色道："太尉所言，若为公事，敬请言之；若为私事，则无须再说了。 吾王所奉，乃王者之道，王者即是无私也！"说罢，便按剑恭立，半步也不肯退。

那周勃自以为功大，安排郊迎，也是有向新帝讨赏之意。 此时闻宋昌斥责，大出意料，这才悟到：天下万事，已与昨日不同了！ 登时脸便涨红，心中发慌，竟扑通一声跪下，双手颤抖，取出天子玉玺来，恭顺呈上。

刘恒瞟一眼那印玺，又望了望伏地恭迎的百官，忽就想起临来那夜，与母后相对垂泪之时，顿觉世态炎凉不可言说。 于是强忍了忍，向周勃揖谢道："太尉请起！ 诸君可随我至代邸，再行商议。"

周勃一时茫然，抬头望望陈平，见陈平暗暗使了个眼色，便知应从刘恒之意，连忙手捧玉玺立起，说道："也好，周某这便为大王前导。"

刘恒颔首应允，君臣便各登车驾。众人拥刘恒在前，浩浩荡荡进了城，直奔代邸。

城内，百姓夹道围观，虽不知皇帝将要换人，然见此情景，心中也都猜出了七八分，纷纷争睹新帝容颜，生怕错过。

面对万民瞩目，刘恒在车上只是发窘，左右张望，竟是无所措手足。宋昌执戟为骖乘，满面威严，低声提醒道："大王，你昨日为藩王，举止尚可随意。今日入了这城门，便是天子，请站直！"

这一句提醒，说得刘恒一凛，连忙挺了挺身，目不斜视，摆出庄敬之态。

车马行至代邸门前，众公卿随刘恒入内，其余百官则守候于外。待君臣分次坐定，陈平便从怀中取出劝进表来，高声读道："臣丞相陈平、太尉周勃、大将军柴武、御史大夫张苍、宗正刘郢、朱虚侯刘章、东牟侯刘兴居、典客刘揭等，拜伏于大王足下：今皇嗣刘弘，并非孝惠皇帝所生，不容再奉宗庙、妄为天子，故商请阴安侯、顷王后、琅琊王及列侯、官吏二千石以上，公议推大王为皇嗣，愿大王早顺民心，即天子位。"

读罢，不待刘恒发话，诸臣便齐齐跪下，三叩九拜，齐呼万岁。礼毕，竟无一人起身，都伏地望住刘恒。

刘恒连忙起身，从陈平手中接过劝进表，交给张武，展臂向众人道："多谢诸君之意，然奉高帝宗庙，天下之要事也，寡人不才，不能称诸位之意。还是请楚王来，共议何人宜当大任，寡人哪里就敢当？"

不料任由刘恒如何劝，诸臣就是不起，左面扶起一个，右面便又跪下一个。众人将刘恒三面围定，动也不动。

刘恒大急，逡巡数匝，坐下又复起，遂向西揖让三回，又向南揖让两回，口中喃喃道"不可不可"，只是固辞不允。

陈平见事情僵住，心中也急，怕真的请来楚王刘交，不知又要生出甚么枝节来。心想今日劝进，乃是公私两利之事，若劝得代王登位，则诛诸吕一事，断不会遭追究，"再造功臣"之位，也就坐定了。否则另选他人为帝，他人若不给诸臣面子，究治起来，那诛吕之事终究是以下犯上，倒真是不能辩白了。于是便伏地，狠命叩了三个头，高声道："臣陈平等商议再三，可登大位者，以大王为最宜，上至列侯，下至万民，无人不服。臣等此举，乃是为保宗庙社稷，而非冒险邀功，愿大王莫要推辞，上从天意，下抚人心，登大位而安天下。"

刘恒只是摇头："不可不可！正是要尊法统，才不可如此仓促。刘氏子弟遍天下，寡人不过一旁支而已，今忽成人主，臣民倒要猜疑起来。"

周勃听得不耐烦，将印玺高举过顶，心一横，索性高声道："臣等欲奉大王为新帝，已非一日之议，半月前便已议定，誓不更易。今臣等奉天子符玺，再拜吾皇。"

众人也是耐不得了，都纷纷叩首，高声附和道："再拜吾皇，再拜吾皇……"

满室里，顿时群情汹汹，容不得刘恒再说话了。刘恒见状，也是无措。此时，宋昌借为刘恒扶正案几，弯下腰去，只轻声说了句："君上，已是恰恰好了！"

刘恒怔了一怔，这才高举双臂，渐露笑容道："诸君少安毋躁。既由宗室、将相、列侯、诸王所共议，以寡人为最宜，寡人若再推辞，倒是有违众意了，恐也为天意所不容。孤王便如诸君所请，勉为其难，承继大统便是。我能践此位，做梦也未曾想过，若有不明了处，还需诸君多加指教。"

群臣这才"哗"的一声笑开，都手舞足蹈，起身向前拥去，交口称贺。有那腿快的，早已奔出，告知门外苦守的百官。百官听了，也是狂喜，一时欢声雷动，整条街巷都为之鼎沸。

中谒者张释早已备好了冕旒、龙袍，此刻便拿出来，一干人将刘恒衣袍换了。诸臣依爵秩，在代邸中排列成行，三叩九拜，算是尊刘恒为新帝了。因刘恒后来谥号作"孝文"，故后世都称他为"文帝"。

其时，刘兴居也在其列，见其状，心中极是恼怒。先前，陈平、周勃曾私下允诺，若事成，可封刘章为赵王、封刘兴居为梁王，然诛吕事成已近两月，刘氏兄弟却无一受封。梁王之位，也封给了后少帝独子，显是老臣们从中弄权。

刘兴居私下曾与刘章商议，权衡再三，终不敢有异动。由此，他一腔无名怒火，便要找个发泄处。加之也想立大功，以图早些封王，便出列自荐道："前日诛吕氏，吾无功，今请旨前去除宫。"

刘恒与宋昌、张武略作商量，都以为既登了大位，代邸便不宜久留，刘兴居愿去做恶人，也未尝不可。于是下诏，命太仆夏侯婴与刘兴居同去，往未央宫伺机行事，即刻除宫。

所谓"除宫"，原意为打扫宫殿，此时提起，即是要将那后少帝赶出宫去。诸臣虽已公议废黜后少帝，然后少帝与太后张嫣此刻尚在宫中，有甲士护卫，自成一体。若要清除，须得费一番心思，否则又要刀兵相见，倒要煞了鼎革的喜气。

刘兴居领了命，便对夏侯婴道："请太仆与下臣披甲而往，凭我往日之威，堂堂正正进宫，必无阻拦。见了后少帝，当面宣谕便是。那后少帝母子，孤儿寡母，不怕他二人不听摆布。"

此时未央宫中诸人，只知内外交通已断绝多日，全不知世事早已翻覆。刘兴居抢在夏侯婴前面，阔步来至南面端门①，便要闯宫。

那宫门此时正紧闭，门外有一群谒者、甲士，执戟守卫，戒备森严。见刘兴居全身披挂，带了太仆来，众人不由大喜，都围上前来致礼，七嘴八舌地打听："外间平安否，不知何日可解禁？我等已近两月不得出宫了。"

刘兴居便一笑："今日太仆与我来，正是要允准各位出去。"说罢，便唤过未央宫宦者令张泽，附其耳畔，密语了两句。

张泽闻言，脸色一变，随即又大喜，吩咐道："众人稍安，明日即可休沐了。"

平日，刘兴居与其兄刘章，共掌宫中宿卫事。宫中一众近侍，皆听他兄弟调遣。闻夏侯婴、刘兴居是来解禁的，众甲士都欢跃不已，任由二人进宫去了。

再说那位后少帝刘弘，年纪尚不及弱冠，此时正闲来无事，在宣室殿与小宦者一道，逗弄画眉鸟玩。忽见刘兴居、夏侯婴上殿来，也未在意，只回首道："东牟侯多日不见，原是与太仆玩在了一起。"

刘兴居便上前几步，一揖道："臣下有密奏。"

后少帝见刘兴居面色不善，不由一惊，忙挥退了小宦者，惶然问道："爱卿有何言？"

---

① 端门，即正门。

刘兴居"唰"地拔出剑来，疾言厉色道："听好——足下非刘氏所生，不当立为帝！"

夏侯婴见状，也猛地拔出剑来，在旁护住刘兴居。

宣室殿的执戟郎卫，此刻正在阶下值守，见两位公卿忽然拔剑，似与皇帝起了争执，都大惊失色，只呆呆地往殿上看。

刘弘一头雾水，惊得连话也说不清了："我……非刘氏？ 那我又是何人？ 不当立，又当何如？"

刘兴居便将剑锋一指："足下勿多言！"便命阶前众郎卫，都弃了兵器，暂回舍中歇息。

那班殿前郎卫，皆为精锐甲士，平素对二刘极为恭敬，令行禁止。 此时见刘兴居举止，无不心知有变，一声然诺，便纷纷弃戟而去。 内中仅有数人，见后少帝并未下令，便不肯弃兵器，只执戟拦在殿门。 看那决绝之态，若刘兴居敢挟后少帝离去，便将有一番厮杀。

此时，宦者令张泽闻讯赶来，连忙宣谕道："今上非刘氏血脉，今日已废，代王刘恒受大臣共推，即位为新帝。 你等不得造次，只听东牟侯吩咐就好。"

此言一出，所余几卒面面相觑，叹了口气，皆弃了长戟而去。

见身边甲士尽皆散去，刘弘方知事不妙，惶急不知所措。 往日里虽有宦者告知"君上贵为天子，乃天下第一人"，然他也知，除了差遣宦者伺候以外，其余万事皆做不得主。 便是如权门子弟般出城游猎，也是不可得的事，故平素只知与小宦者斗草玩鸟，不问外事。 今日见事有异常，则全无主张，欲往后宫去见张太后，却被夏侯婴一把拽住，动弹不得。

此时夏侯婴唤过张泽，吩咐道："去备车辇，载此小儿出殿。"

刘弘连忙问道:"太仆要载我往何处?"

夏侯婴冷冷道:"就在宫内,寻个好处所暂住。"

少顷,车辇已备好,夏侯婴便对刘兴居道:"此儿暂宿宗正府官署,有劳东牟侯亲自解赴。老臣则督责孝惠皇后,徙往北宫。"

刘兴居诺了一声,便带领数名宦者,押解刘弘前往宗正府。刘弘不敢违抗,只一面哭,一面回望了几眼宣室殿,随刘兴居出去了。

夏侯婴带领张泽等数名宦者,来到明光殿,见到张嫣,略一揖,即宣谕道:"诸吕乱政,今已尽诛! 诸大臣共推代王为新帝,废刘弘帝号。新帝有诏:孝惠皇后虽系吕氏后裔,然并未参与谋乱,故免诛,仅废太后位,徙于北宫居住,安享余年。臣夏侯婴遵旨督行,请孝惠皇后收拾细软,这便起驾。"

张嫣正在侍弄花草,闻言大惊,脱口道:"今上安在?"

夏侯婴便一笑:"张皇后应知,那小儿并非刘氏所生,不知是后宫谁的野种,已徙出宣室殿了。此子既非皇后所生,就任由其便吧。"

"刘弘非刘氏所生?"张嫣手中水瓢"砰"地落地,便知当年戚夫人之厄运,今日竟轮到自家头上了。只庆幸张家的面子,诸老臣尚有顾及,不至赐死,否则夏侯婴拿来的便是毒酒了。想到此,不禁泪如泉涌,只道了一声:"滕公请稍候。"便匆匆进内室,收拾细软去了。

张泽见了,心有不忍,对夏侯婴道:"北宫地处偏僻,闲置多年,从无人居住,今日如何能住得进去?"

夏侯婴望一眼张泽,神色俨然道:"奈何新帝于今夜,便要住进未央宫,也只得如此了!"

张泽叹息数声，便命明光殿宦者一起下手，多搬些物件往北宫去。

夏侯婴端立不动，微微侧首，望一眼张泽道："张公，老臣料不到，你在宫中多年，遇这等事，竟然心软！"

张泽不由得神色黯然："下臣懦弱，实不能有铁石心肠。"

片刻工夫，张嫣换了一身素服出来，并未携带珍宝，只将一床锦被交予张泽，嘱道："请张公交给少帝。少帝生长于宫掖，从未外出过，那外间卧榻，哪里能睡得惯？"

夏侯婴略一迟疑，伸臂拦住，叹了口气道："孝惠皇后，不必了……"

张嫣便猛醒，抬头望望夏侯婴，忍不住潸然泪下："陈平、周勃辈，竟如此狠毒吗？"

夏侯婴一怔，连忙施礼道："非老臣心狠也。张皇后可还记得，那几位少年赵王，是如何了结的？"

张嫣闻言，脸色顿时苍白，掩面道："张公，你前面引路吧。"说罢，便跮跮步出殿门，一路悲泣不止。

当夜，张嫣在北宫院落安顿下，却不能入眠。夜中寒气逼人，声息全无，仅有两三宫人陪侍。

且说当年，张嫣幼年入中宫，曾有一奇事：每日晨起，对镜理妆时，总有一只五色鸟飞落窗外，婉转啼鸣。其声颇似人语："淑君幽室里去，淑君幽室里去……"后十余年间，从未中断。所谓"淑君"，即是张嫣乳名。自张嫣徙于北宫这夜起，此鸟便不再来了，因此日后宫人都私下说：此鸟之啼，已注定张皇后要遭幽禁。

张嫣自此幽居于北宫，再未跨出半步，前后有十七年之久。徙居当月，便患上了幽忧之疾，终日泪流不止。至汉文帝后元元年（前163年）三月，肝风骤发，危在旦夕。宫人忙去请太医，却不料那太医孔何伤受了大臣暗嘱，只托词太忙，多日不至。张嫣终是撑不住，于数日之后薨了，年仅四十一岁。其棺椁葬于安陵，与惠帝合葬在一处，好歹未成孤魂。

张嫣死时，有一众侍女为其料理后事。忽闻空中有丝竹之声，且满室异香，数日不散，众女皆感惊异。

因张嫣身边无骨肉至亲，故小殓之时，皆由侍女为其沐浴。有一侍女验视皇后下体，忽而惊呼道："呀，皇后竟是处子！"宫人闻声，都一拥而至，但见其躯体洁白如玉，宛若仙人。众女怜之，迟迟不肯装殓，互语道："如此玉人，过了今日，便不复再睹了。"

有宫人还拿了竹尺，量皇后躯体各处之短长，援笔记之。待量至隐微处，也不禁连声赞叹。如此停放了一整日，才装殓入棺。

"张皇后竟为处子！"——此消息不胫而走，天下臣民闻之，无不怜惜。后数年间，各地均有为其立庙者，定时享祭。因张嫣生前爱花，故民间尊其为"花神"；所立庙，名为"花神庙"。这些皆是后话了。

且说除宫当日，数百宦者与宫女，一番忙乱，终在日暮时清理干净了。夏侯婴即令太仆府出动天子法驾，由刘兴居带领，去代邸迎新帝入宫。

刘兴居率一队涓人、甲士，亲驭銮驾，来至代邸门前，通报进去："除宫已毕，请圣驾入大内。"

此时，刘恒与亲随已坐等了半日，眼看夕阳落山，方才等来法驾，便一同起身出来。刘恒执宋昌、张武之手道："两公请与我同车，今夜将有大任。"

刘兴居扶刘恒登上车，随即也上车，自任骖乘，执戟护卫刘恒，驰至未央宫端门。岂料事有不测，但见宫门紧闭，门外有谒者十人，各执长戟，守卫甚严，不许车驾驰入。

刘兴居连忙跳下车来，上前高声道："代王即位为天子，今夜入宫，请诸君启门放行。"

谒者们提了灯笼来看，虽都识得刘兴居，却无人应命。只听为首一谒者道："天子今在宫内，尔等系何人要入宫？"

刘兴居心中恼怒，不由喝问道："连我都不认得了吗？"

为首那人答道："东牟侯请息怒。我等为谒者，而非宫内甲士，恕不受命。欲启此门，请奉天子诏。"

刘兴居急得顿足，看看无计可施，只得返报刘恒。刘恒亦无良策，只是叹息道："谒者职司所在，我辈又能奈何？"

刘兴居则愤然道："天子就在此，还要奉哪个天子诏？待我去调发南军，杀将进去算了。"

宋昌、张武闻此言，也都拔出剑来，争相道："也只得如此了！"

刘恒连忙摆手道："不可！入宫吉日，不宜动刀兵，且去召太尉来。"

"太尉？……也好，臣下这便去请。"

刘兴居领命，返身便走，半个时辰不到，即与周勃同车而来。

周勃下了车，揖过刘恒，忙劝慰道："陛下受扰了，容老臣前去宣谕。"便来至众谒者面前，从袖中摸出劝进表来，宣读一遍。

谒者们闻听功臣皆联名劝进，共推新帝，便知天下事已有变。为首者即向周勃拱手道："臣等近两月未曾出宫，不知天子易位，还请太尉恕罪。"

周勃便温言道："尔等不知端由，便是无罪。且弃了兵器，都散去吧。"

那为首谒者闻言，向后挥一挥手，众谒者便纷纷弃了长戟散去。

周勃见官门前已无阻挡，便隔墙高声唤宦者开门。少顷，铜钉宫门轰然洞开，刘兴居一见，立即催御者起驾，众人便簇拥着刘恒一拥而入。

当夜，刘恒即入主未央宫，升座前殿，算是名正言顺，即位为天子了。

刘恒坐在龙床之上，环视大殿，只见谒者恭立，烛火通明，恍似全天下人皆伏在脚下，不由就想起了阿娘，顿时落下泪来。

宋昌在侧，连忙咳嗽几声。刘恒闻声，这才回过神来，当即吩咐拟诏：拜宋昌为卫将军，统领南北军，位在中尉、卫尉之上；拜张武为郎中令，掌管两宫门户，统领谒者及诸郎官。两人拜谢毕，即各就其位，掌起了宫内外诸事。

此时殿上，一派肃然，无人敢出大气。刘恒正恍惚间，忽闻周勃奏道："吕太后生前所立诸皇子，皆非惠帝所生，今夜宜尽诛，不留一个。"

刘恒闻言一惊："不留一个？"

"不错。"

"刘弘出身固然有疑，然其余诸皇子，当不至全无惠帝血脉吧？"

"眼下那班小儿皆年少，将来事，谁也难料。"

"哦——，那么交廷尉去办吧，仅赐死便好，不得凌虐。"

周勃便令一谒者飞骑出宫，赴廷尉府送密杀令。廷尉郭围接了旨，不敢怠慢，立即点起吏员、差役，连夜出动。

那惠帝诸庶子，前月闻听诸吕被诛，不知是祸是福，都还在观望。岂料这夜，家中闯进来大群公差，口称奉旨诛吕氏余孽，不由分说，便要行刑。诸庶子吓得魂飞魄散，无不大呼冤枉。

廷尉府差役哪里肯听，将诸庶子拖曳至庭中，一根白绫套上颈，当场便勒毙。阖府老少被惊起，目睹此景，无不惊怖，随即悲哭不止，声震街衢。

一夜之间，廷尉府百余名公差马不停蹄，连诛梁王刘太、常山王刘不疑、轵侯刘朝等人，将尸首拖去乱葬壕内，草草葬了。最可怜那新封梁王刘太，系后少帝独子，来到世上仅数月，也被扼毙于襁褓之中。

当夜，刘恒还另有谕旨，命刘兴居速往宗正府，诛杀后少帝刘弘。刘兴居领命，精神大振，率了兵卒数人，携毒酒至宗正府官署中，喝令刘弘起来。

那刘弘睡眼惺忪，见刘兴居带了兵丁来，知是大祸临头，连忙伏地叩头，哀求道："平素我待足下如兄长，望兄长开恩，留我一命，日后必不敢忘。"

刘兴居却冷脸道："昔日足下为天子，我从足下；今日代王为天子，我便从代王。可允你延宕片刻，却是等不到天明了。此酒并不苦，一饮而尽，有何难哉？"

刘弘坚不肯饮，刘兴居大怒，一把扯他过来，强行灌下。灌毕不多时，刘弘两眼一翻，当即毙命。至此，惠帝诸子孙除病殁者外，先后为吕后、老臣诛杀尽净，未余一脉。

至此，夜已渐深，文帝毫无倦意，犹自坐在殿上，命涓人执笔，口授恩诏一道，着人提灯送往丞相府。诏曰："诏示丞相、太尉、御史大夫：昔诸吕用事擅权，谋为大逆，欲危及刘氏宗庙，有赖将相、宗室、列侯、大臣诛之，皆伏其罪。朕初即位，令大赦天下，赐民爵一级①，女子百户赐牛酒②，允民间大醉五日。"

这"大醉五日"又是何种恩赏？原来，秦法禁百姓醉酒，醉酒即指为有谋反意。至汉初，此法并未废，文帝此诏，允平民大醉五日，算是法外开恩。

忙至五更天，已隐隐闻有鸡鸣。涓人上前禀报说，宣室殿已打扫一新，劝文帝歇息。文帝想想，诸事再无遗漏，这才起身，往宣室殿去了。

至天明不久，长安百姓闻说换了天子，都欢天喜地。家家煮酒，户户杀鸡，满街尽是举杯呼喝之人，川流不息。吕氏专权至今已十五年，一天阴霾，就此消散。满朝文武，皆颂文帝英明，再无人追问惠帝六子血脉如何，任其葬入黄土了事。张太后原本民间口碑甚佳，因朝臣自此绝口不提其下落，民间便也无从知晓，一夕之间，其生死便再无音讯了。

登位之事忙毕，时已近十月。新年将至，新帝登位照例要改元，于是有诏下，改次年为元年。因文帝后来又曾改元一次，故首度改元，后世便称为"文帝前元"（自公元前 179 年起）。至新年冬十月朔日，文帝又亲谒高庙祭告祖宗，将这"承宗庙"之事，圆满了结。

———————————————

① 民爵，即汉时爵位。汉朝袭用秦爵二十等，从公士起，至列侯为最高，以赏有功吏民。

② 此处指官府对女性户主家庭的赏赐，其标准是每百户赏赐一头牛、十石酒，每户折合百钱左右。

这两月以来的剧变，看得民众心惊肉跳。好歹经此一番风雨，皇位由刘邦庶子继承了下来，未致天下大乱。

当日，文帝告庙罢，卤簿浩浩荡荡还朝，群臣又齐集前殿朝贺。龙庭之上，望见眼前人头攒动，文帝便觉头晕，忙唤涓人宣读封赏诏令，诏曰："前吕产自命为相国，吕禄为上将军，擅遣灌婴领兵击齐，欲取代刘氏；灌婴滞留荥阳，与诸侯合谋以诛吕氏。吕产欲为大逆，丞相陈平与太尉周勃等，谋夺吕产所率南北军。朱虚侯刘章率先捕斩吕产；太尉周勃亲率襄平侯纪通，持节奉诏入北军；典客刘揭夺吕禄印。今加封太尉周勃食邑万户，赐金千斤；加丞相陈平、将军灌婴食邑各三千户，金各二千斤；加朱虚侯刘章、襄平侯纪通食邑各二千户，金各千斤；封典客刘揭为阳信侯，赐金千斤。以酬勋劳，请勿辞。"

此恩赏令一下，举朝称贺。群臣皆知此次恩赏，乃是几位老臣拼了性命才换来的，故而都心服口服。

朝贺毕，文帝留下周勃，诚心谢道："先帝以绛侯托天下，今日看来，真乃圣明之至。朕有今日，公出力最大，朕无以报答，唯膝下有一女，拟许配与令郎，我也好与绛侯结为亲家。"

闻听文帝要嫁女，周勃便想到是文帝长女刘嫖。他早听说此女刁蛮，绝非寻常，不由就一惊，连忙婉谢道："臣之长子周胜之，年少鲁钝，怕要辱没了刘嫖公主，恕臣不敢允之。"

文帝不由大笑："那刘嫖，朕亦左右不得，来日嫁与谁，唯有天知。刘嫖之下，还有一庶出公主，年纪尚幼，恰与令郎般配。"

如此，君臣两人便将这门亲事说下，旬日之内，一番礼数也都逐次尽到。逢到吉日，绛侯府邸便出动迎亲人马，吹吹打打，将小公主迎娶了去，甚是风光。

周勃此时虽荣宠备至，然静坐思之，想到在渭桥边曾被宋昌呵斥，知今日到底不比先帝在时，即是拥戴有功，也须好生笼络皇帝身边亲信，便想道：不如将那新增万户食邑，赠予薄昭，做个人情也好。

于是周勃请薄昭至邸中小酌，说明了此意。那薄昭本为贪利之人，闻之大喜，岂有不受之理？两人便在酒宴间，说妥了此事，尽兴而别。

至十二月，汉家内外大治，与往昔相比，好似隔了整整一世。其时，原河南郡守吴公，新晋为廷尉，文帝便召吴公来，与他商议修订律法之事。

那吴公乃一苍然老者，徐徐步入殿内。文帝见了，连忙起立恭迎，温言道："久闻吴公大名，朝野都赞，今日见之，果然有气象！"

吴公揖谢道："蒙陛下错爱，老朽别无长技，无非做事专心而已。朝野之人看我已老迈，时有恭维之语，不足为凭。"

文帝笑笑，请吴公坐下，拜了一拜道："朕已知，公与李斯为同邑，谙熟律法，常就教于李斯。当世曾为李斯弟子者，更有何人？公在河南，治平之功为天下第一，名闻远近，若不是得李斯真传，岂能有此等治绩？朕拔你为九卿，即是有大任将要托付。我初登大位，律法之事，总要有些新意才好。而今有个律法，朕甚感不解，要与你略作商量。"

吴公慌忙伏拜道："小臣才疏，万不敢与陛下论道，愿闻训示。"

文帝便一笑："吴公谦逊了。朕以为：法者，治天下之本也。为政者，当以法禁暴，而不可以暴易暴。"

"正是如此。"

"然以今日之法，一人犯法，其无罪之父母妻子，皆须连坐，收入官家为奴。这一科条，朕甚为不解，可否改之？"

吴公听明白了，连忙答道："民不能自治，故立法以禁之。犯法连坐，是为使其畏惧，其法由来已远，还是不改为便。"

文帝便摇头："我也知不改为便，然百事不改，年年如故，官吏倒是便了，小民却深以为苦。我在代地为诸侯，常见无辜连坐者，转眼即家破，一路哀哭。于此，我常有不忍。古之贤者有言：为官者，须导民向善。此等连坐法，不能导民向善，朕亦未见其便，看今日如何有个商量才好？"

吴公听毕，心有所悟，诚服道："陛下为万民施恩，德盛于天，臣等万不能及。那么就请下诏，即刻废除连坐法。"

文帝颔首一笑："此等兴废事，只有你我新晋者来做，方做得成。"

吴公顿感不安，连忙道："臣本老朽，岂能言新？唯陛下才能令天下一新。"

隔日，便有诏令颁行天下，称《尚书》有"罚弗及嗣"之说，今之连坐法，罪及父母妻子，甚不合古圣贤意，特命废之。从此一人有罪一人当，再不牵连无辜亲眷。百姓闻之，都奔走相告，如蒙大赦一般，喜极而泣。

这日张武来谒见，报称阖城喜庆情景，文帝心中亦暗喜，便将那诸臣所上的谢表，反复翻看。张武见了，在旁轻咳一声，提醒道："太后及薄公，亦可蒙陛下推恩了。"

文帝猛然抬起头来，似略有犹疑："如此……岂非过早？"

张武便摇头道："哪里过早？封赏功臣为公事，推恩母家系私属，最宜并行。 一事有功于天下，一事则利己，官民必不致怨望。 吕氏往日之失，就在于无功而封母家，天下又有哪个能服？"

文帝大悟，连连颔首道："多亏张公提醒！ 这便拟诏推恩吧，尊朕母后为皇太后，舅薄昭加车骑将军，封为轵侯。 另有几位已故侄儿，为吕太后所害，也都一并追谥了。 如此广施恩德，民间便不致有非议。 几个侄儿的谥号，也请张公会同典客，好好想一想。"

张武喜道："如此甚好。 薄公既为车骑将军，夺去灌婴掌马军之权，那马军所驻赵代之地，便在陛下股掌中了。"

次日入朝，张武便交上谥号拟稿。 文帝展开来看，见是："拟追谥故赵王刘友为幽王、赵王刘恢为共王、燕王刘建为灵王。"

文帝看过，放下简牍，不由得心伤，悲戚道："诸侄皆是好年纪，不意仅过数年，竟都成了'幽灵'！"

张武连忙提醒道："故赵王刘友，幸有两子在，长子名唤刘遂，可袭王位。"

文帝"唔"了一声，目视殿外良久，方道："朕以弱枝入主，头一件事，便是须将刘氏诸子弟安抚好。 朕之意，刘遂可袭为赵王，当是无疑……"

张武正要领旨，忽闻文帝又道："然则最紧要处，还在于齐王刘襄，须特别留意安抚。 他于诛吕有首倡之功，朕今日这个帝位，十有八九原本是他的。 老臣们之所以不推刘襄，却推了我上来，乃是对刘襄有所忌惮。 故而，朕不得不对他多加优抚。 今日之要，先复其封地，以往诸吕割去的齐地，尽皆归还。 琅琊王刘泽此次有功，应增封地，然其国在齐地之内，如何还能增？ 索性徙刘泽为燕王，原琅琊国则除去，其地亦归还齐国，教他们两下里都欢喜。"

"如此甚好，然刘章、刘兴居二人，似也应封王。"

"这个不急。他二人居功，颇有骄矜意，故封王不宜早，须挫一挫其傲气。再说，刘襄既得了好处，他二人当不至公然怨望。"

张武面露惊喜，躬身一揖道："甚好，如此甚周全。陛下治天下，以臣之见，似无须费力。"

文帝便笑："哪里话！我已多日不得安睡了。"

隔了一日，文帝便将所有推恩、追谥及改封之令，一并发出，传谕四方。

那朝野吏民，自换了皇帝以后，都想早日见识新帝手段。闻此诏下，皆赞叹不已，大为心服。

未及旬日，薄昭便奉诏，护送薄太后、窦美人及皇子一行，自晋阳入都。文帝亲率百官，出城郊迎，长安又阖城热闹了一回。百姓通宵狂饮，酒肆竟为之售罄，秦末以来的戾气，眼见得已全无踪影。

文帝将母后迎入长乐官，安顿在长信殿，晚间前去请安，却听得宫人禀报说，太后往椒房殿去了。文帝便觉好生奇怪，连忙来到椒房殿，只见薄太后在殿上走走停停，似在梦中，四处抚摸案几摆设。

闻听文帝来了，薄太后便回首道："昔日吕太后，便是住在此处吗？"

文帝答道："正是。十五年间，吕太后垂拱而治，内外无兵患。"

薄太后遂轻叹一声："吾不及吕太后远矣！"

文帝连忙道："母后之智，在于大谋，而不在小技。儿初登大位，百事不知，还望母后多加指教。"

薄太后便坐下，沉思有顷，方道："老臣济济多才，不可触犯。"

文帝恭谨回道："此等关窍，儿臣已知。儿此刻不过是个偶人，欲变为活人，尚待时日。"

薄太后忍俊不禁，笑道："吾儿倒是知大势，然也无须心急。在上者，只须不刻忌，自会有人依附。"

文帝连忙应道："儿谨记，治下应宽厚！"

薄太后又道："恒儿有今日，你我母子，都不可忘许负当年之言。此恩，我母子当竭诚相报。何日得闲，你将那许负接来宫中住几日，与我做个义妹，与你则做个义母。"

文帝抚掌道："如此甚好，儿臣明日便遣人去请。母后从今往后，可在宫中安享闲暇，儿臣每日来侍奉羹汤，一如往日。"

薄太后连忙摆手道："孩儿，万万不可！天下纲纪，握于你手中，岂能拘小节而失大礼。你自去理朝政吧，为母这里，不要你分心。"说罢，便催文帝早些回去歇息。

文帝哪里肯走，起身恭请母后回长信殿。待亲送薄太后至寝宫，方才告退。

此后未过几日，忽有右丞相陈平上疏，称病不能入朝。文帝展卷一看，心下就一惊，忙唤了张武来商议。

文帝满面狐疑，询问张武道："以公之见，右丞相这是何意？莫非真的厌倦了？"

张武道："绝非此意！若右丞相欲效仿留侯，早便可以辞官了，又何须冒死诛吕？"

"朕也是如此想，他不是辞官，乃是心存惧意。"

"不错。陈丞相所惧为何，陛下可召他来，一问便知。"

文帝知兹事甚大，便命张武退下，立召陈平来问。不多时，陈平神色匆匆入见，文帝连忙迎起，劈头便问："丞相，朕若有错，你尽管谏言就是，何须以辞官为由，引得万人瞩目？"

陈平忙揖道："不敢冒犯陛下，臣实是为太尉故。"

"太尉？"文帝一惊，忙问道，"你二人，有了嫌隙吗？"

陈平坦然答道："臣自有所忧。高皇帝率我等一班老臣，辛苦开国，彼时太尉之功不如臣；然近日诛吕，则臣之功又不如太尉。今愿将右丞相一职，让与绛侯，令他不致生疑，臣心始安。"

文帝闻此言，方才一笑："朕为代王时，便闻丞相巧计百出，洒脱不羁；然看你今日这般小心，倒像是学了留侯。"

陈平脸便一红，急忙辩白道："朝中老臣，唯三五人而已，臣实不愿遭人猜忌。"

文帝略作沉吟，便允道："丞相且退，朕已知此中利害。卿等各职司，不日将有变动，务使各人不疑就是。"

陈平长舒一口气，忙谢恩退了下去。

当夜，文帝留下张武值宿，与之秉烛长谈，直至夜半，将朝中诸事均都议妥。次日朝会，待众臣齐集，文帝便有诏下：命周勃为右丞相；陈平让贤，改为左丞相，并赐千金、增食邑三百户；原左丞相审食其，则罢职闲居；又命灌婴接替周勃为太尉。

众臣在殿上闻之，又惊又喜，都纷纷向周勃道贺。

周勃闻诏，心中也是大喜，知文帝不敢小视老臣，不觉就面有骄色。谢恩过后，便阔步下殿。文帝连忙起身，目送周勃远去，礼敬有加。

当日，有一位郎中袁盎，恰逢值殿，在旁见此情景，心中不忿。待群臣散去，便近前一步，向文帝奏道："小臣斗胆问一句，陛下视丞相周勃，为何等样人？"

文帝赞道："乃社稷之臣也。"

袁盎昂声道："非也！绛侯乃功臣，而非社稷臣。古时社稷臣所为，与君一体，君存与之存，君亡与之亡。想那吕氏擅政时，绛侯身为太尉，却不能匡正天下。至吕后驾崩，诸大臣谋讨逆，绛侯方得侥幸成事，趁机邀功。陛下即位，未究前过，特予绛侯恩赏，礼敬有加。然绛侯却不思反省，居功自傲，只以骄色示人。若为社稷臣，岂能如是？"

文帝闻罢，默然不语，面色红了又白，良久才说了声："人皆如此！"起身便回内殿去了。

此后，文帝再见周勃，便全无笑意，辞色峻厉，换了一副陌生面孔。

那周勃晋升了右丞相，正自得意，忽见文帝面若冰霜，不知是何意，渐渐竟也胆虚起来，猜想文帝是有了忌惮之心。

后有人告之，乃是袁盎进言所致。周勃不禁大怒："小儿袁盎！"原来，这个袁盎，出身低微。其父原为群盗，自首改过后，被徙至惠帝安陵为庶民。高后称制时，袁盎正当弱冠，做了吕禄的舍人。待到高后驾崩，文帝即位，袁盎已出落得一表人才。其兄袁哙，时在官中为郎官，任职"常侍骑"①，便荐他做了郎中②，

---

① 常侍骑，官名，西汉置。以骑郎身份，持节骑从乘舆左右，故名之。

② 郎中，官名，战国时即有，秦汉为常置。帝王侍从的统称，职司为护卫、随从、备顾问及差遣。

入宫宿卫。

这郎中一职，原本无俸，每日仅供一餐。宿卫所用衣甲兵器，都需自备。饶是如此，这蚀本的官职，仍是有人乐于投效，只为在天子面前常来往，或遇天子赏识，便可拜官授爵、光宗耀祖了。

袁盎之兄袁哙，素与周勃友善，因此周勃也识得袁盎。闻听袁盎居然进谗言，便怒冲冲找到袁盎，戟指其面，骂道："吾与你兄友善，小儿竟敢毁我！"

时逢袁盎正在当值，闻周勃詈骂，执戟未动，只面不改色道："下臣只知直谏，不知有他。"

周勃险些气结，暴怒道："你可知老臣之威乎？"

袁盎便道："然绛侯之威，又岂可比天子！"

此一语，猛地惊醒周勃，不觉就出了一身冷汗，想到新帝终究年少，不同于旧主，再是结了亲家，也终究有君臣之隔。想想也只得强自忍住，怒视了袁盎一眼，拂袖而去。

自是，周勃谒见文帝，便不敢再有骄色，只换了一副恭顺面孔。文帝见了，面色亦略弛缓。君臣两人，这才一时相安无事。

二

姐弟重逢
两世殊

元年气象，果然非凡。入冬后，屡降瑞雪，关中大地得以滋润，眼见得稼穑丰年可期，官民都大喜。

至正月初，文帝忽想起赵幽王刘友之事，便唤来周勃、陈平二人，商议道："汉家平吕之后，万事顺遂，百姓欢悦，朕于宫中亦能察觉。近日思往事，屡屡念起吾侄刘友，可怜他已成幽魂，见不到这番景象了。当年刘友被吕太后幽禁，毙命之日，恰是正月十五上元节，临终时，尚念念不忘平吕。朕每思之，直欲泪下。"

周勃、陈平闻之，亦是唏嘘。陈平叹道："赵幽王苦命，为史上所罕有。民间之议，也多为之不平。"

文帝便道："刘友眷属，尽散落民间，惨苦之状想也想得到。日后得便，还要复其宗室属籍，赐给钱财过活。"

周勃登时泪不能禁，伏地稽首道："陛下恩深，高帝若地下有知，当不再怪我等老臣了！"

文帝又道："吕氏作恶，伤及的却是汉家，你我君臣不能装聋作哑，务要平息民怨。赵幽王薨于上元节，这一日，若民间念念不忘，便成了汉家之痛。闻听宦者闲谈，此节日，原为乡俗，农夫于上元之宵燃灯驱兽，于野外欢会。朕之意，今后城邑百姓亦应燃灯，同贺元宵。不妨谕令天下，是日，百官亦休沐一日，可任情交游饮宴。当夜，朕亦将出宫赏月，与民同乐。"

陈平当即领悟，拊掌道："甚好甚好！免得逢此日，民间便多有怨意。"

"我意正是如此，这便拟诏吧。告谕百姓：闾里万家于上元夜，皆须张灯彩、猜灯谜、观百戏、赏乐舞，可名之为'元宵节'，以共庆平吕之喜。"

周勃、陈平都同声称善，退下后，各自去张罗此事了。

待谕令颁下，四海皆欢。至正月元宵，不独长安城内外，即是那边荒远地、山海之隔，亦是万民同庆，着实热闹了一番。

如此，文帝即位三四月后，心中便不再惶然。罢朝之后，常踱至椒房殿，偕窦美人及子女围坐，说笑嬉戏，其乐融融。

那窦美人，原不过是长乐宫女官，当初吕后遣散宫人，阴差阳错被遣至代王宫，未得归乡，却因祸得福，独受宠爱，一跃而成妃嫔之首。承欢日久，先诞下一女刘嫖，后又诞下两子，长子名刘启，次子名刘武。两子虽是庶出，然刘恒甚爱怜之，远胜过已故王后所生的嫡子。

先前那位王后，本生有四子，个个生龙活虎。不料王后命薄，一病不起，不多日竟至香消玉殒了。四位嫡子，转眼成了孤儿，甚是无助。窦美人在长乐宫内历练过，早知得宠时不可忘形，于是待那些嫡子极好，又管教自家两子，对兄长彬彬有礼。刘恒看在眼里，越发高兴，对窦美人更是宠爱有加。

后宫其余妃嫔，见了这情势，岂有不知趣的，都一齐拥戴窦美人。因此，窦美人虽未扶正，却是统领后宫，俨然正室。窦氏心中，虽知扶正是迟早的事，却佯作全无此念，只埋头相夫教子，如寻常民女一般。

且说那宫闱中事，往往有意外之变。就在刘恒入都为帝的前后，已故王后所生四子，竟接二连三病亡，夭折得干干净净。其时，刘恒只顾着长安城变故，顾不到伤心。倒是窦美人哭了几回，料理好了诸嫡子的丧事。

此时入都，文帝跟前，即是窦美人两子最为尊贵了。窦氏心中有数，暗自欢喜，只不露声色而已。

这日文帝闲暇下来，在椒房殿小坐，抚摩着刘启、刘武两人头顶，忽想起四个夭折嫡子来，不由得喟叹一声："四嫡子若在，今日将是何等欢娱！"

窦美人便陪着叹息，流出了两行泪来，劝慰夫君道："世事无常，我辈又能奈何？好在天道尚公平。太后无恙，陛下亦安然，不枉受了这许多年苦。"

文帝不禁情动于衷，望望窦美人，执其手道："你我之缘，也是天赐。今日总算熬出来了，两幼子所幸还健壮，万不可疏忽了。"

窦美人拭泪道："臣妾自然知道。教子之事，往昔曾见张皇后行事，也领略得一二，只不教陛下分心就是。"

文帝颔首微笑道："那便好。今日不比在代国了，凡事不可马虎。领有这天下，皇子便不同于民家子，贤愚与否，非同小可，务要教他们知书循礼。"

窦美人便唤两子近前，跪拜文帝座前，教两子答道："父皇之训，小子谨记了。"

文帝开怀大笑，当即吩咐宦者，从少府署取两匹绢帛来，赏给了两子。

刘启、刘武欢踊谢恩，文帝便起身道："皇子不可长居深宫，快去更衣，你我父子出城去围猎，多添些虎气！"

此等情景，由宦者、宫女传出宫外，朝中百官，皆知文帝宠爱两子。堪堪时入孟春，周勃、陈平窥得文帝心情好，便领衔与百官联名上疏，请早立太子，以固天下之本。

文帝阅罢奏疏，知是群臣在揣摩上意，心中便叹世态炎凉。想那往昔，次兄如意暴毙后，两侄儿接续为赵王，连连冤死，群臣竟无一人敢直谏。若有一人冒死廷争，似周昌那般，诸侄何至于死得如蝼蚁？

于是将奏疏搁置，传谕给周勃道："朕无甚德能，上天既无眷顾，百姓亦未见拥戴，只恨不能广求天下贤士，以禅让天下，岂能预立太子？此种不德之事，教我如何对天下启齿？此类事，可毋庸再议。"

周勃等人得了上谕，只道是君上假意推让，便又推陈平出头，上疏固请道："三代以来，立嗣必为子，今皇子刘启，位居长，性仁孝，宜立为太子，上承宗庙，下服人心。"文帝阅毕，仍是推让。如是推让三回，文帝便于朝会上唤陈平出列，问道："天下事，何为大者？请叔父辈教我。"

陈平答道："无非水旱丰歉，南北边事。两者，为天下至要。"

"既如此……"文帝便拿出奏疏来，递还给陈平，"此等小儿琐事，可不急。"

陈平接过，脸一红，谢罪道："臣等所虑不周，然此意，确出于至诚。"

周勃耐不住，抢出班来，慷慨应道："臣等并无私心，只以天子事为天地间大事，急陛下之所急。立嗣之事，若无个着落，臣等便觉对不起先帝。"

文帝注视周勃片刻，方微笑道："右丞相忠君之心，也为天地所知。若无你只身入北军，朕此刻在何处，还未可知呢。"

周勃连忙揖道："陛下过奖，臣只是不忍负义而已。"

"哦？"文帝闻此，即敛衽正坐，环视朝堂道："那么，吾兄如意枉死，诸位可曾有话说？其后又有两侄，枉死于赵王位上，老臣们可有一人出来阻谏？"

此话一出，满堂皆惊，文武皆不能应对。周勃更是涨红了脸，手足无措。

文帝这才缓缓道："今日世事已平，诸君可不必空费心思；明日若遇不测，再用力亦不迟。"

陈平肃立，听到此处，心下顿感不安，忙回奏道："陛下，老臣之心至诚，天下都不疑。唯吾辈亲历前代翻覆，心有余悸。前朝那始皇帝，若早立太子，焉能有倾覆之乱？故而立太子事，非一家之私事也，为天下安危之所系。臣等呶呶不休，并非不明事理，乃是犹记前鉴，不忍汉家重蹈秦二世覆辙。"

文帝脸色便一变，恨恨良久，方轻呼出一口气道："丞相，你到底是先帝股肱，见识超卓。那么，朕即是当今秦二世了……"

陈平脸色一白，吓得连忙跪下："臣不敢！臣绝无此意。"

文帝见状，忽然就笑了，起身将陈平扶起："丞相，你言之有理，侄儿我明白了：立嗣之事，迟疑不得。朕准奏就是，勿使生出许多枝节来。"

陈平这才松了口气，俯首道："臣正是此意。"

文帝回身又坐下，摆摆手道："左丞相，不必愧悔失言，以辈分论，我亦是二世。二世之主，龙床不好坐，入都前朕早已料及。诸君今后，可直言不讳，以往那吕氏专权事，汉家不许再有了，各位尽管放心。"

群臣听了，心头都一热，连呼"万岁"不止。

次日，文帝果然有诏下，曰："如大臣所请，即日册立皇长子刘启为太子，早定国本，以免重见秦末扶苏之祸。"

窦美人在椒房殿闻听消息，心中石头落了地。见了夫君，便喜上眉梢，贺道："启儿之事，入都数月便见了分晓，实是大喜之事！想想先帝立储之难，启儿还真是有福呢。"

文帝拉过刘启，揽在怀里，对窦美人道："此事，也无须惊喜。世道清平，群臣无以立功，除了逢迎，还能作甚？你且看，明日便轮到你。"

窦美人会心一笑，不再提起此话。

果然未过几日，周勃、陈平又领衔上疏，曰："太子既立，民心大安，实为汉家至福，臣等为陛下贺。然皇后之位亦不可虚悬，臣等诚心请立皇后，以便早定母仪，方合于天意人心。"

文帝见了奏疏，却是满心疑惑，当下就召见宋昌、张武。三人于偏殿坐下，文帝就感叹："转眼入都竟是半年了。朝堂之上规矩，也懂了些，却还有难解之处。今日请二位来，便是要问：群臣上疏，奏请立皇后，为何不提窦美人之名？此前请立太子，明明白白写明刘启，此次奏请立皇后，却不书窦氏其名，难道太子之母，竟不配为皇后吗？"

宋昌听了，便与张武相视而笑。

文帝甚觉奇怪："二公笑甚么，必是有学问在内，请二公教我。"

张武正斟酌如何作答，宋昌却抢先道："臣敢问陛下，立皇后，究竟是陛下事，还是臣子事？"

"自然是朕要立后。"

"是啊！群臣此意，不过是敦请陛下早立皇后，焉能贸然为陛下做主？自古太子立嫡立长，刘启为皇长子，拜天之所赐，不可以选；然妃嫔却有十数位，需按陛下之意，从中选出皇后来。群臣若指名道姓，岂不成了群臣做主了？"

文帝便哑然失笑："如此，我倒还并非木偶。"随即，又侧身望望张武："张公，果真如此吗？"

张武颔首道："然也。选立皇后，群臣岂敢点名！"

文帝便叹气："文武大臣，说话也要费这些心思，若省一省这无用的心机，可做多少事出来！"

宋昌便一揖道："话不可直说，臣等也不能免。"

文帝又感惊奇："二公亦是？不至于吧。"

张武应道："正是。臣子岂能想到便说，均须曲意说出，方合规矩。"

文帝便摇头笑道："未料二位竟也如此！朝堂之臣，真是不易。以两爱卿之意，此次便不需推让，允了便是，免得白费一番虚套。"

张武忙道："不可不可！陛下今日做了人主，不可留下妄悖之名。可奏请太后代为挑选，以博天下人都说个好。"

文帝便笑将起来："做了天子，倒要处处与臣民周旋了。也罢，我先奏明太后，请太后发个谕旨。人伦礼教，原也应如此。朕已知晓了：你我君臣治天下，无非是摆个招式，招式做足了，天下人方觉安稳。"

宋昌、张武闻言，都略略一惊，继而就会心一笑。

再说薄太后闻文帝面请，焉有不准之理？ 含笑道："窦美人温良贤淑，立为皇后，并无不妥。 你既要做孝子，为娘便来替你说。"当即发下谕旨一道，选窦美人为皇后。

那窦美人在未央宫接了谕旨，到底还是心慌，连忙赶来长乐宫，向薄太后谢恩。

薄太后笑道："你该谢的，应是宦者宣弃奴。 若他将你派至赵国，左不过当初赵王宫里，多了一个女官，焉能有你今日尊荣？"

窦美人悲喜交并，忙应道："太后说得是，臣妾的命，实在是好。"

"那宣弃奴，今仍在否？"

"臣妾入都后，即打听他下落，据说是年老遣出宫了，不知所终。"

薄太后不由叹了一声："这些无家之人，终是没个了局。"

随即太后懿旨颁布于天下，昭告四方，立窦氏为皇后，并赐天下鳏寡孤独等，各有布帛粟肉不等。 百姓闻之，皆是满心欢喜。

此后半月，未央宫中便是张灯结彩，一番忙碌，将那皇后册封大典办妥。 继而，文帝又有诏下，封长女刘嫖为长公主，位同诸侯王。 连带窦皇后已故的父母，也比照薄太后父母推恩，追封窦父为安成侯、窦母为安成夫人。 在观津县为窦氏父母置墓邑，徙民二百户守墓，亦比照薄氏宗祠，四时享祭。

如此，窦氏一家因裙带之故，一夕骤贵，市井百姓无不啧啧称羡。 窦后自是感激不尽，知是薄太后恩典，便将这感激之意说与夫君听。 文帝听了笑笑，挥挥袖道："自家人，何用称谢？ 倒是你为皇后，你这一家人，前后便是大不同了。 刘启、刘武成了嫡子，天下皆瞩目，更要严加管教。 太后还问起你那两兄弟，目下究竟如何了？"

窦后闻听此问，不由得心酸，含泪答道："兄长窦长君，在观津县城中。为人帮佣，数年前尚有书信，如今也不知怎样了。弟少君，则已十余年杳无音信了。"

文帝便叹气道："王侯之子，若身陷泥涂，待时运一转，尚可解脱。那贫家之子，若命运不济，则谁人可助他得脱？"

窦后眼泪就流了下来，回道："我自入长乐宫，便牵挂这两兄弟。然草野小民，无分毫军功，我又如何帮得了他们。"

文帝安抚道："太后那边已有话，薄昭舅既已蒙推恩，你那兄弟二人，亦可特旨推恩。然则如你所言，两人既无军功又无学问，也只得召来长安，做个富家翁而已，免得外间说起不好听。"

窦后闻此言，心中甚喜，便要伏地叩谢。文帝连忙拦住："皇后全不必如此，你心安，朕心方安。你我这一家安否，如今要关乎天下了，太后也不得不用心。"

窦后含泪答道："臣妾心知了。"

数日后，薄太后果然有推恩诏下，命清河郡（今河北省清河县）地方，寻得那窦氏兄弟，移来长安居住，厚赐田宅，以享富贵。半月后，清河郡守寻到窦长君，告知喜信，又将他里外换装，打扮一新，送来了长安。

这日，文帝与近臣议罢朝政，正待回宣室殿歇息，忽有谒者来报，说清河郡守遣人至，奉旨将窦长君送来长安，正等候在北阙外。

文帝大喜，急忙宣进，清河郡吏员遂带了一名壮男上殿。吏员诚惶诚恐在前，深揖大礼，那壮男见了，也跟着照样施礼。

文帝便问："只寻得窦长君一人吗？"

那吏员答道："本县奉旨寻皇后至亲，我等差役，遍访郡内，仅得皇后之兄。其弟少君，已责各闾里问过，竟是杳无踪迹。"

文帝便问窦长君道："素来只闻皇后常念及，今日方识得兄长一面。少君弟当日何往，兄长也不知吗？"

窦长君惶恐答道："回……陛下，小民窦长君，昔日与阿娣猗房分别时，家中仅余三日粮。时小民尚年少，与弟相商，只能各奔活路。此后，小民乞食、帮佣、代人出劳役，吃尽苦头，方攒得几个小钱，做起了煮饼生意，勉强糊口……"

"煮饼？"文帝疑惑，转头问张武道，"此物是甚？"

张武在侧答道："即是《周礼》所谓牢丸也，民间亦唤作汤团的。"

"哦哦！朕生长于深宫，倒不知这些名堂。来日，窦兄可为我做来品尝。"

"谢陛下大恩，不嫌弃小民手艺。"

"少君当年尚年幼，如何会讨食？你何不拖带他一道谋生？"

那窦长君望一眼文帝，忽然脸就涨红，扑通一声跪下，连连叩首道："那时节，民间仓廪有半月粮者，非公卿而不能，乞食就如杀头官司中乞命一般，乃九死一生事。我兄弟若是一同乞食，只怕是要一同饿死哩！"

文帝闻之，不觉惊起，上前将大舅兄扶起，唏嘘道："民间惨苦如此，朕自幼为皇子，养尊处优，实不知此情。"便回头唤涓人道："快去请了皇后来。"

窦后在椒房殿闻报，自是喜极而泣，连凤袍也不及换了，疾走至前殿，见了窦长君，怔了一怔，依稀辨出当年模样，便扑上前去，执手不放："阿兄，你教我想得好苦！"

那窦长君也是泪流满面，哽咽道："阿娣入了长乐宫，只道今生再也不得见了，哪知今日……那年我与少君弟分手，兄弟两人为你烧了一炷香，香燃尽，方分头奔命。"

一番话，又说得窦后大恸："阿兄，你将那少君弟，抛去何处了呀？"

窦长君一时难以分说，只顾急切道："猗房，我哪里是这等狠心人？ 分手之日，我向北行，他去了南面，先还听人说起曾见到，一年余，忽闻已为强人掠去，便再无音讯。"

窦后心中难过，以手抚胸半晌，方喘出一口气来："阿兄，今后唤不得猗房了，只可称皇后……唉，那少君，如何独自得活呀！"

兄妹两人哭得昏天黑地，文帝在旁听了，也暗自垂泪。 良久，方起身劝大舅兄道："十数年的苦，如何能一朝说得完？ 今日，阿兄便在宫中用了膳再走，也好做一盆煮饼来，为我开眼界。 昔日纵有多少苦，有你阿娣在，都可数倍报还与你。"

窦后这才拭了泪，嘱咐道："阿兄且在馆驿委屈几日，陛下已有诏令，明日少府便遣人，在长安城内为你购屋。 何时少君觅到了，也与你同住一处。 你二人都未曾读书，官就不要做了，且逍遥享福，只不要为陛下惹祸就好。"

窦长君百感交集，伏地叩谢道："猗房皇后，小民平生欲做里正、啬夫而不得，哪里能修得如此的福！"

文帝闻言哈哈大笑，便唤过谒者来，吩咐道："且带窦公去御厨，为朕做一盆煮饼。 稍后，在灵惜亭摆酒，朕要好好款待大舅兄。"

窦长君伏地谢恩，一面就偷偷捏了捏脸腮，觉出痛来，方知此刻并非做梦，才急忙随谒者去了御厨。

待窦长君返回，诸人便登上渡船，来至太液池上蓬莱岛。 岛上风景绝佳处，便是灵惜亭。 此时亭中已铺好茵席、摆好案几，一家大小分主次坐好，便有涓人端上来美馔佳酿。

动箸之前，文帝招呼刘启、刘武道："来来，小子不可不知礼，先来拜过阿舅。"

那两个皇子，时年仅为八九龄童，却是极为知礼，闻命，即起身离席，来至右席前，双双跪下，行大礼，口称："甥男刘启、刘武，见过阿舅。"

窦长君见了，喜得慌忙摆手，连连道："两甥儿出息得如此，真不愧龙子龙孙。 我这阿舅，厮混在闾巷，倒是愧为长辈了，也无甚见面礼可送。 这里……"说着便在怀中乱摸一气。 掏出了十数枚铜钱来，赏了两个外甥。

刘启、刘武接过，看了看，都大感稀罕，欢踊道："父皇、阿娘，此乃何物，黄灿灿的甚是可爱。"

文帝便一笑："竖子深宫里长成，果然不晓事。 此谓钱也。民间不似宫中，衣食哪里会伸手可取？ 百姓须得辛苦劳作，换得几个钱，拿来买衣食。"

刘武惊呼一声："如此铜板，便可换得衣食吗？"

窦长君便笑道："这几个铜板，你阿舅倒要辛苦三五月，方能赚来呢。"

文帝又嗔怪两子道："天下之大，无奇不有。 尔等在深宫享荣华，怎知民间事？"

刘启便不服气，回道："父皇只不允孩儿出宫居住，若能出宫，孩儿也一样尽知民间事。"

窦后急忙打断他的话头:"启儿不要狂言,你二人哪知劳作辛苦? 生在富贵家,知足便是,须懂得怜悯下人,不得蛮横无理。"

文帝也道:"你们阿娘说得极是。 你二人,仅知骑射、诗书,又算得甚么? 还须向阿舅学做煮饼,也好知粥饭如何得来。 自幼被涓人伺候惯了,只怕是难懂如何做人,今后焉能治好天下?"

两子听了,面色都肃然,忙又向窦长君拜道:"阿舅得闲,请教甥儿做煮饼。"

窦长君听得高兴,哈哈大笑道:"你们阿翁说笑话呢! 这等灶下粗活,龙子哪里能沾手? 若喜吃煮饼,阿舅天天为你们做就是。"

当下全家大悦,文帝举起酒盏来,祝道:"来! 兄长,苦尽甘来,才是有味。 朕今生有幸,竟有了民间的亲戚,天下百姓的冷暖,从你这里便可知一二。 日后进宫来省亲,不单是要教两个外甥,也要教一教妹夫我。"

窦长君惶然举起杯,涨红脸道:"为兄我大字不识得半箩,生来贱如猪狗,营营终年,仅为吃食,怎敢与天子妹夫论学问。 我来这宫中,清河郡吏员一路教了我千万遍,方不至出乖露丑,此刻还觉心里慌慌的。 这才知妹……君上虽是大富贵,终不如为兄做小民的自在。"

窦后就责怪道:"今后当陛下之面,这种浑话须少说!"

文帝却笑道:"不妨事的。 朝堂之上,文武公卿们用尽心机,哪里能听到此等真话? 舅兄,我今日就许你随意说话。 教我知那民间疾苦,方知理政之关要。 此一节,太傅怕也不如你。"

几巡酒过,御厨将窦长君亲手做的煮饼端上。 文帝一家,纷纷争食。 两皇子喜得连连咂嘴道:"阿舅好厨艺! 便留在宫中好了。"

窦后含笑嗔道:"后辈不得无礼。你们阿舅,年少时也如你二人一般,只知顽皮。"

文帝也笑道:"今日始知,美味不只在官家哩。"

窦长君忽然想起,便向文帝夫妇一揖道:"小民闻街谈巷议,说阿娣还有一长女,今日却未见。"

窦后与文帝相视一眼,便笑道:"你是说刘嫖,长公主!如今是十龄女了,比你小时还顽皮呢。若在这席上,我们酒便吃不安生了。公主独住武台殿,改日陪你去见便是。"

"哦——"窦长君不觉伤感,"离散时,阿娣也不过才十余龄,如今长公主都十龄了。咦,怎么叫了个长公主?"

窦后便掩口笑:"你这小甥女,得陛下宠爱,算是有大福气了,长公主之号,乃陛下亲封。陛下跟前,既然有皇长子,自然也该有长公主。"

窦长君一拍掌道:"哦?阿娣是说,甥女这长公主,为古往今来第一个了?"

文帝便赞道:"阿兄聪明,正是如此。周天子之女,号为王姬;汉天子之女,号为公主。刘嫖这长公主,正是天下第一个。"

"那甥女……那长公主取名字,如何怪怪的,叫个刘嫖?"

窦后便嗔道:"你这闾巷中人,懂个甚么?这字,读作飘,就是轻捷之意。幼时嫖儿,野猴似的,我一眼顾不到,倒要爬到树上去呢!"

众人听了,笑得前仰后合。

笑罢,窦长君望望两外甥,不由叹道:"阿娣诸子女长成,各个可喜,为兄我却还是鳏夫一个。"

窦后便问："如何不及早娶亲？"

"娶亲？ 说得容易！ 小本生意，左支右绌，只顾得了一张嘴，如何能讨得浑家进门？"

文帝便起了兴致，问道："本朝恤民，赋役已比前朝减了许多，细民还是活得很艰难吗？"

窦长君便一拱手道："君上问到我，便是问对了人。 小民腹中空空，不知诗书，然说起商贾之事来，倒还粗通。 前朝那始皇帝，征田租①三分之二，二十倍于古时；今日汉家，则是十五税一，少了不知有多少。 这功德，任是说到何处去，也是金字牌牌。"

文帝闻听窦长君话中有话，顿时警觉："难道不是吗？"

"朝廷于农家，自是有大恩，然于商家，却与前朝并无不同，皆是'不务农者，征必多'。 民间操持小生意，本钱既无多，用起钱来便心痛，拿一个秦半两钱，恨不能劈作两半用。 商家一入市籍，便要交钱，此后租屋、租地、租官仓囤货、写契、成交，哪一样不交市税？ 好不容易，卖得了一笔钱回来，又要交市租。 鸡零狗碎，拢共算下来，也是了不得！"

"你这煮饼生意，还要租屋？"

"我倒是想推鸡公车卖饼，税便可交得少，然市吏却嫌你碍眼，稍不称他意，就追得你鞋履都要跑掉，一日三惊，东躲西藏，终究做不大。"

文帝沉吟片刻，方道："重农抑商，为秦汉两朝立国之本，只

---

① 田租，即田赋。古代官府向农民征田赋，以充作军费。秦汉时称"田租"。

为强本抑末，不宜擅改。 然则，即便如你所说，朝廷所课税赋，亦不过才两三成，不为过吧？"

窦长君闻文帝此问，纳头便拜："小民今日方知，生于帝王家，实属万年之幸。 陛下不是百姓，免掉了多少苦！ 陛下不妨算算，生民万户，每年各人要交'算赋'①一百二十钱，一家数口，拢共算来也是不少。 每年又有一月劳役，家家丁男，为之一空，做不成生意。 如此亏空一月，两三月内也难恢复。 封国百姓还要苦些，年年要缴'献费'，以供诸侯王入都朝见。 如此看，无论是郡是国，哪一个衙门，不是向你要钱的……"

窦后闻听话头不对，连忙拦住："兄长，你酒吃多了，不要乱说。 偌大的朝廷，百官群僚，也是要吃喝用度的，不收赋税，谁来养活？ 你今后不做生意了，便不要再埋怨。"

窦长君急忙道："小民哪里敢怨？ 是君上问到，我便信口一说。"

文帝便示意窦后勿多言，对窦长君道："不妨，你尽管说来。在民间，农家尚好些吧？"

"自是比俺这卖煮饼的好过。 然各郡各封国，都可随意征劳役，今日筑台，明日起楼，总之是巧计百出，不让你安生。 若遇官吏横征，中饱私囊，那可不是'十五税一'就能了事的。"

"哦！"文帝脸色就一沉，重重地一拍案。

座中诸人，登时都呆住。 窦后死命盯了窦长君一眼："教你莫要再说，你偏要说，惹得陛下生气了！"

---

① 算赋，是汉代朝廷对成年人征收的人头税。高祖四年"初为算赋"。凡年十五岁至五十六岁的成年男女，每人每年交纳一百二十钱，称为"一算"，用作军费。

文帝摆摆手道:"朕不是生舅兄的气,你莫怪他。"又掉过头来,向窦长君一拜:"民间事,闻大臣们禀报,终究是隔了一层。今日闻阿兄讲述,方知百姓活得不轻巧。阿兄一席话,堪称帝王师之论,请受我一拜。"

窦长君连忙拦住:"使不得,使不得! 适才酒酣,胡言乱语了些,若是被俺那里啬夫听到,只怕是要掌掴我半日呢。"

文帝大笑道:"今日无人敢掌掴你了! 皇后,你这兄长真乃大丈夫,如此有见识! 如何至今还是光棍,只因缺钱财吗?"

窦后嗔怪窦长君道:"他是缺心机! 托陛下的福,阿兄总算是熬出来了。 今后你看吧,他若不妻妾成群才怪。"

闻此言,文帝与窦长君对视一眼,都笑起来。 窦长君指指座中道:"原以为天子家人说话,张口便是诗书礼乐,今日才知,原来也是说人话的。"

一席间人闻之,登时大笑。 窦后无奈,以手中团扇狠狠打了兄长一下,也忍不住笑了。

待文帝夫妇将窦长君安顿好,宫中便有特使驰出,携谕旨飞递清河郡,严令加紧搜寻窦少君,不得敷衍。

清河郡守得了诏令,连忙遣人四出,恨不能掘地三尺,却偏偏寻不出那窦少君来。

民间闻之,立有若干贫富人等,起了侥幸之念,将自家少男送来郡衙,企图冒认。 那郡守知晓其中利害,哪里敢轻信,只是盘问个不休。 果不其然,所有冒名少男,皆不能说出当日细事来,还有说不清祖居何处、道不明窦字如何写的。 郡守叹了口气,都打发走了,只得如实上报,请求宽限。

文帝得报,也是摇头叹气,即提笔批答道:"无须责令乡官再寻了，郡守且多访父老，必有所获。"

果不其然，未及两月，清河郡守便有"封事"①呈上。文帝拆开来看，见内中报称：近日于长安城内富户中，觅得少年一名，自称乃皇后幼弟，尚记得年幼时，曾与阿姊采桑葚充饥，一时大意，自树上跌落，足痛月余不能行。不知皇后可曾记得此节？为免唐突，今已派员将少年赎出，安顿在长安馆驿，若蒙允准，即可送入宫中相认。

文帝看了，心中有数，连声呼道："这个是了，这个是了！"便遣谒者去宣召窦长君，入宫来认兄弟。又传召窦后，一起往曲荷园赏景，在彼处与少君相认。

时值暮春，曲荷园景致酷似仙境。近旁太液池畔，已有荷叶田田。此时荷花尚未结苞，如一池浮萍。举目看去，水光潋滟，垂柳依依，正是凭栏赏景的好去处。

文帝乘软辇方至园中，窦后即携一女两子接踵而至。那刘嫖，已在日前见过大舅窦长君。今日姐弟三个，闻听小舅要来，都欢喜异常，穿戴得齐齐整整，来看稀奇。

一家人团团坐下，窦后便问："陛下何以定在此处相见？"

文帝答道："此处最似田园。想那长君初入宫时，我看他拘谨，竟至手足无措。贩夫尚且如此，那少君流落民间日久，更要惶恐，在此处相见，可随意些。"

窦后便笑："陛下倒想得周全。"回头又叮嘱孩儿们道："稍后小舅来见，要执小辈礼，不得乱说乱笑。"

---

① 封事，古代臣子向皇帝上书奏事，为防泄密，以袋封缄，故有此称。

刘嫖听了，仰头问道："小舅是何等样人？头上长角了吗？"

窦后遂拂袖嗔道："小女子顽劣！你只小心，来日莫要嫁不出去。"

文帝笑笑，拉住窦后道："清河郡寻得好苦，冒认者亦甚多，然今日来人，定是真的。"

"哦？如何说呢？"

"你姐弟两人幼时，可是曾上树采桑葚？少君弟失足落下，足痛日久不能行？"

窦后眯起眼想想，忽拍额道："果真果真，今日要见到阿弟了！"

正说话间，忽闻树丛后有宦者禀报，接着便引了两个人走出，前面的是一位少年。

座中诸人，一齐向那少年望去。只见此男十六七岁，虽着新衣，却是样貌猥琐，面目黧黑如炭，探头探脑的，一双眼睛骨碌碌四下里瞟。

窦后不由自主立起，惊愕万分，以袖掩口道："你、你是何人？"

两个小儿，亦被黑面少年所惊吓。刘嫖更是大叫一声："鬼来了！"便躲至窦后身侧，紧牵住阿娘衣襟。

那少年也吃了一惊，扑通一声跪下，叩头道："回娘娘，小民窦少君，奉皇帝宣召，由人引来此处。"

引路的宦者忙提醒道："二位官人，此即当今天子。"

此时那少年身后，有一吏员跟着也跪下，高声道："小臣为清河郡主吏，奉旨来京，送窦君入宫。"

文帝便问："寻到已有几日了？"

"回陛下，已有六日。因窦君赎出时，蓬头垢面，虮虱满身，望之令人怜悯。小臣将他接到馆驿，与驿吏一道，费了一日工夫，才将内外清洗干净，又喂以鸡汤羊羹，将养了三日，方可见出常人模样。"

"清河郡办事得力，朕将有赏，你先退下吧。稍后，从少府那里领赏十金，便可回去复命了。"

那吏员连忙叩头谢恩，诺诺退下。

待吏员走后，文帝回头问窦后："何如？能相认否？"

窦后仍惊愕不止："离散之日，少君弟年仅五六龄，肥白可爱，今日这人……却要吓煞妾身了！"

文帝再看那少年，正五体伏地，头不敢抬，只顾浑身战栗，就心有不忍，对窦后摆手道："皇后莫急，与诸子都坐下。"

窦后这才招呼孩儿们坐好，自己也重新落座。

文帝又对那黑面少年道："你也莫慌，起来坐好。"

那少年抬头，却不敢起身，仍是战战兢兢。

旁边宦者拿来一块茵席，在文帝前面置好，唤那少年道："陛下已赐座，你放心坐就是。"

少年犹豫片刻，才移身至文帝对面坐下。

文帝温言道："十余年来，你身世如何？且与我慢慢道来。我问甚么，你答就是，说对说错，此处无人敢责罚你。"

那少年点点头，诺了一声。

文帝便问："可知你故里在何处？"

少年答道："观津县桑林寨。"

"可知窦字如何写？"

"小的自幼常闻家母言，只说是穴居为家，万金亦不卖。"

文帝眉毛一动，略露惊异，望一眼窦后，又问少年道："当日与兄姊离散后，可记得是何情景？"

"回陛下，当年小的懵懵懂懂，南行至一大邑，今日想来，当是邯郸了。于街头乞食年余，忽为郊外一伙强人掠走，卖与大户人家为奴。"

文帝惊道："城邑郊外，便有贼寇吗？"

少年慌忙道："小民不敢欺上。我曾闻主人言：凡城邑，郊外皆有盗贼，乘马来去，杀人越货，官府也怕哩。"

"岂有此理！百官家贫，尚有乘牛车上朝的，那贼寇居然有马乘！当日那歹人，便是乘马掠走你的？"

"正是。当日盗贼掳我，向南奔走数日，便将我卖出。自此，小的便成家奴，直至今日。"

窦后听到此，不禁叹气道："五六龄童，如何做得家奴呀！"

"回娘娘，小的自那时起，便无一日不劳作，早起晚归，已然惯了。"

窦后闻言，顿时泪下。文帝也叹息数声，遂又问道："与人为奴，那人家对你如何？"

"我年幼无力，也做不来甚么，主人家嫌我白食，未及半年，便转卖与别家。如此，半年一年，便被转卖一回，总有十余家了，终辗转至宜阳县（今归属河南省洛阳市）。"

文帝吃惊道："宜阳县？那是河南郡地面了，离清河郡已是千里之遥。幼龄孩童，如何吃得消？"

"年幼时无知，挨了些饿，吃了些打，哭过也就忘了。"

窦后忍不住，向那少年招招手道："你坐近些，伸出手来我看。"

那少年伸出双手，窦后捏住看看，但见掌心老茧层层，硬如卵石；手背创痕，糙如树皮。

窦后看了，叹了一声："这孩儿……"便忍不住扭头抹泪。

文帝也拉过少年之手，抚摩良久，方问道："至宜阳人家，可好过了些？"

少年答道："那时，小民年纪已过十龄，稍有了些力气，主人家便令我上山，与众奴仆一道，伐薪烧炭……"

刘嫖双目圆睁，听到此处，不禁掩口一笑："怪不得！"忽见父母怒目，忙又咽下了后面的话。

那少年诧异，文帝便道："无须理会，你只管道来。"

少年叩首道："谢圣上。小民上山烧炭，与百余个家仆一同劳作。初做此工，不知窍门在何处，两手屡为荆棘刺伤，血流满手。夜里歇息，山上无屋，只搭了寮棚来住，睁眼可见星斗。忽一夜遭遇山崩，崖上土石，眨眼崩塌，如雷霆当头落下。我倚在灶下，侥幸未埋死，晨起爬出来看，一百多人尽都死绝，无一人有生气。小的魂都吓掉，逃回主家。主家也被吓到，又惊奇我为何独独未死，以为我有神助，此后才待我好些。如此在他家，又做了佣工五六年，心想大难不死，必有后福，便去县城中找人占卜。那宜阳城中，恰好来了个卜师，面目黧黑……"

"且慢。"文帝忽然打断道，"黑面卜师？可知他姓名？"

少年抬头想想，摇头道："不记得名字了，只记得姓阴，就是阴阳的'阴'字。"

"是叫阴宾上吗？"

"不错……陛下圣明，是名唤阴宾上。"

"好一个方术之士①! 他如何为你讲卦?"

"他为我占得一卦,便说道:'小子好大的福! 此前你命如猪狗,生不如死,眼见得近日便可否极泰来,步步登高,终得封侯。'"

文帝不由得坐直起来:"你信此言吗?"

"哄人呢,母鸡怎可变鸭? 我哪里肯信! 把钱给他,仍做我的佣工。"

文帝仰头笑道:"小弟之言唐突了。 那阴宾上,乃朕之座上宾也,其所言,并不妄。 老子曰:'天之道,其犹张弓欤。 高者抑之,下者举之。'以朕观之,老天这是要抬举你了。 且说你在宜阳为奴,如何又来了长安?"

"我主家烧炭暴富,有了钱,便迁来都中开店,说我命大,必多福,便也带在了身边。 徙居长安不久,小的在街上见到车盖往来,吹吹打打,似朝廷有喜事。 一打问,原是立了皇后。 闾巷皆言:'皇后姓窦,乃观津人氏。 从前只是个宫女,今日竟成母仪天下,好不荣耀!'小的闻听,便动了心思,疑心是我阿姊,于是托主家细问。 自从我大难不死,主家便认定我有灵通,我一说,他便满口应允。 不久便有回话,说那皇后娘娘,果然就是吾姊窦猗房。 小的万分惊喜,主家也即刻换了笑脸,代我禀告三老,以求上达。 三老却推辞道,如此身份,唯恐有人冒认,不敢代奏,不如去信清河郡衙,说明身世,请清河郡代奏。 我都照做了,嘱代笔先生写了信,将采桑事写入,以为明证。 果然未及半月,清河

---

① 方术之士,方士、术士的统称,即方技之士与数术之士。专指从事星占、神仙、房中、巫医、占卜者。

郡便有人来，将我重金赎出，沐浴换衣，带我到此处。"

窦后听到这里，仍有疑虑，又盘问道："你姊入宫，当日与你分离，是何情景？"

少年答道："我姊当初西行离乡，我与兄长送至邮传驿舍。阿姊怜我幼小，见我头脏，向邮舍乞得淘米水一盆，为我洗头。又去灶下乞得一碗饭，看我食尽，方依依不舍离去。阿姊背影，小弟至今还记得呀……"说到此，竟已泣不成声，伏地大哭。

窦后听着，早也哭成个泪人，三子女见状，都一齐抱着阿娘大哭。文帝也频频拭泪，唏嘘不止。

那少年见了，甚感惶恐，忙向窦后叩首道："娘娘，请恕罪。"

窦后便移膝向前，一把抱住那少年，泣道："我不是娘娘，我是阿姊呀。"

窦少君怔了怔，方才明白过来，大叫一声："阿姊呀，真是你吗？如何就将我忘了！"两人便抱头大哭。

哭声哀戚，回绕园中。连宦者、宫女在旁，也都忍不住泪下。

哭了多时，文帝见不是事，方劝道："人事有前定。今日相逢，你姐弟应大喜才是，休要悲恸伤身。"

窦后哽咽道："可怜小弟！快来见过姐夫。若不蒙皇恩，你我哪里得相见？"

窦少君忙伏地三叩首，行了大礼，正待说些谢恩的话，忽闻丛林后有宦者禀报："窦公长君到——"

众人转头望去，原是窦长君由两宦者引导，匆匆赶来。兄妹三人见过，长君问了少君十年来的经历，三人又大哭一回。

文帝只好又劝道："兄长、少君弟，皇后究竟是女流，不可过度伤恸。 今日夕食设宴，你二人为上宾，窦氏一门，总算等来个团圆。 诸外甥初见小阿舅，也有许多话要问呢。"

窦长君便含泪拜道："谢陛下大恩。 非陛下，我窦氏一门，只怕是永世不得团聚了。 只恨我等无才，不能报答陛下。"

文帝扶起他，笑道："皇后母仪天下，便是你窦氏之门赐我的福，不是要谢朕，而是朕要谢你兄弟。 长君兄已在华阳街置屋，彼处地势甚好，来日拆去近旁民屋，另起大宅两座，供你兄弟安居。"

窦后闻言，连忙摆手道："不可不可！ 两兄弟何功何德？ 不可拆人屋舍以利己。 妾身向在长乐宫，随吕后研习黄老，知道'金玉满堂，莫之能守'。 两兄弟苦惯了，今日有屋住，便要知足，不可一步登天，免得惹出祸事来。"

文帝便反问道："今日少君来，总要有个住处吧？"

"那华阳街大屋，已足够宏敞，便教他二人住在一处，亦无不可。"

"哦……那也好。 权且如此，免得天下人指我徇私。 日后，于城北荒僻地方，置些田宅赐予两位妻舅。 有了恒产，生计便可无忧了。"

窦氏兄弟悲喜交集，又连连向文帝叩首谢恩。

那刘嫖见长辈都欢喜了，才又说了句："阿舅一来就是两个，却不见一个舅母。"

文帝、窦后便都笑。 窦后道："不急，少不得有公卿前来提亲。 你兄弟二人，可要沉下心来过活，莫学那侯门公子跋扈。 若惹了祸事，我也帮不得忙。"

当日后晌，文帝在柏梁台开宴，大贺窦氏兄妹重聚。 朝中重臣，悉数来赴宴。周勃、陈平、灌婴等老臣，听文帝讲罢窦氏寻亲始末，都大叹惊奇。

饮宴至夜，柏梁台上烛火通明，雕梁如画，池中可见倒影迷离。窦氏兄弟坐在席上，只疑是在梦中。诸臣上前祝酒，窦长君尚能应付一二，那少君则蒙头蒙脑、手足无措。倒是刘嫖等诸小儿，缠着小舅学鸡鸣狗吠，喧闹不停，才遮住了不少尴尬。

却说窦氏兄弟入都后，却有人心中不安。夜宴后数日，丞相周勃正在邸中无事，舞剑活络筋脉，忽闻阍人来报，说太尉灌婴登门造访。

自文帝当朝后，海内承平，诸老臣虽居高位，事却一日少似一日，相互间也不大走动了。今日灌婴忽来访，莫非又有大事？周勃甚觉纳罕，忙迎出中庭来。

灌婴见了周勃，仍执属下之礼，恭谨揖过。周勃便拉住他道："既来寒舍，就不必客套了。所为何来？不是又要动兵了吧？"

灌婴尴尬一笑："哪里！就怕久不动兵哩，你我且入内室相商。"

周勃引他进了内室，屏退左右，便问："有生死大事乎，如此诡秘？"

灌婴压低声音道："确是关乎生死，只不过是远忧罢了。"

周勃目中精光一闪，拉灌婴对案坐下，亦低声道："将军此来，是为朝堂事？"

灌婴答："正是，丞相心中自应有数。吕氏专权十五年，朝野离心，其殷鉴未远。我辈老臣忍辱，好歹活到了今日，正自庆幸，却不料又来了窦氏兄弟……"

周勃忙摆手制止，仰头想了想，道："两竖子，市井小民也，能成大器乎？"

"今朝认了亲，他二人便不是小民了，日久若弄起权来，岂不要重演诸吕旧事？ 外戚干政，皆为无师自通。"

"哦？ 这一节，老夫疏忽了……果真要小心。 草野之人，一步登天，事便不好说。"

"此事非同小可，不可不早做谋划。"

周勃便摇头："也未必如将军所虑。 我等冒死诛吕，于君上有拥戴之功，于窦氏有登天之恩，他窦氏兄弟，岂能不念此恩？"

灌婴便有些急："绛侯，你道今日是上古三代，人人都讲仁义？ 你自认与他有恩，他却以为是命中应得，全不知感激，你又奈何？"

周勃闻言色变，忽地起身，双手背后，绕了数匝。 待踱至剑架旁便停住，抽出长剑来，注视片刻，又送入鞘中，长叹一声："壮夫老矣！ 若窦氏日后坐大，我怕是无力再入北军了。"

灌婴望望周勃神色，便一拱手道："在下倒有一计。"

周勃一怔，便回首道："你讲。"

"看那窦氏兄弟，倒还朴拙，非一两日就能变作吕产、吕禄。你我不如禀报今上，为他二人择定良友，多加熏陶，务使其明礼义、识大体，不致日后成祸患。"

"哦……也好，足下此计，倒是有远虑。 当今新帝行事，心思甚密，全不似惠帝那般无心，若直说恐窦氏坐大，便是犯了忌；若只说为他兄弟择友，则今上当可领会。"

见周勃赞同此计，灌婴心中便一松，然想了想，又叹气道："我辈历经九死，于那血泊里蹚过，而今却要防两个小儿，天道何其不公耶!"

周勃便叹一口气道:"你功劳再高,可比得淮阴侯吗?"

灌婴闻言一惊,随即猛省,拱手道:"绛侯识见,着实已非同往昔了!"

次日,两人便联名上奏文帝,请择端正之士,与窦氏兄弟交游。这一奏章,写得冠冕堂皇,其间多有温厚之语。

文帝看了,怔了半晌,未作批答,只携在了袖中。待到闲适时,便往椒房殿去,给窦后看。

窦后阅罢,不由就感慨:"到底是老臣,所虑甚周。非老臣,陛下不能得位,今日他们又想到两舅兄事。"

文帝于窗前坐下,见窗外可见天气澄明,便回首一笑:"皇后还未看透,老臣们这是心怀畏惧……昔日吕氏猖獗,愁云惨雾,压人头顶,至今彼辈仍有余悸。"

"哦!"窦后忽就明白了,不由浑身一震,便沉默不语。

文帝便道:"老臣若存仁心,何不早早助你寻亲?此辈位高权重,所虑无非保住富贵。然其所奏,其理倒也不谬,不妨遵行。今吾意已决:两位舅兄弟,终我一朝不得封侯,免得招祸。不知皇后意下如何?"

窦后忙道:"那是自然。他二人能有今日,已属侥幸,必不会有非分之想。臣妾早已明陛下之意,陛下欲为明君,留名千古,故而不以朝臣阿谀为意,一心所望,是要百姓私下里也说个好。"

文帝闻言大喜,望着窦后道:"皇后果然知我意!为人君者,仅凭征伐得天下,焉能传得万世?须得万民心服,根底才牢。舅兄所言民间苦状,令我数日不得安。我意,自明年起立减赋敛,民赋降至每年四十钱,丁男三年一役。今后施政,务必留意赈穷民、养孤老，使世道人心皆平。待朝中诸事罢，我也将巡行天下，督责各处。”

窦后脸色忽就一变，急忙劝道："陛下所虑无不当，然巡行一事，则万万不可。那秦始皇巡行天下，地方上焉能不作假？官吏百般逢迎，你又能看到甚么？一路巡行，靡费甚多，倒闹得四海骚然，终是乱了天下。想那先帝在时，也喜巡游，直闹得诸侯心慌，联翩作乱，陛下不可不虑！"

文帝便颇感诧异："你一个女流，如何知道这些？"

窦后回道："臣妾在长乐宫时，吕太后便时常念起此事。彼时先帝好巡游，吕太后颇不以为然。倒是吕太后问政时，足不出长乐宫，内外竟未闹出一个乱子来。四方政声如何，只须多遣耳目，探听得虚实便是。"

文帝倒吸一口气道："果然是。皇后若不提醒，朕倒是忘了这一节！依你亲眼所见，吕太后问政，究竟有何章法？"

"便是一卷书、两个字——黄老。吕太后常对我言，居上位，器局宜端庄，凡事一动不如一静。"

文帝低头想想，拿起周勃、灌婴奏章来，面露欣然之色道："好！朕已明白。乱后大治，总之要以礼义为上。朕今日就准奏，请陆贾先生常来都中，教两位舅兄弟习礼。如此，二人身价便不寻常，谅也无人敢小觑了。"

窦后闻听文帝如此说，心中便一喜，忙向文帝施了个万福道："那两兄弟，实不足道，竟能蒙此大恩，臣妾在这里替他们谢恩了！"

三

南越重归
汉舆图

文帝前元元年暮春三月，有少府、宗正先后奏报：窦长君、窦少君兄弟在华阳街宅邸，已另行修缮，分门别户，互不打扰，可供两人安居。此外，宗正府已遵命遣人往好畤，传谕陆贾，请陆先生常来都中，与窦氏兄弟交游。

文帝阅罢奏疏，不由赞道："甚好甚好。只是陆先生已年高，奔波往来，殊为不易。"说着，忽地想起一个人来，便一拍额头，"哎呀，如何将他忘了！有一人，最宜为舅兄师友。"旋即，往晋阳发下征书一道，命当地有司搜寻方士阴宾上，速召其来长安。

半月之后，晋阳有司寻到阴宾上，送来了长安。召见之日，阴宾上由谒者引入偏殿。但见今日的阴宾上，面色黧黑一如往昔，唯目白如珠，炯炯有光。上得殿来，神色惶恐，见了文帝纳头便拜，口称："陛下万年！"

文帝微笑问道："先生别来无恙乎？快请平身。朕记得，先生之寿，向已有五百六十岁了；至今日，又借来了多少？"

阴宾上抬起头来，惶悚回道："承蒙陛下召见，门楣生光。小的实乃潦倒方士，不过习了些杂学，以巧言谋食，年前在晋阳信口胡说，当不得真，万望陛下恕罪。"

文帝笑道："你往日所言，不恰是成真了吗？今召你来，朕不是为叙旧，只问你于卜术之外，另外还通何种学问？"

"小的喜读鬼谷子，兼及兵家，皆是兴之所至，全无章法。"

"那便好！朕正需先生帮忙。皇后有兄弟二人，出自市井闾里，胸无点墨，朕已托陆贾授之以儒学。不知先生可否屈尊，为他二人传授鬼谷子之术。"

阴宾上便面露诧异："二位窦公之事，小的亦有所耳闻。然二公所学，儒学足矣，何用这等纵横捭阖之术？"

文帝便笑："儒学教之以方正，鬼谷子教之以权变，先生之智，我已有领教，请勿推辞。你且坐下，朕还有事要问。"说罢，便命宦者于右首赐座。

阴宾上甚觉不安，四下里望望，方小心撩衣坐下。君臣两人，四目相对，都觉恍如隔世。阴宾上便一笑："陛下，容小的斗胆揣测，可是要我去做徐福？"

文帝便仰头笑道："哪里！朕岂可效仿秦始皇？仅海内之地，便够我打理的，焉能有心去寻仙山？"

阴宾上怔了怔，忙揖道："小可愚鲁，也万不敢受此命。"

文帝便向前略一欠身，问道："借先生吉言，朕数月前果然登了大位，万民称臣，好不威风！然数月间，朕却不能安睡，常思天下之大，千头万绪，要治得好，当从何处入手？"

阴宾上闻罢此言，心中才定下来，想想便道："这个容易。以小民看来，陛下虽贵为天子，也不过略似大户之主。陛下昔年为代王时，以孝为先，民间早有口碑。今日治天下，亦应秉持此道。鬼谷子曰：'己不先定，牧人不正。'陛下只须将一个'孝'字置于上，天下便不愁不治。"

文帝稍一思忖，似有所悟，便挥退了左右，只留下阴宾上一人，又问道："朕以外藩入主，毫无根基。朝中老臣环伺，有尾大不掉之势，奈何？"

阴宾上翻动一双白眼，沉吟片刻，方吞吞吐吐道："这个，譬如用兵，临阵号令不行，换将就是了……咳咳，恕小的智穷，只能说到此。"

"用兵？如今朕势弱而勋臣势强，如何能以弱胜强？"

"可如鬼谷子言，'挠其一指，观其余次'，不必心急也。"

"挠其一指？"文帝咂摸片刻，忽而面露喜色，赞道，"公真乃我上宾也。今赐你千金，便在这都中置屋，无须再游荡了，在此安享你那五百年高寿。闲来无事，与我妻舅为友；若有事，则可为我顾问。"

阴宾上连忙叩首道："方术之士，岂可为君上顾问？小的不敢，只愿做二位窦公的酒肉朋友。"言毕，忽就狠命掌起自己的嘴巴来。

文帝大惊，忙问其故。

阴宾上手抚脸颊，面露释然之色："哦！痛呀，真的是痛！陛下，方才小的还疑心是在梦中哩。"

"哦？梦中如何，不是梦中又如何？"

"若在梦中，则无虞；若非梦，即是忧喜各半。"

"这又如何说呢？"

阴宾上睁大白眼，直视文帝道："陛下读书多，远胜小人，可知古往今来骤贵之人，有几个可免灭门之灾？小人无才，于朝廷无尺寸之功，只有幸蒙陛下恩宠，便成显贵，岂不大危哉？"

文帝便略略变色："如先生言，朕仅以血缘而登至尊，岂不是危上加危了？"

阴宾上连忙伏地道："小的岂敢议这等大事？ 然世间之理，无分贵贱，尽在天定之数。 骤贵之人欲免灾，唯多做善事以化解之。 小的枉活了数十年，有一事算是看得清了——天可以赐人福气，亦可索人性命，翻覆之间，全无道理可言。"

文帝听得入神，竟不由自主起身，朝阴宾上揖道："先生无须再多言，此中关要，朕已明白。 朕之意，你也不必再于江湖上行走了，且留居都中，随时应召，以备顾问就好。"言毕，便召来少府，命在长安城内择地购屋，安置好阴宾上。

阴宾上大出意料，连连摆手道："陛下，可使不得！ 野有蔓草，如何能长在金銮殿上？"

文帝不容他推辞，挥袖道："你且随少府去！ 江湖上温饱不易，你也无须逞强。 此等小事，算是我略尽故人之谊好了。"

待阴宾上退下后，文帝并未即刻返回宣室殿，只是伏案凝思，半晌不动。 旁侧谒者见不是事，忙去唤来了张武。

张武见文帝蹙额沉思，仿若失神，便趋前道："陛下，若神思不宁，不妨以舞剑醒神。"

文帝抬起头来，疑惑道："舞剑？ 如今舞剑，能顶得何用？"

"臣见陛下闷闷不乐，或是有事不顺。"

"正是如此。 朕近日所思，在于如何收服人心。 我以身世血脉登帝位，未曾执戟戈，不足以服人，尚需广施仁惠。 不知民间有何评说？"

"回陛下，陛下仁孝宽厚，四民无不交口称赞。"

"咄！ 你为朕之近臣，如何能听到真话？ 好了，今日不议了。 四海之民，终究还是苦……"文帝说到此，又直望张武一眼道，"你等近臣，万不可蔽我耳目！"

如此数日之后，文帝已将施政韬略厘清，便召集旧日亲信六人，推心置腹道："朕生性愚钝，然入都半年来，朝中诸事渐已熟习。各位原就是干练之才，入都至今，想必已胜于朕不知几许。今召诸位来，便是要讨教。"

众随驾旧臣面面相觑，不知如何答对。张武略一迟疑，忙回道："陛下此言，要愧煞旧部了。入都以来，臣等职掌要枢，不能安寐，唯恐一旦有失，将动摇陛下根基。"

文帝便笑笑："其余旧臣，也作如此想吗？"

宋昌等人连声道："郎中令所言不虚。"

文帝便摇头："那么，尔等这胸中器局，就未免狭了些。事不可本末倒置，天下为本，朕为次。须得天下不动摇，朕之位，方不至动摇。"

张武面露不安道："臣等本为封国属官，入朝为枢要之职，已如履薄冰，岂有心思兼及天下？"

"哪里话！诸位皆任过郡县职，能治一郡，便可治一国；能治一国，便可治天下。事同一理，有何难哉？"

众人又互相望望，皆不敢应对。

文帝便又笑道："尔等六人，随朕入都，万不可终身只享这护驾之功。今日召你们来，各位便不要想入暮可回邸。且往郎中令官署，闭门商议，为朕拟诏。朕之妻兄，前日对我言及民间贫苦事，颇为惊心。民之困乏，诸位也必有所耳闻。今朕登大位，欲承惠帝之治，以孝治天下，于民间疾苦，自是不能充耳不闻。民间鳏寡孤独，如何赈济，你们去议个大略来。若议不出来，便以官署为家吧。"

张武不解道："朝中有左右丞相，此务原是他二人职分内事。

那班老臣，已历经四朝，治天下多年，操实务似轻车熟路，何须我等外官插手？"

"否！你等旧臣，万勿以外官自居，既随我入都，便是朕之心腹，尔等若不为朕出力，朕更指望何人？那班老臣，养尊处优惯了，食不厌精，足不履地，哪里能知晓贫民之苦？"

宋昌忙道："宫禁内外，片刻不容有疏忽，容臣等各去交代了，再行聚议。"

文帝望望诸臣，面色一沉道："朕之所言，便是天大的事，其余细末，无须理会了！"

诸臣脸色都一白，知上意不可违，只得遵命往郎中令官署去了。

在署中，众人嘈嘈切切，争执不休，商议越两日，终将草诏拟好。由张武率班，上呈文帝。文帝展开卷，逐条阅过，面露笑容道："甚好，甚妥！然则……还须郎中令费心，稍作润色——为民父母者，词语上须温和些。"

隔日，文帝便依诸旧臣所议，颁诏天下，责令丞相府等官署，拟定济贫养老新令。诏书洋洋洒洒，所虑甚周。其概要曰：春和之时，草木生灵之物皆有自养之道，而吾百姓中，则有鳏、寡、孤、独、穷困之人，或潦倒濒于死亡，而无以解忧。朕日夜思之：为民父母将何如？故而召群臣议，将以朝廷之力赈贷之。老者非帛不暖、非肉不饱。岁首节令，若无官吏访问老者，又无布帛酒肉之赐，便是朝廷不重孝道。如此，将何以昭告天下子孙孝养其亲？朕近闻下吏禀报，称民间耆老受济者，所得或为多年陈粟，此等敷衍事，岂是真心养老之意！凡此种种，务必改正。今责有司具文成令，务求遵行，百官均不得违。

此诏一下，朝野震动。贫户孤老，都喜极而泣，竟有在家中为天子设香案膜拜的。周勃、陈平等老臣亦是惊异，这才摸到文帝施政的路数，不敢怠慢。丞相府连夜誊抄多份，旬日之内，便将赈济令下至各郡县。曰："各乡里民户老者，年八十以上，每人每月赐米一石、肉二十斤、酒五斗。其年九十以上，每人又赐帛二匹、絮三斤。有司发放赐物及鬻老米之时，县令须到场阅视，由县丞、县尉亲送鬻老米至门上；不满九十者，则由啬夫、令史亲送至门上。各郡守须遣得力吏员巡行，有不称职者，力督之。"

新令颁下，张榜至各郡县要道，百姓都扶老携幼来观望。有识字者，为众人高声读出，每读一句，便是一片欢呼。其中有白发长者，互相揖拜称贺，只道是世道就此变了，上古三代之风，将重归人间。

至夏，文帝又有诏令，令各郡国不得再进献珍玩，免得劳民伤财。各郡国闻之，都松了口气，远近一片欢洽。

看看民心已日渐收拢，文帝便在心中布了个局，要一步步落子了——

夏六月，文帝有诏颁下，封赏旧部随驾之功。因宋昌曾力主代王入都，功最大，前已拜为卫将军，今再封为壮武侯。张武早已拜郎中令，位列九卿，此次便不再加官。其余数人，皆擢为公卿，即：庶饶为奉常、宪足为卫尉、向夷吴为少府、庐福为中尉、祝恭敬为治粟内史，各居枢要，以为羽翼。

如此，逢到朝会时，殿上重臣竟大多为故旧了。文帝环视周遭，皆是熟面孔，便忍不住笑："如今，倒像是又回了晋阳。"

诸旧臣也都笑起来，一齐拱手道："愿为陛下前驱。"满堂之上，唯周勃、陈平等几个老臣，脸面上尴尬，只能陪着强笑。

待与诸臣说笑罢，文帝又道："前月闻楚王刘交薨，朕不胜伤悲。这位叔父，文武兼备，追随高帝左右，功甚大。然封王之后，却淡泊于世，朕亦未能留意关照。今骤然薨去，朕甚悔之，今后唯有严守孝悌，厚待诸王。诸王虽不能加封了，然可以加封诸王舅，以示恩典。各位看，有何建言？"

诸臣议论片刻，周勃便奏道："今有淮南王舅赵兼、齐王舅驷钧两人，尚未封侯，今可以加封。"

文帝稍作沉吟，便道："这两位，便都封侯吧。"

"如此封了王舅，也免得诸王心怀怨望。"

"不错。那些王舅，都是能左右诸王的，封了侯，可赚得彼辈数十年不生事，岂不是好？另有前辈勋臣，随高帝入关而封侯者，封邑太过狭小；还有那未封侯的郡守、近臣等，更是无半分封地。此次，都一并封赏好了。"

陈平便一惊："拢共算下来，恐有近百人之多呢！"

"百人也罢，无须担忧！高帝时，天下异姓王多，占地亦甚多，故而朝廷地不广，不敢多封食邑，至今日，若仍维持不变，则难平勋臣们怨望，索性一并都给了好处——已封侯的，增食邑；未封侯的，统统封给食邑。"

陈平这才放下心来，长揖道："陛下有如此仁心，勋臣们当知感激。"

文帝笑笑，望着陈平一字一顿道："朕所求者，即是此也！"

当日，左右丞相府接到谕旨，忙碌了数日，将各项诏令都草拟出来，即：随高帝入蜀汉已封侯者，计有六十八人，各增食邑三百户；曾随高帝却未封侯者，计有三十人，分别封给食邑六百、五百、四百户不等。其详备名单，也一并呈上。

自此，都中与四方郡国，计有近百名从龙老臣，一并受了封赏。诏令颁发日，老臣们喜出望外，奔走相告，都夸文帝仁厚知礼、亲旧不遗。原本有看轻文帝的，此时也再无话说。

看勋臣列侯们皆已收服，文帝便觉胆壮，再看周勃、陈平，除往日功高之外，似也并无异禀，逢到朝会，就只是泥塑木雕般应付，对两人便日渐厌倦起来。

这日朝会，堪堪诸事商议已毕，文帝忽地想起，便问周勃道："右丞相，今之天下，人心大定，百姓犯法者当是不多。不知一年内，决狱几何？"

周勃本为武人，君上若问起匈奴南犯事，尚知如何应对，不料文帝有此一问，竟无辞以对，脸便涨红，只得老实答道："臣不知。"

文帝瞟他一眼，转而又问："那么，赋税钱谷，一年出入几何？朝廷所收赋税，是否足用？"

这一问，更是难答。周勃支吾了几句，竟答非所问："这个，天下已有数年无灾……"便说不下去。心中一急，顿时冷汗直流，湮湿了脊背一片。

文帝见周勃的样子，知他从未用过心思，便轻蔑一笑，转头又去问陈平："右相不知，左相当知。"

陈平又哪里知道，只得硬起头皮，跨步出列，双手一拱，迟疑了片刻。文帝也不多言，只直直盯住陈平，等他下文。

陈平心中不知转了几百个弯，忽生出急智来，朗声答道："此二事，各有主掌。"

"哦？由何人主掌？"

"陛下既问断狱，可召问廷尉；问钱谷，则可召问治粟内史。"

文帝便忽地起身，负手于后，勃然作色道："哼，各有主掌！若是如此，陈平君，你所主掌，究竟是何事？"

陈平见势不妙，连忙伏地，叩了几个响头道："天下事，千头万绪，一人如何能尽知？陛下不知臣驽钝，命我坐了丞相之位。丞相者，上佐天子理阴阳、顺四时，下抚草野万物，外镇四夷诸侯，使公卿各得其职。臣之主掌，确是紧要得很呢！"

文帝凝神听罢，容色渐缓，含笑道："答得好！朕知道了。到底是三朝元老，调理阴阳事，便交付于你一人吧，朕可高枕无忧了。"

文帝话音甫落，便有满堂笑声腾起，将方才尴尬掩了过去。文帝想想再无事，便挥袖教诸臣都散了。

周勃顿觉大惭，低下头去，匆匆而出。行至宫门外，恰与陈平走在一处，便出言埋怨道："陈平君，何不事先教我？"

陈平面露诧异，继之笑道："政事乱如麻，一日之内如何教得会？绛侯居其位，却如何不知其职？今日陛下问决狱、钱谷，右丞相若不知，还有几人能知？若陛下问起长安惯盗有几多，各在何处闾巷，你又将如何作答？"

一番话，说得周勃默然无语，摆了摆手，便登车返家。回到邸中坐下，思来想去，叹了口气，心知不如陈平远矣，便萌生去意。

当日后晌，恰有陆贾叩门来访，周勃连忙迎入。落座后，周勃便问："陆夫子一向可还清闲？"

陆贾拱手道："如今也不清闲了。奉陛下之旨，与两位国舅交游，时时要来长安，住几日便走。"

提起那窦氏兄弟，周勃不以为意道："那两个贩夫之辈，何用陆公亲授？ 教他们些诗文，又有何用？"

"绛侯，凡事有其端绪，不可只问有用无用。 今上不封两位舅兄，却命我常与之交游，这一番用心，老夫倒是佩服得紧啊！"

"哈哈，甚么用心？ 还不是天子重外戚，预为打算，来日好封侯罢了。"

"依老夫看，丞相这般见识，就远不如今上了。"

"这……这是如何说呢？"

"我看新帝内敛，深谙轻重之别，必不会倚重外戚。"

"哦？ 倘是如此，那倒还是有些韬略。"

陆贾就笑："古来坐庙堂的，只需坐上，便都有了韬略。"

周勃闻此言，忍不住哈哈大笑。

一番寒暄毕，周勃忽又想起文帝不喜不愠的脸色，便连连叹息。 陆贾好生奇怪，忙问道："绛侯位极人臣，莫非也有难处吗？"

周勃便将文帝当众发难之事说了，陆贾只是拈须微笑，不置一词。

周勃便有些急："夫子，你不言不语，竟是无话可说吗？ 我这里唉声叹气的，你怎能看笑话？"

陆贾便拱手一拜，正色道："如今天子，行事深藏不露，你我老臣，不要大意才好。"

周勃便一惊："闻君之意，周某竟是将有祸事了？"

陆贾闭目想了想，才道："绛侯这府邸，老夫来过多次。 记得初登门时，只觉摆设样样新奇，看得老夫眼花。 然则看过几回，今日复观之，却心生厌倦，只觉平淡无奇。 绛侯可知是何道理？"

周勃笑道："夫子所言，人之常情也。常年之物，看多了，自然生厌。夫子既是不耐，我明日换新的便是。"

"绛侯说得极是。老夫以为，新君看老臣，也是同样道理。"

"哦？新君即位，连朝堂上所立之人，也须都是新的？"

"正是。丞相往日诛诸吕，立代王，威震天下，居功为首。然古人云'功高遭忌'，此中道理，无可言喻。足下若贪恋权位，事便难说了，祸事亦恐将不远！"

周勃便呆住，瞪目良久，想想文帝数月来的冷面孔，更觉心灰意懒，只叹道："夫子看得准，新君即位，老臣便难做，我这粗人，比陈平不知少了多少心窍，吃一万条藕也不济事，早该退隐了。"

陆贾便劝道："绛侯言重了，新君喜怒难测，但总要顾及朝议，你今日自请引退，今上总不至加罪于你。朝堂险恶，你免官归家便是，自沛县起兵以来，好在保全了性命，总还强过韩信、彭越那一干人。"

周勃浑身一震，大为动容，拍案道："唯夫子知我！舞刀弄枪不在话下，计较这类精细事，却不是我这等人做得来的。"

数日之后，周勃果然递上奏本，称病请辞，欲归还相印。

时逢朝会，文帝看过奏本，便对周勃温言道："绛侯以武人从政，劳心费力，实为不易。朕今日也只得体谅，就准了你吧，且去养心。"

周勃知事不可挽，叹了一声道："微臣心眼拙，养也无益，只能吃酒消遣罢了。朝中诸事，概由陈平打理，最为相宜。"

文帝望望陈平，一笑："朕也要多向陈平讨教哩。"

陈平脸便红了红，忙谦辞道："臣之才，得之旁门，非堂堂正正，为正道所不容。谋攻伐敌尚可，治天下则未免轻浮。臣虽俦幸无事，而子孙如何，却是难以揣想，恳请陛下另择贤才。"

文帝摆摆手笑道："而今老臣凋零，何人可与君比肩？ 君之心窍，堪比鬼谷先生，用以治平，我看足矣。"

君臣间至此既已言明，都觉释然。 当日朝会毕，文帝便有诏下：擢陈平为右丞相，总揽朝政。 周勃免官归家，自去将养。

如此，前元元年不知不觉便已过半。 至秋，谷禾大熟，百姓欣喜，勋臣们也都不再心疑。 文帝知朝中事已无虞，心头也就不再发虚，独坐时，常打量汉家山河舆图，思虑边事。 渐渐看出来：那桀骜不驯的南越国，倒是一块心病了。 若不早除，必成汉家大患。 于是，便召陈平、张武来商议。

张武应召而来，闻听是议南越事，心中便惴惴，对文帝道："臣胆略不及宋昌，陛下谋四海事，可召宋昌来问计。"

文帝便笑："宋昌胆壮，公则性素谨慎。 事急时问宋昌，足可绝处逢生。 如今世事承平，谋虑必周全，有事还须召问张公，这有何不可？"

陈平在旁附和道："张公起自郡县吏，见多识广，就不必谦虚了。"

这日，恰是秋意初起时，庭中已隐隐有桂子香气。 文帝一时兴起，便携了陈平、张武，三人来至灵惜亭上，坐望太液池，一面就议起南越事来。

原来，那南越王赵佗，本在高帝时已归服，称臣通使，与诸侯王一般无二。 却不料经吕后一朝，此时却又叛离，竟然称起帝来，据地万里，与汉家相抗，俨然是近邻一大敌国了。

事之缘起，乃因吕后对刘氏子弟残暴，哄传于海外。 赵佗便不服，屡有讥诮。赵佗既有此意，其臣属必甚之，那南越国兵民，便也对汉家轻蔑起来。

时汉家有长沙将军陈始，为南边镇守之将。此人乃是芒砀山功臣之子，袭父爵，为博阳侯，与长沙王吴右年纪相仿，正值而立之年，气盛到天地亦难容下。两人便商议，欲启边衅而建不世之功。随后，五岭交界处，两边兵马便屡起纷争，闹得不可开交。

消息传至朝中，正是吕产为相，便召集九卿合议此事。有朝臣献计，请禁南越关口铁器交易，给赵佗一些颜色看看，勿以为吕太后好欺。

吕产闻此计，颇以为然，便奏请吕后。吕后听了赵佗事，亦大怒，当下就准了，号令封禁南越国横浦、阳山、涅溪三大关口，禁铁器买卖，连一柄铁铲也不得过关。马牛羊等畜物可交易，然只可卖与越人公畜，不可卖母畜。

那南越关铁器一断，偌大南越国，不单剑戟不能更新，连民间所用铁锅，也难以为继了。至于马牛羊之畜，更无从繁殖。

赵佗闻报，拍案而起，骂道："雌鸡亦欲凌空乎！高皇帝立我为王，通使通商，不是好吗？吕后听信谗言，竟将我视为蛮夷，禁绝铁器，欲使我南越人茹毛穴居，以石锅煮饭乎？真真岂有此理！"

此时丞相吕嘉在侧，当即进言道："此必是长沙王所献诡计。"

赵佗双目圆睁，大怒道："那长沙王，是何鸟种！老王吴芮一薨，留下一窝废才，如今传了几代了？是哪个竖子在位？"

"回大王，当今长沙王，乃老王的第四代孙，名唤吴右。于吕后元年袭位，在位已八年。袭位之时，吕后对他颇有笼络，那吴右便骄横起来，勾结博阳侯陈始，阴有吞并我南海郡之心。欲使南越之土，尽归入长沙国，两国由他一人为王，欲凭借此功，在汉家自重身价。"

"竖子！ 羽毛尚无几根，竟做起飞仙大梦来……你所探消息，究竟实也不实？"

"老臣为国相，岂敢妄言？ 我南越之眼线，已遍布长沙国上下。 据报，汉家禁铁令，即是那吴右以重金贿赂朝臣，向吕氏进了谗言。"

"哼，宫中长成小儿，欺到孤王头上来了。 吴氏这些子孙，便是一齐来攻，我又有何惧！"

"大王，臣以为，兵衅不可轻开。"

"丞相，你这是如何说话？ 若是汉大军南下，孤王或可迟疑；那长沙王吴右，不过一乳臭小儿，便要我俯首就范吗？"

"战端一开，两国交兵不止，必牵动大局，恐致南岭遭数十年动荡。 事若至不测，便是得不偿失呀！"

"你太高看那小儿了！ 他虽背倚中国，又怎能奈何得了我？ 我又不欲夺吕后天下，只不过瓤他几座城、斩他几员将，教那汉家君臣，也识得我赵某手段。"

次日，南越群臣上朝，闻主上欲与汉家动干戈，便有人上奏：北地之人盛传，吕后已焚毁赵氏父母墓庐，又尽诛了赵氏兄弟全族。

赵佗闻之，愈加怒不可遏，以汉家为不共戴天之敌。 遂不听吕嘉谏阻，自上尊号为"南武帝"，发兵五万，急攻长沙国边境。

南越自立国以来，虽未有过大战，然历经数十年养蓄，倒也兵精马壮。 大军源源开出阳山关，一入汉境，便声威大震。

那边长沙王吴右，从未有过历练，志大而才疏；将军陈始亦不相上下，徒有骄气。平日里，二人有心攻灭赵佗，却料不到赵佗会前来犯境，顿时慌了手脚。只得飞报长安告急，一面严令各城邑，集合军民，守境自保。

赵佗见长沙王怯战，大笑数声，遂下令挥兵猛进。数日，即连破数邑，纵兵大掠。千里长沙，一时狼烟四起，兵民皆惶恐不已。

吕后得报，也是吃了一惊，与吕产、吕禄商议数日，决意发兵一支入南越，趁机灭了这个前朝余孽了事。当即拜隆虑侯周灶为将军，领军十万南下，誓要扫平南越。

岂知那赵佗全然不惧，他有胆量攻中原，自是有所依恃。原来，那南越北边，有五岭阻隔，奇险异常，可当百万之兵。当地天气又溽湿，瘴疠横行。北兵贸然南来，即是落入了陷阱，不用对阵，先就输了一大半。当年秦始皇发兵征越，也曾喋血折兵，后数度换将，方才略定全境。赵佗那时为秦军校尉，身历其事，知粤地山川可恃，因此全不惧汉军南下。闻听周灶大军逼近，冷笑一声，便下令全军退入阳山关，只凭着山壑与汉军对垒。

那汉军也久未历战阵，本就气不壮。一入瘴疠之地，又恰逢天气大暑，军中疫病四起，苦不堪言，莫说破关杀敌，便是活下来亦属不易。于是兵士哗乱，皆不听命。

那隆虑侯周灶，倒也并非无名之辈，乃是芒砀山刑徒中的一条好汉，随刘邦举义。至垓下之战，已升至长铍①都尉，奉命穷追项羽至乌江，战功甚大。然此时陷于瘴疠之地，亦是无计可施，只

---

① 铍(pī)，以短剑安装于长柄之上，后世曰"枪"。

得屯兵于阳山关下，徘徊不进，蹉跎竟有年余。

赵佗与汉军僵持久了，心中不耐烦，遂起草书信一封，欲与汉家罢战，唯向汉家求索真定胞弟，并求罢免长沙将军陈始等。信写罢，即命军卒以强弩射至汉营。周灶拾了书信，急忙遣人送至长安，然朝中诸吕看了，却无片言回复。

直至吕后驾崩，诸吕被诛，周勃、陈平才上奏文帝，力请罢兵。周灶接到退兵令，如蒙大赦，慌忙率了疲病之兵，拔营而去。

赵佗在关上见了，大笑道："秦虽亡于泗水亭长，然汉家又如何？亦奈何不得我一个秦县令！"遂命军卒大声鼓噪，敲锣戏弄，极尽嘲讽之能事。

汉军退去后，赵佗将那掠得的财宝，馈赠闽越、西瓯两国，又以兵威恫吓之，诱使两国及骆越一齐背汉，甘为属国。自此，南越国东西横越万里，气象非凡。赵佗不单临朝称制，连那出入乘舆，也竖起了黄屋左纛①，公然与汉家相抗。汉与南越，就此势成水火。

这日，在灵惜亭上，文帝君臣三人议起往事，都不胜叹惋。

文帝指了指太液池道："二位看这亭下，一池秋水，端的是水平如镜。然不可有一丝惊风飘起，若稍有风起，便破碎无以收拾。须知，边事亦如此。朕今有意，遣使往四夷宣谕：朕本诸侯，自代地入承大统，欲以盛德施天下，对藩属并无恶意。愿和辑万邦，同享太平。我以此诚心待藩邦，料那藩邦也必不生疑。"

---

① 黄屋左纛，汉代皇帝乘舆之饰物。黄屋，即黄色车盖。左纛，以牦牛尾或雉尾制成，设在车衡左边。

陈平赞道："好！如此宣谕，海内必服。"

文帝又问两人道："今赵佗不服，可出兵征讨吗？"

陈平与张武对视一眼，皆面露苦笑。张武遂道："十万兵马征南，无功而返，事不可再。想那南越，实也无力侵掠中原；他称帝，乃是憎恶吕氏之故。而今汉家百废待兴，于藩属还是以抚为上。臣以为：征南越而成事者，古来罕有。秦始皇尚且勉强，我朝则万不可心存侥幸。"

陈平亦道："张公明见。赵佗既无大志，我征讨又无胜算，再征又有何益？料他只不过想争一时意气，朝廷若以好言宣慰，定能收服。"

文帝又问："先帝在时，赵佗心悦诚服，如何吕太后当政时，他偏就与长沙王纠缠不清？"

陈平答道："此事乃阴差阳错，臣略知一二。先帝封吴芮为长沙王，原是封了长沙、豫章、象郡、桂林、南海五郡。赵佗称王之后，占有其中三郡。他先自心中有愧，便疑心长沙国要夺回这三郡。两国龃龉，便源于此。"

"这个赵佗，到底还是心虚。"

"吕太后称制，赵佗曾遣南越内史、中尉、御史三次来朝，欲加申辩，然吕太后只是不理。"

"哦？那吕太后打理藩属事，颇有方略，待南越国何至于此？"

"或因吕禄、吕产操纵其间，也未可知。昔日朝政紊乱，不可究了；而今诸事，当一改旧弊。臣以为，陛下今欲收服南越国，正当其时也。"

文帝便颔首微笑："两爱卿已明朕意，那便好。那赵佗昔时，曾有书信交周灶带回，我昨日翻检，知其亦有求和意，我为上国，不妨应之。真定那地方，尚有赵佗祖墓，高帝时已修葺，今可再翻新，起造墓邑以守之。他有兄弟在汉地，都召来长安，委以尊官，厚赐以宠之，并下令罢陈始长沙将军。如此，赵佗闻之，必也以诚心报我。"

陈平、张武两人面露欣喜，都拱手称道："善！"

"那么，丞相请举荐一人，为朕出使南越，宣谕笼络之意。"

陈平略一思索，脱口便道："此事，非陆贾先生不可。先帝在时，陆贾曾杯酒赚得南越国来归，今日不妨再试之。"

多年前陆贾使粤时，文帝尚年幼，仅略有耳闻。此时陈平提起，文帝并无异议，却也担忧道："陆贾出使，当是不至无功，然赵佗公然称帝犯边，已与中国不两立，老夫子此去，若有万一，岂非大险？"

陈平道："犯险涉难，方挽得回南岭，舍此别无他途。"

张武亦道："以一人之险，换得百代安宁，谅陆贾先生必不会推辞。"

文帝颔首道："然。陆贾长者也，无愧国之重器，定不负朕意。"

君臣议到此，胸中都觉豁然开朗。文帝四望片刻，但见水色潋滟，亭台有如仙境，掩映于绿丛中，不禁就慨叹道："朕生也晚，不及前辈阅历多。想那刀山血海之时，汉家君臣所盼望，便是这半日的安宁吧？"

一句话，说得陈平动容，忙答道："老臣彼时，唯求生还，岂敢做此等好梦？"

"话也正是如此。你我君臣在此亭上，虽是只言片语，却是关乎子孙万代事,能不战战兢兢? 你二人,今后万不可消沉度日。"

陈平、张武闻言,都不免失色,忙伏地叩首,连连称是。

越日,文帝宣召陆贾面谕。 待陆贾上殿时,文帝起身,疾行数步相迎,恭恭谨谨道:"先生隐居九嶷山,多年韬晦,今日见之,倒是更旺健了! 汉家元勋,今日已无多,有幸见先生来,后辈心安得很。"

陆贾行毕大礼,应道:"臣实不敢卖老! 昔年因无功,方得幸存。 今虽残朽,仍愿为王前驱。"

文帝便赐座,笑赞道:"朕幼年时便知,先生曾使粤,片言赚得赵佗万里之地,真乃神人也!"

陆贾便仰头笑道:"民间所传,未免溢美。 老夫固然有巧舌,然则,若无先帝天威,哪里能说得动赵佗?"

一番说笑毕,文帝便正色道:"今召先生来,乃有大事相托,关乎万代边陲宁靖,望先生勿辞。"

陆贾便敛容道:"唯陛下之命是从。"

"那赵佗,因吕氏乱政,今复叛去,拟请先生携朕亲笔信一封,再使南越国,宣谕盛德,劝说赵佗来归。"

陆贾闻之,略显惊愕,忽就迟疑起来。

文帝见状,忙道:"赵佗擅自称帝,与我相抗,南岭已成险地,朕亦为此颇费踌躇。 然年前南征,用兵不利,今又无力再征,故出此下策,令先生为难了。"

陆贾犹豫片刻,忽然伏地一拜,慨然道:"愿从命! 臣虽老朽,筋骨尚健,那南越国丘壑虽险,我则视之若平地也。"

"夫子,赵佗喜怒无常,此去或有不测……"

"区区南越，怒又何妨？他见臣敢一人前往，便知汉家并非怯战！"

文帝大喜，便取出写好的亲笔信，交给陆贾，又叮嘱道："此信，乃朕苦思三日，斟酌而成。令先生见笑了，可否代为润色？"

陆贾展卷，细读了一遍，神色便显肃然。复又读一遍，不禁抚膝叹道："陛下好文章，臣岂能更易一字！携此信，老臣足可以说得那赵佗回头。"

文帝便拱手一拜："先生既已受命，朕便有谕。"说毕，即起身离座。

陆贾连忙也立起，躬身听命。

文帝正了正衣冠，振声道："今加陆贾为太中大夫，授金印紫绶，为朝使，携朕亲笔赐书一封及赐物，往南越国说服赵佗。另遣一谒者为副使，伺候途中起居。朕已飞檄长沙国及沿途郡县，一路照应，勿使先生劳累。今日使命，福泽千秋，唯望先生途中保重。"

陆贾闻罢谕旨，老泪纵横，长揖答道："陛下即便不言，臣也知轻重。来日且听老臣复命。"

文帝遂亲送陆贾至阶下，依依惜别，目送其远去。但见陆贾白发皤然，飘逸若步云之仙，不觉感慨良久。

陆贾这一路上，因郡县迎送周到，且天气已转凉，倒也不大辛苦。至长沙国境内，长沙王吴右率众属官郊迎，备极恭谨。

见了陆贾，吴右满面羞惭，请罪道："孤王年少，遇事不知转圜，给朝廷惹了祸。"

陆贾看看吴右，不由想到天下异姓王，除南藩之外，已诛杀尽净，唯余此一姓，便不忍责备，只道："长沙王不必自责。边事安否，非人力所能及也。只是……先王拓土，实是九死一生，方得这一隅。封疆之主任事，不可不记取前代事。既然说守土有责，守住便是大功；舍此而外，别无奇功！"

吴右听出陆贾有责备意，不禁愧悔满面，连连揖道："先生数语，令孤王无地自容。此误，险些误了大事，有劳先生犯险出使，我心难安。"

陆贾挥挥袖笑道："哪里话。老臣今往粤地，自知那赵佗分量，必定无事。"说罢，又瞟了一眼在旁的陈始，冷冷道："博阳侯好英武！令尊起自芒砀，与老夫相熟，当年也不过你这般年纪，却是从不多事。"

一句话，说得陈始大惭，慌忙伏地，连连请罪不已。

且说陆贾车驾出了长沙，颠簸于险峻山道上，历经半月余，翻过九嶷山、越城岭，终来至阳山关下。

那阳山关，依山崖而建。其山色赭红，似火烧而成。壁立千仞如斧凿，真是傍马头而起，直上云霄。不要说攻破，即是平常攀缘，也是不能。

随行谒者乍见此奇景，仰之愕然，脱口道："嚯矣！无怪我征南兵马，无功而返。"

陆贾笑笑，凭车轼观之，悠然道："且看老夫手段吧。"

那南越国境内，得了斥候探报，早已有人在此守候。待关口大门一开，便有赵佗所遣使者，持节出来，将汉使一行迎入，一路护送向南。

后又驰驱旬日，来至番禺城北门外，见南越国丞相吕嘉，正率左右恭迎于城下。吕嘉迎住陆贾，略一施礼，满脸笑意道："先生别来无恙乎？吾主闻听先生将至，朝思暮想，常叹曰：'又得见故人矣！'"

陆贾却无一丝笑意，亦不还礼，只冷冷打量吕嘉一眼，语含讥诮道："吕丞相老臣，倒是未曾昏头；只不知南越王此时，是否还在梦中？"

吕嘉闻其言不善，不由就一凛，忙敛容道："我君臣盼先生久矣。"遂命左右鸣响鼓号，以大礼将陆贾迎进越王宫。

这越王宫，比陆贾前次来时，又新造了许多宫殿，均为石砌，巍峨连绵，其名一概仿照长安宫殿。吕嘉引陆贾入魏阙，赴"未央宫"谒见。

不料才进宫门，便见一对石麒麟之后，有两排郎卫，执戟肃立，面露隐隐杀气。见陆贾至，立时挺戟交搭，有如长廊。吕嘉便向前一抬手道："先生请。"

陆贾随他手望去，便是一惊：只见那陛路尽头处，正摆着一个汤镬！

随行副使见了，面色即惨白，急呼道："先生！"

陆贾转头怒视副使，低声道："足下胆量，尚不如一秦舞阳乎？"叱罢，即昂首前行，至滚沸汤镬旁，视若无睹，绕行而至殿前停步。

吕嘉连忙跟上，见陆贾镇定如常，心中也暗自吃惊，忙唤谒者通报。

此时，赵佗头戴十二冕旒，身披越人袍服，正自在龙椅上高坐。谒者上前，通报陆贾已至，赵佗目不下视，只略一颔首道："宣上来吧。"

大行官闻令，便是一声呼喝："汉使陆贾，谒见武帝——"殿上一众谒者，顿时都齐声附和。

陆贾便一撩衣襟，大步上殿，略略一揖道："汉太中大夫陆贾，万里南下，来拜见故人。"

话音甫落，满堂皆惊，吕嘉不禁大怒："汉使无礼！"

殿上宦者闻声，立时怒视陆贾，只待一声令下，便要拿人。

那赵佗也是一惊，仔细看去，见陆贾旁若无人，似笑非笑，自己先就忍不住了，跳将起来，抢上前几步，执陆贾之手大笑道："不错，故人，正是故人！自高帝十一年别后，竟是十九年了，我是无日不思老夫子……"

"老臣亦是日夜思之。"

"朕已老矣，夫子却仍不老。想那隐居所在，必是一个神仙地。"

"哪里！老夫守拙，十九年无甚长进；足下倒是若隔世之人了。昔日臣来，曾领略大王风采；今日见之，竟是冠冕殊异，令老夫不知该如何叙旧了。"

吕嘉在侧道："陆大夫岂能不知，吾主今号'武帝'，已为南越天子了。"

陆贾便佯作惊讶，连连揖道："料想不到，天不变，道亦不变，唯足下变了。老臣这里，贺足下已然胜过天道！"

赵佗闻言，仰头大笑道："先生又来逞辩才了，我南越君臣，哪里是你的对手？来来，坐下说话。"

两人便分宾主坐好，赵佗一拱手道："久未闻大雅，不觉又是多年，今日愿闻先生赐教。"

陆贾便道："今来，臣并无一语，唯携一篇文章来，请大王过目。"

赵佗略显诧异："哦？是先生手笔？"

陆贾笑道："非也，然远胜老臣文采。"说罢，便从袖中取出文帝信来，恭谨呈上。

赵佗忙接过来看。刚看了数行，不禁就神情肃然，抬头问道："这一封皇帝赐书，莫非陈平所拟？"

"大王请细读，此乃天子亲笔，他人未添一字。"

"汉天子文采，竟是如此了得？"

"正是。老夫到这把年纪，已无须作虚言。"

赵佗便又屏息阅看，读罢再读，如是再三。只见那信中写道：

皇帝谨问南越王，王在粤地，甚苦心劳意。朕乃高皇帝侧室之子，奉北藩于代，路途辽远，耳目壅蔽，从未曾致书与大王。

高皇帝宾天，孝惠皇帝即位，高后临朝称制，不幸有疾，日渐深重。以其故，行事悖暴，诸吕趁机乱法，乃取外姓之子为孝惠皇帝后嗣，朝纲遂乱。幸赖宗庙之灵、功臣之力，尽诛诸吕已毕。朕以王侯官吏拥戴之故，不得不立为新帝。今即位，闻昔日大王曾与将军隆虑侯书信一封，求送还胞弟，并请罢长沙将军。朕应大王书信所求，罢将军博阳侯等。大王胞弟在真定者，已遣人问候，并修治大王先人冢，以示诚意。

前日闻大王发兵于两国边，为寇灾不止。当其时，长沙国苦之，南海郡尤甚。虽大王之国，又能独得利乎？两相交恶，必多杀士卒，伤及良将良吏，使人之妻寡、人之子孤，使人父母丧子而独居。得一亡十，朕不忍为也。

…………

赵佗放下赐书，沉思良久，方叹道："汉天子待我，如兄弟也。"

陆贾狡黠一笑："兄弟之邦，便以鼎镬待客吗？"

赵佗这才想起，不由大惭，急唤吕嘉道："撤去，撤去！"又轻声对陆贾道："夫子请随我往偏殿说话。"

至偏殿，赵佗屏退左右，与陆贾相对而坐，取下冕旒，神色颇不安："汉丞相周勃，可是在谋划对我用兵？"

"哪里话。绛侯已罢相，今汉丞相乃是陈平。"

"哦。"赵佗松了口气，又问道，"如此说来，汉天子并无征南之意？"

"既为兄弟，何用干戈。老夫远涉万里，即是为和辑而来。"

赵佗拱手一拜，语气恳切道："既如此，我便对大夫道出实情。吕氏在时，我亦有苦衷，音信隔绝，民间纷传，说汉家已尽诛我兄弟，不由人不信。今阅天子赐书，方知真伪。天子书信，起首便言'朕乃高皇帝侧室之子'，便是撇清了与吕太后干系，我岂能看不出？吕氏既灭，我心病亦消。汉家与我，兄弟相残，确是无益之事。"

"大王初衷未改，老臣甚欣慰。昨日种种事，可否挥袖拂去？"

"这有何难？我赵佗，是何许人也？本为燕赵之士，今衣冠虽从越俗，心仍属故土，数十年来，以诗书化国俗，犹念中国。虽有甲兵百万，又岂能忍心与汉家为敌？"

"此话，老臣深信不疑。足下既知礼，朝廷亦必不弃足下。"

"况且以弱攻强，岂非自寻死？若是汉家遣灌婴南来，半月便可下番禺，逐我于海上。天子今遣老夫子来，显是不欲杀我，我岂能不知？"

陆贾面露微笑道："足下既有此意，何不去帝号，重归汉家？"

"我也正有此意，请容我回书一封，有劳夫子携回。赵佗究系中国人，流落南岭，不得归乡，不得已而为蛮夷长老，实无心与朝廷为敌。今番得天子垂爱，愿世代为藩臣，进奉朝贡。"

"这封回书，不可草率，须字斟句酌才好。"

"那是自然。我虽莽夫，早先也曾亲拟军书。今日提笔，要写一篇妙文出来，供夫子一笑。"

"老夫此来，上命甚急，待大王回书写好，便要告辞了。"

"岂可如此急切？夫子既来，便不要匆忙，你我仍如当年，煮酒论世，醉个几昼夜再说。"

陆贾连忙拜道："我迟几日归，倒不妨事。然老臣若早一日返归，南越便早一日得安，确是耽搁不得了。"

赵佗望住陆贾，慨叹道："夫子两次南来，竟是两次救我。今番别去，只不知可还有重逢之日……"言未毕，竟有数行泪落，沾湿衣襟。

陆贾摆摆手，也几欲泣下，不忍再说半句了。

后数日，赵佗白昼与陆贾饮酒闲话，夜来便闭门苦思，草拟回复皇帝书。

两日后，赵佗有诏令下，颁至南越国各地，曰："吾闻两雄不俱立、两贤不并世。汉皇帝乃贤天子，自今以后，孤王除去黄屋左纛，永世归服中国。"

此令一出，越王宫内外皆震动，吕嘉急忙求见赵佗，面奏道："诏令一出，官民心甚不安。陛下十数年称制，上下皆习，骤然改之，恐为不便。"

赵佗微微一笑，拂袖道："陆老夫子尚未走，此事勿再多言。"

吕嘉一怔，旋即会意，便一揖退下了。

又过了两日，赵佗请陆贾到"曲流石渠"饮酒。陆贾来至渠边凉亭，四下望望，见城南不远处，便是浩茫南海，便赞道："好个观景之处！南越王宫景色，真乃仙境，老臣生平从未见过。"

赵佗便笑："小邦唯有小趣，不足道哉。"

越王宫中那曲流石渠，系凿石砌成，依地势回环蜿蜒，如龙蟠地面。渠底以卵石铺就，水流过，可闻潺潺之声，如丝竹之妙。有那曲流回水处，则水声大作，淙淙作响，又似笙箫齐奏，令人惊喜。坐于芭蕉浓荫之下，闻此声，恰是天籁。

陆贾听了片刻，心旷神怡，向赵佗连连揖谢："大王在南国，享得好福！"

赵佗便从袖中摸出一卷缣帛来，神态恭谨道："此乃我草拟回书，令先生见笑了。孤王多年不执笔，堪堪苦熬了好几夜呢。"

陆贾接过，展卷来看，只见回书写道：

蛮夷大长老、臣赵佗再拜上书皇帝陛下：

　　高皇帝幸赐臣赵佗国玺，立为南越王，用为外臣，时纳贡职。孝惠皇帝即位，义不忍绝，又赐老夫恩宠厚甚。高皇后自临朝用事，近小人，信谗臣，视我为蛮夷，出令曰："禁售予蛮夷外粤金铁田器。马、牛、羊可售，母畜则禁。"老夫地处偏僻，马、牛、羊齿不继，国之祭祀不修。臣曾命吾之内史、中尉、御史三度入朝，携书信呈皇帝谢罪，皆无回音。又风闻父母坟墓已平毁，兄弟宗族已被诛杀。南越之吏，纷纷谏议曰："今内附不得，不如自立。"故更号为帝。自帝其国，非敢有害于天下也。高皇后闻之大怒，削去南越之籍，互不通使。老夫窃疑长沙王进谗，故敢发兵以伐其边。

且南方卑湿，蛮夷四布。西有西瓯，亦南面称王；东有闽越，亦称王；西北有长沙，亦称王。老夫故敢妄窃帝号，聊以自娱。老夫略定百邑之地，东西南北数千万里，带甲百万有余，然北面而臣服汉，何也？不敢背先人之故。老夫处粤四十九年，于今抱孙焉。然夙兴夜寐、寝不安席、食不甘味、目不视靡曼之色、耳不听钟鼓之音而寡欢者，皆因不得事汉也。今陛下哀怜臣赵佗，复我故号，通使如故，老夫死骨不腐，则名号永不敢为帝矣！谨托使者献白璧一双、翠鸟千羽、犀角十只、紫贝五百、桂蠹一器、生翠四十双、孔雀二双。

臣面北再拜，以此敬告皇帝陛下。

陆贾读毕，不禁击节赞道："大王好文章！好一个'寝不安席、食不甘味、目不视靡曼之色、耳不听钟鼓之音而寡欢者，皆因不得事汉也'。若是借文臣之手，绝写不出此等佳句。思乡之切，其声可闻。大王至诚，尺素之内可见，待老臣返京师，定如实禀明天子。"赞毕，忽就伏地，向赵佗恭恭敬敬三叩首。

赵佗连忙扶住，直唤道："夫子夫子，使不得！"

"大王，此非老臣之拜，乃为汉家君臣及百姓而拜。南岭归服，福泽万代，大王之功是要上史书的，连带老臣也可留名于后世了。"

赵佗连忙道："哪里。夫子两番劝说之功，才是要紧。我这里，特为夫子备了一份厚礼。"说着，便从怀中摸出一粒夜明珠来，其形之巨，世间罕有其匹。

陆贾吃了一惊："这是何等宝物？"

"此乃波斯国燧珠，乃胡商所献。置于室内，夜里可满室通明。"

陆贾连忙摆手拒道："前次出使，老臣之子尚未自立，大王所赠，已由犬子平分。今日再获赠，则是万万不敢。衰残之躯，苟活时日，受了这等奢靡物，岂不要折寿？"

见陆贾坚辞不受，赵佗也只得作罢，便道："夫子高节，孤王甚是感佩。也罢！宝珠不受，寻常程仪总要拿些，不然于礼不合了。夫子南来一趟不易，孤王还有一惜别之礼，料想夫子定能欣然受之。你这便与我同行，乘马出宫去。"说罢，便唤涓人牵马过来，仅带数名宦者，出了宫去。

赵佗率众驰驱于途，路人亦不知是国君出行，只道是官家人行路。百姓中有避让者，亦有遥遥施礼者。

陆贾见了，大为惊奇："大王不带护卫，便不怕刺客吗？"

赵佗笑道："秦亡以来，我治粤二十七年，外无兵燹，内无苛捐，世道清平如水。百姓感恩尚且不及呢，还有何人想要害我？"

陆贾闻言，不禁感慨系之："汉家百姓，怎有越人之福！"

不多时，一行人已经出了城门，驰上城东红花岗，驻马远眺。但见岗下平畴千里，绿禾万顷，中有田舍错落，绿树如盖。田间往来的越人，头戴斗笠，行色从容。

陆贾注视良久，悠然神往道："果真是'日之夕矣，羊牛下来'，今老朽亲见上古之风矣。"

赵佗便以鞭指岗下道："孤王所领疆土，北至闽越，南接林邑，无一处不是此等景象。百越和辑，官民相安。虽不能上比三代之盛，亦是现世之蓬莱福地了。你我二人，既已相知，我这里就大言不惭了——秦末之时，天不遣我在中原，时也命也，孤王也只得认了。 若不然，还不知鹿死谁手哩。"

陆贾大惊，正想该如何对答，却又听赵佗道："夫子莫惊！ 今返长安，可禀告天子，这一片山河，便是我请夫子带回的大礼。"

陆贾这才释然，不禁会心一笑："大王真乃豪雄！ 如此重礼，老夫怎生背负得动? "

赵佗大笑道："自有九万里鹏，与你背负! "言毕，两人相对朗声大笑。

时有熏风吹过，声播四方。 岗下农夫闻之，莫不抬头惊望。

四

新人当朝 老臣黜

时过两月，正是入冬时节。文帝亲率近侍，于上林苑围猎，忽有宫中涓人来报："太中大夫已返归。"

闻此报，文帝不禁挥弓大喜："夫子如期返归，那赵佗，定是有好礼相赠！"于是急命罢猎，返回未央宫召见陆贾。

陆贾上得殿来，揖拜礼毕，便将出使始末向文帝禀明，又呈上赵佗回书。文帝阅过，略露惊异，遂问起赵佗及南越国种种，陆贾皆如实作答。说到南越物产丰饶、官民相安情形，文帝竟听得入神。

待陆贾言毕，文帝若有所失，慨叹一声："赵佗之才，吾不如也。"便起身踱步，环视陆贾携回的贡物。见那一群翠鸟、孔雀，羽毛华丽，斑斓陆离，不由就喜道："如今天下太平，真真是有凤来仪了。陆大夫此行，为汉家恢复南疆，厥功至大，美名足以传世。先生年高，朕以后再也不敢叨扰了，此次即有厚赏。"

当日，陆贾复命已毕，领了赏赐，便向文帝告辞："边将若不邀功，南越便可保百年无事。那赵佗虽有枭雄气，到底不是越人，欲自立，一二代尚可，日久必为越人所困。故背倚中国，教化僻远，才是他自保之道。"

"嗯——，先生所见甚远。"

"老夫朽骨支离，确是无力再使粤了，唯愿陛下用心。"

文帝闻此语，至为动容："闻先生教诲，朕心即有明光，即是百年之期，亦不敢忘！"说罢起身，送陆贾下殿，含泪执陆贾之手，再道保重，方依依揖别。

数日后，陆贾便拜别昔年同僚，返归好畤，重作空山云鹤，从此不复出，直至寿终正寝，此乃后话。

且说那南边事平，朝野皆知藩属已安，日后便是百年的承平了，故而无人不欢喜。长安闾里之繁盛，更甚于前。

未几，便是文帝前元二年（前 178 年）新岁，有四方诸侯来贺，车马辐辏，冠盖如云，一时倾动长安城，大大热闹了一番。

岂知新岁才过没几日，宫中灯彩尚未撤下，便有噩讯传入宫来："陈平丞相薨了！"

文帝闻讯，大惊失色，不由就呆了，半晌未发一语。谒者在旁见了，忙提醒道："百官已在端门外集齐，候陛下谕旨。"

却说那文帝发呆，乃是一则以喜、一则以忧。往日陈平等一班老臣为左右之辅，碍手碍脚，文帝总觉不自在；然今日陈平病殁，却又忽觉心里空落落的，不知今后何人可做宰辅。如此想着，便失神良久。

谒者见不是事，忙又咳嗽一声，文帝这才回过神来，急问道："绛侯可在宫门外？"

"正是绛侯率百官齐集于外。"

"且宣他进来。"

少顷，周勃神色悲怆，跟跄上了殿来。文帝急忙立起，安慰道："绛侯请节哀。陈丞相薨，朕也是六神无主，万望绛侯打起精神，率百官前往陈邸吊唁。"

周勃含泪道："臣一莽夫，上苍不召去，却要将陈平召去！陈平与我，昔为同袍，又曾共诛诸吕，多年已情同手足，今日闻此噩讯，直不欲再活了……"

"绛侯，万不可如此！死生有命，终归于黄土。凡间人，做不得自己的主。今日百官都在瞩望，执宰不能自乱。我这里，已吩咐少府备了丧仪，也随绛侯前往陈邸吊问。"

"陛下想得周全！遵陛下旨意，老臣这便去。那陈平长子，名唤陈于贾，品行尚可，请陛下恩准袭封。"

"那是自然。陈平曾救先帝于白登山，又迎我入朝，功高盖世，当今更无第二人，其子袭封，当无疑……然朕常思之，侯门数百，只不知子孙能传几代？迄今，因子孙犯法，致侯门断绝的，怕是有十数家了。以此看，公卿豪门，还须严家教，方得久安。"

"陛下说得是，老臣今日便嘱陈平夫人，万不可纵容子孙。"

文帝遂向周勃一拜："有绛侯等老臣在朝，凡事皆稳重，朕心甚慰。便有劳绛侯代朕，吊问陈平家小，妥为安抚。要教那朝野都知，朕是极敬老臣的。"

周勃拭了泪，诺了一声，便领命而退。率百官来至陈平家中，望灵而拜。那陈平夫人迎出，泪已几枯，站立不稳。周勃忙上前搀扶住，叮嘱了几句，特将文帝旨意转告，将那管束好子弟事，说了又说。

陈平夫人含泪应道："蒙陛下如此看重，老身哪里敢疏忽。"

话虽如此，那豪门子弟恣意妄为，终不可改，连官府也忌惮三分。如此传两三代下去，便全无敬畏之心，似天下皆为侯门属地一般，焉有不犯法的？

且说那陈平后人，传至曾孙，名唤陈何，与乃祖不同，是个货真价实的好色之徒。有了浑家不算，见闾里妇人有姿色，便仗势强夺，掳回家中消受。

此事若做得周全，与那妇人两下里勾连好，哄住夫家，受害之主也只能忍气吞声。然陈何这竖子，累世侯门，骄横惯了，几近上门强抢。人家自然不服，告到官里，廷尉府责问下来，坐实了强抢民女之罪，竟遭弃市，砍了头，抛尸于街头。陈氏的侯门，也就到此中绝。祖宗功大，后代顽劣，汉家侯门这样的事，数不胜数，此处便不再多提了。

将陈平丧事料理好之后，文帝环顾朝中，老臣已凋零无几，忽又有些惝惝，觉得天下似是猛然空了，便想也没想，再命周勃任丞相，务求压住阵脚，免生意外。

周勃闻命，知文帝终究胆虚，还离不得老臣，心中便暗喜，嘴上却是推辞了一番。文帝再三揖请，周勃这才佯作慷慨道："罢罢，当年随了高帝，也就拼却了平生，臣这条命，全是汉家的。蒙陛下不弃，老朽也只得勉力维持。"

如此，朝政倒也没有大波折。文帝理政，则更是谨慎了。

这日，文帝召见廷尉吴公，商议严禁侯门子弟作恶事。议罢，吴公见文帝闷闷不乐，不由问道："陛下，今四海升平，民无愁苦，如何天子倒有了愁苦之相？"

文帝便应道："吴公看对了！治天下，确是人间第一大苦事。诸般琐细，不敢有所疏漏，略有疏漏，满盘便是输。当年我为诸侯，也曾暗笑孝惠帝治国无方，如今坐了这龙庭，方知朕之心智，亦不足用矣！"

吴公见文帝道出肺腑之言，不禁动容，连忙拜道："陛下英明天纵，朝野皆有口碑，决不至如此。当是陈丞相薨，政事一时无人担当，心急所致。 臣之门下，倒有一奇才，少年聪慧，于天下事多有见解，臣万不及一，可为陛下顾问。"

文帝眼睛便一亮："哦？ 吴公之贤能，为天下治平第一，竟也有私心佩服的人吗？"

"有。 此人年少有为，不可小觑。"

"究是何等样小子，得吴公如此赞赏？"

"此人名唤贾谊，洛阳人氏，年方弱冠，饱读诸子百家，于经史无所不通，人皆称贾生。 贾生曾师从张苍，张苍则为荀子再传弟子，可谓渊源有自。 在老夫门下为宾客，遇大事，多有识见。 老夫这治平第一的虚名，亦有贾谊几分功劳哩。"

文帝当即大喜："想不到，吴公夹袋中，还有这等人物！ 如何不早说？ 明日，便宣他入朝，朕倒要好好问他。"

次日大寒，朔风凛冽，贾谊应召来至北阙外。 文帝闻谒者通报，望了望窗外天气，便教人带往温室殿等候。 自己则换了常服，命一少年宦者随行，缓缓踱往温室殿。

那殿中，涓人早已将地炕烧热，满室如春。 贾谊已先至等候，正四下打量，猛见两人翩然而至，为首者气宇轩昂，便知是皇帝来了，忙起身揖道："布衣贾谊，蒙陛下召见，不胜惶恐。"

文帝忙摆手笑道："贾谊君，久闻大名了，便不必客气。 今日也并非召见，无非是想听听君之高见。 你虽年少，也不过如我兄弟般年纪，万勿拘君臣之礼。 权当我也是书生，慕君之名，相邀一晤而已。"

贾谊闻言略一怔，忙又揖道："这如何敢当？ 陛下所理，乃天下万事，臣岂敢置喙？ 小子蒙吴公错爱，其举荐之辞，不免有所溢美，不足为凭。 我读典籍，上至三代事，也仅是粗通，陛下如有垂询，臣当知无不言。"

文帝便拉住贾谊衣袖道："说不客套，却又说了这许多，来来，坐下细谈。"

两人分宾主坐下，文帝便唤少年宦者点燃了香炉，缓缓道："今日，且作清雅之谈。观君之貌，清通洞达，朝堂上的俗套，请一概免去。譬如此处即是府上，我携一书童，登门叩访，任风雪肆虐于外，室内唯有静雅。"

贾谊望住文帝片刻，忍不住道："天子降尊，召见布衣……"

文帝便笑着截住："所谓天子，又有何不同？只不过百官都哄着一人罢了。不知外间闾里，究竟是如何议论我的？"

"这个……"

"但说无妨！"

"陛下宽仁，有口皆碑，然民间亦有议论，说陛下略逊雄才。"

文帝便拱手一拜，敛容道："贾谊君，召你来，正是要听这等真话。朕有自知，岂止是雄才，连大才也没有。朕生于太平年间，论弓马本领，游猎尚可，欲在万军之中取上将首级，只是奢念。依你之见，这太平时节，君王当如何一展雄才？"

贾谊便回道："始皇帝以来，世人所赞雄略之主，多有谬误，以为是杀人无算的才是。然回溯上古三代、唐尧虞舜，哪个圣君是有赖杀伐而立功德的？大凡明主，多以修身立于天下。士大夫修身，在于崇德；君主修身，则在于经略全局。有大器局者，开万世规模，这便是雄主。孔子曰：'修己以安百姓。'这即是说，以修身之道治天下，若谋划周密，布局得当，便能致政通人和，百姓安泰。即使居深宫不出，也可建莫大功德。"

"居深宫不出？ 如此，朕怎能知天下事？"

"帝辇一出，百官逢迎，陛下又怎能知真伪，还不是众人哄着一人？"

"那么，先生是说，为君之道，全在经略？"

贾谊闻文帝口称"先生"，慌忙伏地，叩首道："小臣为布衣，且年少，岂敢当'先生'之名？"

文帝便仰头大笑："贾生才调，世所无匹，怎的当不了先生之名？ 君虽晚于我生，以学问论，仍是朕之先生。 明日起，朕便加你为博士，可入朝堂议事，为我腹心。"

"谢陛下之恩，臣亦不敢辞，思有所得，必倾囊而出。 臣以为：秦亡之鉴，在于不仁。 治天下，所谓万年计，无非是施仁义、行仁政。 仁政即是上下互爱——为上者，仁以爱民；为下者，则礼以尊君，又焉用戟戈森严以防民？ 君若不爱民，民便不附，这不是市井妇孺皆知的吗？ 可惜那商鞅、李斯辈，全不知这至简之理。 陛下若能开仁政之先，与民以福，与民以财，后世万代君主，也不过步趋于后，总脱不了今日划定的规模。"

文帝心头一震，通身血热，不禁望了望贾谊。 见他眉目清秀，看似单薄，然胸中韬略，却似取之不尽，心里便暗赞：果然是个异才！ 于是，便诚心施礼道："君之所论，又胜于叔孙通礼治之说，恢宏无伦，可为汉家万世之计，朕已大略知晓。 朕于入都之初，也曾想过，欲开万世楷模；然心驰万里，却跨不过门外一个土坎。 说起来，做人君之难，与做大户之主也相差无几，吃穿用度，处处须苦心筹措；所用之人，也多不得力。 久之，雄才大略之心也就淡了。"

贾谊便脱口而出："天下既在陛下股掌中，可断然处之。"

文帝不禁肃然，正了正衣冠，拜道："愿闻其详。"

贾谊正欲言，忽而就瞟了一眼那少年宦者。文帝会意，挥袖命那少年宦者退下，对贾谊笑道："先生可放胆直言了。"

"陛下，为君之道，在于正名。汉家已兴二十八年，混一海内，天下合洽。社稷之盛不输于殷周，如何仍奉前朝正朔，杂用秦之官制，沿袭秦之服色？"

"哦……此事为张苍所定。秦原为正统，汉家代之，仍承秦制，人心方能服，这有何不妥？"

"不然！秦代周而立，是以水德代火德；汉代秦而兴，则为土德代水德。五行既改，礼法亦应改。一则，服色应尚黄，弃秦之黑色；二则，应改正朔，定礼仪；三则，数目应以五为吉，车宽、马匹之数，用五而不用六；四则，官名应悉数更换，以兴我厚土之德。按上古之礼，五德相生相克，事关运祚，不可敷衍。陛下当顺应天意，重开规模，使我汉家堂堂正正立于世，后代也将念陛下之恩，奉陛下为一代圣君。"说到此，贾谊便从袖中摸出一卷简册来，恭恭敬敬呈上。

文帝展开来看，原是一卷《论定制度、兴礼乐疏》。大略看过，见条目甚清楚，其要旨，正是贾谊方才所言，便摇头道："如此变动，扰动四方官民，未免过甚。"

"欲为新政，便应处处更新。"

"然可否从缓？"

贾谊便向前移了移膝，恳切道："天下万民，为君主者仅一人；人生百年，有为之时仅十数年。陛下此时不为，更待何时？"

文帝低头默然，想了又想，方抬头道："贾谊君是崇儒的，必也知'中庸之为德也'……"

贾谊见文帝迟疑，不由得急切道："这个自然。陛下白璧微瑕，恰是惜乎有所不及！"

文帝便笑了笑："然此番举动，岂非又过乎？朝中老臣尚在，不容朕有半分闪失。正朔、服色，国之大事也，稍有举措，便倾动天下。如过于操切，恐生变乱，此事还是不议了吧！吾生不逢时，徒有大志，守牢基业已属不易，实担不起这等天意。贾谊君，可还另有见教？"

贾谊便一时失神，呆望着那袅袅香烟不语。

文帝面露微笑，轻声唤道："贾先生！"

贾谊这才回过神来，叹了一声："陛下礼贤下士，此番倾谈，或为亘古以来所仅有；然则，却是早了百年呀！"

"百年后之事，自有子孙操心；今日朝堂上诸事，还请先生指教。"

"朝堂事，陛下裁断自如，并非心无主见，只不过有老臣掣肘，不易伸展。此等枝蔓之弊，只须一道上谕，便可刈除尽净。"

"有这般容易？"

"当然，陛下可令列侯就国，不许留都中。列侯一旦分散，其势即弱，哪里还能作怪？"

文帝不觉心中一动，正欲赞同，忽又犹疑起来："然……令列侯就国，所本为何？"

"春秋诸侯千余，各守其土，可有一个是在朝堂之上的？陛下欲遣列侯出都，《尚书》《礼记》上有千条道理，不由他们不听命。"

"列侯就国，若在封国中聚众作乱，又如之奈何？"

贾谊便摆手道："陛下，古今之势已不同。春秋诸侯，不单握有封国钱粮，且握有兵马，一国便是一个天下。 今之列侯，并非诸侯王，既无兵卒，亦无僚属，仅享本邑赋税，不过略似一富家翁耳。 登高一呼，其声威尚不如市井屠户，陛下有何惧之？"

"列侯皆为先帝从臣，如此逐出长安，岂非不仁？"

"孔子曰：'苟志于仁矣，无恶也。'若听凭列侯在都中掣肘，使政令不畅，百姓不安，那才是大不仁呢。"

文帝闻言，拍案赞道："贾先生到底是犀利！ 明日朕即下诏，令列侯各归其邑，不得留都中，以免尾大不掉。 或有在朝为官者，也须遣长子就国。 如此，拔去老臣根本，也免得做事碍手碍脚了。"

"臣别无长技，潜心十余年，无书不读，颇有领悟，胸中此类谋划，无日无之。 今后随侍陛下，当逐日献策，不怕有一日掏空了。"

"如此甚好。 朕主天下，苦于少谋，最憾身边无张良可倚。今与君闲谈半日，帷幄中便定了大事，真乃快哉！ 来来，趁此好兴头，正当饮酒。"言毕，便高声唤宦者，去取一坛长沙醴酒来。

两人借着酒力，谈兴愈浓，直把那三坟五典、河图洛书聊了个遍。 直至日暮，贾谊才起身告辞。

文帝笑道："且慢。"便命宦者取来一领白狐裘，亲手为贾谊披上，殷切道："外面天寒，赠君一领白狐裘，此系先帝旧物，可挡风寒。"

贾谊不禁感激于衷，忙谢恩不止。

文帝将贾谊送出前殿，意犹未尽，慨然道："先帝得张良，遂得天下；朕得贾生，必也能开万世之功。"

贾谊酒酣未消，便昂扬应道："即便舜禹再生，为陛下献计，也不过如此。少年若无此雄略，岂非枉来这世上一场！"

两人相视，不禁朗声大笑，方再三揖礼作别。

次日，文帝果有诏下，曰："朕闻古之诸侯，建国千余，各守其地，按时入贡，民不劳苦，上下欢欣，少有违德。今列侯多居长安，远离封邑，吏卒输运粮赋，分外劳苦。列侯亦无由教训子民。故而着令列侯就国，在朝为官及优诏挽留者，不在此列，然亦须遣太子就国。"

诏书一下，满朝哗然。周勃、灌婴等老臣面有愠色，只是不语。唯有典客冯敬跨出列来，力陈列侯居长安已多年，置业购田，联姻娶妇，已生了根，且枝蔓盘结。骤然之间遣出都，只恐多有不便，定要闹得坊间沸腾。

文帝便一笑："迁居而已，何至于沸腾？一月未成行，三月总可以；若三月不能成行，半年总是足用的。"

众臣见上意已决，犹豫之间，只得诺诺从命。又闻洛阳少年贾谊忽加为博士，参与朝议，便知这定是贾谊主张。待贾谊被宣上殿，竟是朝会上最年少一人，众臣皆侧目而视。

那贾谊春风得意，上殿谢了恩，向诸老臣揖了一揖，便昂然而立，目不斜视。

此后一连数日，文帝又连下数诏，定于孟春正月，皇帝在籍田亲耕，以示劝农；并迭次变更律法，几乎三五日一新。

如此，老臣们更是心怀疑虑。每一新法出，必力谏其弊，纷言不可。每逢此际，文帝便以目视贾谊，贾谊则跨步出列，引经据典，侃侃而谈，必自三皇五帝说起，言新法顺天意、合民情之缘由。他博闻强记，辩才无碍，所言无不条理分明，难以辩驳。诸臣虽长于权谋，却疏于学问，哪里辩得过这新晋少年？

文帝见此，益发倚重贾谊，每每定夺时，皆以一语作结："贾博士既如此说，当无异议。"便挥袖命众臣散朝。

那周勃在朝堂领班，亦不作声，每奉诏命，必大声应诺。诸臣见此，也不便廷争，只得跟着拱手称诺而已。终有一日，谒者刚唱毕"罢朝"，周勃便喟然叹道："早知如此，当初多生小子便好！"

众臣会意，哄堂大笑。文帝见此情景，面露惊愕，心中大不悦，贾谊也不免一脸尴尬。

半月后，有东阳侯张相如，与典客冯敬相约，一同来至绛侯府邸，进门便嚷："竖子乍登朝堂，所言皆妄语。驱赶列侯就国，分明是要剪除老臣了。"

冯敬也附和道："小子猖獗，实不可忍。绛侯为老臣之首、国之重器，须有个主张才好。"

周勃忙将两人延入正堂，甫一落座，便道："两位是武人，肚囊浅，到底是耐不住。今日朝堂上那少年，赵括而已，慌甚么？"

张相如便一拜："张某随高帝起兵，大小百余战，功在汉家。昔在河间任太守，曾奋力击陈豨，险些丧命。如此舍命搏来的尊荣，竟不敢新晋小儿一语，实令人寒心。"

周勃一笑，便转向冯敬道："冯将军，你也是此意吗？"

冯敬回道："我投汉家虽迟，然亦有军功，不忍见功臣为小儿所欺。"

周勃有所触动，叹道："新天子即位，方及一年，便欲摒弃老臣。若是十年八年后，只不知这汉家，可否有老臣一寸土了！"

冯敬顿时怒道："某虽不才，然终究是名将之后，义无再辱。绛侯若不怪罪，下臣便遣人去刺死那小儿！"

周勃连忙摆手："使不得！ 当今廷尉吴公，乃是那小儿恩主。你若冒失，他定是掘地也要追查。 只恐将军这一怒，要为此丢了性命。"

"下臣实不心甘！ 莫非卖命得来的，要就此拱手交出？"

周勃便转向张相如问道："张公有何主张？"

张相如答道："不如由下臣出面，纠合功臣联名上表，斥那小子狂妄。"

周勃仍是摇头道："不妥。 此乃廷争，无异于串通抗旨，倒要惹得今上震怒了，亦是不可。"

张相如听出了端倪，急道："愿闻绛侯指教。"

周勃扫视二人一眼，意态从容道："那小儿虽得宠，手中可有一兵一卒？"

"并无。"

"这就是了。 若列侯闻诏令，皆托言老病，拒不离长安，今上又能奈何？ 今上即位，乃由列侯率南北军迎入。 才及坐稳，总不至就忘恩负义，要遣兵丁来驱赶列侯吧！"

张相如闻言，拊掌喜道："好主意！ 绛侯到底是多谋。 下臣这便去遍告列侯，长安是万年根基，万万离不得。 请诸人得诏旨后，勿惶恐，只是不走，那贾谊必也无计可施。"

周勃便一笑："正是这道理。"

三人商议毕，张相如、冯敬便辞别出来，分头去游说列侯。

未逾几日，长安城内各侯邸，那两人便都拜遍了。 列侯听罢两人所言，都笑逐颜开，铁定了心肠不走。 如此三四月挨过去，列侯就国一事，竟成空文。 文帝在宫中探知，也是无奈，只能摇头叹息。

接连几日，文帝闭门思过，心中仍觉惶惑，便召了宋昌、张武来问计。文帝面带愁容道："用贾谊议政，乃朕之过乎？如何老臣们皆怨怒？"

宋昌连忙劝道："吾主用人，不疑便好，无须看臣子脸色。"

"我自是不疑，然老臣为何处处作梗？"

"诸吕尚不能动摇刘氏，况乎老臣！陛下可不必理会。"

"然就国诏令已发下多日，列侯只充耳不闻，迄今未有迁离长安者。律令更新，也是处处遭掣肘。朕之令不出宫门，也是教人气闷呀！"

"臣下率北军去驱赶！"

文帝脸色忽地变白，连连摆手道："不可，万万不可！若有此举，朕便成了负义皇帝，留下千古骂名。此事，只可徐徐图之。"

宋昌叹口气，便揖道："谋大计，非臣之所长，陛下可问郎中令。"

文帝遂转头望向张武。

张武略作思忖，方才回道："各勋臣不思进取，几成赘物；陛下倚重贾谊，自是有道理。"

"贾谊所言，可是治平之策？于此，张公有何见教？"

"臣下之才，唯能治郡国，实不能摆布天下。臣闻贾生之论，阐扬古今，无人能及；然可否利天下，臣不能分辨。"

一句话，说得文帝沉吟起来。少顷，嘉勉了二人几句，便吩咐他们退下。

送走二人，文帝更无主张，郁郁踱至中宫，欲与窦后商议。见窦后正督刘启、刘武读书，便叹道："皇子辈，当常往郊外驰马，书读多了，亦是无用。"

窦后闻言一惊，见夫君脸色阴郁，便问："陛下，可是政事不顺？"

文帝择席坐下，叹了一声，讲起了贾谊遭嫉之事。

窦后听了，便问："用人妥否，何不问张武？"

文帝摇头道："晋阳旧臣，仅为郡国之才而已，参不透大事。"

"典籍中可有高明之论？"

"朕自书堆中长大，岂不知百家之说？然书中文章，救不得急呀！"

窦后便叹道："妾身实难料，朝臣上百，竟是这般不济事。"

文帝目光一闪，以手拍额道："哦？当真是忘了！有一人，必能为我解惑。"言毕，便起身匆匆往前殿，急唤谒者来，传谕要召见方士阴宾上。

未及一个时辰，阴宾上奉诏而入。文帝招手，命阴宾上坐于旁侧，瞟了一眼，见他仍是一身布衣，气色却是变了，不禁一笑："阴先生，这一向，想必是优哉游哉，气色如何就好起来了？"

原来，那阴宾上留居长安之后，声名鹊起，诸臣皆知他为皇帝座上客，便多有前来巴结的，每日宾客盈门。阴宾上倒也不倨傲，一律笑脸相待，宾客若有问卜求签的，都尽心答复；若有馈赠，则笑纳不拒，日子渐渐滋润起来。数月下来，昔日那副饿鬼模样，便不见了。

此时他上前一揖，恭恭敬敬道："阴某一游方之士，蒙圣恩，为帝都之民，不再为里正、啬夫所驱赶，已是感激不尽。今忽奉诏，定有垂询，阴某当竭诚效力。"

文帝便笑道："里正、啬夫者流，早不在你眼中；如今即是公卿贵人，怕也无人敢慢待你吧？"

"自是。 然小人明白，寒素匹夫有何德能？ 世人看的，只是陛下的面子。"

"此番再向人借寿数，恐无人再疑，或已借到了一万岁？"

"哪里！"阴宾上脸色一白，连忙叩首道，"罪过罪过！ 小人身份，今已不同，岂敢再做这等欺人勾当？ 长生不老事，只合秦始皇所求。 贱如小人者，草芥也，只望老有所养，安居而不遭驱赶，便是至福。"

文帝闻言，略作沉吟，便一揖道："先生真乃大智，戏谑之间，便可道出至理。"

"不敢。 小人之智，实为巧智，如鬼谷子所言'揣之术也'，揣摩人心，巧言讨好之。 混迹于市井尚可，却是登不得庙堂的。"

"好了，朕今日召你来，确有要事请教，请先生勿拘虚礼，可直言道来。"随即，便将贾谊遭老臣嫉恨之事，向阴宾上和盘托出，末后问道，"用少年博士，是为开新政。 朕所用人，果不当乎？"

阴宾上眨眨眼，答道："小人以为，上位者用人，只看有谋无谋；有谋即是用对，无谋即是用错，其余皆可不论。"

文帝便面露喜色："说得好！ 贾博士恰是有谋。"

"那便是了！ 有谋之才，易遭人猜忌，此事不足为怪。 似小人这般，以揣摩之术得恩宠的，才无人敢猜忌，反倒是人家踏破门来逢迎。"

"果真也是！ 那么，依先生之意，少年也罢，老成也罢，无须看人年纪，只须看谋略如何？"

"正是。"

"先生果然敢直言。"

"小人知陛下圣明，不喜逢迎，故而敢直言。"

文帝不禁大笑，指指阴宾上道："阴先生，似你这般逢迎术，亦属当世一绝了！"

阴宾上也忍不住笑："陛下不拘礼，小人便也敢戏言。"

"朕还忘了问，看你仍布衣草履，那日常用度可足吗？"

"小人喜淡泊，一时难改而已。陛下所赐，已足我一生之用。"

文帝大悦，又问了问窦氏兄弟读书近况，便吩咐内府，赐给阴宾上五十金，以安车送回宅邸。

阴宾上遂起身谢恩，退下殿去，然刚走了几步，忽又转回，低声道："陛下，自古而来，谋之所以成，全在于行得通。千说万说，只要行得通便好。"

文帝心中不觉一动，向阴宾上揖别道："此言朕谨记。先生闲时，可常来。"

自此，文帝便心神笃定，对贾谊深信不疑，言听计从，全不理老臣们脸色。

却说贾谊得了这般宠信，不免春风得意，环视朝中文武，能入眼者，唯寥寥二三人而已。

时有中大夫宋忠，亦是新晋少年，与贾谊颇相得，互引为知己。彼时汉家官吏，五日一休沐，两人常一同外出洗沐，洗濯时亦议论不休。所议皆不离《易》《礼》，无非先王之道、世态人情。说起时弊来，常痛心疾首，相视而叹。

这日洗沐罢，贾谊道："吾闻古之圣人，不在朝廷，而在卜医之中。今我已见识三公九卿，其言其行，皆可知矣。不如与足下同乘车，往访卜者，看有无可观之人。"

宋忠恰好亦有此意，两人便同乘一车，往长安东市中，游走于卜者麇集之处。时逢雨后，路上甚少行人，恰有一卜者，于卜馆内闲坐，旁有弟子三四人侍奉。

原来，这卜者为楚人，名唤司马季主，白发皤然，举止散淡，生得一副仙风道骨。虽是做卜筮生意，却只顾与弟子论辩天地之道、日月之运，探究阴阳吉凶之本。贾谊、宋忠驻足听了几句，便知此翁博学，当下进门拜谒，互通了姓名。

那司马季主抬眼望望，见两人皆一身布衣，略觉诧异，缓缓起身一揖道："原是两位大夫，久仰。"便命弟子延请两人入座。

待两人坐定，司马季主却不睬来客，只顾接续前面话头，滔滔不绝，上至天地始终，下至仁义纲纪，无不言之成理。

贾谊听了多时，忽不耐烦，便拢起冠缨，正襟危坐道："看先生之貌，听先生之词，小子于当世未曾见也。然以先生之才，应为贤者高人，却为何居之卑下、行之污浊？"

司马季主瞥了一眼两人，面露不豫之色，忽而就讥笑道："我看二位大夫，应是有道之人，却为何出言如此鄙陋？我倒要问，今两位所尊之贤者，乃何等品行？两位所推之高人，又是哪个？何以'卑污'二字，妄言长者？"

贾谊闻老翁出言犀利，知是遇见了高人，便不敢轻慢，字斟句酌答道："卜者也，多虚夸人长寿，以悦人情；擅言祸灾，以蔽人心；矫言鬼神，以占人财；厚求谢礼，以私于己。此为我之所耻，故谓之卑污。"

那司马季主早闻贾谊大名，也知今日是棋逢对手，当下就抖擞精神，挥退弟子，请两人将座席前移，直视贾谊道："二公且安坐，听老夫一言。我年逾花甲，人皆谓将成朽木，然生平所见，却与二公不同。以老夫所见，贤者之行也，当行直道。其赞人也，不望其报；责人也，不顾其怨。总之，以利天下为务。若是官非其任，则不处也；禄非其功，则不受也。见人不正，虽贵而不敬也；见人有污，虽尊而不附也。"

贾谊闻听此言，大出意外，不由肃然起敬："公所言，正是所谓君子，晚辈亦尊之。"

"二公皆是新晋，行走于朝堂，想必所识士人甚多。岂不知，公所谓贤者，皆可为羞矣！此等伪善君子，见权势者，必卑躬而前，趋奉而言。平素勾结成群，相引以势，相导以利，结党而远拒正人，以求尊荣，以求受俸。以官为虎威，以法为私器，逆理求利，无异于操利刃而劫人者也。"

"长者所言甚是，然此等末流，不足为患。朝中文武，多为栋梁，主上亦不至昏聩不明，专宠邪僻。"

司马季主便拈须而笑："那么老夫亦有话说。公食君禄，故不应身入浊流。你看那当朝文武，哪个不是善巧作、饰虚功、执空文以惑主上？此辈所擅长者，以伪为实，以无为有，以少为多，浮夸以求尊位。今通都大邑，此类人何其多也！狂饮驱驰，携抱美姬，犯法害民，虚耗公帑——此辈巧伪人，即是为盗而不操矛戈者也，害人而不用利刃者也。二公双目未盲，两耳不聋，何以谓彼辈为贤才？"

宋忠听到此，如芒在背，忍不住插言道："朝中衮衮诸公，或有尸位素餐者，然总还是一时英杰，不可谓全是巧伪人。"

那司马季主冷笑一声，手指门外，厉声驳道："二公请看这世道——盗贼多而不能禁，蛮夷不服不能慑，奸邪起而不能阻，官帑耗费而不能治，究竟是何等心肠，方能如此不为？ 衮衮诸公，若有半数有为，世事可糜烂至此乎？ 你既然问，老夫便教你——有贤才而不为，是不忠也；无贤才而请托官位，坐食俸禄，排挤贤者，是窃位也；有人者得晋爵，有财者得礼遇，是大伪也！ 二公学富五车，独不见鸱鸮与凤凰同翔乎？ 兰草弃于荒野，蒿草疯长成林，逼使君子退隐，暗助庸才显贵，二公亦属此类人也！"

贾谊、宋忠闻言大窘，脸上红白不定。 贾谊便向老翁一揖道："朝中积弊，所在不少，天子既知，谏臣亦敢言之。 我等行止，合大义与否，唯有寸心自知。 晚辈只是问：卜者收人钱财，放言天地上下，于天下有何益？ 于四民有何利？ 所言可是有德之言？"

司马季主掉头向贾谊，面露轻蔑之色，笑道："你倒是个晓事的。 老夫也来问你：自伏羲作八卦，王者受益，智者得势，文王演周易而天下治，勾践效仿文王而称霸天下，由是观之，卜者有何负天下？ 卜者出一言，忠臣得以事君上，孝子得以养其亲，慈父得以育其子。 这便是有德之言。 问者求我一卦，不过费数十百钱，所获却甚多：病者或以愈，濒死或以生，祸患或以免，谋事或以成，嫁女娶妇或以养生。 此之大德，岂是仅值数十百钱乎？"

"这个……先生雄辩，当世或无其二，贾某领教了。 以先生观之，我二人又是何等样人？"

"老夫算得甚么，公见过当世辩士吗？ 谋事定计，必为此类人也，为博主上欢心，言必称先王，语必道上古。 成败利害，全在一张利口上，以左右主上之意，讨个封赏。 此等大言浮夸者，才是当世绝无其二。 老夫不过一卜者，只配调教愚顽，身处卑下，以明天性，不求尊荣，仅此而已。 故而良驹不与疲驴为伍，凤凰不与燕雀为群，贤者亦不与不肖者同列。公等居朝堂，才是喋喋不休之辈，焉知忠厚之道乎！"

老者这一席话无遮无拦，如江河泻地，摧枯拉朽。贾谊、宋忠听得呆了，面白无色，嗫口不能言，慌忙摄衣而起，向司马季主谢道："闻先生所言，如梦方醒。"于是再拜而辞，相偕出门，仓皇登车而去。车驶过数条街巷，贾谊仍觉惊魂不定，以头抵车轼，喘息不能出大气。

三日之后，宋忠于殿门外遇见贾谊，便拉他至无人处，叹息道："道高则愈安，势高则愈危。你我居赫赫之位，失势之日或不久矣。"

贾谊亦叹道："闻司马季主之言，我亦不能成眠。他乃道家，可以超然出世；吾辈则从儒学，焉能弃世而去？天地空旷，万物熙熙，或安或危，你我何以知？唯有竭力辅佐君主，久之或可身安。"

当日别了宋忠归家，贾谊细思宋忠之言，心不能平。想那司马季主所言世事，并非危言耸听，当是深切之论。由此想到秦末事，愈觉当今天下之危，已迫在眉睫。于是披衣坐起，挑灯疾书，将多年所思，挥洒成文。

次日，贾谊朝见文帝，自袖中摸出一道奏疏来，双手奉上，容色滞重道："汉今日虽兴，却有隐忧，若忘前事，则天下崩坏在顷刻间。昨夜，臣写成拙文一卷，乃苦思数年所得，今献与君上，望有所裨益。长堤溃于蚁穴，大厦倾于罅隙，不可不有所备。陛下之位，人皆谓安；臣却以为，或已处鼎镬之上矣！"

文帝听得瞪目，不禁汗湿额头，连忙接过，称谢道："贾生坦诚若此，乃天助我也。此文，朕当潜心拜读，有所得，容当数日后告之。"

送走贾谊，文帝展卷来看，奏疏为上中下三篇，洋洋三千言。其文雄辩滔滔，说理细密，指斥秦始皇、二世及秦王子婴之过，故称"过秦"。文帝看罢上、中两篇，尚不以为意。及至读到下篇，见辞情愈加激烈。文曰：秦俗多忌讳之禁，忠言未卒于口而身被戮矣。故使天下之士，倾耳而听，重足而立，拑①口而不言。是以君主失道，而忠臣不谏、智士不谋也。天下已乱，奸佞遍地而君上不闻，岂不哀哉！

读到此句，文帝便觉百骸震动，汗出如雨。急切间再往下看，见文末"前事之不忘，后事之师也"之句，不禁霍然起身，对左右涓人叹道："贾生果然奇才！明君确乎不可拑人之口。众人不敢言之际，天下即已乱矣。"

当夜，文帝不能眠，又于灯下再三读过，满心折服。于次日，便迫不及待召见贾谊。

待贾谊至，文帝便一揖道："君之识见，当世无伦。昨夜再三读之，恰似朕心中所欲言，唯有叹服。只不知，君之言辞何以如此激切？"

贾谊便将与宋忠偶遇司马季主事，从头道来。文帝听得入神，不由叹道："江湖之地，果然是有潜龙在！今汉家之势，虽不至危若累卵，却也如司马季主所言，善巧作，饰虚功，日久已成积习。先生此篇文章朕将视为宝典，置于枕边，一日不敢忘。朝中事，还望先生多为谋划。"

---

① 拑（qián），同"钳"。

自此之后，文帝理政便越发谨慎，不敢有所妄为。偏巧此时，天象也来示警，好似真的就有大难将要临头。

话说前元二年冬十一月里，正当午时，长安忽逢日食。白日里转眼昏暗无光，满城百姓惊扰奔窜，鸣锣击鼓，连鸡狗也受了惊吓，一派喧嚣。

文帝慌忙奔出大殿，立于阶陛之上，仰望空中，口中喃喃道："我勤政如此，如何天象还要告变？"

此时虽是寒天，文帝亦是惊得浑身汗流。回到内室，当即挥笔写了一道"求贤令"。诏令起首，便是万分惶恐，向臣民谢罪道："朕以微渺之身，托于万民之主，天下治乱，在吾一人，唯二三近臣为吾股肱也。在上者谋寡，为政必有疏漏；朕枉为人主，下不能抚育民生，上累及日月无光，其过大矣。"

诏令中最为紧要者，是责令群臣都要直言极谏："此令颁下郡县，官吏皆可思朕之过，凡施政之不及处，须如实禀告。各地可推举贤良方正、敢直言极谏者，以匡正朕之不及。"

这番话，说得恳切，哪像是皇帝诏令，分明就是子侄向长辈讨教。诏令最后，文帝又深加自责：既不能罢戍边屯兵，却又添了长安卫戍，徒费民力。因此下令，将卫将军薄昭所属一部罢去，令丁壮归家务农。另有太仆寺所养马匹过多，可分往郡县驿站，免得驿站向民间索求，惊扰百姓。

到了正月，天渐暖，贾谊又上了一道《论积贮疏》。文帝看得仔细，见内中写道："今经商易骤富，民贪利，多有背本趋末、弃田不理者。长安内外，争相夸富，以一斛珠多于邻人而骄矜，淫侈之风，渐成积习。如此下去，官民唯知贪利，天下将怎生得了？"

文帝也知民间崇富，然万未想到已致动摇国本，读到此，不由心生恐惧。又见贾谊建言道：天下欲安，须重农抑商，多多劝农，积贮谷粟，以防饥荒。

读罢，文帝顿觉饮食无味，起坐皆不安，想了半日，觉贾谊之言无不至当，不能不警醒。于是便唤了涓人来，亲授谕旨，拟了一道"劝农令"，送去丞相府斟酌发下，昭告天下，务要以农为本。劝农令曰：于今年起，在长安北郊辟出一处"籍田"，为天子之田。今后年年立春，皇帝将亲自犁田，为万民作则，勉励天下农夫安心种田。

一连两道诏令发下，官民无不震动。历来所见天子诏令，都是疾言厉色训示，从未见过如此谦恭温良的，便都赞当今圣上，果然是一代明君。

未过几日，便有内外官吏纷纷上书，指陈朝廷治理得失。各地也荐了一些贤良来，文帝一一面询，见诸人虽才赋不等，却都是一时英杰，不由大喜道："我道是天下只有一个贾谊，未料到各处都有贾谊！"遂令谒者记下姓名，全数召为近侍，随左右顾问。

身边近臣济济多才，文帝便心情大好，一日三出城，与众贤良一起纵马围猎。边射箭，边商议天下事，好不快活。

如此热闹了一月有半，忽有一位老臣颍阴侯贾山，实在看不过眼，便上书劝谏。

这一道谏疏，纵论治乱之道，见识不凡，条理分明。甫一呈递，便有人抄了传出，竟至朝野争相传抄，都夸说是当世至理。其开篇，乃是贾山剖白心迹，曰："为人臣者，当尽忠竭愚，以直谏主，不避死亡之诛，臣贾山即类此也。臣不敢考究久远，愿借秦为喻，望陛下稍加留意焉。"

当汉初之时，只要一提"秦亡之鉴"，无人不立觉震悚；皆因秦之铁铸天下，数年间即覆亡，即便是揭竿而起者，也不免看得心惊。贾山深谙当朝者心思，下笔便语惊四座：

"昔者，周有千八百国，以九州之民，养千八百国之君，君有余财，民有余力，而天下颂声大起。秦有天下，则以千八百国之民力自养，却教万民力疲不能胜其役，财尽不能胜其求。始皇身死才数月，天下四面而攻之，宗庙自此灭绝矣！秦二世居灭绝之中而不自知，何也？盖因无辅弼之臣，无直谏之士，天下已溃而无人告知也。

"今陛下号令天下，举贤良方正之士。天下之士，莫不陈情告白以求圣恩，今已尽数在朝矣。陛下选其贤者，为常侍近随，与之驰骋射猎，一日再三出城。臣恐此举，必致朝政懈怠，百官皆不理事也。"

奏疏送至御座前，文帝展卷来看，看到此处，不由得呆了，默坐半晌，方叹道："我只道自己算半个好皇帝，却不料，又在蹈秦二世旧辙。治天下，确不可只与亲随一起快活。"

当下，便唤了贾谊来，吩咐道："你来看，你这本家所言，于朕，乃是当头棒喝呢！"

贾谊看过半篇，便放下，略一笑："陛下，群臣上书，喜好危言，并非稀奇事。陛下不必过虑，贾山之言，固有道理，然不可全信。听人烦言，则新政岂非以罢废为宜了？"

"不然，太平之世，危言总好过谀辞。你再看看后面，其言不无道理。"

贾谊便展开卷尾来看，见后面果然有建言："诗曰：'靡不有初，鲜克有终。'臣之所愿，不敢求大，唯愿陛下减少射猎。今岁起，定明堂①，造大学②，修先王之道，匡正风俗，以定万世之基，此为陛下之大幸也！ 往古之时，大臣不得与君主宴游；方正高洁之士，不得随君主射猎。 君主用贤臣，必使其所行中规中矩，而使其节操愈高；群臣则不敢不正身修行，尽心职司，以合大礼。如此，君主治理之道，方有人遵行，功业方能达于四海，垂于万世子孙矣。"

贾谊读毕，不禁微微颔首，双目有光。

文帝便问："何如？"

贾谊道："汉初，基业以杀伐而成，故民间暴戾过重，人人欲仗剑横行天下。 此奏疏说得有道理：所谓德政，便是以文化之。民不崇文，天下便不宁。 民不知礼，天下便无道。 贾山所言，陛下不妨纳之。"

"朕之意，恰与先生同，这就下诏褒奖贾山。 言路开了，总还是好事，免得老臣怨我独断拒谏。"

褒奖贾山的谕令一出，满朝又是一番轰动。 自此，百官都踊跃进言，文帝偶乘车驾出行，竟也有官吏拦路上书。 每逢此时，文帝必令御者停车，收了奏疏，当场展卷细看，若有好主张，便极口称善。 进言者无不引以为傲，百官也众口喧嚷，一时间，直言上书成了官吏风气。

文帝见案头奏疏如山积，心下大喜，自己看不完，便唤了贾谊

---

① 明堂，中国古代礼制建筑，为儒家礼制建筑典范，是古代帝王"明政教"的场所，凡祭祀、朝会、庆赏、选士等重要礼典均在此举行。明堂建筑先为方形，后演变为圆形。北京天坛祈年殿即沿用此制。

② 大学，此处指成人学校，周代始置，接受15岁以上的贵胄子弟在此学习，即后来的"太学"。

一同来看，对贾谊道："臣下之忠，到底不能只赖恩赏；放开言路，允人讲话，便自有忠臣在。"

贾谊也乐见文帝不拘一格，索性谏议道："秦为暴虐之政，防民之口，甚于防川，故而有诽谤妖言罪。汉承秦制，这一条苛法最无道理，不如一并废去。"

文帝颔首称善，当场便命贾谊执笔，草诏曰："古之治天下，朝堂有进言之旗、诽谤之木（即华表），以此通言路而招徕谏言者。今法有诽谤妖言之罪，使众臣不敢尽心陈情，而君上无由闻过失也，又将何以招徕远方之贤良？今即废此罪。以往小民或诅咒君上，或谩语至尊，官吏闻之，皆以为诽谤。此等风习，乃小民之愚，若以此无知而抵死罪，朕甚不取。自今以后，如有犯此者，勿治罪。"

此诏一下，无异于开了言禁，大小官吏闻之，都额手称庆，心中再无顾忌。就连那市井屠贩，平素管不住嘴巴的，也都奔走相告。旬日之间，秦焚书以来的封口令一扫而空。民间百姓相见时，都面有喜色，聚议时政，口无遮拦。昔时叹息之民，皆高谈阔论，无危惧之心，恍似两世为人。

数日后，文帝见了贾谊，忍不住问道："新政迭出，弊端尽除，民间可有何议论？"

贾谊便朗声笑道："那市井小民，率直无文，只说是天上一个日食，便换来人间如许好处，唯愿每月逢一日食。"

文帝闻言，哈哈大笑："日食多了，固然好；然朕之位，怕也是坐不稳了。朕登位两年，总算知道如何做个好皇帝了，那便是：不可一日视民为草芥。各郡县职司，都要节省靡费、减少徭役以便民。所谓好官，只需做好这一事便罢。"

贾谊道："确乎如此。 民之所求，不为多，无非衣食饱暖。 官家不占民利，天下还有何事可忧？"

文帝欣然道："正是。 今春劝农，我将率群臣赴北郊犁田。并诏令天下，春荒时节，所有向官府借贷种子、口粮者，一概赦免；至秋禾成熟，则免征田租之半。"

贾谊睁大眼睛，怔了一怔，而后伏地，连连叩头道："如此，海内皆沐天恩，臣代天下农夫谢陛下。"

文帝连忙扶起贾谊，佯作哂笑："你一个儒生，不知稼穑之苦，如何能为农夫代言？ 只多多上疏、指陈时弊便好。"

贾谊道："此乃书生本分，臣当尽职。 所谓时弊，眼中有，即遍地都有，怕是今生说也说不完哩！"遂与文帝相视大笑。

两人又议了一会儿，文帝忽就敛容，轻叹一口气道："民虽安，然尚不能言天下皆安。"

"这个自然。 臣这几日亦多有所思：山东刘氏诸王，皆非陛下近枝，其心若何，实难以揣测。 若叛，则长安危殆，急切间不可救。 不如效法先帝，立刘武等皇子为王，封在长安近旁，以拱卫京师。"

此时文帝已有四子，窦后所生两子以下，又添了庶出的刘参、刘揖两幼子。 除太子以外，三位皇子都未封王。

文帝连忙摆手，示意贾谊毋庸多言，只道："容后几日再议。"

贾谊便打住，继而又奏道："臣尚有平匈奴之策。"

文帝便高兴，催促道："哦？ 快快说来。"

"匈奴南犯，年年有之，我汉家力不能制。 高帝、高后两度和亲，然亦不能制。"

"不错。 朕也知，和亲乃权宜之计也，甚失颜面。 然即便如此，边事却未能息，君有何妙计？"

"和亲，儒术也，为敦化外藩计。若仅于此，那匈奴岂能以一女而息战？臣以为，阴阳天地、人及万物，皆由德而生。儒家教化之术，亦须佐以道家之德、法家之战，方为周全。故而当今安边策，应以德战而退匈奴。"

"唔——，先生说得深奥。然则朕甚不明：既用德，何又言战？"

"这即是要诀所在。汉军所向，多遇化外之民，彼辈不知礼节，说得口干舌燥亦无用。臣以为，安边之术，重在明白至简，须以厚德怀柔，以服四夷。再辅以'三表''五饵'之术，即可招匈奴之民来归，致单于势孤，从而降服。"

"'三表'、'五饵'之术？先生请说来我听！"

"匈奴为边塞大患，苦我久矣。臣为此苦思数年，略有心得而已。所谓'三表'，乃天子之表率，即立信义、赞人之状、夸人之技。天子以此'三表'示匈奴，可令匈奴所部，知天子爱其民、重其俗。"

"那'五饵'又为何？"

"人之所好，皆同也。'五饵'即是：赐之盛服车乘以坏其目；赐之盛食珍味以坏其口；赐之音乐妇人以坏其耳；赐之高堂深宅、财宝奴婢以坏其腹；有来降者，天子则召幸之，与之娱乐，亲斟酒而手奉食之，以坏其心。"

文帝听到此，当即领悟，拊掌道："贾生之智，果然是当世无双！容朕逐一记下，或可为百年之计。"

贾谊此时，忽就拜伏于地，恳请道："臣本一书生，然亦喜读兵家之典。生未逢秦末，不得建万世之功，乃生平唯一所憾。今边患未除，时有惊扰，请允臣率兵马十万，振戈长驱，以'三表''五饵'之计，直扫漠北。灭匈奴，安边民，系单于之颈而还，以报天恩。"

"嗯？"文帝大感诧异，望了贾谊半晌，抚住他肩头道，"先生大丈夫气重，然书生气亦重。时势易矣！张良、陈平旧事，我辈唯有欣羡而已。征匈奴之举，草檄易，布阵难。君贸然率师，事若不济，倒要让绛侯、灌太尉笑话了。"

贾谊抬头，几欲泪下，急切道："男儿有志，苦无机会。今微臣蒙陛下垂恩，此即时也。"

文帝沉思片刻，终还是叹了一声，摇头道："君之奇计，朕纳之，然须从长计议。先生是儒生，志在事功，然君子有志，奈何天却不予？北地兵事，以先帝之才，尚不能取胜，朕之才更是不及，只能以'无为'应万变，就无须再议了。立皇子为王，则合时也，朕可着即行之。"

贾谊见请兵征匈奴事，文帝不允准，只得叹息了一声，怏怏退下。

文帝看重贾谊所言封皇子之计，果然立见采纳。转眼时入三月，花开草长，典客得了文帝授意，便奏请此事。

文帝假意推让了几日，便允了。先有一道诏书下来，曰："昔赵幽王被幽禁而死，朕甚怜之，已立其太子刘遂为赵王。刘遂之弟刘辟彊，以及朱虚侯刘章、东牟侯刘兴居，亦可为王。"

随即，典客府便议妥了封邑，立刘辟彊为河间王、刘章为城阳王、刘兴居为济北王。这三人，皆为文帝侄辈。三人当中，刘章、刘兴居诛吕有功，早就该封王。此时诏下，群臣自是无异议。

过了一日，又有一道诏下，立刘启以外的三个皇子为王，即皇次子刘武为代王、三子刘参为太原王、幼子刘揖为梁王。

此次封王，虽是子侄辈都一起封了，但封邑之远近大小，却是大有玄机。三位皇子所封，不但疆土辽阔，且地近长安，恰成拱卫之势。

此次新封的代国，都城复归代郡；又从代国中划出太原郡来，新置太原国，都晋阳；这两国，都在长安东北。梁国则在长安正东，都睢阳（今河南省商丘市）。

文帝虽饱读诗书，却绝非腐儒，知京畿为天下根基，至为紧要。近邻三个诸侯国，总要封给自家血脉，方牢靠些。如此封了三个皇子，关中之地，便成金汤之固。

至于三位侄儿，则要寒酸得多，所封无非为郡县之地。那赵幽王幼子刘辟彊，封在了河间（今河北省河间市），封地从燕、赵割出。

刘辟彊本为弱枝，出身不显，平白得了一个王做，自是心满意足；而刘章、刘兴居心情，则全然不同。

二人的长兄齐王刘襄，于平吕次年，即在临淄薨殁，其长子刘泽袭了王位。长兄刘襄一死，刘章兄弟更不敢轻举妄动，如是蹉跎了两年，此次总算盼到了封王。然二人所封之地，皆是从齐国之地划出，微不足道。

刘章所封的城阳国，原为旧琅琊郡（今山东省青岛市）内一县而已，似这等小国之主，权势还不如一个县令。刘兴居所封的济北国，则稍大些，原为济北郡，都博阳（今山东省泰安市）；然这个济北王，也远不及一个郡守威风。

汉初之际，叔孙通定下规制，诸侯王在封国，均受朝廷所下派丞相掣肘，且不能掌兵。 若是小国之君，其名号虽显贵，实不及一郡守尉势大。

刘章、刘兴居受了这窝囊的封赏，还须遵仪礼，上表谢恩，心中就更郁闷，只道是周勃等人暗中作祟。 私底下两人对饮，刘兴居不知骂了多少回，要掘周勃的祖墓。

文帝于此也略有耳闻，却只是心里笑笑，不加理会，料想这兄弟二人，日久便会顺服。

如此到了九月，风调雨顺，四方田禾大熟，五谷丰登。 各地都有百姓献祥瑞，皆为白鹿、彩凤、龙纹玉、六穗禾之类，五花八门。 然郡县诸吏都知皇帝尚俭，不喜浮饰，官衙收了这些异物，竟无一个敢上报。 官吏们只是忙着挨户劝农，看问孤寡。

文帝虽深居宫中，天下治理得如何，心中却是有数的。 此刻见海内承平，万家祥和，不由大喜。 一日，对贾谊道："如今，朝中弊端日少，百姓益富，天下诸事顺畅，贾先生当推首功。 朕有幸，恰好似先帝得了留侯，少费了多少心思！ 明日，该为先生加官晋爵了。"

次日，果然有诏令发下，加贾谊为太中大夫，可上朝议政，一如往昔陆贾之尊。

入冬十月，便是文帝前元三年（前177年）。 文帝在心中祈愿，新一年里，万不要多事，却不料一过元旦竟接连两次日食。朝野臣民，心下不免惶然，只恐这一年里不顺。

朝臣怕文帝忧心，便都装作未见日食，绝口不提。 愈是如此，文帝愈是不安，闭门思过，却也找不出有何疏漏处。 万般无奈，只得去向薄太后讨教。 薄太后此时目疾已深，几不能视，文帝每日请安两次，都是亲奉母后羹饭。

这日，文帝来到长信殿请安，为母后喂完饭，提起日食频发事，不禁叹气。

薄太后摩挲文帝头顶良久，缓缓道："偶有异象，不足为奇。为娘已见不到多少光亮了，岂不是日日都是日食？"

文帝道："为人君，领有天下，儿不敢大意。上天若有警，我必自责。"

薄太后微微苦笑，叹道："恒儿可怜，竟是谨慎惯了，遇事只想到自家有错，上天或并非责你，只是在责你身边人。"

文帝略感诧异，自语道："身边有何人，能引得上天发怒？"

"恒儿坐了皇位这几年，内外口碑，为娘还是听到了些，赞语虽多，然亦有人怨，只说你太优柔。如今情势，远非当日你我孤儿寡母时了，儿不妨放胆去做。摆布天下事，到底要果决些才好；一味宽和，怕也成不了事。"

"如今新政，一月数出。凡有利于天下者，即无禁忌，儿已不顾及物议了。"

"话虽如此，我看你对老臣，终究有忌惮。那绛侯周勃，当年迎我母子有功，如今却阳奉阴违，连我这里近侍都看得出。长此以往，怎生得了？不如借天有异象，令他就国便好。"

文帝沉吟片刻，狠狠心道："也罢！这便遵太后旨意，儿也不再迟疑了。"

薄太后一笑："昨日嘉禾，或成稗草，良莠全看情势如何。绛侯得享尊荣至今，已属大幸了。你也莫怕，令他就国，乃顺势而为，未见就担了负义之名。"

文帝颔首称是，返回未央宫，便伏在案头，欲执笔拟诏。正待落笔，却又迟疑起来，久不能成章。这一夜，众涓人皆被挡在门外，不得入内，寝宫内一夜灯未熄。至平旦，文帝方唤了宦者入内，命涓人将诏令誊好，送往丞相府。

这日，周勃用毕朝食，入丞相府公廨视事，忽见长史匆匆奔入，报称宫中有诏书发下。

周勃接过，神闲气定展开来看。不料，才看了几个字，便汗如雨下，原来那诏曰："前日有诏，命列侯就国，然诸人皆托辞未行。诏命不出宫门，天又数见异象，朕心甚忧。丞相周勃为朕所倚重，应为朕率列侯就国。今免周勃丞相职，即日就国，其余列侯随之。太尉灌婴升为丞相，原太尉府官署罢撤，职司归入丞相府。"

周勃看罢，面色骤变，颓然倚于靠几上。正不知所措之际，长史又奔入来报："太尉灌婴叩门求见。"

周勃冷笑一声："不至就逼上门来了吧！"怔了一怔，才懒懒整了整衣冠迎出。

只见那灌婴神色惶然，急急拉住周勃衣袖道："绛侯，且往你内室说话。"

周勃遂将灌婴引入内室，屏退左右，淡淡问道："太尉，今日便要接印吗？"

灌婴闻言一惊，连忙摆手道："绛侯勿疑，下臣也是今早才得了消息。只不知，发下此诏前，今上可曾与你透过口风？"

"不曾。"

"果然！事起突然，下臣不胜惶恐。今日来，是向绛侯讨教的。"

"唉，事已至此，我又能何如？"

"竖子贾谊，狂悖无常，不如联络老臣，联名劾他一本。"

"万万不可！ 列侯就国一事，已拖延多时，今上并未责怪。若再拖延，必引得今上发怒，倒是怕有大祸要临头了。"

灌婴大感沮丧，叹气道："想我辈提剑斩将时，那小儿还在娘胎里，今日却被他逼得无以转身。"

周勃见灌婴并无他意，方才释然，想了想，反倒劝起灌婴来："那小儿不晓利害，舍命欠债，迟早要教他抵偿。 太尉如今接掌丞相，兵权总还是在手，不怕他一个书生。"

灌婴便顿足道："绛侯有所不知，我这太尉，哪里还有兵权？今上日前召我，已拟议好，欲向各郡发铜虎符，今后哪怕是几个郡兵，都须凭虎符调遣。 我接任丞相，于兵事上，已无处置之权。"

周勃圆睁双目，拍案怒道："真真逼人太甚！"

两人默对良久，灌婴才黯然道："奈何？ 世上已无楚项王，便再无武人说话处。 绛侯请暂且就国，勿断了音信。 朝中事，一如旧章，下臣自会联络冯敬、张相如等，伺机驱走那小儿。"

周勃默然片刻，只叹息道："也好。"

随后，两人又密语多时。 周勃将朝中大事交代清楚，便道："都中许多事，还须太尉费心，我明日便谢恩辞行。 你知会诸旧部，万不可相约送行，闹得鼎沸。 我离长安，风平浪静便好，免得惹主上猜疑。 我辈于刀剑下活到今日，居然未被枭首，已是大幸了……"说到此，竟有些哽咽。

一番话，说得灌婴心中也凄楚，抬头望了望周勃，几欲泪下。

果然，未过几日，周勃便卸了职，收拾好阖家细软，悄然出城，连闾里都未惊动。 其余列侯得知，也都乖觉，各自打点好行装，未及半月，便都奔四方去了。

列侯之中，齐王之舅驷钧、淮南王之舅赵兼这两人，倚仗外甥之势，一向跋扈。 文帝对此二人，最为忌惮。 当初诛吕，便是驷钧鼓动齐王兴兵的，今后若再如法炮制，便成大患，故而必逐之而后心安。 那二人，原本心存侥幸，然见了诏令，知上意已决，也不敢贸然抗命，只得各自去了封邑。

深冬之际，北阙甲第顿显凄清，长安城好似空了一半。 各处驿路上，一时车马喧阗。 就连荒山僻地的小民，也不难见到公卿在赶路。

离长安当日，周勃携长子周胜之、次子周亚夫、幼子周坚出行，一家人轻装简从，皆是布衣常服。 宅邸中所有赘物尽已送人，一行只有三五辆车、十数匹马驮。 车马行至霸城门，城门吏见这一行人气度不凡，忙拦下询问。 闻听是绛侯行将就国，甚是吃惊，验过符牌，当即恭恭敬敬放行。

行至霸上长亭，周勃回望来路，已望不见长安城郭，唯有驰道旁杨柳，低垂于雪野，了无生气，远望倍觉凄凉。

正待吩咐御者加鞭，忽见前面有一布衣男子，当路而立。 随行家仆正要呵斥，周勃心中一动，忙摆手道："不得无礼！ 待我近前去问。"

待周勃车驾至男子面前，方看清此人其貌不扬，面目黧黑，若不是衣饰整洁，几与役徒无异。 周勃便好奇，俯身问道："当路不避，你可是有话要说？"

那人施了个礼，不卑不亢道："在下乃小民阴宾上，闻绛侯离都就国，不事声张，特在此恭候，欲看个究竟。"

周勃不由警觉："阴宾上？ 公之大名，久有耳闻，在此拦路有何贵干，莫非是受人差遣？"便连忙跳下车来，略施回礼。

"哪里，绛侯有大功，天下人皆仰望，无不以一睹为快。 在下寂寂无名，无缘拜访，只得在这路边望上一眼。"

周勃闻言大笑："你这话，哪里是真心？先生为国舅之师，我这莽夫，才是无缘攀附呢。"

"不敢。绛侯此行万里，无暇耽搁，在下也不便啰唆，只有一句话，要赠予绛侯。"

"哦？先生足智多谋，为今上所重。周某一匹夫，竟能得先生教诲，实是大幸，愿洗耳恭听。"

阴宾上便从袖中摸出一根竹简来，恭谨递上："此乃老子之语，小人抄录下来，赠予绛侯，可于闲时玩味。"

周勃接过来，见竹简上写了一句话，乃是：

归根曰静，静曰复命，复命曰常，知常曰明。不知常，妄作凶。

周勃看到末后，竟然有个"凶"字，不免就一惊："此话作何解？愿闻指教。"

此时周勃家眷车马，停于道上，阻住了过往客商。众人见阻路车马华丽，前后有家仆护送，便知绝非寻常人物，只得耐住性子等候。

阴宾上见道路已阻塞，忙道："绛侯为上上之智，无须在下多说。足下封邑绛县（在今山西省），乃是春秋晋之古都，为一福地也，能归根福地，这便是常。以往绛侯位极人臣，以武人而成文臣之首，则为非常也。今日解印而去，才是明智。愿足下知常而守，不妄作，便是天下人至福了。"

周勃闻言，心中一亮，不由捉住阴宾上手腕，急道："先生之言，说得好，解了我心中之疑。今日就国，周某当恭谨守常。先生指点之恩，不知该如何谢，可否随我赴绛县，把酒共话几日？"

阴宾上连忙辞谢："君子之交，一语可止。在下乃草野之人，几句话说完，便无所求，还请绛侯上路。"

周勃望望这奇人，心中感慨，便将竹简揣于怀中，深深一揖道："世上高人，多在山泽，周某在这里谢过。"

阴宾上回了礼，急忙向后退了几步，让开前路。

周勃登车，正要吩咐启程，忽又想起，便命亲随取出一酒壶来。只见此壶，乃是一尊朱黑漆方壶，形制古旧，绝非寻常之物。周勃递与阴宾上，恳切道："此壶，乃秦宫旧物。当年我入咸阳，从宫中寻得，想必是个好物。今已盛满酒，赠予先生，是为谢礼。"

阴宾上略一迟疑，方才双手接过，道了声谢。

周勃仰首望了望天，顿了片刻，又向阴宾上拱手谢道："先生指教，真乃天佑我也。"言毕一挥手，一队车马便扬长而去。

灞桥上下，此时已是冰天雪地。长安道旁，唯余阴宾上一人伫立，拈须微笑，目送辚辚车马渐行渐远……

五

御驾甘泉
驱北虏

文帝前元三年四月，正是花红柳绿之时，长安城比往年清静了许多。文帝见周勃就国之后，数月间悄无声息，便知天下已归服，老臣们再也无胆抗命，心就放了下来。

　　这年春上，好事似颇多，长公主刘嫖也终于嫁了出去。夫家是堂邑侯陈午。文帝对这女婿颇为称意，心情就更是好。

　　堂邑侯陈午的身世，亦有些来头。其祖父陈婴，为东阳（今浙江省东阳市）人，最早为东阳县令史①，秦末投项梁义军，后为楚项王的上柱国，位高权重。项羽兵败后降汉，得以封侯，传到陈午，是为第三代堂邑侯。

　　刘嫖是金枝玉叶，位同诸侯王，嫁给陈午算是下嫁。窦后于此老大不忍，然看到这顽皮女终究嫁了出去，便也只能高兴。婚后刘嫖便随了夫婿，去了堂邑（今南京市六合区）就国，由此人称堂邑长公主。

　　春浓时节，文帝再去向薄太后请安，就不免喜形于色。那薄太后虽目力不济，辨声音也知文帝心思。一日，文帝正亲奉羹汤

---

① 令史，县令属吏。

时，薄太后忽然就问："听吾儿近日说话，声也高了些，想必是朝中诸事顺遂？"

文帝面带喜色道："列侯就国，都中再无人居功坐大。 儿臣心中，当是惬意。"

薄太后摇头道："为人君者，切莫说惬意。 治天下，便是如履薄冰；你惬意时，脚下就有罅隙出来，不可不防。"

"老臣居功，先帝时即是大患。 今日用贾谊计，一朝遣散，还能有何等罅隙大于此？"

"恒儿说得容易。 你我母子，在刘氏一门中，终属弱枝，你又无半分战功在身，那刘氏其余诸子弟，自是心存芥蒂，你不可大意。"

"刘氏子弟，皆已封王，有了那百代荣华，还安顿不住彼辈吗？"

薄太后便一笑："既姓刘，便不是封王可以安顿的，你可不要轻忽此事。"

"哦？"

"且今日汉家，内忧未消，尚有外患，恒儿哪里就可以说安心？"

"儿臣想，自先帝和亲以来，北虏多年未南犯，总不至无端开衅。"

"恒儿呀，这和亲，便是汉家示了弱，不弱又何必和亲？ 敌强我弱，我辈岂有安睡之理？ 他多年不来犯，或正是大举南来的先兆。 攻其不备之道，那胡人也是知晓的。"

薄太后一番话，说得文帝倒吸一口凉气，忙谢恩道："儿臣谨记。 闻母后教诲，儿已知：今日之势，仍似昔年在代地时，一刻也大意不得。"

"向日你理政，多为细事，故而为娘总劝你果决。然说到天下大势，却不可鲁莽，你自去思量吧。"

问安归来，文帝与窦后谈起，窦后便笑："臣妾曾亲见吕太后治天下，却不似陛下这般小心。"

"吕太后是何等精明？三个我绑在一处，怕也是不及。"

"陛下玩笑了！臣妾平心而论，吕太后理政，确是从容，就好似无事一般。若遇事，便与审食其商议，不过一餐饭的工夫，便可定大计。"

文帝便面露难色："那辟阳侯，到底是功臣，见过世面的，朕哪里去找这等人物？"

"辟阳侯不正赋闲吗？"

"赋闲也不可用。辟阳侯为吕太后亲信，已名声扫地。诸吕尽诛，老臣留了他一命，算是众人买了陆贾的面子。他能活一日算一日，复起是万不能了。"

窦后不由慨叹，又道："闻听太中大夫贾谊，学问了得，不是胜过辟阳侯许多？"

文帝略作沉吟，缓缓道："贾谊岂止是学问，谋略也是超群；然到底是新晋少年，躁进多于老成。我操弄天下事，已两年有余，世事虽有翻新，树敌亦是不少。如今格局已成，恐诸事还是要从缓一些。"

窦后想了想，颔首道："也是。昔日吕太后称制，奇就奇在：十余年间，竟然无大事。朝中大臣，无不赞吕太后垂拱而治的。臣妾却以为，那是吕太后命好，唯愿陛下也有这般好命。"

文帝便叹气道："吕太后无为便可治天下，朕才疏德薄，恐无此福气。”

此时文帝所心忧，也并非无由。天下之大，千头万绪，说这话才过了几日，刘氏子弟中，果然就接连有事。

当月，齐地传来噩讯，城阳王刘章就国方及一年，近日竟染重疾薨了。文帝闻此讯，心中亦喜亦忧。原来，自登位以来，文帝一向忌惮齐悼惠王刘肥这一枝。那刘章乃刘肥次子，丰神俊逸，世有美名。原封为朱虚侯，为吕后所重，委以长乐宫宿卫之职。待吕后崩，老臣诛吕之时，刘章在宫中为内应，立下赫赫之功。其胆略之勇、立身之正，中外皆有赞誉。

不料想，文帝即位后，陈平、周勃将拥立之功全数揽去，原先许给刘章的赵王，成了镜花水月。刘章之弟刘兴居也是一样，随刘章追杀诸吕，逐走少帝，原指望得到周勃所许的梁王，却不想自从诛了诸吕之后，此事再不提起。

文帝也深知此中不公，有心要安抚两位侄儿，封个王了事，然又恐齐悼惠王一脉坐大，思来想去，还是装聋作哑为好。

因此诛吕一事，满天下尽皆受益，唯刘章兄弟被搁置一旁。刘兴居是率性之人，愤恨之下，数次劝阿兄刘章不如反了，大丈夫，如何咽得下这口气！

那刘章忠直宽厚，不愿负恶名，抵死不肯造反，劝刘兴居道：“三弟，这念头如何使得？你我兄弟仗义而起，里应外合，方成诛吕大业。那陈平、周勃者流，贪恋权位，有功不赏，是彼辈之耻。一正一负，天下自有公论。我兄弟若是反了，立成逆贼，倒要将一世的清名毁了。”

刘兴居不愿闻此空论，只道：“是非公论，又有何用？莫非百姓还能给你个王做？当初兄长刘襄首举义旗，新帝不该是他吗？

今上却装聋作哑，并无一语谦让。 再则，不做这皇帝也罢，你我二人，提了头颅履险犯难，给个诸侯王做，又能如何？ 老臣只笑楚项王小气，轮到自家头上，还不是扭捏如妇人一般？"

"世间事，难有公平。 正是我兄弟有超群之处，才惹得众人忌惮。 事已至此，唯有低首下心。 当初长兄于临淄举义，也算造反了一回，吾家未获罪，便是大幸，万不要再生出枝节来。"

"吾家不平事，今上如何能不知？"

一句话，说得刘章落泪："弟不必固执。 今上不言，必有缘由，或是有心无力，或是本心即此，我等做臣子的，揣度这个实为无用。"

刘兴居不禁怒起，拍案道："我是为你不平，你却只知忍！ 往昔你为朱虚侯，得吕太后宠信，何其气壮！ 如何举义一回，反倒不如当初了？"

刘章叹气道："人强不如势强，谋大事，便放任不得。 看如今，天下大势已定，已不似诸吕擅权时了，朝野皆厌纷乱，若贸然起兵，连二三分的胜算都没有。"

见兄长不肯冒险，刘兴居心中亦无成算，只得忍下。 两人忍了一年，方才沾了皇子封王的光，各自封了齐地郡县之王。

两兄弟哭笑不得，各自就国之前，饯行作别，刘章劝慰刘兴居道："事不公，然聊胜于无。 好在我兄弟相距不远，多走动，少发牢骚语。"

刘兴居白了刘章一眼，只说道："我也知孝悌！ 你不反，我自然不会反。"

刘章虽然劝兄弟心宽，自己却是难以释怀，赴齐地做了城阳王，眼见地狭人稀，常忆起当年值守长乐宫的风光，心头郁结，无处诉说，只得以酒浇愁。渐渐地身体不支，病卧多时，竟一命呜呼了。

刘章丧报传至济北国，刘兴居如五雷轰顶，拔剑在手，狠狠砍了案面数十下，怒道："阿兄误了！天不仁，他人亦不仁，如何只教自家人求仁？如此颠倒人间，令阿兄枉死，为弟又何必苟活？"

当夜，刘兴居便率了三五亲信，夤夜赶路，驰入城阳国，为兄奔丧。

下葬当日，刘兴居双目赤红，一语不发，亲扶棺椁放入墓穴。临到填土，刘兴居忽然大喝一声："且慢！"便命左右亲随，开启棺盖再看一眼。

城阳国丞相及众属官，皆面有难色，都劝道："济北王请节哀！"便纷纷上前劝阻。

刘兴居一把推开众官，发怒道："城阳王为吾兄，与尔等何干？"便喝令亲随，七手八脚撬开了棺盖。

但见棺中，刘章遗体面色如生，刘兴居更是忍不住泪流，俯下身去，拿起棺中随葬佩剑，轻声道："阿兄，且先走。此剑为弟暂借，誓要取恶人之头！"

丧事完毕，刘兴居返回国中，立即广散钱财，收买死士，誓要向当朝讨个公道。

此时在长安，文帝也正思谋：刘章亡故，他一众兄弟必不能心安，该如何安抚，须加斟酌，便唤了贾谊来商议。

文帝问贾谊道："城阳王曾有大功，如今薨了，可否下诏优恤？"

贾谊连连摇头，劝谏道："齐悼惠王子嗣一脉，本就居功不服；那济北王，或心中早有反意。城阳王薨，可以平常之例抚恤，不宜格外开恩。如若开恩，反倒助长了彼辈不臣之心。"

"那齐悼惠王诸子孙，岂不更要激愤？"

"不然。今齐王刘则广有疆域，养尊处优，王位坐得安稳，必不会反；其余诸弟尚年幼，亦想不到此。心中不平的，唯有刘章、刘兴居二人。如今刘章薨了，刘兴居徒有匹夫之勇，不足为虑。当今朝廷名将，尚有十余之数，不怕他一个小国诸侯作乱。"

文帝闻此言，甚觉有理，遂只令刘章长子刘喜袭了王位了事，并未另加优抚。

刘兴居在济北得知，冷笑了一声："妇人之心！"便再无多话，只顾埋头去募集壮士。

且说刘兴居好歹忍下，未起风波。却不料四月将尽时，一向桀骜不驯的淮南王刘长，猛地就闹出一件大事来。

这位刘长的身世，颇为曲折，前文曾有交代。刘长之母赵姬，是个苦命女子，原为刘邦女婿张敖的宠姬。张敖为讨好岳父，将赵姬献与刘邦，刘邦见赵姬乖巧，也不计较那许多，欣然纳入后宫，是为赵美人。

彼时刘邦正多疑，数月之后，忽就疑心赵王张敖要谋反，不由分说，将张敖拘来长安囚禁。赵美人也因此受牵连，身系狱中，求告无门。

且说入狱时，赵美人已有身孕，在狱中为刘邦诞下一子，这便是刘长。那赵美人，出身虽寒素，却是个刚烈女子，无端下狱受辱，实不能忍，早就抱定了必死之心。待婴儿一出生，便一根丝带系在梁上，寻了短见。

待冤情大白，张敖并无反迹，刘邦这才后悔，不该逼死那无辜的赵美人。愧悔之下，便将刘长交给吕后抚养，稍待长成，又封他为淮南王。

彼时刘邦、吕后两人，都怜这幼子命苦，倍加宠爱。朝中大臣也哀怜赵美人，爱屋及乌，便也有意偏袒刘长。诛灭诸吕时，吕氏族人几无幸免，刘长为吕后养子，与吕氏瓜葛甚深，却丝毫未受株连。

可怜那刘邦诸子，经吕后连番虐杀，所剩无几。待文帝即位后，看看身边，同父兄弟竟只有刘长一人了。缘此之故，文帝便觉刘长格外亲近，欲多加优容。时淮南国境内，有蓼侯、松兹侯、轶侯三家封邑。文帝便令这三侯邑，择地易往别处。彼时刘长躲过诛吕之变，侥幸未死，暗自庆幸尚且不及，哪里还敢受此好处，连忙上书推辞。文帝思之再三，终还是将三侯邑迁出，令刘长实得三县之地。

刘长在那上书中还称：从未与文帝相见，心有戚戚焉，恳请元旦入朝来见。文帝阅罢，颇觉心酸，于是欣然允之。及见了刘长，更是相谈甚欢，抚慰有加，又偕他同车赴上林苑围猎，以示手足之情。

如此，刘长饱受恩宠，天下尽知，盛名遍于朝野，难免就不知轻重。想自己乃天子至亲，世无其匹，即是捅破了天又能如何？在长安滞留数月间，广受公卿来贺，更加骄恣，竟是日益乖张起来。

这一年，刘长已过而立之年，勇猛过人，力能扛鼎，行事却仍似少年，专以蛮力说话。

此时的淮南国，都城在寿春（今安徽省寿县），辖有庐江、九江、衡山、豫章四郡，横绝江淮，富甲天下。刘长之显赫，远胜于早年的九江王英布，然他却不知足，屡屡犯禁。入都之前，便惯常僭越违制，广招亡命之徒。

此前刘长多行不法，淮南国属官皆不敢言，邻近郡县有那尽职的官吏，也曾屡次密奏朝廷，指其不法。文帝得了奏报，念及骨肉之情，不忍问罪，都一概压住不理。

刘长却不知收敛，只道是文帝也奈何他不得，举止就越发乖戾。最可骇怪的，是入朝觐见时，刘氏诸子弟都称文帝为"陛下"，无人敢称"阿翁""阿叔"，唯刘长一人，只满口"大兄、大兄"地叫着，无礼至极。殿上众大臣闻之，无不惊愕。文帝最不能忍这般粗野，然恪于孝悌，也只是一笑了之，并不责怪。

年初时，刘长母舅赵兼，奉就国诏令，将远赴封邑周阳（在今陕西省绛县）。临行前，舅甥饯别，赵兼酒饮得多了，感时伤怀，忍不住提起往事，叹道："三十年前，我尚在少年时。你阿娘银铛入狱，家中只我一个男丁，四处奔走，遭人鄙弃，不知看了多少冷脸……"

刘长酒意微醺，涨红脸道："当年我在襁褓中，遭此大难，实属命不好，说不得了！然今日贵为皇弟，成了天子至亲，却又不能报母恩，真是气闷。"

"唉，说那些作甚？俗世中人，谁人不是见风使舵。当日求告豪门，只想救下你阿娘一命，然豪门巨贵，闻听牵涉张敖谋反案，皆闭门不纳，冷面如铁。那时日日奔走，一无所获，我活都不想活了。"

"甥儿记得，从前阿舅说过，罹祸时曾求告于辟阳侯。甥儿实为不解：那辟阳侯，为吕太后佞幸，连先帝都敢欺瞒，若他肯救吾母，易如反掌，如何他竟未施援手？"

提及此事，赵兼不禁又泪下："你阿娘当年为卫尉所逮，由后宫直解诏狱，难通音信。我仅是一少年，慌得不辨南北。彼时有赵国旧臣入都，为我出谋，说辟阳侯审食其依附吕氏，一言可左右吕太后；若吕太后肯施救，则一言可左右高帝。以此看来，求到审食其，便可保住你阿娘。我听信此言，便倾尽家产，换了几件珍玩，求到辟阳侯，央他恳请太后……"

刘长眼睛便瞪大，惊讶道："吕太后发话，竟也未救下？"

赵兼苦笑道："辟阳侯待我，倒还温和。推让了几番，才收下了礼。然数日之后，却对我道：吕太后不肯代为辩白。"

"这又是为何？"

"我至今不晓，或是吕太后也有不便之处？"

"吕太后权倾朝野，有何不便？"

"吕太后宠爱鲁元公主，连带回护女婿张敖，中外皆知。你阿娘……早先是自张敖处来，按理，吕太后出面为你阿娘缓颊，最为得当。"

刘长听得糊涂，脱口而出："我阿娘，自故赵王张敖处来？此话怎讲？"

赵兼望住刘长半晌，叹了一声道："甥儿，今日一别，再见还不知是何日，往日事，为舅知道得太多，便统统说与你听吧。你娘，原是故赵王张敖宠妾。张敖为讨好高帝，方将你娘献与高帝，做了赵美人。"

刘长惊得酒杯落地，大呼道："哦？怎的我从未听人说起？"

"你贵为皇亲，哪个敢说与你听？阿舅今日与你作别，说破了此事也好，否则你一世都不知根芽所在。"

刘长闻此言，怅恨良久，喃喃道："原来如此。甥儿之命，真是苦如黄连。"

赵兼唤来仆人，重新斟上酒，仰头饮了，才对刘长道："人情炎凉，不及禽畜；知世间此苦者，无如阿舅我。当年若有人肯施恩，哪怕如涓滴之水，我今日也当倾力相报。可叹累卵之下，诸臣只顾自保，哪个还肯伸援手？"

"那辟阳侯，究竟求也没求吕太后？"

"此事究竟如何，已无人可知了。他只说道，太后连张敖都救不出，便更不肯为你阿娘援手。然亦有老臣议论，吕太后是嫉妒你阿娘，故不肯相救。"

刘长听到此，气血上涌，拍案道："那辟阳侯，是何等诡诈？依附吕太后，狐假虎威，袍子上也不干净。诛吕之际，老臣饶了他，然在这长安城中，半数之人都恨不能食其肉！他求或没求吕太后，外人难知，总之未尽力就是。"

赵兼忙按住刘长肩头，劝道："此事已过去多年，追究起来，徒然惹气。甥儿既知晓了原委，不再糊涂，也就作罢。如今君上，已不同即位之初，其势渐强，颇见手段，防的就是吾辈皇亲，甥儿万勿多事。"

刘长双眼发红，恨恨道："这世上，出娘胎就死了亲娘的，能有几人？甥儿命苦，气不能就此咽下。那辟阳侯，生就一副假娘的脸，邀宠得幸，最擅捭阖。如今老了，就能免罪吗？"

赵兼惊道："甥儿，你要怎样？"

刘长一跃而起，自身后剑架上抽出佩剑，"砰"的一声，将剑架削去一截，怒气冲冲道："今日甥儿，已非复昨日，誓要取此贼之头！"

赵兼有所领悟，脸色就一白，忙劝道："万万不可鲁莽。昨日事，乃命中注定。 你今日苦尽甘来，贵为皇弟，无人再敢欺，且好好享福就是。"

"我便斩了他，又能如何？"

"朗朗乾坤，如何能随意杀人？"

"杀了那贼，刘恒大兄还能教我抵命吗？"

赵兼怒视刘长一眼，斥道："抵命或不至，然今上所为，一班老臣尚且猜不透，甥儿如何就敢冒犯？"说罢又掴自己的脸，恼恨道："今日酒饮多了，不该多话。 倘若甥儿惹出事来，如何对得起阿姊呀！"

刘长听得母舅提及生母，心中不忍，忙拉住赵兼衣袖道："母舅休怒，甥儿遵命就是。 只是……此恨压在心头，实难消解。"说罢叹了一声，弃了剑。

赵兼又叮嘱再三道："当今之势，保得富贵要紧，万勿妄动。"见刘长不再坚执，才又饮了数杯，依依作别。

此后多时，刘长念念不忘此事，心中不能平。 至入春，愈加愤懑，终是不能忍，欲扬孝悌之名于天下，便点起了几个亲随，去找审食其问罪。

且说那审食其，于吕后驾崩后，退居太傅之位，本应戴罪，然沛县诸人多念旧情，兼之陆贾亦力保，也就无人与他为难。 文帝虽也恨他为虎作伥，然诸臣不究，也就不好加罪。 于是，吕后身旁最显赫的人，竟是如此轻易地解脱了。

审食其也知，留得一命，实属侥幸，从此不敢再张扬，辞了太傅职，在长安闲住，形同隐居。 待到列侯就国令下，文帝见他已然无害，便以耆老之名，容他无须归封邑。

审食其如今年已耄耋，经诛吕之变一场惊吓，早是老态龙钟。

虽居长安，却寡有知交，心中亦觉凄凉，只能叹时运不济，昔日之靠山吕太后，是再也活转不过来了。唯有平原君朱建，念及旧恩，或时时来访，稍可聊解失意之忧。

如此百无聊赖之时，忽有一日，守门司阍奔入报称，门外有远客求见。

审食其大出意外，问道："是何等样人？"

那司阍答道："有三五壮男，皆服白衣，声言主公为昔年恩公，特来拜访。"

审食其心下大慰，吩咐道："既如此，便请进正堂吧。"

司阍引领白衣客人一行，鱼贯而入，进了正堂。审食其颤巍巍立起身，拱手道："恕老夫目力不济，请问来客，是何方人氏？"

只见为首一壮男跨前一步，揖礼道："审公，吾乃小辈，淮南王刘长是也。年幼时在长乐宫中，曾见过审公。今来此，是为谢恩。"

审食其闻言，不由大惊，知其来者不善，心头便一沉，连忙揖让道："原来是刘长侄儿，快请落座。"

两人依主宾落座，刘长身后一随从便走出，将一红漆函匣小心置于座前。

审食其心中忐忑，勉强笑笑："淮南王多礼了。敝舍冷清，难为大王屈尊造访。"

刘长仰头，只顾望着堂上一笼画眉，不喜不怒道："审公，别来无恙乎？看气色，倒还健旺，与长乐宫旧时无异。想往昔，恩公曾为吾家解忧，迄今未能忘。我今来此，还要向恩公讨教一事。此事已过去多年，至今众口纷纭，弄得小辈我糊涂，还要请审公指教。"

审食其早就知刘长骄横，猜不透他此来是吉是凶，只能勉强一笑，道："淮南王客气了。老朽已多时不问朝政，只不知大王所问何事？"

刘长便猛地仰头大笑："是审公你客气了。旧日汉家事，你做了一多半的主，我今日只有找你。"

"不敢，大王谬奖了。往日事，恐是提不得了。"

"如此说来，审公是在责我？"

"哪里，大王请问。"

审食其此时，已知刘长是来刁难，心中就叹：当年若知后来事，还不如劝吕后，将这个孽子扼死于襁褓中，绝了后患才好，何至于还有今日事。

刘长见审食其面露惊惶，益发得意，直视审食其道："今来，只为一桩旧事。昔年家母被囚，吾舅曾求告于审公。审公答应从中转圜，如何吕太后却不肯帮忙？"

"这个……"

"嗯？有何不便言明吗？"

"当其时，正值先帝盛怒，吕太后亦不便进言。"

刘长便冷笑一声："当其时？那时审公得意于朝堂！只不知，蝼蛄可有几日可活？"

审食其闻其言不善，不觉直冒冷汗，连连作揖道："救人于危难，士之大义也。当初老臣实未敢怠慢。"

刘长"霍"地起身，厉声道："吕太后在时，审公一言可左右天下，如何便救不了一女子？"

审食其也连忙起身，颤颤答道："老臣曾数度请托，吕太后只是不允。此乃实情，老臣不敢欺大王。"

刘长便微微一笑："我谅你也不敢欺我。故而，今有一厚礼，要赠予审公为谢。"说罢，便瞟了一眼身后随从。

那随从会意，上前打开了红漆函匣。只见那函匣精工细作，雕饰华丽，里面却是空空如也。

审食其看了一眼，脸色骤变，急道："大王，苍天在上，老臣万不敢说谎呀！"

刘长便渐渐露出狞笑来："我信审公所言，然我手中，却有一物不信。"说罢，便自袖中摸出一柄铁椎来，朝审食其晃了一晃："不信者，便是此物也！"

那铁椎乃短小兵器，状如尖锥，长尺余，其锋利可以透甲。审食其一见，脸色立时惨白，颤抖道："大王……不可无礼。汉律，杀人者偿命。老臣若有罪，愿赴廷尉府抵罪，然大王不可……不可……"

刘长切齿道："审公，今日才知畏惧，岂不是太迟了？"

"老臣于当年，确曾力请。"

"老匹夫，你请托无果，便是不力！"

审食其腿一软，险些跪地，连连打拱道："老臣知罪，知罪。"

刘长怒喝一声："既知罪，便同吕太后去说吧！"说罢，便将铁椎高高举起。

审食其心胆俱裂，大呼道："有刺客！"便欲向后躲闪。

刘长哪里容他逃脱，抢上一步，看准他额头，便是狠命一击。

审食其额角顿时血如泉涌，双目圆睁，嘴张了两张，便一头栽倒。

刘长的随从纷纷拔出剑来，一拥而上，都围拢去看。一人弯下身去，伸手探了探鼻息，禀报道："大王，辟阳侯已毙命。"

刘长便上前，一脚踏在审食其胸前，恨恨道："哼，此等佞人，鸡狗不如，居然令天下人都震恐！"便掷椎于地，拔出佩剑来连砍两下，割下了首级。

随从上前接过首级，装入函匣。刘长喝令了一声："事已毕，走！"一行人便鱼贯相随，飞步出了审邸大门。

审氏家眷在后堂听到呼喝响动，情知有变，欲上前察看，然看见白衣客各个持剑，模样凶狠，便都不敢近前。

待不速之客驰远，众家眷才抢入正堂去看，见家主人已失了头颅，知是来了歹人，直惊得魂飞胆丧。众人抚尸痛哭了一场，又慌忙去报了中尉衙署。中尉庐福闻讯，不敢怠慢，来到审邸看了，也不禁冷汗直冒，猜不出是何人所为，连忙知会主掌京畿的右内史，一起来勘验。待验尸毕，庐福返回中尉署，草拟奏折，又发了追缉文牒不提。

再说刘长一行出了审氏家门，返归淮南客邸稍作歇息。不多时，刘长便嘱左右不必跟从，独自一人携了函匣，来至未央宫北阙之下。

北门执戟郎卫见了，都大惊，连忙挺戟喝问。

刘长并不言语，三下两下褪去衣袍，袒露上身，于司马门前跪下，口称："淮南王刘长，今来向君上请罪。"

谒者闻报，也是吃惊不小，慌忙奔往宣室殿报与文帝。

文帝正于廊下读黄老书，闻报，微一蹙眉："吾弟又是弄甚么名堂，宣进来吧。"

甫一见面，未等文帝询问，刘长便将函匣置于地，一揖道："大兄，我为孝悌故，杀了一个仇人。"

文帝未解其意，不由一惊："杀了何人？"

刘长答道："辟阳侯，此乃他首级。"

文帝不由大惊："你……你竟敢擅杀辟阳侯？"

刘长便撩衣伏地，叩首道："杀便杀了，当如何，请大兄处置。"

文帝拍案而起，戟指刘长，责问道："按律，即是擅杀奴仆，亦须抵命！你可知？"

"弟岂能不知？然家仇亦不可不报。"

"荒唐！辟阳侯已退隐多时，与你又有何仇，理会他作甚？"

"昔年先帝疑故赵王张敖反，牵连弟之生母，吾舅曾去见审食其，央他劝吕太后出面说情。老匹夫见我母家势弱，不肯出力，坐视吾母冤死。今大兄为天子，无人再敢欺我，故要以老贼之首，祭我生母。大兄能开恩便罢，若不能开恩，我甘愿伏法。"

"你乃宗室，所行端正否，万人瞩目。今擅夺人命，肉袒入朝请罪，便可无事乎？"

"大兄，你贵为天子，孝名满天下。太后有你这般孝子，百年永寿，当是无疑。然弟之生母，却是年未满十八便成冤魂，弟实不能吞下此恨。既杀之，福祸便都敢当，愿听大兄处置。"

文帝复又坐下，僵木不能言，连叹数声，才道："讲孝悌，亦不能枉法。皇亲若都犯法，天下还成何等样子？"随后便唤来涓人，喝令道："绑了下去！收押于典客府，听候处分。"

待押走刘长，文帝已无心读书，思来想去，不知如何处置才好，便恨恨道："我唯求无事，他却偏要多事！"犹疑片刻，看天色已不早，忙赶往长信殿去，亲奉太后羹饭。

此时薄太后正闭目养神，闻文帝脚步，即开口问道："吾儿今日，脚步为何滞重？"

文帝一惊，忙走近母后，一揖道："儿为家事烦闷。"

薄太后便笑："儿有贤妻孝子，哪里来的烦心家事？"

文帝本不欲说，见母后仰首凝望，其情至切，便将刘长擅杀之事和盘道出。

薄太后亦是一惊："那竖子，竟杀了辟阳侯？"

"正是。儿于此事，颇感两难。擅杀为律法所不容，当以命抵命；然刘长为我亲骨肉，又如何下得手去？"

"此事，应与朝臣商议才好。"

"若朝臣议决，要刘长弟抵命，莫非也要从众议吗？"

"哦……那可仓促不得。审食其罪孽甚深，朝臣亦恨他入骨，当不致要刘长抵命。刘长那竖子，如此作恶，亦是损天子之威，儿不可不三思。"

文帝略一思索，便颔首道："母后所言有道理，然此事乃吾家事，不须与朝臣商量。审食其当年作恶，朝野衔恨者众多，今日刘长杀了他，怕是有千万人暗中喊好。我若处置刘长，徒令老臣称意，令刘氏宗室离心，不如放他一马。"

薄太后却迟迟不语，良久方道："事既如此，便随你。然刘长竖子，今后不可不防。"

文帝笑笑，道："刘长不过任性而已，谅他也不敢有异谋，母后请无须挂怀。"

薄太后摇摇头，却也未再发话。

文帝奉羹饭完毕，回到长乐宫，便唤涓人去典客府传谕："淮南王擅杀事，其情可悯，下不为例，故不交廷尉处置，准予归国。"

当夜，刘长便面带得意，回到淮南客邸。众属官正自忧心忡忡，以为主公非死即囚，忽见刘长归来，安然无事，便都喜不自胜。

刘长见了众属官，哈哈大笑道："吾乃皇弟，离天不过半尺，尔等有何可忧？如何入宫，便能如何出来，明日返归淮南，出入还要称警跸呢！今后吾之言，便是诏命，也要学那吕太后称制。"

众人便是一片欢呼，都奉承道："大王本就有天子相！"

刘长故意敛容不笑，摆手道："阿谀之词不可滥，人不贵名，而贵在其实。天子只有一个，孤王不能心存妄念；然天子之弟，世间也只有我这一个。"

众属官闻此大言，更是狂喜。淮南邸中，一时哗笑满堂，其声回响闾巷之间。

此后，又勾留了多日，刘长才与一众属官乘车，浩浩荡荡，出城返寿春去了。

刘长击杀审食其事，当日便传遍长安。朝中诸臣，称快者有之，疑惑者亦有之，其说不一，议论汹汹。热闹了几日，也就平息了下去。

唯有中郎将袁盎，看不过眼，大步上殿，直谏道："淮南王擅杀辟阳侯，于法不容，陛下昧于私情，置之不理，竟令他全身归国。只恐如此宽仁，他便愈发骄纵，无人可制。臣闻'尾大不掉，必致后患'，愿陛下依律处置，大则夺国，小则削地，总不能教他脱罪。"

文帝似早料到有此一谏，并不为所动，只徐徐道："擅杀辟阳侯，不过错在一个'擅'字，问淮南王罪，还不如追问辟阳侯之罪。"

袁盎急得顿足道："淮南王劣迹甚多，问罪才是保全他！此事不宜迟，迟则生祸。"

文帝仍是不置可否，只道："将军心急了，此事容缓。"

袁盎见劝不动文帝，也只得摇头叹息，怏怏退下。

隔日，文帝询问了近臣：当初诛吕，将吕氏一门杀了个精光，如何吕太后的宠嬖审食其，却独独无事？一问之下，方知是平原君朱建所为。当年，审食其曾以重金相赠，助朱建葬母。朱建为报此恩，从中巧为转圜，终使审食其平安无事。

问明缘由，文帝心中生怒，便下了敕令，命廷尉吴公捕朱建来问罪。

朱建平素仗义，在朝中好友甚多，即刻便得了消息，不由长叹道："今入诏狱，岂可生还？当年辟阳侯为我解难，我今日因此获罪，权当以死报之了！"随即召诸子于前，吩咐好后事，便欲拔剑自杀。

诸子都慌了，忙上前拉住，纷纷劝道："此去诏狱，不过对簿公堂，生死尚未知，阿翁万不可造次。"

朱建缓缓环视诸子，笑一声道："我一人事，一死便可了之，免得罪及尔等。"

诸子又哀恳道："今上若令我辈同死，便与阿翁走在一路，有何可惧？"

朱建以手一挡，慨然道："当初祖母下葬，为父身无分文，多亏辟阳侯相助，方得入土。我受助当日，便已放言出去，来日必以死相报。你等小儿衣食无忧，怎知为父当年所受困窘？今若不以死报之，便污了我一世清名。"

"那辟阳侯，作孽甚多，万民无不切齿。人若死义可矣，何必为佞臣去死？"

"胡言！辟阳侯虽负刘氏，却未曾负我；我为他死，亦是大义。人若不知报恩，虽苟活，亦为天下所笑。"

诸子见事急，不禁惶然道："阿翁大名，远近皆知，愿开门藏匿的，不知有多少。儿愿随父出亡，朝廷哪里就能逮得到？"

朱建顿然大怒："竖子，要我做背德事吗？"便拔出剑来，厉声喝令诸子退下。

待诸子退出屋去，朱建对镜整好衣冠，而后才徐徐举剑，从容自刎。

待诏狱捕头寻上门来，见满门缟素，烛火高照，才知朱建已自尽而死。

消息传出，满城皆惊。百姓道路相传，唏嘘不已，无不为朱建之义动容。

吴公连忙将朱建死讯报入。文帝闻知，亦是大惊，呆坐了半晌，方对吴公道："朱建大义，我亦有耳闻。交廷尉府治他的罪，不过是要教天下知：士不可以私害公。本不欲杀朱建，他又何必如此！"

叹息了一回，文帝便召朱建长子入朝，安抚了一番，拜为中大夫，命他好好安葬乃父，算是对天下有个交代。

此事方告消歇，文帝正要稍作喘息，忽有郡县使者接二连三自西而来，急报塞上又起边患。有胡骑数万南犯，辗转数地，牵动京畿，汉匈两家眼看便要大动干戈。

时入夏五月，骊山之上，骤然冒起了冲天的黑烟。彼时百姓皆知，若烽燧起了狼烟，便是边地有警。此次，还不知是何处遭了祸殃。长安城内，顿时慌乱起来。

这日，文帝见涓人手捧各地军书，疾奔来报，也是吃了一惊："这许多年，从未见烽火，如何匈奴又来欺我？"

此时想起数月前，贾谊曾自请领兵伐匈奴，看来也并非邀功。那北虏贪婪，无论怎样哄他，也不能安于漠北，两三年间，总要南蚕一回，掠些人口财物去。察看涓人送来的军书，却都语焉不详，只说匈奴自北地郡（今甘肃省庆阳市）闯入，却独不见北地都尉军书。

文帝心中焦虑，踱至殿门，抬眼望了望烽烟，便吩咐左右，急召新任丞相灌婴来议。

灌婴闻召，知是为御敌之事，便特地披挂了甲胄，不慌不忙上了殿。不等文帝问话，便建言道："自白登山议和，汉匈已有两度和亲，迄今三十余年无边衅。那冒顿单于，算来已熬成老翁了，谅也不至以举国之兵南来。灌某虽无韩信之才，应付扰边之寇，尚有余力。陛下请放心，待北地都尉军书来，再议不迟。"

文帝闻听灌婴此言，才松了口气。待北地都尉军书送至，拆开来看，见果然并非冒顿大军南犯，仅是右贤王率兵一支，攻入北地郡，继而又犯河套之地，进至贺兰山下，安营扎寨，四处劫掠，并无退走之意。

文帝得了详情，便召见贾谊，问道："胡骑南来，占了陇东不退。依先生之见，朝廷可大动干戈否？"

贾谊应道："劫掠之寇，本无夺城略地之谋，可无须在意。差遣一将，驱走即可。"

"如此，朕意欲亲征。"

"哦？……陛下何出此计？"

"要教那匈奴流寇，知我绝非孱弱，小觑不得。"

"哦，如此也好，然终究太过使力。"

文帝便一笑，转了话头道："那么，数月之前，先生为何要劝我改服色？"

贾谊心中一凛，忙应道："是为正名也。"

"御驾亲征，便是正名。不然，朕虽为当今天子，百姓不识，四夷不畏，岂不是深宫中一个偶人？"

"臣浅薄，然已知陛下深意。日前所言改服色，是为久安之计，唯愿汉家早些改制。"

文帝低头看看自己袍服，又望向贾谊道："改制事，关乎万代，不急在一时。朕这身黑袍，倒是穿厌了，不妨先从我一人改起。如先生所言，汉家既为土德，我出征之日，便着黄袍好了，由此开万世之例。"

贾谊怔了一怔，方领会文帝之意，便笑道："陛下一人，便可当得亿万人矣。"

文帝送走贾谊，又召灌婴来，发狠道："北地郡，为陇东要地，毗邻关中。胡骑略得此地，已危及长安，不可不惩戒。"

"臣亦是此意，明日臣点齐兵马便是。"

"好！将军意气，不减当年，朕甚慰。那右贤王，虽非劲敌，却是来势凶猛。自先帝崩后，未曾有过，显是欺我儒雅。故而朕决意亲征，将军可为我前驱否？"

灌婴万未料到文帝有此意，连忙劝阻道："区区胡骑，何劳陛下远征？我赵、代两处马军，年年操练，威名犹在，今调去陇东御敌，可堪一用。我大军至，右贤王必不敢多留一日，陛下请放心。"

文帝便道："我也知，那右贤王不过游寇而已，故而要黄钺亲征，吓他一吓，令他不敢视我为文弱之辈。"

灌婴迟疑道："边塞苦寒，入夏仍飘雪，军旅之劳尤甚，陛下如何耐得？"

文帝却分外淡定，道："丞相只当我是富家儿！昔在代地，年年秋防，我也曾驰骋塞下，哪里就吃不得苦？"

君臣两人争执多时，文帝执意要起驾，灌婴也只得从命。

当日，文帝便有诏下：命丞相灌婴统军，调关中及赵、代之步骑八万五千，赴北地郡，抗御来犯胡骑。天子则偕诸将，亲率北军及关中兵马五万，进至甘泉宫（今陕西省淳化县北）以作应援。

且说这甘泉宫，原为秦之咸阳林光宫。昔年秦太后曾长居于此，始皇帝及秦二世也曾在此理政。旧时殿宇，周匝十余里，宽敞宏丽，虽荒废多年，却也可暂容栖身。

如此，待亲征号令一下，长安内外，便是一派车马辚辚。自平城之役以来，长安百姓多年未闻鼓角声，得知朝廷发兵，都跑出来看。只见灌婴麾下八万五千劲卒，铠甲鲜明，长戟如林，络绎穿城而过，自雍门浩浩荡荡出了城。

众人见了，直是惊叹，觉汉家休养生息多年，今日兵威，竟是胜过当年。

如此才过了几日，又见文帝御驾亲征，金瓜黄钺，前后簇拥，大队自清明门迤逦而出。前来观望的百姓，满街满巷，夹道欢呼。原以为当今天子是个书生，今见戎辂车上，文帝头戴武弁大冠，身披黄色绨袍，远远望去，似一团金光耀目，威武异常。

文帝身后，有柴武、徐厉、张相如、栾布、张武等一干老将相随，个个执戟跨马，豪气干云。

是日，天子所用銮驾、卤簿，都还是高帝旧物，百姓们见了，都不禁惊愕，恍似见高帝再生一般。 路旁人丛中，还有南越、闽越、东瓯等藩国客使，见了这阵仗，都暗自咂舌，知汉家势大，绝非虚言。

如此惊天动地般出征，那边入寇陇东的右贤王，几日内便得了密报，顿时大惊失色。

原来此次匈奴南来，并非秋犯，而是右贤王为边民互市之事，与汉家北地都尉起了龃龉，想想气不过，便下令发兵，越境大掠。

胡骑此来，如入无人之境，抢一处便占一处，志在鲸吞北地、河南两郡。 正恣意抢掠间，忽闻汉丞相灌婴率军来伐，后面还有汉天子压阵，实出意外，便都人心惶惶。 右贤王也知没有胜算，只得勉强领兵上前，与灌婴军对阵。

灌婴征战半生，本就喜兵事，只闻听"发兵"两字，就比做了丞相还欢喜。 自白登山之败后，汉军士卒发奋雪耻，经周勃、灌婴连番调教，早练成了一套应对胡骑的功夫。 此次出征，大军直入北地郡，寻到大股胡骑所在，旋即抵近，列好了孙膑传下的"八卦阵"。

此阵颇为神奇，即：戎车在外，步军在内，面朝外为八队；马军则隐伏中央，亦是八队。 其阵法错综，回环勾连，俯视恰为乾坤八卦之形。

对阵这日，汉家中军大纛下，灌婴一身白袍白甲，亲执鼓桴，纹丝不动，只望着漫野而来的匈奴骑士。

只见那右贤王所部，亦有六七万之众，人马皆披皮甲，彪悍异常。 那匈奴骑士头戴栖鹰冠，斜插白翎，漫山遍野，望之有如无边芦苇。 苍莽大野间，四处可闻胡笳震天。

汉军虽训练有素，然终究多年未经恶战，此刻见胡骑凶猛，心头都不免惴惴。

唯那白发老将灌婴，迎风而立，面不改色，只低低喝了一声：“儿郎们，汉家脸面，就在此一战了！”

各部步骑闻听，立时齐声应和。霎时之间，呼喝声远播阔野，间杂着剑戟碰撞之声，甚是威严。

那胡骑虽蛮勇，然并无整齐队形，各个手执弯刀、战斧、铜锤，狂呼腾跃，只顾杂沓抢进。

见胡骑堪堪离得近了，灌婴便擂动鼙鼓，众汉军一声怒喝，随即弓弩齐射，漫天有千万支羽箭，飞蝗般向对面飞扑过去。

自白登山受辱之后，高帝即令少府精研兵器，专设了一间考工室，打造强弓劲弩。数十年下来，汉军弓弩已今非昔比，此时所用弓弩，皆为六石强弩，力大无比，一箭可射千尺之远。箭头的三棱铁簇，坚可透甲，利可穿心，匈奴兵的皮甲难以抵挡。

军中更有勇士十数名，都是力可扛鼎者，臂力可挽十石之“大黄弩”，开弓一发，呼啸震耳。箭矢至处，竟能致人身首异处。

匈奴兵哪知晓这般厉害，战阵之上，只见万千胡骑，冒矢奔突，似波浪般涌来，又似谷禾般被刈倒。如此后队践踏前队，只是不顾命地进击。

这边厢，汉步军却是稳如泰山，前队射出一排箭，便半跪装箭；后队忽又立起，射出下一排箭。数队汉军就这般，此起彼伏，放箭如雨。再看阵前，胡骑成群辗转于箭雨中，死伤枕藉，却就是扑不到近前来。

如此扑阵数次，胡骑死伤累累，终杀到汉军阵前。只听一声呼哨，原在阵外的汉军弓弩手，全数退入阵中，不见踪影。胡骑正在高兴，忽闻汉阵中一阵呼喝，外围戎车掀开顶盖，立起无数六石弩手，张弩发射。前锋数百胡骑，立时被射成刺猬一般，尽数栽倒。

奔突了半晌，胡骑见冲阵无望，军心便动摇，步伐渐渐缓了。灌婴冷笑一声："这等功夫，来做甚么！"当下又擂鼓一通，其声震人心魄。

八卦阵中，汉军步骑闻声而动，开阖不定，舒卷如龙。但见戎车移动，敞开阵门，马军从四面杀出，直踏入对面胡骑队中，以短兵左右砍杀。

那匈奴兵本就无战心，见汉军阵开，铁甲骑士四出，一下便慌了。

汉军骑士以逸待劳，此时士气正猛，踏入匈奴疲惫之阵，如入无人之境。一时间杀声、呼痛声、短兵相接之声，混作一团。

汉马军冲过之地，胡骑阵势已七零八落，死伤枕藉。忽又见汉军戎车动起，转眼变作四路，车上甲士执盾持戟，在前掩杀。后随无数步军，手持长戟，密如棘丛，直是铺天盖地而来。

胡骑前队见不是事，发了一声喊，便四下奔逃。后队勒马不及，互相践踏，立陷混乱之中。

右贤王在队中见了，哀叹一声："灌婴终是神将，吾不及矣！"便急急下令退军。

匈奴兵闻令，个个都想逃生，拼死掩杀了一阵，便向大荒深处逃去。狂奔了半日，回望汉军并未来追，右贤王才松口气，对左右道："汉天子昔为代王，知我虚实，吾辈未可小觑。"慌乱中，携了掠得的人畜，匆匆向漠南退去。

灌婴眼望远处尘头，不禁哈哈大笑："右贤王，你纵然白了头，也还是奈何不得我！"笑毕，便挥军大进，四处搜杀残敌。

旬日之间，北地便再也不见匈奴一人一骑。文帝为壮声势，亦率军进至高奴县（今陕西省延长县），与灌婴大军呼应。无多日，灌婴处传回来捷报，称大军挟天子之威，一击之下，数万胡骑无心恋战，望风而逃。诸将士意犹未尽，不欲退兵，今暂留边境，以作震慑。

文帝阅完军书，先是大喜，继而又怅然若失，与老将柴武等人道："上苍怜我，竟不教我亲冒斧钺，今生若想建平虏之功，怕是不能了。"

柴武便高声赞道："陛下宽仁，以文治天下，远胜武功，那匈奴怎能不惧？"诸将闻之，亦齐声称颂。

文帝便摆摆手道："诸君为武夫，不奉承也罢。汉家今日，仍不可与匈奴战，今日小胜，不过凑巧罢了。此番右贤王犯境，京师惊动不小，我君臣切不可大意。朕之意，可命中尉庐福调发五百里内'材官'（预备役）来守长安，统为卫将军薄昭所属，以作护卫。"

柴武连声称善，趁机便劝道："此次陛下统兵月余，尽了兴，还请速返驾长安。这高奴县太过荒僻，只可作几日歇息，不宜久留。"

文帝想了想，便对诸将道："数万人马，这一番惊动，若只在高奴县止步，岂不是扫兴？不如转道赴代地，看我旧臣民如今怎样了，慰劳一番也好。"

诸将互相望望，也只得遵命。于是，文帝銮驾当日便启程，转往太原国去了。

说起这太原国，原为代地境内的太原郡。年初文帝封皇子时，划出此地新置为国，封给了三子刘参，都城仍是晋阳。

大队卤簿入了晋阳城，文帝看一草一木都亲，不禁感慨万千。刘参的太原王宫，便是昔日的代王宫，未加修饰，一如旧貌。 文帝各处看过，面露眷恋之色，便将此处暂作行宫，大会旧日臣属。

文帝在此为代王时，待臣下甚恭，离去之后，旧臣属无不感念。 今日见旧主归来，情动于衷，都忍不住泪流。

文帝逐个寒暄过，执手问候。 闻有病殁不寿者，不禁感叹唏嘘。 众旧臣一一谒见毕，文帝便道："朕在长安，无一日能忘晋阳。 旧时情景，如在昨日。 今入城，便似重归故里。 诸君往日随我，勤勉从政，亦常随我忍辱，今日重逢，不可不赏。"说罢，便命涓人搬出些财宝，分赏了众旧臣。

旧臣感激非常，都连呼"万岁"不止，声震屋宇。

文帝摆摆手，又道："今次北征，匆忙中未多带财物，所赐，不过表些许心意而已，诸君不必谢。 老子曰'天下有始'，于朕而言，天下便是始于太原。 太原官民，与我共过患难，皆如家人一般，今日我稍有荣耀，便不能忘本，必有还报。"

随即下诏，所有旧时属官，皆论功行赏，各得拔擢。 晋阳百姓，按闾里赐给牛、酒，又免去晋阳、中都（今山西省平遥县）赋役三年。 旧臣闻旨，都觉惊喜，纷纷伏地感泣。

会见旧臣毕，文帝又在城内各处拜访，见过许多父老。 如此十余日过去，忽感疲惫，便在行宫略事歇息，与随驾诸臣闲谈。

诸臣中张武是代国旧臣，抚今追昔，尤为感慨："往日在晋阳，诸事艰难，我辈甚为君上担忧，然亦无奈，怎敢想有今日？"

老将徐厉在旁也道："陛下坐拥天下，就该返乡，召见父老，方为痛快！"

文帝抬眼看看，不禁微笑道："你曾随高帝返乡，彼时是何心情？"

徐厉捋须大笑，朗声道："高帝十二年年初，臣随高帝返乡，端的是心情大好。征伐数年，刀山血泊里爬过，死过几番，及至返乡日，方觉这番闯荡，甚是值得。"

文帝环视左右，忽又伤感起来："当年高帝还乡，身旁猛将如云，尚叹'安得猛士兮守四方'；如今岁月不居，壮士凋零，能随朕征战的，仅诸君数人。悲哉无过于此，我焉能不心惊？"

柴武见文帝伤心，忙岔开话头道："人君有为，功成自当返乡。当年项王，放着关中王不做，也要返归故里……"

文帝便猛抬头，望着柴武道："高帝在时，曾屡次言及此事。吾当时年幼，尚不知其深意。"说到此，又转向诸将道："此事诸君恐都有耳闻。幼年时，高帝曾与我言，项王入关中后，火烧秦宫东还。时有韩生，献计于项王，说可建都于关中，成其霸业。项王只道：'富贵不归故乡，如锦衣夜行，有谁知之！'项王之误，可以为鉴，故而高帝只忧壮士少，难以守社稷，而不谋还乡……"

柴武连忙揖道："臣劝陛下返长安，也正是此意，愿陛下以守社稷为要！"

文帝当下怔住，顿感大惭，起身向柴武揖道："公之见，远胜于朕。朕出甘泉宫，又在太原勾留十多日，今日当归去了。"

次日朝食毕，正当各军欲拔营之时，忽有八百里急报递入，称济北王刘兴居反，在博阳举兵五万，一路西进，攻城拔寨，兵锋直指荥阳。

文帝阅毕，手臂微颤，默然无语，将简牍递给左右看。众臣看罢，皆愤然道："济北王以刘氏子弟而作乱，窥伺大统，实乃开了恶例，为立朝以来所未有。"

文帝恨恨道："刘章功最大，生前并未反，倒是这个刘兴居反了！"

柴武便道："济北王性躁进，胸无长策，不足为虑，容臣领兵讨灭便是。"

"不可如此想，将军恐是轻敌了！楚汉争锋，当年争的就是荥阳。荥阳为天下之要枢，得了荥阳，便可得天下。他反帜方举，便知来夺荥阳，此等谋略，不可谓躁进。"

"陛下，以臣之见，济北王欲反，至少已筹划数年，身边有谋士为他献计，也不足怪。诸侯王若作乱，无论刘氏与否，皆是以下犯上，朝廷发兵，乃是以示天威。彼之败，只在指顾间耳，陛下请勿虑。"

文帝放下军书，思忖片刻道："济北王于旬日前举事，今已攻入梁国（今河南省商丘市一带）。观其势，兵锋迅疾，日趋百里，志在攻陷荥阳，诸君不可小视。"

柴武起身，前趋一步道："济北国兵寡人稀，所裹挟者，无非泼皮无赖，不堪一击。"

"纵是如此，为何反帜一竖，即有吏民响应？莫非朝廷宽仁尚不足，民间有难解之怨？"

此时栾布出列应道："即是上古三代，唐尧虞舜，治下亦有不逞之徒，不事生产，而谋侥幸。此辈趁机作乱，只为钱财，天下一日不大同，此辈即一日不绝迹，而非君上之过也。昔在彭王麾下，臣多见此辈，不值一哂。"

文帝颔首笑道："我想也是。食有粟，居有屋，立功有赏爵，却要作乱，便是想做王侯了。此等群氓，若生在秦末，或可得逞；既生于汉兴时，便是做梦了。"

柴武朗声道："既是作乱，还有甚么好说？ 臣愿领军一支，与之力战，誓擒济北王以还。"

文帝环顾诸将道："济北王虽曾任武职，终非领军之才，焉用甚么力战？ 只是这无谋竖子，以同姓王而作乱，首开恶例，决不容宽恕。 兵家曰：'善用兵者，屈人之兵而非战也。'朕之意，须以驱北虏之策，出师多多益善，唯求势大。 在座诸君，不妨都前往，以我堂堂之阵，惊慑敌胆。 待他军心一乱，便可不战而胜之。"

座中柴武、徐厉、张相如、栾布、张武等诸将，都一齐拱手道："臣愿往！"

文帝便问张武道："齐王刘则那里，可有异动？"

张武回道："自济北王之国，御史大夫张苍即有眼线在彼。 张苍近日知会臣下：数月来，齐王与济北王交通甚少，亦无异动，似未有反意。"

"嗯，他不反便好。 朝廷发兵，宜速不宜迟，大军出关，齐王便不敢妄动。 倘若发兵迟缓，贼势渐大，牵动齐王合流，事便难矣。 势必闹到四方烽烟，万难收拾了。"

诸将闻言，都踊跃不止，恨不能立即提剑上马。

文帝遂与诸将商议，定下平乱之计：急令灌婴罢兵，回防长安。 又拜柴武为大将军，率四将同往，发太原兵与随驾关中兵马一部，共十万余众，即日东出讨逆。 另遣别军一支，往荥阳增援。

张武又建言道："讨伐大军东进，无须衔枚，宜大张声势，意在震慑。 济北王麾下，无非鸡鸣狗盗之徒，应声作乱，实属心存侥幸。 彼贪利之辈，终无报主之心，震慑之下，不旋踵即可瓦解，焉能成大患？"

文帝大喜道："正是此话。朝廷十万兵，纵横山东，即是持戈游行，亦可威震中外。各位，今夜便歇息不成了，各去提点兵马好了，事不宜迟。"

诸将握拳攘臂，齐声应诺，皆面露兴奋之色。

待布置停当，五将军即调发兵马，自晋阳倾城而出，直扑梁地，欲迎面拦截济北之兵。

大军走后，文帝看看再勾留不得了，便下令返长安，与晋阳父老依依作别。有父老数人拦住车驾，涕泗交流，直不欲文帝离去。文帝亦含泪道："太原，朕之龙兴地也，须臾不敢忘。今离去，便是为明日可再来。"父老这才放手，目送大队远去。

秋七月，车驾返归长安，文帝立即诏发天下，怒斥刘兴居"背德反上，贻误吏民，为大逆"。为离间刘兴居与徒众计，又明谕道：凡济北吏民，王师未至即降者，或率军来归，或开门献城，皆赦免，官复原爵。曾与刘兴居交往者，若未反，亦赦免不问。

谕旨一下，山东各郡国为之一振。半月来，各地官民惴惴不安，唯恐天子文弱，挡不住乱兵，天下将又陷入纷乱。今见朝廷大军出动，旌旗蔽野，甲光耀日，恰似高帝东征之盛。百姓便群情激奋，深挖壕堑，垒土固墙，一心要阻住逆贼来犯。

话分两头，且说那济北王刘兴居，卧薪尝胆数年，直至做了诸侯王，方觉手脚施展得开了。年前，闻次兄刘章郁闷而死，当下就想造反，权衡了一番，却未敢动。

及至属官从长安传回密报，称天子御驾亲征，偕一班老将，都去了甘泉宫，丞相灌婴更是率军远赴北地。刘兴居便料定长安空虚，想到何不趁机起事，也学一回高帝，破关而入。

时刘兴居已收服了相府，帐下有若干文武之士，见识不凡，向他建言道："大王应以陈豨、臧荼为戒，既揭反旗，便不能死守巢穴，务以奇兵袭夺天下之枢要，先占了荥阳再说。荥阳攻下，天下不愁不乱；济北之义兵，翻手便可成赫赫王师。"

又有人献计道："我军攻下荥阳，应趁灌婴在北地之际，挥师长安。其时义军声势，必不输于当年陈胜王。以数十万呼啸之众，叩关西进，岂是区区数万北军能挡的？"

谋划既妥，刘兴居意气陡增，即在博阳竖起反旗，招兵买马。三日间，竟聚起徒众五万余，摇旗鼓噪，耸动乡邑。旬日之间，济北军便高张旗帜，车马相衔，杀出了博阳城。西进之日，亦不发檄文，务求昼夜疾进。拟夺下荥阳后，再传檄四方。

誓师当日，刘兴居率文武属臣，擐甲执兵，各登戎车。放眼看去，见麾下数万丁壮，人人头裹白幅，如雪海一片，虽衣甲不整，气势却甚旺。刘兴居心下大喜，振臂道："诸儿郎听好：孤王为高帝后裔，血脉至纯，不忍坐看天下崩坏。吾与兄长刘章，皆为平吕功臣。老臣周勃、陈平曾有前诺，允推吾长兄刘襄入承大统。然尸位老臣，心存偏私，事成则食言，弑少帝而扶旁支，致吾长兄、次兄皆抑郁而终。天下公道何在，莫非都喂了狗吗？"

众军便齐举刀矛，以足顿地，喧哗大呼。

刘兴居遂又拔出佩剑来，举过头顶，道："此剑，乃家兄城阳王佩剑，今传于孤王手中，便是要手提此剑，杀入长安，去问个究竟。天下不平事，涕泣百遍也无用，唯以手中剑可削平之。诸儿郎若肯随我，举义旗，兴哀兵，讨还高帝之天下，事成，首义之卒加官授爵，各在二千石以上。到时，即便王侯也可做得，为子孙争个万世荣华。儿郎们，可有心随我反正？"

"有——"众军闻之，立陷狂热，呼吼声闻于四野。

自是日起，济北军所到之处，城邑非降即破；吏民游杂，群起投效。 军兴方旬日，竟已裹挟了七八万之众，呼啸疾进，杀入了梁国地面。 那梁王刘揖，乃文帝幼子，因年齿尚幼，并未就国。梁都睢阳城内，仅有丞相、都尉掌事，见叛军卷地而来，所向披靡，知道招架不住，都弃城逃去了。

攻入睢阳，刘兴居志得意满，觉重演高帝旧事即在眼前。 此前数日，他曾分遣使者，赴齐国与城阳国两处，知会了侄儿齐王刘则、城阳王刘喜，以期得两处助力。 然旬日过去，却不见有何动静，知是二人胆怯，不愿合谋。 刘兴居倒也不以为意，狠下心来，想到自家独担大事也好，待踏破崤关，坐了帝位，便无须与诸侄分功了。

却不想，在睢阳迁延数日，竟然误了时机。 原来，那数万叛众，倒有大半是裹挟来的，无非市井无赖者流，进了富乡大邑，便忙着四处流窜，劫掠嫖赌，全无军旅模样。 刘兴居数度号令，怎奈乌合之众，哪里肯听。

费时多日，待徒众抢掠得够了，好不容易集起队伍，正欲杀向荥阳，忽有探马来报：朝廷以蒲棘侯柴武为主将，统兵十万，自太原轻兵疾进，声言讨逆，已阻住前路。 另有朝廷别军三万，也已开进荥阳助守。

刘兴居顿时瞠目。 济北起事，原本贵在神速，早些攻入函谷关，或可致天下大乱，趁势夺下长安。 若被朝廷兵马抢了先机，胜负则难料。 所率徒众，尽是未经战阵之丁壮，与柴武大军对垒，实无胜算。

正犹疑间，朝廷讨逆檄文发下，已传入山东各郡。 附逆吏民看了，都知朝廷仁厚，降了官军便无事，哪里还有战心？又闻柴武大军已逼近，便知局势不妙，不免人心惶惶。

刘兴居退无可退，迟疑了两日，只得硬起头皮，驱兵自睢阳西进。方攻入尉氏县，便与柴武大军迎头撞上。

待两边将阵对圆，高下立看得分明：柴武那边，以关中兵马为中军，太原兵为两翼，兵精将广，猛如貔貅。这边济北军，则半数为民间丁壮，军伍不整，旗甲参差。

刘兴居心知生死只在这一战，不禁气血上涌，跳下戎辂车来，跃上马匹，在自家阵中回环疾驰，一面高呼："儿郎们，我军今执大义，正气在我，无须胆怯。能杀柴武者，可封万户侯！"

济北军见主将并无惧色，心中略略踏实，便也陡增神勇，挺戟大呼道："封万户侯咯——"

刘兴居见士气尚可用，心下稍安，策马冲出本阵，直指柴武阵中大纛，呼道："蒲棘侯出来，可敢与我对决？"

两军之间，只见对方阵内，一员骁将拍马而出，横戟喝道："哪个小儿在张狂？"

刘兴居抬眼看去，见是松兹侯徐厉，便道："我只与柴武答话，与你无干。"

徐厉嗤笑道："黄口小儿，我随高帝征伐时，你还在娘胎里，也配来舞刀弄剑？"

刘兴居昂首怒道："闾里匹夫，不过高帝仆役，侥幸得爵而已。汉家赏你个区区亭侯，也配与我说话？我堂堂皇孙，为兄长讨公道，力复大统，无须你啰唆！"

徐厉骂道："咄！你道我不识你父？外妇子孙，得了富贵便好，还谈何大统不大统？"骂毕，便朝对面军卒大呼："济北军听着，朝廷有旨，济北王犯上，罪在不赦。 朝廷开恩，胁从者降了便不杀。 此时不降，更待何时！"

刘兴居正要回骂，忽闻对面阵中，猛地擂起了惊天鼙鼓。 十万汉军闻鼓，发一声喊，便分左右两路，漫野掩杀过来。

济北军哪见过这等阵势，前军气势先就短了一截，无奈硬着头皮迎上。 刀光起处，血肉横飞，断肢落了满地。

那作乱徒众，一路执戈耀武，百姓见了望风而逃，便以为兵器在手，杀伐不过是游戏一场。 今日撞见朝廷大军，转眼就刈麦般被砍倒一片，这才纷纷叫苦不迭。 刘兴居见势不妙，率长史、中尉等呼喝督战，勉强杀了一阵，仍难敌柴武大军如潮卷来。

后军望见前军尸横遍野，不由吓得胆裂，看看尚有退路，便弃甲而逃。 数万后军，顿成犬羊四散，旗甲抛落一地。

刘兴居见勒兵不住，怒骂了一声，也只得拨马后退。 部下兵卒见状，更是惊惧，争相践踏奔逃。 所谓义师，立成溃散之势。

徐厉见了，忍不住大笑道："济北王，便是如此本领吗？"

不过片时，徐厉策马追上，长戟一挥，将刘兴居刺下马来。 大队汉军喧呼奔进，一拥而上，将刘兴居紧紧逼住。

徐厉以戟抵住刘兴居胸甲，叱道："小儿，还当是在长乐宫吗？"

刘兴居挣扎而起，啐道："负义猪狗，恨不当日便击杀了你！"

"你当日得势，无非借吕太后之威，还有脸面提起？ 今日战罢，你方知老臣不可欺。"

"呸！ 狗便是狗，岂知大义。 你随了刘恒，便不是狗了吗？"

徐厉也不理会，只吩咐左右："勿伤害，绑了献与蒲棘侯去。"

此后数日，汉军擂鼓大进，附逆城邑望风而降。博阳吏民见大势已去，便绑缚了王官、相府属官，遣使来军前请降。半月之内，济北国即告廓清，无一城一乡拒降。

再说汉军大帐中，柴武见了刘兴居，略一揖道："济北王别来无恙。恕王命在身，委屈大王了。"便命左右为刘兴居解缚。

刘兴居昂首道："成败天数也，无须你来假惺惺，推出我斩了便是。"

柴武微笑道："哪里。今上仁厚，当另有处置。济北王不必多心，且随我入都就好。"

刘兴居仰头长叹道："当日居权要，中外皆仰我鼻息，不意竟败在裨将手中。"

"大王，赌气话休说！老子曰：'善之与恶，相去若何？'大王昨日诛吕，是为善；今日谋逆，便是为恶。善恶殊途，胜负便也不同，就不必争一时意气了。"

"猪狗，说这些还有何益？快将我杀了吧！"

柴武脸一沉，便不再多说，命左右褫下刘兴居战袍，押去软禁起来。

秋八月中，柴武安抚好济北吏民，便班师回朝，携刘兴居及俘获属官在队后。刘兴居所乘辎车，帘幕低垂，四围有甲士看押。好在虽夺去衣冠，却未械系，手脚都还自如。每日打尖，也有些酒肉，只是绝无逃脱可能。

刘兴居胸中有恶气，只想詈骂，想想骂又何益，徒伤英雄气，只得忍住，每日在车上闭目不语。

徐厉当年与刘肥有旧，看到此景，竟也有所不忍，便常来车前，嘱押车校尉好生照看。

这日，大队行至虎牢关，西望崤山，已可见叠嶂千重。车马便都停下，驻足小憩。徐厉踱至车前，撩起门帘劝慰道："事已至此，怒又何用？明日见了今上，多言孝悌，到底今上也是你叔伯，血脉不分。说些软话，服罪即可，无非是夺了王位，又不误富贵。"

刘兴居怒目徐厉，冷冷道："我本贵胄，富贵岂是我所求？"

"贤侄，人既得富贵，更有何图？"

"与蝼蛄辈，说也无益。"刘兴居遂将头一昂，不再理睬。

徐厉见他抱定必死之志，也只得摇头，转身而去。

次日，车行在崤函古道上，颠簸了一整日。晚间歇宿，校尉唤刘兴居下车。唤了几声，却不闻回应。正迟疑间，忽闻车内一声大吼，继而声息全无。那校尉慌了，忙掀帘去看，见刘兴居在车中躺倒，颈间血流如注。校尉连呼不好，登上车去摸脉，竟是渐无脉动。扶起看看，人已奄奄一息，不多时，便毙命了。

柴武、徐厉等人闻报，连忙赶来，见是刘兴居不甘入朝受辱，竟自己扼喉而死，都禁不住叹息。柴武吩咐左右，将刘兴居尸身裹好，置于车上。又告诫押车校尉，看管好其余叛众，勿使有人再自戕。

入朝复命当日，诸将抬了刘兴居尸身上殿，验明尸身。文帝欲起身察看，想想又作罢，只问诸将道："济北王可曾服罪？"

徐厉禀道："臣劝过济北王，无奈他死志已定。"

文帝忽就想起登位那夜，刘兴居前后奔走，出力甚多，心中便有愧疚，自觉对齐悼惠王一脉未免压抑太甚。如今刘兴居已死，赦免也是迟了。思前想后，便下了诏令，赦了济北国所有作乱吏民。

随后，文帝又问过典客，知齐悼惠王刘肥诸子嗣，除刘襄一支袭了王位之外，尚有七人，皆为白丁，确乎难以服人心。便又下诏，封刘肥之子刘罢军等七人为列侯，以作安抚，免得再生出甚么乱子。至于济北国，原是为刘兴居而置，今日竟成赘物，大不吉利，于是下令撤罢，不复再置。

这一年秋，汉家内外祸患迭至，多有险象，到此时方告消歇。

六

贾谊惜被
聪明误

天下既安，文帝心亦安，此时又值后宫添了新宠，乃是慎夫人与尹姬。文帝轮流临幸，琴瑟和谐，真真是宫掖内外，皆有喜色。

　　单说这位慎夫人，系选自邯郸民间，与窦皇后俱是赵国女子，姿色却胜过窦后许多，能歌善舞，又鼓得一手好瑟。此时的窦皇后，因染了病，渐渐生了目疾，竟然与薄太后相似，几近半个盲人了。如此，文帝眷顾便渐衰，将那万千宠爱，都移到慎夫人身上去了。出入起居，慎夫人俨如正室，均与窦后同席。

　　这慎夫人，亦如当年的窦姬，是个冰雪聪明的女子。知那宫闱之中，看是锦衣玉食，却处处隐含杀机，早先戚夫人之死，便是因惹怒了天子正室。自家之所长，不过是与戚夫人一般，有美色，善歌舞，这恰是遭嫉的祸端。于是进退举止，都用尽了心思，只要外人说一个恭谨贤良。

　　平素里，慎夫人待窦后十分知礼；待那多病静养的薄太后，亦是殷勤照护，直如亲生女一般。在文帝面前，更是处处小心，巧为固宠。如此既久，无论内外，果真人人都夸慎夫人贤淑，上下相安，自是无话。

　　这年秋，汉文帝携窦后、慎夫人，乘辇同往上林苑游幸。至夜，在上林苑摆下宴席。

开宴之前，上林郎前后奔走，忙着安置席位。他知慎夫人为文帝宠妾，起居同于皇后，便未加多想，将慎夫人之座置于上席，与窦后并列。

原任郎中的袁盎，此时已擢为中郎将，正在当值护驾。见席间此状，便面露不豫之色，唤了涓人过来，命将慎夫人座搬开，移至下席。

那慎夫人平日与窦后同席惯了，见自家竟要坐下席，不由恼怒，昂头便问道："这上林苑，不属汉家吗？"遂不肯就座。

文帝见了，也是生气，然亦不愿当众叱责袁盎。便执慎夫人之手，乘辇车回宫去了。其余诸人见不是事，也先后登车而去。一席酒宴，竟一箸未动，于摇曳灯火下看去，竟是一派凄凉。上林郎顿感惶悚，立于庭中，不知所措。幸而文帝回宫后，并无言语，故无人为此受责罚。

饶是如此，袁盎耿直，胸中仍有块垒未消。数日后，袁盎在前殿当值，正遇文帝步出，便按捺不住，上前一步说道："陛下稍留，臣有事要奏。臣闻尊卑有序，则上下和。今陛下既已立皇后，慎夫人乃妾，妾岂可与皇后同坐？同坐，便是失了尊卑。且陛下宠幸慎夫人，常有厚赐。陛下以为是为慎夫人好，却不知，如此偏私，恰是肇祸之源。细数惠帝年间往事，陛下独不见'人豕'①二字乎？"

文帝闻听"人豕"二字，不由心惊肉跳，直盯住袁盎，吐出几

---

① 豕(shǐ)，猪。人豕，即前文之"人彘"。

个字来:"说得好!"

当夜,文帝即召慎夫人,登上柏梁台小坐,将袁盎之言告之,随即赞道:"这袁盎,倒是个骨鲠之臣。"

慎夫人脸登时涨红,怔了片刻,才缓缓道:"袁盎此举,还是为臣妾好。"

文帝道:"正是。 今日固无吕氏之祸,然人言亦不可不畏。"

慎夫人便以团扇扑流萤,望月半晌,又叹道:"戚夫人惨事,臣妾于民间即闻之。 父老们讲起《春歌》,闻者多流泪,皆言宫掖女子命苦,还不及寻常人家。"

文帝闻此言,心中便有寒意,又殷殷嘱道:"新晋者,须藏锋芒,勿争名分,隐忍方得长久。 朕自即位之日起,即不敢衣锦绣,只以厚缯①为袍服,夫人只学我便好。 明日起,你衣不得曳地,帷帐不得文绣,以示敦朴,为天下先。 久之,人们看在眼中,名声便好。"

慎夫人欣然道:"陛下想得周全,臣妾明日即服民妇之裙,不争座席,求得安泰,一如民间小户之妇,亦是其乐融融。 袁盎耿直若此,妾身倒要好好谢他!"说罢,便唤一宫女近前,吩咐备好五十金,明日赐予袁盎。

文帝频频颔首,赞许道:"甚好甚好。 逆耳之言,值得万金呢!"

此时一阵凉风拂过,两人都裹了裹衣服。 文帝抬眼望望夜空,忽指给慎夫人看:"古诗所谓'七月流火',便是这天象了。

---

① 厚缯,即"绨",古代一种粗厚的丝织品。

周代之七月，即为当下时节，看那'大火'星已横斜，暑热便都散了。"

慎夫人跟着望去，笑道："幼时在家，遇此时节，正是鹅肥谷黄时。若田禾大熟，家家便都欢悦。"

"天下安泰若此，乃天所眷顾，朕当小心备至。大事须谨慎，衽席①次序之事，则马虎些便好，夫人当解朕之苦心。"

"那是自然。臣妾入宫迟，且无大德，应自知收敛。不似那贾谊大夫，满腹韬略，可以傲视当朝。"

说到贾谊，文帝神情就是一振，笑道："贾谊，朕之张子房也，兼通儒、道两家，常有奇谋。他劝朕以德为上，施惠万民。日前为朕献劝农、安边之策，至为精当，可谓社稷之臣。明日朝会，当请诸大臣拟议，拔擢他为公卿。"

慎夫人便向文帝贺道："陛下得人，乃汉家之福。朝中有能臣，四海便可平安，妾也好与陛下常来此，安享清福。"

两人说说笑笑，不觉夜深，慎夫人便劝文帝早些歇息。文帝颇觉尽兴，遂起身，牵执慎夫人之手，一路下了柏梁台去。

岂料，次日于朝堂之上，文帝说起欲擢贾谊为公卿，灌婴及九卿等诸臣，皆默然不语。

文帝好生奇怪，便问道："贾谊大夫屡献良谋，大利于天下，论功理当拔擢，莫非诸公不以为然？"

灌婴迟疑片刻，方回道："陛下此意，臣等始料不及，容臣与诸公细细商议。"

---

① 衽席，指皇帝与后妃之间的礼仪。

文帝便道："老子曰'知人者智'，朕知贾谊之大才，诸公当高兴才是。"

此时，典客冯敬跨上一步道："然臣所知，老子亦曰：'不以智治国，国之福。'汉家素重忠厚之臣，陛下亦得其利。至于聪慧少年，来日方长，似可缓用。"

文帝便变色道："朕竟不知，冯公亦通《老子》！以公之意，贾谊主张以智治国，竟是'国之贼'吗？"

冯敬大急，慌忙跪下谢罪道："臣言语不当，望陛下息怒。然臣之所谏，乃肺腑之言也，即使获罪，亦不敢不言。"

灌婴见此，忙插言转圜道："贾谊大夫之才，世人皆知。只是拔少年为公卿，臣等闻所未闻，故而惊诧。"

"你等皆为高帝旧部，所历甚多，远胜于朕。我倒要问：昔年那御史大夫赵尧，不也是新晋少年吗，如何便能当得大任？"

灌婴回道："赵尧之任，实属侥幸。施小伎，投上之所好，才得晋身公卿，众臣无有一个心服的。后贬为布衣，虽有其故，也是势所必然。"

文帝便心甚不悦，冷冷道："少年上进，并非老臣便要退下，诸公总不是嫉妒吧？"

灌婴连忙道："哪里敢！事起突然，容臣等散朝之后，再行商议。"

不料事过半月，诸臣并无片语上奏。文帝正要过问，忽见数日之间，由周勃、灌婴、张相如、冯敬等带领，众大臣纷纷上书，力谏不可重用贾谊。更有痛诋贾谊者谓："洛阳少年，喜变更，多险计，意在擅权，不宜轻用。望陛下三思。"

稍后半月，各郡国竟有谏书纷沓而至，无日无之。开初，文帝尚能一笑置之，后见阻谏甚多，公卿多半都极言不可用贾谊，心中便郁闷异常，以为定是周勃在后策动。

这日，文帝于夕食时，赴长乐宫为薄太后奉羹饭，于席间，忍不住叹气连声。

薄太后怪之，忙问道："恒儿，缘何事不悦？"

文帝迟疑片刻，叹了口气，方答道："为拔擢贾谊事。"

薄太后当即便猜到："莫非诸臣力阻？"

文帝道："正是，连那周勃在封邑，亦有谏书来。儿臣以为，老臣们不过是妒忌。"

"此事哄传，内外已纷纷扬扬。恒儿要小心，老臣所言，或不尽然悖谬。"

"风摧秀木，自古已然。儿臣若不是天子，有周勃者流在，恐也将遭人进谗，永无伸展之日。"

"话不能那样说。少年多智，固然可喜，然老成当国，亦为历朝之镜鉴。用贾谊任事妥否，为母不敢乱说。然少年得势，恐非吉兆。你看那淮南王刘长，不也是少年？此人骄横跋扈，实可忧心。闻听他在国中，车舆服饰已与天子同。如此少年，便不可不防。"

"小儿刘长，无非仗势骄纵，岂能与贾谊大夫相比？"

"事有相似，其理或一。我闻说，恒儿命慎夫人裙不曳地，这正是韬晦之计，所虑久远。那贾谊少年多才，不令其冒进，才是真的回护吧？"

闻母后此语，文帝默然良久。侍奉饮食毕，缓步返归未央宫。行至飞阁复道上，驻足凭栏，望见两宫广厦千间，心中就颇不宁。想起高帝安抚功臣事，竟踌躇起来，想那安抚老臣，莫非真是天下至大之事？

如此伫立良久，文帝觉秋风拂面，仿佛吹来谷香，便想到田舍人家，最喜的还是这秋熟时分——事到老成，人心方安。这老成谋国的古训，流传了多少代，必有其道理在。然转念又想：贾谊才调，乃是千古难得；其言若采纳之，可惠及后世万代。如此大才，不予擢升，岂非逆了天理？

左思右想，不得其解，只得快快回到宣室殿，凭窗望天，惆怅不已。

过了几日，文帝仍觉心头郁结。欲与人商议，又觉内外诸臣中，无人可解心中之惑，便想召太史令来问卜。正要传旨，忽想起多时不见的阴宾上，倒是个可商议之人，便遣人出宫去寻。

等了半日，那阴宾上才姗姗来迟，见了文帝，行礼如仪。

文帝见阴宾上华服俨然，举止雍容，已全无野老模样，便笑道："多日不见，先生衣饰奢华，竟是一身公卿气了。想必是长安居，甚为安泰？"

阴宾上便面露愧色，回道："陛下所责甚是，小民也是不得已。"

"如何讲呢？"

"老夫往昔，不过一江湖方术士，沦于下潦，凭口舌讨得两餐。生计虽苦，倒也不为外物所挟，可谓优游度日。"

"哦，那倒是。"

"自从蒙陛下恩典，得居长安，衣食无忧，心中反倒不安了。"

文帝便笑道："衣食有着落，民之大事也。大事无忧，你还有何忧虑？"

阴宾上答道："往日衣食不足，辗转于途，臣亦曾作如此想。然时至今日，才知富贵亦有富贵的苦处。"

"先生莫非还不餍足？"

"哪里。鬼谷子曰：'凡谋有道，必得其所因。'此话臣早便熟知，原以为是庸常道理；今日方知，所得若无因，便是有愧于天。"

文帝听得有趣，便道："先生所得，亦不可谓无因；这且不提，只不知你缘何烦恼？"

"居长安已有年余，看众人碌碌，却鲜有识见卓异者。公卿爱财，自不必说了；即使那凡俗田舍翁，心头所藏，也无不是财、爵两字。邻里诸人，闻听老夫曾蒙天恩，不识者也来叩门，无非是要攀附、请托，以沾些好处。臣乃一布衣，素不结交公卿，如何能如其所愿？拒之，则人皆恨我，谓我仗势跋扈。若不拒，收下贿金，我哪里识得甚么高官，如何能白白吞了人家财物？"

"哈哈，看先生今日，华服遍身，莫非皆是邻舍相赠？"

"不敢！纳人钱财，便是亏了心。小民原本布衣蔬食，蒙陛下召见之后，若依旧是布衣蔬食，邻里便说老夫是吹嘘，哪里识得皇帝，都笑我是骗子。不承想我蒙陛下恩遇，倒落个贫也不是，富也不是，横直都遭人讥讽。"

文帝便忍不住笑："朕想得不周，致先生如此尴尬，倒是事与愿违了。"

阴宾上道："哪里哪里！鸿鹄处燕雀群中，焉得不如此？如今老夫处处做豪奢状，睥睨他人，反倒是无事了。出门所见，尽是谄谀之色。"

听了阴宾上一席话，文帝笑个不住："未料想，先生竟也遭人嫉。”

阴宾上道：“亏得老夫为布衣，若是朝中人，定要被人扳倒了。”

说到此，文帝才猛可想到，召阴宾上来，是有正事要问，便急忙道：“先生说得是，朝中有才具者，屡遭人嫉，这还得了？ 朕请先生来，正是要讨教此事。”

阴宾上眨眨眼，拱手回道：“陛下所问，非小民之智所能及，不如去问太中大夫。”

文帝微微一笑：“朕之所问，正是贾谊事。”

阴宾上见文帝并非玩笑，这才敛容，沉吟片刻道：“贾谊大夫事，民间亦有盛传。 少年得志，眷宠正隆，恐不是甚么好事。”

文帝立时便警觉，催促道：“你不妨放胆说来。”

“贾谊大夫蒙恩极重，锋芒又太露，他遭嫉是有道理的。 臣以为，智者千虑，也难免百密一疏。 他如何能事事言中，白璧无瑕？ 只怕是陛下盛眷之下，要害了他。”

“哦，竟有如此危殆？”

“他若事事皆成，自是千古佳话。 若有一事不成，则百口交毁，成了千夫所指的箭靶。 天下所有弊端，便成了贾生一人之罪。 到那时，陛下欲救之，亦是难矣！”

文帝大惊，不由心中惴惴，急问道：“有何计可解？”

“远放之，乃万全之计。 人不在庙堂上，或不至遭嫉。 陛下若惜才，便不要令他身处是非中。”

“汉家有如此大才，弃而不用，朕岂非成了昏君？”

“这个不难。 用其计，而不用其人，即可两全。”

文帝不由抚掌赞道：“先生果然奇人！ 然则，只用其计，老臣便不作梗了吗？"

阴宾上狡黠一笑："老臣本无甚良谋，所谓群议滔滔者，不过嫉其位而已。"

文帝恍然大悟，欣喜道："先生数语，解了朕心中大惑。"

"那贾谊之才，横贯古今，市井亦人人知晓。若惜其才，便放他一条生路。离了长安，便可保全。只是……陛下切勿心软，不几日又召了他回来。"

"必不如此！先生之言，使朕猛醒，当永不召回贾生问政。只是骤失此人，朕若再有疑难处，竟是无人可问计了。"

"这个不难。臣所见，世上文士可分两类：一为滔滔雄辩之士，擅出奇谋；一为老辣循吏，长于治安。陛下不妨多招纳文法吏①，多加倚重，老臣们当也无话可说。"

文帝便拍案叫好："先生之智，可谓通鬼神。今所献两全之计，定采纳之，朕还要厚赏你。"

阴宾上连忙起身，揖谢道："臣不敢当。臣屡次蒙陛下垂问，安车迎送于宫阙，市井皆知，邻里垂涎，此即是臣无尽之财宝，受用不尽。今若无功受赏，必遭天谴，恕臣辞而不受。"

文帝便有些疑惑："莫非，先生另有所图？"

"区区无官无爵，一白人而已，更有何所图？臣平生最慕鬼谷子，奈何才智不济，今日能无病无灾居长安，便可称至福。"

文帝心中感慨，知不便勉强，端详了阴宾上几眼，打趣道："先生风度如故，面色却是白了些。"

---

① 文法吏,亦称"文吏"或"法吏"。秦置,掌文书、律法、图籍,自史官中分化而来,与儒生相对而称。

阴宾上便仰头大笑："蒙陛下恩宠，任是天下至黑物，亦能变白。"

如此送走了阴宾上，又过了几日，文帝便独召贾谊来，寒暄数语，忽就说道："先生为天下计，劳苦过甚，可以将养一阵了。"

贾谊摸不着头脑，忙回道："臣蒙圣恩，任此闲职，并不觉有甚操劳。"

"先生还是累了！可多在家歇息，听候召见就好，也无须去赴朝会了。"

"这……臣遵命。如此，能静心颐养也好。"贾谊心中诧异，不知文帝此话从何说起，只得草草谢过恩，回身下殿。

文帝望望贾谊背影，心有不忍，便又大声嘱道："先生今后，须多保重。"

贾谊闻声回首，见文帝面带忧色，眼中似有泪光，心里不禁起疑，却又不敢多问，只迟疑着退下殿去。

回到宅邸，贾谊思来想去，只疑是自己说错了甚么，却又理不出头绪来，只好搁下不想。此后数月，虽未蒙召见，却一如既往，偶有心得便上书建言，言语愈加激切。

文帝览后，亦是一概亲笔批答，并不见有何异常。久之，贾谊心下也就释然，不再多想了。

转眼间，时已至前元四年（前176年）正月。长安北阙甲第内，忽然传出噩耗来，当朝丞相灌婴薨了。举朝文武闻之，皆大恸不止。

那灌婴原为睢阳布贩，早年投军跟从高帝，自中涓做起，终至公卿。一生斩将搴旗，无以计数，尤以追斩项羽为最。如此一位老臣亡故，文帝心中，自是忧喜交并，连忙传诏下去，谥灌婴为懿侯，长子袭爵颍阴侯。

此后数日间，城中公卿相携，车马络绎，轮番去灌婴府邸吊唁了一回。

灌婴殁后，丞相一职，便由原御史大夫张苍接任。说来，张苍此人，亦是个奇才，早年曾为秦始皇的柱下御史，因有罪，潜回故里阳武（今河南省原阳县）。秦末投沛公军后，因通晓律历，博闻多才，多年在丞相府任"计相"，专掌各郡国租赋、刑狱、选吏等。至吕后末年，擢升为御史大夫，声望颇著。

昔年高帝登基，奉秦为正朔，以十月为岁首，服色尚黑，一直沿用至今。此前贾谊曾建言改正朔，然高帝、吕后、文帝三朝，于历法之事，君臣上下只服张苍。张苍以为，当年高帝十月入咸阳，定汉家基业，乃是天意，因此秦历之岁首，便不可更动。且以五德之运推算，汉当水德，因而旗帜、服色，也应一如秦制。于是汉初之际，律令、历法、乐律等事，全从张苍一家之言。贾谊所言改正朔，虽有些道理，也只得搁置不论了。

当此际，文帝环顾朝中，人事一新，已几无沛县老臣在列，心头便一松。这日，想了想，忽就唤了张苍来，问道："张丞相，依你之见，往日贾谊所论当否？"

张苍望望文帝，不知此问是何意，便小心答道："贾谊为我门生，曾从我学《春秋左氏》①。他少年多才，急于事功，确有超群之见。往昔所论，并无不当，然不可操之过急。"

文帝便面露笑容："朕施新政，皆缘贾谊而起。如今朝中，已

_____

① 春秋左氏，即《左传》。为汉朝时书名，亦称《春秋内传》《左氏春秋》，汉以后方称《左传》。

尽扫陈腐之见，贾生劳碌了许久，从此可以歇息了。"

张苍闻言，立时领悟其意，不由满脸惊愕。本欲为贾谊美言一二，然为避师徒之嫌，只得缄口。

那边厢，贾谊在家中，全不知文帝这番心思。时逢深秋，凭窗望见满眼清丽之景，不禁就吟起屈原《离骚》来，击节唱道：

> 日月忽其不淹兮，春与秋其代序。惟草木之零落兮，恐美人之迟暮。不抚壮而弃秽兮，何不改乎此度？乘骐骥以驰骋兮，来吾道夫先路……

正意兴勃发间，忽有丞相府长史登门。贾谊一惊，连忙迎出，只见那长史自袖中摸出一卷简牍，传文帝谕令曰："着令贾谊卸去太中大夫，改任长沙王太傅，着即启程，无须入宫陛辞。"

此事来得突兀，贾谊不禁当场怔住——原来，改任的这个官职，乃是长沙王的辅弼，名虽高，实则无权。兼之长沙地处江南，荒僻多雨，并非福地，显是贬谪无异。

贾谊接了谕令，才猛然醒悟，原来数月间未蒙召见，是早已被疏远。可叹自家痴心，还在一心谋划，念念不忘魏阙。其中缘故，不问可知，无非是众口铄金，连天子也招架不住了。

此时，贾谊年方二十四，正在血气方刚的年纪，本欲上表一道，作别文帝，以剖心迹，然想想又作罢。送走传谕的长史后，即命家人收拾行囊，以备尽早南行。

夜来春雨潇潇，贾谊在枕上睡不着，心中似翻江倒海般，心想周勃等老臣，此次算是遂了心愿，正不知在如何相庆呢！天子虽睿智，却是少了几分胆量，不敢放手选贤任能。年前还曾口称有意拔擢，转眼之间，便下诏贬至边地，无非欲讨好老臣而已。

世间公道，到何处去寻？ 只可惜数年来心血，尚未见规模，便化作了清梦。 想到此，只觉心中郁结，似要喷涌而出，止不住就狂咳了数声。

贾妻在榻上闻声，连忙寻出汗巾，为贾谊揩干净脸，又燃起灯烛来看，见雪白巾帛上，竟有几点血丝，不由就慌了，忙劝解道："这如何得了？ 夫君要保重。 朝中多事，此去长沙避一时也好。"

贾谊摇摇头道："劝有何用？ 为人一世，最哀之事，莫过于诚而见疑。"

"世人既看不得你，你便不要那么心诚。"

"甚么话？ 君子立世，如何能不诚？ 我为朝廷谋划，赤心可见。 千年之下，总有人知我并非虚狂。"

贾妻便冷笑："上天虽有眼，你却如何等得了千年？"

贾谊闻言，不禁默然，睁眼苦思良久，便也不想睡了，兀自起身整理书箧，直至天明。

当日，贾谊去丞相府衙署交了印信，并申领通行文牒。 相府主事的东曹掾，为贾谊写好文牒，见贾谊转身要走，连忙拦住，恭恭敬敬请道："公请留步，张苍丞相欲与公话别。"

贾谊略一怔，便冷冷回道："丞相方掌相府，诸事繁剧，学生便不打扰了。"言毕撩起衣襟，大步迈出相府，即登车而去。

一连两日，贾谊闭门不出，收拾好书籍细软。 本欲去向吴公辞行，但又恐为吴公添负累。 这日晨起，便也不向都中诸公辞行，偕了妻子及家仆，搭乘驿车，出了霸城门。

行至霸桥，贾谊在车上见杨柳依依，叶已零落，心中就更是凄凉。 回望长安城郭，烟霭袅袅，一切如故，然那前殿丹墀上，却再无自家踏足之地了。昔为近随，今成谪臣，欲陛辞天子而不得，这又如何能心甘？

贾妻见贾谊忧伤，也垂泪道："到那江南荒僻地，不知可活几日？今日离长安，只恐再难返回了。"

贾谊瞥了妻一眼，愤然道："鸡犬成群，此地有何可留恋？"

"夫君，我看今日事，也莫一味责怪小人，只怪你锋芒太露！满朝上下，竟无一个朋友，方有今日。"

"你妇人哪里知晓？我之立世，全凭学识。不如此，又何以扬名天下？若是呼朋唤友，左右逢源，那便不是我贾某人了。"

"扬名天下，不过是一时，你又得了甚么好处？"

"大丈夫行事，岂能以好处论？"

贾妻便埋怨："时至今日，你还强辩。我一个妇道人家，确是不懂：无好处，来做官又是为何？"

贾谊叹息一声，便不再理会，将身边独子贾璠抱起，置于膝上端详，心中方觉安慰。

如此跋山涉水，贾谊一路上少言寡语，只把独子紧抱在怀中。途经商洛、襄阳、荆州等处，虽满眼是青山碧水，却无有半分意趣。

当年冬十二月，堪堪走了两千里路，终是到了长沙国。山势平缓处，已望得见都城临湘（今湖南省长沙市）了。一行人便下了车，登船渡湘水。

贾谊立于船头，见水流滔滔，天低云暗，不由就想起屈原来。屈大夫忠君忧国，遗世独立，却不为流俗所容，也是被放逐于三湘，才有《离骚》流传于后世。

《离骚》之辞，汪洋恣肆，贾谊平素便喜吟诵。今日见了湘水景象，方知"时缤纷其变易兮，又何可以淹留"之语，乃是字字泣血。想来屈原当年临水作赋，定是写毕"国无人莫我知兮"一句，便愤然投江的。

遥念古人，贾谊更是心不能平。下船后，方至馆驿，便援笔作了一首《吊屈原赋》，以屈原自比，抒发愤懑。其言辞颇激昂，尤以文末一段为甚：

> 所贵圣人之神德兮，远浊世而自藏。使骐骥可系而羁兮，岂云异夫犬羊？般纷纷其离此尤兮，亦夫子之故也。历九州而相其君兮，何必怀此都也？凤凰翔于千仞兮，览德辉而下之。见细德之险征兮，遥增击而去之。彼寻常之污渎兮，岂容吞舟之巨鱼？横江湖之鳣鲸兮，固将制于蝼蚁。

此赋，甚为后世所推崇，南朝文士刘勰誉其为"辞清而理哀，盖首出之作也"。通篇不平之气，溢于言表，直将一班进谗小人视作犬羊、蝼蚁，视自己为凤凰、巨鲸。虽不及屈原所思之执着，却也多出来一股豪放之气。

赋成，贾谊掷笔，吟咏再三，方觉心胸稍有舒展。推窗看去，见行人碌碌，才想起：入了临湘城，首要一事，是要谒见长沙王。

今日那长沙王宫里，早已物是人非，先前那位惹恼了赵佗的吴右，已于两年前病殁。如今袭位的，是第五代长沙王吴著。这位新王倒还好，少年老成，行事平稳。

吴著早便闻听贾谊大名，此次见了，觉贾谊果然卓异不凡，心中顿起敬意，连连揖礼道："久仰贾公大名，相见恨晚，然终究是来了敝处。"

贾谊连忙回道:"哪里! 贾某此来,不过寄身南国,似一叶漂萍,唯羡大王有这般从容。"

"贾公客气了,长沙国地远人稀,实是委屈了贵客。 孤王继位不久,诸事生疏,贾公要不吝赐教才好。"

"不敢。 臣在长安,即闻说大王少年老成,今日见之,果非虚名。"

吴著便叹道:"孤王岂是老成,实是不敢大意。 观今日海内,异姓王者,唯孤王一家。 若不谨慎,又何以维系? 故先祖曾有遗训:小国之君,最易得咎,万不可张扬。"

贾谊闻此言,不觉心有所动:"此言极是。 老子所谓'物或损之而益',也正是此意。 臣下在朝时,身历诸多事,实费猜详。大王此语,倒是提醒了臣下。"

"哪里话! 贾公又是何等见识? 即是做了潜龙,迟早也要腾空而去。"

"大王有所不知:臣之志,不在飞扬,而在于治平。 虽遭毁誉之累,为天下计,亦不敢辞。"

吴著不由肃然起敬,连声赞道:"闻公之言,果然可经天纬地。"

贾谊便摆手道:"谋身小事,臣尚不能全,大王这是笑谈了。"

吴著也知朝臣沉浮乃寻常事,不足为奇,贾谊今虽被贬,却未必能久留长沙,不如做个顺水人情。 便唤来丞相,密嘱一番,命他将太傅好生安顿。

那丞相亦颇识趣,领命之后,即遣人在临湘城内,着意觅得了一处好宅(在今长沙市太平街太傅里),安顿好贾谊一家,又登门寒暄一番，关照甚周。 按吴著的本意，只愿这位遭贬的才子，能在此处闭门读书，不要生事就好。

贾谊见临湘城虽简陋，然山青水碧，民风淳朴，倒是个读书的清净地，便也安下心来。

如此住了十数日，便觉太傅邸百事皆好，唯取水不便。 闾巷人家，须挑担去湘水边汲水，甚是辛苦。 便雇人在门前打了一口井，不仅自用，也兼利邻人。 其井口呈六角形，井沿上小下大，状如方壶，后世称为"太傅井"。 此井历经风雨，迄今尚在。

待诸事安顿好，贾谊去拜访邻里，方知此处宅邸，原是屈原被贬时住过的，心下就感念长沙国君臣，原来有这样一番苦心。

闾巷父老们皆言，当年屈原在此，常与邻里相谈，嘘寒问暖，纵论天下，转眼已是百年前旧事了。 贾谊闻之，不禁讶异，将那沧桑瓦舍看了又看，竟有些恍惚了。

如此，贾谊在临湘住下，远离尘嚣，神形自如。 城中也常有达官、文士来访，因学问相差甚远，寒暄数语，来客便无词可对，只能告辞，故而打扰亦不多。 然终究是寂寥度日，于清夜时分，总不免要忆起以往，常自哀伤。

这年四月孟夏，一日黄昏时，忽有一只鹏鸟，停落于居处屋瓦上。 这鹏鸟，形似猫头鹰，因夜鸣声恶，上古人视为不祥之鸟。

贾谊见此鸟，不由就感叹：年前方写罢《吊屈原赋》，内有"鸾凤伏窜兮，鸱枭翱翔"之句，不想今日就应验了，便远远望住那恶鸟，看其如何动作。 那鹏鸟也不怕人，扑着翅，又落在了屋内座席上，貌甚闲暇，直直地与贾谊对望。

贾谊心中怪之，便取了卜卦用的《日书》来，占其吉凶。 见那书中有谶语曰："野鸟入室兮，主人将去。"心中便一动，忙问那鸟道："敢问神鸟，我将何往？ 若是吉，请告于我；若是凶，请言其灾。 我之寿长短，也请告之期限。"

那鹏鸟竟似通人性，嘴张了两张，仿佛叹息；继而又昂首奋翼，似有千言万语要说。

贾谊不知这鸟要说甚么，便想到长沙地势卑湿，易染疾病，自己淹留于此，命或不长。 那卦辞中，所谓"主人将去"，也恰有"主人将死"之意。 于是，心中顿起忧伤。

待那鹏鸟飞走，贾谊又呆坐至夜半，觉所思甚多，不吐不快，便又作了一首《鵩鸟赋》。 以鵩鸟口吻，洋洋洒洒，抒己之胸臆：

> 贪夫殉财兮，烈士殉名。夸者死权兮，品庶每生。怵迫之徒兮，或趋西东；大人不曲兮，意变齐同。……其生兮若浮，其死兮若休；澹乎若深渊之静，泛乎若不系之舟。

这贾谊，到底不是个腐儒，苦读之中，亦深得道家放达之意，终是悟到：人不过就是一叶不系之舟，漂到何处算何处。"其生兮若浮，其死兮若休"，这才是人间至境。 除此之外，更有何求？

于是，贾谊便将以往种种，尽都放下了，想到即是譬如朝菌，明日就死，今日也须看淡。 自庙堂上抽身出来，逍遥读书，看来亦不妨。 如是，安下了心来，过了三年清冷日子不提。

且说贾谊离长安后，数月间，文帝常念起往时情形，心中亦不乐。 这夜掌灯后，心思又起，便命涓人提了灯笼，出得宣室殿，沿太液池漫步，边走边想。

不觉来至槐荫深处，树影幢幢中，忽见前方有一人，披甲执剑，立于道旁。随侍涓人吃了一惊，连声喝问是何人。

那人上前一步，拱手致礼道："臣中郎将袁盎，今夜当值。闻陛下观赏太液池，恐生意外，特赶来护驾。"

文帝便哈哈大笑："原来是袁中郎！公之言行，每每出人意料。"

"臣职守在身，不敢大意。"

"这里宫禁森严，又不是在代地，哪里会有事？"

"凡事多留心，总不为错。"

文帝不禁颔首称许，忽而想到一事，便道："公之笃实奉公，甚可嘉。汉家欲兴，多有赖文法吏。今虽有张苍为丞相，然务实之臣，总还嫌少，公可否荐几人于我？"

袁盎便将剑收入鞘，低头想想，禀道："臣之属下，有一人，做了十年骑郎。其人忠谨可靠，见识不凡，臣以为可当大任。"

文帝便略显讶异："入官十年？如何仍为骑郎？"

"即是这骑郎，也将做不成了。"

"哦！如何说呢？"

"一言难尽。"

"来来！你我君臣，便在此处亭台坐下，从容道来。"

涓人连忙伺候两人坐下，袁盎便将此人的来龙去脉，向文帝禀明。

原来，袁盎所荐之人，名唤张释之，乃堵阳县（今河南省方城县）人。在家为幼子，与兄同住，及年长，由兄长出资，入官做了骑郎。这一做便是十年，不得升调，于同僚中亦寂寂无名。久之，张释之不由气沮，常叹息道："久为郎官，通达无望，虚耗兄之家产，还不如归去！"于是，起了辞官归乡之意。

文帝便慨叹："十年郎官,自备鞍马衣甲,确非易事。若家资不富,也是难为他了。"

袁盎便趁机荐道："臣为郎中时,便与张释之相熟,深知其贤。若蒙拔擢,可当栋梁之材。"

文帝笑道："袁公虽好作慷慨语,然所思所虑,倒是十分务实。你且说来,此人可任何职?"

"臣以为,可补为谒者。"

"那好,朕便依了你,升调张释之为谒者。明日朝会毕,我命他近前,面询数语便是。"

次日朝会散罢,文帝便唤张释之近前,命他建言合于时宜之事。

张释之闻命,实出意外,不免忖度再三。正要从三皇五帝说起,文帝却窥破他心思,笑一笑道:"卑之勿用高论,只拣今日可行的说来。"

张释之这才松口气,安了安神,简要说了一番秦汉间的事。无非是说,秦所以失,汉所以兴,即在爱民与否。秦待百姓,如驱猪狗,民不知生之乐趣为何。譬如壅塞江河,久之必溃,天下一旦崩坏,便无从收拾。汉兴以来,则小心待民,轻赋役,劝农桑,唯恐劳民伤财。天子似大户之主,谨慎治天下,四海焉能不安?

在汉初之时,凡言及秦亡汉兴事,闻者无不肃然。文帝亦是如此,凡闻秦亡之语,立时就正襟危坐,不敢轻慢。

听罢张释之一番话,文帝连连称善,微笑道:"袁盎力荐公,公果然是大才。既知兴亡,便可为股肱,岂是补个谒者便了的?"言毕即下诏,拜张释之为谒者仆射,领谒者七十人,掌朝仪及通报事。

一夜之间，张释之便从阶下执戟郎，升为天子随侍，荣宠无比，看得诸臣都瞠目。

张释之知是袁盎力荐，自是心存感激。再遇袁盎，不免要再三揖谢。袁盎却摆摆手道："公之才干，譬如日月，人皆可察之。公不必称谢。"

这张释之，果不负文帝之望，甫一上任，便处处露出头角来。

一日，文帝兴起，带了左右赴上林苑巡游。入得苑中，只见一派丰草茂林、鸢飞鱼跃，气象甚是阔大。

文帝大快心意，四处游走，末后，来至虎圈，与众人登上石阶，往圈内看去，见各色猛兽，不甘被禁锢，都纷纷跃动。内中有数只独角兽，为素所未见，其貌狞厉，威风凛凛。

文帝与近臣皆惊异，指点一番，又赞叹一番。待诸人赞罢，文帝便唤来上林尉，问道："此独角兽为何兽，来自何方？"

不料那上林尉一脸茫然，竟无词以对。

文帝便心生疑惑，又问在册猛兽数目几何、品类多少、所饲何食、起居何状等，一口气接连十余问。

那上林尉是个粗人，临此场面，只是涨红脸，左顾右盼，一句也不能答。

见文帝脸色渐沉，有一虎圈啬夫在旁，忙抢上一步，代上林尉对答道："陛下，那独角兽，名曰'端角'。乃天下罕见之神兽，由身毒①国辗转入贡。"

---

① 身毒，印度河流域古国名。始见于《史记》，为中国对印度的最早译名。

文帝便起了兴致：“此兽，有何神异？”

“回陛下，此端角，威猛无比，可食虎豹，百兽皆趋避之。”

“有如此威猛？ 尔等诸吏，倒要小心了。”

“不然。 端角专噬虎豹，却不食人。”

“哦？ 果然是神兽！ 岂非与獬豸①无异了？”

“二者虽都有角，然獬豸有龙鳞马尾，端角却无。”

那啬夫生性机敏，凡文帝所问，无不悉知。 且善察言观色，问一句，便答一句，应对无穷。

文帝脱口道：“好！ 做个吏员，不正该如此吗？ 上林尉，实不能称职！”便回首吩咐张释之道：“此吏堪大用。 传诏令，立拜为上林令。”

此言一出，众侍臣皆惊。 原来这上林令，为少府属官，秩（俸禄排序）六百石②，是上林苑主官；而那百事不知的上林尉，不过是次官而已。 至于虎圈啬夫，则是低品小吏，秩不足百石。将啬夫拔为主官，显是破格，也无怪众人吃惊。

张释之此时，沉吟未应，面有为难之色。

见此，文帝甚怪之：“何如？”

张释之这才上前一揖道：“陛下看绛侯周勃，为何等人也？”

文帝不明所以，只答道：“长者。”

“东阳侯张相如，又为何等人也？”

“长者。”

---

① 獬豸（xiè zhì），中国古代神话传说中的神兽，类似麒麟。

② 汉代以石数为官员品秩之名。石，即谓年俸若干石谷粟，每石为一百二十斤（约为41公斤）。

"绛侯、东阳侯，人皆称长者；然此二人言事，则是嗫嚅不能言，岂似这个啬夫喋喋利口？"

文帝这才知前面所问是何意，便反问道："事贵在纤细。喋喋利口，有何不好？"

张释之答道："秦喜用刀笔吏，小吏便争相以苛细为能事，其弊在于徒有其表，而无其实。缘此之故，秦之臣子所奏，皆头头是道；天子则只闻事成，不闻其过。积弊由此渐多，终至二世而衰，天下土崩。今陛下以啬夫有口辩之才，便欲超擢之，臣恐天下之吏，相随风靡，争逞口辩，而无其实。此风若以下化上，将成大患。此举为大错，不可不察。"

文帝注目张释之，直听得入神，不由赞道："善！"于是挥挥袖，命上林尉、啬夫皆退下，此事作罢。

经此一番论辩，诸人都没了游兴，文帝便命打道回宫。张释之正欲上车，文帝忽又唤道："仆射，来与我同车！"

待张释之登上天子銮驾，文帝便命他执戟，在侧为骖乘。一路徐行，又细问他秦政之弊。张释之皆据实作答，句句质朴无文。

文帝一面颔首，一面感叹："秦之弊，不在于法，而在于苛细。事至苛细，必成空文，即便精明如李斯，也不能耳聪目明，况乎秦二世？如此看，汉家不欲蹈覆辙，唯在求实。"

张释之道："臣正是此意。秦之行法，舍本求末，如雕花巧构之屋，看似严密，却无梁柱。故而陈胜王揭竿反之，一扑即倒。"

文帝不觉悚然，良久未作声。待銮驾返回未央宫，文帝下了车，望望张释之，微笑道："这便拜你为公车令，请为朕守好北阙。"

且说这公车令，又是何等官职？ 原来，此职是卫尉属官，掌未央宫北门的出入，夜间则巡逻宫中。 北门又称司马门，凡有臣僚上表章、四方进贡、待诏候见者，皆由此门入，故而公车令一职，甚是显要。

张释之甫一就职，便严守门禁，刚正无私，脾性固执一如往日。

上任未几日，正逢太子刘启、梁王刘揖二人，同车来谒见文帝。 车过司马门，二人并未下车，昂然而过。

有谒者急报与张释之，张释之出来看，见太子车驾果然未遵禁令，便疾步追上，厉声喝止。

太子刘启不知是何故，急命御者停车，回首问道："公车令，缘何事喝止？"

张释之抢至车前，伸臂拦住，面色如铁，厉声道："太子、梁王过司马门，未下车，干犯门禁，下官因此喝止。"

太子也知有错，便一揖道："宫禁中即是我家，一日数出入，难免不察。 今偶有疏忽，未下车，公车令何至于此？"

张释之便一把拉住辔头，坚执道："不可。 汉律有宫禁令，过司马门，唯天子可不下车。 其余无论何人，并应下车，违者记过，罚金四两。"

"那么，罚便罚了。 公车令请让开，勿阻我兄弟入殿。"

"不可！ 你二人犯禁，不得入殿门，请君自重。 左右，执戟拦住！"

北门众甲士闻令，一声应诺，纷纷向前，挺戟交搭，阻住了太子车驾去路。

太子与梁王面面相觑，唯有尴尬一笑。 张释之为北门值守，一夫当关，万人莫入，总不能在此与他厮打起来。太子无奈，只得与梁王下了车，步出司马门，登车返归太子宫，两人都觉大失颜面。

当日，张释之便奏上一本，弹劾太子、梁王过公门而不下，应以不敬论罪。

奏章呈上，文帝阅过，便有心袒护爱子，以为这等细事，可以不论。不由自语道："这个张释之，未免多事！"遂将奏章弃置一旁。

不数日，张释之劾奏太子一事，便在宫中传开，涓人、宫女无不咋舌。稍后，又传至薄太后耳中。薄太后虽有目疾，于朝政仍有留意，闻听文帝纵容太子，心中便起怒意，急召文帝来见。

文帝不知是何事，闻太后召，立即放下手边奏章，匆匆来至长乐宫谒见，行礼如仪。

薄太后劈头便问："哀家目盲，不辨黑白；然你那竖子刘启，并无目疾，反倒敢藐视律法乎？"

文帝摸不着头脑，忙答道："未曾闻太子犯法。"

薄太后便冷笑："宫中已然传遍，太子、梁王过公门不下，张释之已有劾奏，如何不见你责罚？"

文帝这才恍然大悟，忙免冠伏地，谢罪道："太后请息怒。儿臣教子不谨，还望恕罪。"

薄太后这才面容稍缓，指点文帝额头道："细故不究，必成大祸。那竖子恃宠妄为，久之，不作乱才怪。"

文帝又连连叩首，薄太后这才消了气，叹道："两孙儿不得入朝，终不是事。还是哀家遣使，前往赦免了吧。"于是遣身边宦者，奉懿旨往太子宫，赦免太子、梁王。

太子、梁王闻听是太后懿旨，也知事情闹大，不由咋舌。 惶悚间接旨后，向长乐宫遥拜再三。 此后，两人方得入司马门谒见。

隔日，文帝见了张释之，便拉住他衣袖道："公真乃奇才，有骨鲠！ 拜你为公车令，实是委屈了，应超擢才好。 不然在北门发起怒来，人皆望而生畏。"

于是下诏，拜张释之为中大夫，掌议论，随左右顾问。 未几，又升调为中郎将，秩比二千石①，统领宫中禁卫，竟是与袁盎同等了。

此后，张释之再见袁盎，便面有惭色，总要揖谢不止。 袁盎便笑："张兄为耿直之人，敢犯太子颜，何用如此虚礼？"

张释之脸红道："弟胸无城府，不过生了个直胆。 若论将相之才，则非袁兄莫属。"

袁盎道："哪里话！ 袁某之短处，世人皆知，乃是口舌太利，得罪了公卿不知多少。 能留条命便好，岂敢望将相之位？ 今张兄得蒙天子重用，群臣中口碑亦甚佳，还望日后莫胆怯，仍须不畏讥谗。"

"兄所言极是。 天生我口，便是用来直谏。 兄台既荐我，我岂敢不爱惜名声。"言毕，两人便相对大笑。

张释之果未食言，升任中郎将后，常随驾扈跸，其敢谏性情一仍其旧。

时过不久，文帝偕慎夫人出游，至霸陵（在今西安市东郊），

---

① 秩比,中国古代俸禄等级之称。汉代秩禄可分为四大等级：比二千石以上、比六百石以上、比二百石以上、比二百石以下。

要看看自家陵寝起造得如何。 张释之、袁盎两人同为中郎将，皆随行护驾。

一行人驰至白鹿原上，便见数千民夫，正忙碌造陵。 诸郎卫上前，喝退了民夫，警跸妥备，文帝便率众登霸陵之顶，于北侧坐下。

众人极目远眺，但见一条新丰道，坦荡如砥，蜿蜒向临潼而去。

原来，这霸陵在长安东南三十余里，背山面水，形势宏阔。陵寝依山而筑，于断崖上凿出玄宫来，筑成墓室，可谓省工省力。西汉帝陵，多在渭水之北，霸陵却选址在南。 后人谓，乃因文帝崇古，仍循周礼之"昭穆制"，即陵寝之位，始祖居中，以下交替为"昭穆"，左为昭，右为穆。 惠帝安陵既在高帝陵之左，文帝霸陵就应在右，于是选在了灞水之畔，因水而得此名。

文帝向北望，临潼一带山峦雄奇，林木蓊郁。 临潼以外，则是高帝建起的新丰邑了。 时值金秋，阔野间有和风拂过，谷粟香气扑鼻而来，令人心旷神怡。

文帝兴起，手指新丰道，教慎夫人看："此即走邯郸道也。"

那慎夫人，本是赵国邯郸人，文帝如此说，是想讨爱妾一个喜欢。 却不料慎夫人闻听此言，忽就触动乡愁，满面凄然，泫然欲泣。

文帝见此，也触发玄思，想到自家百年后，便是葬于此崖下，万代之后，难免有不逞之徒要来掘发毁坏。 想到此，不由得心伤，便命慎夫人鼓瑟，自己则倚瑟旁，慷慨作歌，词意甚悲凉——

　　谁谓河广？一苇杭之。谁谓宋远？跂予望之。

谁谓河广？曾不容刀。谁谓宋远？曾不崇朝。①

　　此歌来自慎夫人故里，又有怀乡意。文帝方唱出口，慎夫人便泪如泉涌，不能自已，一面就急挥纤指，抚动琴弦。如此歌起瑟鸣，歌罢则止，如飞瀑急泻，蜿蜒成溪。

　　此时，夕阳已斜，天地苍茫，空中偶有鹰飞，似也合着这韵律，凌空向远，孤绝冲天。众侍臣围坐近旁，闻此歌，望此景，都疑是仙人作歌。

　　一阕歌罢，文帝只觉凄怆满怀，眺望远处烟霭良久，方对众人道："若以北山石为棺椁②，以麻絮、生漆填其隙，千秋百代，岂有人可撼动！"

　　众人料不到文帝竟说起这话头，都心存顾忌，只能连声称善。

　　这时，唯有张释之不肯附和，起身上前道："万年陵寝，其固在人心。若其中有诱人贪欲之物，虽以南山为禁锢，亦有隙可掘。若陵内无诱人贪欲之物，虽无石椁，又有何可忧？"

　　文帝兴致被打断，颇为不悦，抬眼看去，却见张释之一副倔强之态，不由就怔住。再回味张释之所言，方有所悟，便赞道："说得不错！人若不贪，便也无须恐惧。今后霸陵所用器皿，只需用瓦器，概不得用金银铜锡。"

　　待返归之际，文帝忽向张释之招手道："请与朕同车，你仍为我骖乘。"

---

① 诗为《诗经·卫风·河广》。

② 椁（guǒ），棺材外面的大棺。

自霸陵下来，向西是一陆坡路。文帝心头舒畅，便命御者道："如此大道，疾驰下去便好！"

御者闻命正要扬鞭，冷不防随驾的中郎将袁盎，飞马赶上，揽住了銮辔。

文帝望了袁盎一眼，笑道："将军胆怯了？"

袁盎于坐骑上一揖，劝谏道："臣闻民谚：'千金之子，不坐檐下。百金之子，不骑危栏。圣主不乘危而侥幸。'今陛下乘六骏之车，驰不测之山，若马惊车毁，纵是陛下愿自轻性命，高庙、太后又将奈何？"

文帝望望险峻山路，颔首赞许道："将军所言极是，万乘之君，无一事可任意轻慢。你与张释之二人，果然都是直谏之臣！"

如是，乘舆缓缓从高处下来。一路上，文帝并无言语，只不断打量张释之。张释之不知其故，心中便觉忐忑。

待銮驾行至未央宫南门，张释之下得车来，文帝便道："张公，汉家基业成与不成，全在务实与否。公今日所言，实获我心。前月，真不该拜你为中郎将，以公之才，足可为九卿矣！"

张释之甚感意外，不知此话是实是虚，不免就心慌，只是连连自责多言。

次日，文帝果有诏下，拜张释之为廷尉，接替吴公。

如是，仅在前元三年的数月间，张释之便以骑郎之身，一跃而至九卿。满朝文武见了，无不惊异，一时传为奇谈。

张释之官声既著，名亦随之满天下。升任廷尉后，仍是不改耿直之气，敢于犯颜直谏。

时过不久，文帝乘驾出横门巡游，才过中渭桥，忽有一人自桥下奔出，惊了御马。那人似也颇觉惊慌，转身便逃，隐入了赤杨林中。那桥上，正有值守桥丁七八个，立时前去追赶，然郊外林木，苍莽无边，哪里还能寻得到人？

再看那桥上，惊马仍兀自狂跳，文帝在车上站立不稳，险些跌下。众侍卫见状，一拥而上，死命拉住御马。多亏几匹御马性本温良，众人才勉强拉住，七手八脚将文帝扶下车来。

喘息稍定，文帝怒从中来："当年朕在此桥下车，做了新帝；今日在此下车，竟是有了刺客，莫非上天欲夺我位吗？"便令随驾骑郎去追，务要擒住此人。

众骑郎闻命，立即催马去追，一阵人喊马嘶后，终将那人逮住，带来驾前。文帝看看，不过一寻常百姓，心中便纳罕，遂问众骑郎道："身上可藏有凶器？"

有骑郎答道："并无兵刃，仅有一葫芦，内装药散。"

"哦？那倒不似刺客了，然亦不可恕，送廷尉府去问罪。"

此时那几名桥丁，各个伏地，都惶悚不敢抬头，不知将有何等责罚。文帝却挥挥袖，不再理会，带领一众侍臣登车走了。

嗣后，人犯被解至诏狱，张释之奉诏前来审问。当日，诏狱大堂上，有皂隶手执红黑水火棍，凶神恶煞，肃立两厢。

张释之面带怒容升堂，一拍惊堂木道："人犯，姓甚名谁，系何方人氏？"

那人早吓得筛糠，惶悚答道："小人名唤昭小兄，长安县①人，以卖汤饼为生。"

"大胆！一个卖汤饼小贩，也敢来犯跸？"

---

① 长安县，汉高帝五年(前202年)，改咸阳县为长安县，县治在长安城西北横门内。

"官家，小民万不敢呀……今日出门，路过中渭桥，忽闻桥丁传警，驱赶闲人。小人躲避不及，一时头昏，便躲在了桥下。看看等得久了，以为銮驾已过，才上来探看，哪知正撞见天子车驾。小人一急，只得跑掉。"

"所言可是真？"

"本县三老、啬夫，都识得我。若说诳话，死我浑家！"

"咄，刁滑小人！若死了浑家，只怕你高兴还来不及。寻常日子，不在横门内卖饼，去中渭桥作甚？"

原来那中渭桥，便是早先的渭桥，位于长安横门之北三里，宽六丈，有桥柱七百五十个，恢宏无比。当年文帝入京即位，曾从此桥过。后东西各建了一座便桥，此桥便称为中渭桥，为长安出城第一桥。

那人闻张释之此问，顿时语塞，半晌才答道："只想看风景。"

张释之瞥了那人一眼，又问："那葫芦中，装的是何药？"

"是……秃鸡散。"

"这散石，有何效用？"

"可……可令男子阴大。"

张释之便又一拍惊堂木，厉声喝道："昭小兄，你惊了圣驾，死期将至，还不如实招吗？你个卖饼小贩，携春药至中渭桥，只为看风景，不是哄鬼吗？"

那昭小兄脸涨红，汗如雨下，支吾了几句，只得从实招来："小人与邻家绣娘有私情，相约至桥下，欲行苟且。随身携这秃鸡散，是为助兴。"

一语道罢，满堂皂隶皆大笑不止。

张释之亦忍俊不禁："难怪你想要咒死自家浑家！"眨了眨眼，

忽又问道："为何未见那绣娘？"

昭小兄道："彼时与我同在桥上，或被惊跑了。"

张释之当即唤来一老役，验过葫芦中散石，确是春药，便随口问道："春药得自何处？"

"小人出重金，自方士阴宾上手中购得一卷《杂疗方》，自行配制。"

"阴宾上？便是那国舅之师吗？"

"正是。阴宾上府邸，离小店不远，常来照顾我买卖，故而相识。邻里皆知他出售秘方，我欲图些快活，便使钱购得。"

张释之便忍不住笑："堂堂国舅师傅，也赚这等小钱吗？"

不到半日工夫，此案便问结。张释之觉此人虽猥琐，却也绝无谋刺之意，便按律法，问成犯跸之过，处罚金四两了事。

张释之对昭小兄道："你既舍得重金购药方，今日便认罚吧，所幸无牢狱之灾，当谢天谢地了。"

那昭小兄原以为性命难保，闻听仅处罚金数两，恍似在梦中，连声呼道："认罚认罚！"忍不住就涕泗横流，狠命叩首，直要将那地砖叩裂一般。

隔日，张释之将判牍写好，面呈文帝。文帝阅过不由大怒，将案卷掷还，责问道："此人惊吾马，多亏马性柔和，若是另外马匹，岂不要毁我？廷尉如何才判罚金四两？莫非吾之性命，仅值四金乎？"

张释之早知文帝会发怒，此时便不慌不忙道："法者，天子与天下人之公共也，上下并无不同。此案之判，依法当如是，若加重判罚，便是法不取信于民。若陛下当时有诏，诛了那人便罢；今既已下廷尉府审理，便无他判。廷尉掌天下之平，若有不平，则天下用法之轻重，皆无定数，百姓又将何所措手足？唯望陛下详察。"

这番话，说时不徐不疾，在文帝听来，却如雷霆震耳，竟一时哑然。良久，方才说出一句来："罢了，公所判无误。"

如此数月后，廷尉府又遇一案，张释之仍是按律处置，不顾文帝内心好恶。

时有贼子一人，潜入高庙，窃去灵位前玉环。此玉环，乃由昆山之玉整块琢成，温润有如日精月华。其状为环形，取四海混一之意，衔于石雕龙首之口。此物失窃，人皆以为惊动了高帝之灵，非同小可。

高庙仆射慌了，连忙遣人四处搜捕，闹得乡邑鸡犬不宁，好歹擒到了贼子。文帝闻报，十分恼怒，诏命下廷尉府治罪。

张释之几次提那贼子过堂，录口供皆无误，便按律法，以盗宗庙器物之罪，判以弃市①。

文帝闻此奏报，又是大怒："我尊宗庙，日夜不敢忘本。而今之世，人无道至此，竟盗起先帝器物来！我发下廷尉究治，便是欲诛他九族。你却寻章摘句，拘于科条，岂是我尊宗庙之意？"

张释之见文帝盛怒，竟也执拗起来，当即摘下獬豸冠②，叩首争辩道："法即如此，不得因罪连坐，奈何？罪有轻重之别，以法量刑，须分出轻重。今盗宗庙便诛九族，若有愚顽敢盗高帝陵，陛下又将诛他几族？"

---

① 弃市，在人众集聚之闹市，对犯人执行死刑，以示为大众所弃。

② 獬豸冠，中国古代执法官吏所戴之冠。

文帝见张释之抗辩，怒气更盛，将判牍一掷，恨恨道："如此轻判，情何以堪！"便挥手命张释之退下。

议罢此事，恰逢夕食时分，文帝便匆匆换了常服，过长乐宫去，为薄太后侍奉羹饭。

薄太后于蒙眬中，望见文帝来，侧耳听了听，就问道："儿今日为何生气？"

文帝讶异，至席前坐下，忙反问道："我有怒气，母后如何得知？"

薄太后便指指地上，笑道："听你步履急促，便知你有怒意。"

"母后猜个正着，是那张释之胡乱判案，儿未能制怒，略作叱责。"

"哦？ 张释之？ 他如何能错判？"

文帝便将盗玉环案始末，详尽叙说了一遍。

薄太后仰头想想，忽就说道："廷尉未错，是你错了。"

"不然，儿臣未错。 天下者，无非人之纲常也，我尊先帝，只不知错在何处？"

"先帝至尊，固然是规矩，然律法亦是规矩。 即便是天子，亦不得法外加罪。 否则天子一怒，法便重十倍，法又有何用，民又将何从？ 亿兆之民，若全看你脸色行事，岂非万事都做不得了？"

文帝仍不服，又争辩道："即便法可宽，民亦不可纵。 今日轻判盗宗庙贼，明日便有人敢盗陵寝。"

薄太后便微微一笑："哪里话？ 法若谨严，不苛不纵，则贼人更惧之。 恒儿还是仔细想想才好。"

文帝一怔，想了想，便笑道："儿先奉母后用饭。"

待喂完羹饭，文帝也想通了，对薄太后道："廷尉所判，确是至当。儿错怪他了。"

"你知错便好。恒儿之才，不比先帝，不可奢望险中求胜。治天下，凡事还是以安为上。想那贾谊之才，百世难寻，你却将他放逐江南，为的是甚？还不是求个朝堂安稳。老子曰：'爱民治国，能无为乎？'汉家治天下，恐还是要循这'无为'才好。"

"儿知晓了。贾谊乃一儒生，所谋礼教事，未免宏大，儿心力有所不及。近日重用张苍、张释之等一干人，是想倚重文法吏，凡事谨严，不求履险。如此步步小心，亦不致授老臣们以柄。"

"不错！用厚重之吏，那班老臣自会乖觉，为娘也可放心饱食了。"

话音刚落，文帝便会心大笑。稍后，薄太后又叮嘱了许多，文帝这才诺诺告退。

薄太后随即也起身道："为娘送吾儿至殿外。"

文帝急忙劝道："不可。"

薄太后便笑："吾有目疾，然此殿中角角落落，尽已熟知，闭目亦可行走。"随后执起文帝之手，送至阶陛下，又嘱道："上天眷顾吾儿，诸般凶险，尽都教先帝担了。吾儿即位以来，风调雨顺，海内不惊，则更需谨严。"

文帝望望天，慨叹道："母后说得是。诗云'战战兢兢，如履薄冰'，恰似为我而写，登位以来，不敢有半分骄矜。"

回到宣室殿，文帝立即手书敕令一道，遣人连夜送与张释之，告之曰："准盗高庙案所判，一字不易。"

张释之由此声名大振，天下官民无不仰慕，连市井中人都交口称赞。影响所及，吏治为之一新。汉家上下，从此以行事谨严为要，衙署之风，渐趋厚重。

多年之后，老将王恬启任梁国相，周勃之子周亚夫任中尉，两人见张释之执法持平，都大为敬服，愿与之结交。时不久，竟都成了儿女亲家，此为后话不提。

七

元勋遭忌
成囚徒

至前元四年春上，文帝用张苍为丞相数月，颇觉称意，便想到御史大夫一职，不宜久缺，也需有个笃厚的人接替才好。想来想去，忽想到，此事非面询吴公不可，于是便召了吴公来问。

　　吴公闻文帝问计，面有惭色道："老朽不智，前次荐了贾谊，惹得老臣们不快，连累陛下也不得安宁。"

　　文帝便安抚道："哪里话！今后汉家规模，即是依照贾生策划，朕知其宏远至当，只不便与外人道罢了。吴公阅人，不至有错。御史大夫之缺，事已甚急，有何人可用，愿闻吴公高见。"

　　吴公这才略感释然，低头想想，便道："季布自降汉后，令名满天下，为官勤谨，几无瑕疵。今外放河东郡守，似太委屈了些，可补为御史大夫。"

　　文帝眼睛一亮，便拊掌叫好："公不提起，朕险些忘了！季布侠士也，勇于任事，素有美名，若是项王坐天下，早该为丞相了。今日仅为二千石吏，倒显得汉家小气了。"当即与吴公议定，欲擢季布为丞相，先遣使召入都来，当面问话。

　　且说季布自降汉以来，耿直诚笃，广有清誉，即在陋巷中亦有人赞。在朝为中郎将十数年间，了无差错。拜为河东郡守后，政声亦颇著，河东百姓无不悦服。

时有游士曹丘生，与季布为同乡，亦是楚人，却不曾识得季布。此人流寓长安，凭一张利口，以游说豪门谋饭吃，极擅结交权贵。入都才数月，便攀上了文帝舅兄窦长君，成了窦家的常客。

曹丘生一番长袖善舞，先后竟结交了公卿数十人，于是便巧用心思，做起掮客勾当来，借势敛钱。

此等掮客营生，自古便有套路。比如有小官、商贾欲行贿，却苦于门路难觅，曹丘生便可代为引荐，上下其手，助人将事办成，从中得些好处。那些公卿贵人，贪图贿赂，总不好亲自出面索要，亦是由曹丘生代为奔走，面子上就好看了许多。

这在古时，叫作"招权纳贿"，代代相沿不绝，或与甲骨文般源远流长，亦未可知。

久之，曹丘生善奔走之名，便远播长安以外，各地二千石以上官吏，皆有耳闻。季布于私下里，也闻听这位同乡行为不端，不由心生厌恶，索性致书信与窦长君，斥责曹某鼠窃狗偷，曰："臣闻曹丘生之辈，绝非高德者，请万勿与之交。君为国戚，应重清名，不可为天子之累。"

且说窦长君此人，曾受过陆贾大夫调教，多少也知些廉耻，拆开书信阅后，不禁半信半疑。事也凑巧，曹丘生此时正欲归乡，要往河东郡去。行前，携了礼物登窦氏之门，请窦长君帮忙修书一封，向季布引荐。

那窦长君到底慈厚，不忍见曹丘生碰壁，便脱口道："相交一场，有一事不能瞒你：季将军不喜足下，还是勿访为好。"

曹丘生眼睛转了两转，心中有了数，仍固请道："季将军并不识小人，他如何就能不悦？只求足下代拟一书，小人拿去，待见过季将军，自有分晓。"

窦长君拗不过，叹口气道："尔等江湖术士，只是个嘴巧！前有阴宾上找上门来，喋喋不休，又有你无事便来缠磨。天若有缝隙，似你这等人，也有法子钻入。"说罢，草草写了一封信，算是还了一个人情。

那曹丘生得了引荐信，便兴冲冲归乡去了。路遇一人，相谈甚欢，于是便遣那人先行，将信送至季布府邸。季布拆开看了，不由大怒，恼恨曹丘生无耻竟至此地步，又埋怨窦长君不识人。于是在家中端坐，只待曹丘生来，要好好羞辱他一回。

未过几日，曹丘生果然登门求见，自报了家门，司阍便将他引入正堂。

曹丘生进了门，见季布一脸黑云，正怒气冲冲坐着，却也不胆怯，上前道："楚人有谚曰，'得黄金百斤，不如得季布一诺'。梁楚之间，地逾千里，足下何以得此大名？还不是有赖口口相传？足下虽高标于世，然亦须有人替你揄扬；不然，名声怎能传出闾巷？"

季布素来好名，闻此言，明知是阿谀，心中也是一软。怒容不觉就消了，只淡淡答道："曹君与我素不相识，光临敝舍，可有何求？"

曹丘生见季布松了口，便趁势道："游士行走四方，不必有所图；来则来，去亦则去。"

季布便笑笑，挥手道："既无所图，那么，你可以去了。"

曹丘生也不恼，接着又道："小人与足下同为楚人，乡谊所系，不可谓陌路。设若小人云游四方，为足下扬名于天下，岂不美哉？足下何必拒小人于门外呢？"

这一番巧言令色，说得季布高兴，立时耿介全消，忙起身离座，延请曹丘生入座。一番相谈，意犹未尽，便留他在邸中住了十余日，待之如上宾。临别，又厚赠了礼物若干。

那曹丘生，倒也并非言而无信，辞别了季布，重返长安，见人便夸赞季布。由此，季布在公卿中声名大振，这才有吴公向文帝举荐之事。

此时季布闻召，便知必有重用。想自己降汉多年，为降臣身份所累，徒有济世之才，也只能屈居人下。至今日，沛县旧人凋零无几，也该有个出头之日了。

未几，季布赶赴长安，在客邸住下，便一心等候宣召。谁知一住就是一月，宫中纹风未动，亦不见有人前来传旨。原来，有人探知季布入都，心有不忿，便去文帝面前进谗，说季布徒有勇力，常酗酒，一醉便无人敢近身。

文帝听了，疑惑起来，觉季布尚欠稳重，或不该擢用。踌躇再三，不能决断，便索性将此事搁下。

季布不明就里，整日吃了便睡，延宕多日，不免就十分烦闷。好不容易挨过一月，宫中忽来人告之："今上不拟召见将军了，将军可择日返职。"

季布吃了一惊，疑惑半晌，终是猜到了缘由，心中便有气。当即来至北阙，入朝求见。待见到文帝，便直通通地奏道："臣在河东，陛下无缘无故召我，想必是有人举荐，方蒙陛下恩宠。今臣至，则久不见召，又令臣返归，想必是另有诋毁臣者。陛下因一人之誉而召臣，又因一人之毁而令臣去。臣恐天下有识之士闻之，可窥见陛下心胸。"

文帝心思被季布揭破，不由大惭，默然良久才道："河东，朕之股肱郡也，故召君来详询，君请勿疑。日前想想，即便不问，朕亦甚放心，明日你便返归吧。"

季布听了，知自己猜得不错，也不屑于辩白，只揖了揖，便辞谢而去。此后一仍其旧，默默无闻，后终老于河东郡守任上。

此事在朝野间喧嚷一时，多有为季布鸣不平的。想那季布一生，为气任侠，大名盛传于楚地。前半生为项羽股肱之臣，戎马奔突，数窘刘邦，直战至垓下，方弃主而去。后半生得刘邦恩遇，又仕宦数十年，终究是"时不利兮"，不得为丞相，仅留"一诺千金"的成语于后世，令人为之叹惋。

这年春上，可谓多事时节。季布入都之事方告了结，平地里又起了一场风波，亦是轰动朝野，众口相传。

此事所涉，乃是前丞相周勃。周勃自罢相之后，闲居绛县封邑，与其三子住在一处，至此堪堪已有年余。他三子中，尤以次子周亚夫最为好学，才兼文武，常年在云台山中，随司马穰苴再传弟子习兵法。

周勃平素安居家中，猎兔浇圃，投壶弈棋，身体倒也旺健。然阅世过多之人，实不敢高枕无忧，且不说韩、彭之辈下场，即是审食其侥幸脱罪，退居家中，亦被人寻仇杀死。周勃想起来，便颇不自安。

岂料他越是心疑，祸事就越是找上门来，好端端的，忽就惹上了一场大祸。

缘起汉家惯例，郡守、都尉分掌一郡兵民事，每年须巡行各县数次，于途中考察吏治，拜访父老，顺带也受理诉讼冤情。

周勃所居绛县，属河东郡，郡守正是季布。季布甚知礼数，每至绛县，虽周勃已无官爵，也总要投谒拜访，上门寒暄一番，以示尊崇。季布胸无城府，只道是与周勃相识多年，当年各为其主，打出了交情，如今上门问候，亦合常情。

周勃那边厢，却多出来几分心思，想到季布终究是外人，若不防备，只恐也难免遭暗算。于是每逢季布来，都要披甲相见，又令家丁手执兵器，前后簇拥，好似出阵一般。

初时，季布偕同都尉董奉德，备薄礼往访周邸。见周勃身边，一片剑戟如林，都大感惊异。季布知周勃如此，是怕做了韩信第二，便也不怪，只当作不见，小心问候如仪。待拜访毕，临出门，则回首对周勃笑道："绛侯不老，仍有垓下时威仪。"

周勃只淡淡回道："残生无多，不欲苟且而已。"

于是，两边都心照不宣，拱一拱手作别。

出得侯邸来，那都尉董奉德便有怒意，对季布道："你我守尉，一郡之父母也。见绛侯，怎的竟似拜见诸侯王一般？"

季布宅心仁厚，忙摆手制止道："绛侯功高，当世无出其右。你我辈，且让他一让又何妨？"

董奉德便赌气不语，仍是一脸怒气。

如是三回，董奉德恼恨不已，不欲再忍，便决意上书变告，密报周勃私蓄甲士事。写了个开头，后面索性就信马由缰，竟诬周勃欲谋反。

此变告信，由流星快马急报入京，文帝看了，立时汗流浃背。他本就猜忌周勃，见董奉德密信，更不疑他，立召张释之入朝，诏令夺去周勃爵邑，捕入诏狱。

张释之闻之大惊，小心回道："臣不解，绛侯怎能生事？只恐有人挟嫌报复。"

文帝也不理会，只吩咐道："天下事有大小，唯谋反事不得失察。 今变告信已飞递北阙，朕便不能坐视。 或真或伪，先捕来狱中，由你对簿。"

张释之不敢违抗，只得遣左监一人，携诏令前往河东郡。 又密嘱那左监，须会同季布一道，往绛县捕拿周勃。

那左监本是廷尉属官，专事逮捕，闻听要去拿绛侯，脸色便一白："吕氏乱政，下官曾奉诏捕人无数，所作孽，终身不能偿还。 今清平已久，怎的又要捉拿绛侯？"

张释之无心与之分辩，只道："上命既出，你去拿就是。"

那左监犹疑道："绛侯威势赫赫，随从亦多，如何便能拿下？"

张释之便将头一仰，朗声道："有郡守季布在，你只管去拿。"

左监这才有所领会，忙将诏令揣于怀中，领命而去。

数日之后，左监带了公差、槛车，来至河东郡城安邑（今山西省夏县北），见过季布，讲明了来由。

季布闻听要捕谋逆犯周勃，惊得离座而起。 再闻左监相邀，要一同去拿人，更加惊疑不已，不禁拿眼看了看身旁的董奉德。

但见董奉德满脸喜色，一跃而起，请命道："季将军，绛侯邸戒备森严，贸然拿人，恐事有不测。 下官可点齐郡兵五百，一同前往。"

季布望望董奉德，疑心是他告密，便冷冷道："点兵有何用，欲与绛侯对阵乎？"遂又满心狐疑，对左监道："绛侯若有反迹，本郡应有风闻，如何平地便起风波？"

左监连忙分辩："季将军，若无证据，今上断不会下令拿人。"

董奉德遂冷笑一声："欲谋反者，反意如何能外泄？"

季布不睬他，低头沉吟片刻，便对那左监道："此事，请左监放心与下官同往。 下官虽不才，然可保你拿下绛侯，波澜不惊。"

左监闻言大喜，连忙称谢。董奉德只得退后，面露悻悻之色。

当日，季布带了两三亲随，与左监一行人，驱车至绛县，当晚在馆驿住下。次日晨起，便前往周邸叩门。

周勃闻季布又来，心中好不耐烦，依旧是披戴盔甲，出中庭来相见。周勃身后，众家丁亦皆披甲，执戟相随；周胜之则提剑在侧，如临大敌。那左监见了，不由就倒抽一口冷气。

两厢见面，周勃大笑两声，向季布揖过。又看见左监在，不觉就一惊："季将军，都中来人了？"

季布坦然道："正是。今有廷尉府左监来此，与绛侯有话要说。"

周勃便猛地按住剑柄，冷笑道："果不其然，要来取老夫首级了！"

话音未落，周胜之早已抢前一步，以剑锋直逼季布。

众家丁见此，也都一齐将长戟横过，只待周勃一声令下。

季布却淡淡一笑，低声对周勃道："绛侯莫惊，请左右稍退，今上有诏令至。"

周勃猛然怔住，想了想，才挥退众人，勉强打个拱道："请宣诏便是。"

待左监读罢诏令，周勃不禁变色："笑话！我堂堂汉家功臣，何事要谋反？"

周胜之情知有变，一声令下，众家丁复又一拥而上，以剑戟逼住季布等人。

季布环视众人，微微一笑，对周勃道："下官亦不信绛侯谋反，故而敢前来。今虽有朝廷命官前来宣诏，褫夺爵邑，解京问话，然足下尚有自辩余地。可惜足下不智，这般作态，岂不恰恰坐实了谋反？"

周勃便叹道："昔年我闻韩信死，只笑他不知收敛。今日方知：任是你如何隐忍，亦逃不脱一个'走狗烹'！"

"不然。绛侯已是位极人臣，且为天子姻亲，何须谋反以图富贵？今上若真信足下谋反，你我二人，断不会今日如此见面。故而，依下官之见，今上并未信小人构谗。绛侯不如卸甲，随左监入都，好自辩白。其中是非清浊，自有那廷尉府判明，而绝无韩、彭伏诛之厄。"

一番话，说得周勃沉吟起来，望着季布不语。左监见状，连忙打拱道："下官受命之时，廷尉嘱咐再三，令我须礼敬绛侯，不可使路上有一点委屈。入都后，则按律问明，自有分晓。"

周勃仰头片刻，终一顿足道："罢罢！便信了季将军这一回，将我解京便是，死生交由天定。"言未毕，不禁就有老泪潸然而下。

周胜之持剑近前，还想言语，周勃却猛挥袖道："毋庸多言！我为鱼肉，人为刀俎。天若要我死，即便是反了，亦是个死。"

周胜之忍不住哽咽道："阿翁，这等冤枉，如何能咽得下去……"

周勃便怒叱："竖子，为父无能，如何你也无能？我走后，家中事需你摆布，怎就泣涕流泪，形同妇孺，还不如你那浑家！"

周胜之闻言，似有所悟，这才弃了剑，上前为周勃卸甲。又吩咐家人，备好路上所需什物。

待衣物食盒等备好，便有家人自荐要随行。左监拦住道："按捕人科条，异地递解，家人不得随行。张廷尉新上任，督之甚严，下官不敢通融。"

周勃便对周胜之道："区区路途，不数日即至，有何可担忧？我既是听凭发落，便无须再节外生枝。"

左监又向周勃揖道："今时廷尉，不比以往，下官须按律处置。还请绛侯乘槛车出城，多少赏个面子，待出城后，无人窥见，再请与我同车。"

周勃便轻蔑一笑："可要褫去衣袍，系上械具？"

左监慌忙摆手道："诏令中，并无械系之语。下官当年也曾往北军，亲见绛侯发兵诛吕，钦敬尚且不及，岂能刁难……"

"闲话休提！只问你，槛车在何处？"

"即在门外。"

周勃便向季布一躬："季将军，就此别过。周某若能侥幸脱罪，当另行拜谢。"

季布忙唤过御者，取来一个红漆酒樽，递与周勃道："此乃家酿美酒，今赠绛侯，以解路上烦闷。"

周勃接过，隔着盖头嗅嗅，大喜道："好酒！何须等到上路，这便饮了吧，以为老夫壮胆。"说着一把扯去盖头，捧起酒樽，仰头便狂饮而尽。

众人劝阻不及，都看得发呆。周勃饮毕，将酒樽掷还，大笑道："杀伐多年，即便是人血，也喝下了似这般几大坛。如此肚肠，世上还有何路我不敢走？"说罢，便撩衣迈出大门，跃上了槛车。

季布急忙追出，对几名公差嘱道："绛侯年事已高，路上冷暖全赖诸君，不可怠慢。"

左监对季布深深一揖，连声然诺，便率了公差登车跨马，挥鞭而去。

周邸门外，邻里见来了许多差人，知是有变，早围了许多人在看。 见是绛侯被押上槛车，都目瞪口呆，大气也不敢出，只望着车骑远去。 内有二三苍髯老者，都摇头叹息："吉凶难卜啊……"

季布立于人丛中，闻此叹息，眼睛就一热，连忙嘱咐周胜之道："你夫妻两个，要尽速入都才好，就近照看。"

周胜之立时领悟，拭去泪，向季布揖谢再三。

且说槛车入长安之际，正是夜间。 至霸城门外，左监请周勃暂入槛车内，行至诏狱，一路竟无人察觉，总算免去一番羞辱。

左监向狱令交接完毕，拱一拱手便走了。 那当任狱令，名唤周千秋，早已闻知周勃即将下狱，此时便命人将周勃押至狱仓。狱仓门前，已有皂隶数人，手执水火棍，皆是凶神恶煞模样，一脸杀气。

那狱令摆足架势，瞧也不瞧周勃，便喝道："带人犯来我看！"

众皂隶一声应诺，便横执水火棍，将周勃押了上来。

周千秋这才望望周勃，问道："来犯，姓甚名谁？"

周勃瞟了狱令一眼，见是一獐头鼠目小吏，便满心不屑，慢吞吞答道："绛侯周勃。"

周千秋喝道："大胆！ 今上已将你夺爵夺邑，京城内无人不知。 既已不是绛侯，便是布衣草民，如何还敢冒称？"

那周勃素不喜文学，生平读书，不满半部。 昔年在行伍时，每有儒生求见，总是置人于末座，开口便叱道："有何话，快快讲来！"今日骤然颠倒尊卑，置身下贱，竟一时不知如何回话，只是怒目而视。

那周千秋便一笑："周犯，以为我不知你吗？ 今日入狱，不比做丞相时了，可知你犯了何罪？"

周勃赌气道："我周某随高帝起兵，喋血百战；又率北军诛吕，迎来今上登位，这便是老夫之罪。"

"陈年旧事，提也是枉然。甚么将军、太尉，此时此地，皆抵不得我半个狱令！我只问你：罢职以后，在绛县做的甚么好事？"

"斗鸡走狗，观鱼博弈，还能做甚么！"

"那好，我问你：为何见河东守尉，要披甲胄？为何身边一众家丁，要执戟卫护？"

"老夫乃武人，不愿做俎食其枉死。"

周千秋便又一声喝道："妄言！若未谋反，如何就能死？"

周勃脱口怒道："我周某何时曾谋反？"

周千秋便阴阴一笑："周勃，不知你往日那丞相、太尉，是如何做成的？纵是诸侯王，若敢私蓄甲士，也属不轨。你一个去职官吏，有何德何能，敢私养甲士？"

"这……"

"你还大言不惭，随高帝征战云云。下官且问你：这汉家天下，是你打下的吗？"

"周某全身被创数十处，便是明证。这天下，总不是你等小吏打下的。"

"哦？原来如此。汉家天下，是你打下的；汉家天子，是你迎来的。然则，为何你偏就不守汉家法令？我倒是不懂——莫非，公卿们拼死打天下，就是为毁这天下的吗？"

"你……"

"周犯，你可知罪？岂止是那班不逞之徒，日日梦着要反。有你这等不守法度的公卿，不等外贼动手，你们先就将那龙庭踹翻了。"

"胡言! 你、你这猢狲……"周勃满脸涨红,手指周千秋,却是急得说不出话来,只顾连连顿足。

几个皂隶立时黑了脸,各个将水火棍抄起,眼见得就要围上来打。

周千秋连忙抬手制止:"绛侯老迈了,不得放肆。"

周勃怒极,昂首喝道:"小吏,素与你无冤无仇,又何苦这般折辱? 便将我杀了吧!"

周千秋便慢慢踱至周勃身边,上下打量一番,缓缓道:"绛侯,这便不能忍了? 天子未下密杀令,我岂敢擅作主张杀你。 今日,教你略知诏狱手段,待明日廷尉来过堂,才教你知道厉害!"说罢即令狱卒道:"押入狱仓去,好生看管!"

周勃几欲一口痰啐出,想想又忍了,随着狱卒踉踉跄跄步入狱仓。

至狱室内,见是一湫溢陋室,无床无榻,地上仅有散乱谷草为席,不禁脱口道:"无铺无盖,这如何睡得?"

那狱卒轻蔑一笑:"侯爷,往日征战,士卒莫非是有锦缎被盖的? 还不是和衣而卧,欲求谷草一束而不得? 今日入了狱,还讲究这些作甚!"

周勃哑然,只得倚墙坐下,双目圆睁挨过长夜。 想自家布衣出身,滚血泊而为公卿,继之又为执宰,何其荣耀。 却于一夜之间,落得身陷囹圄,惹万人晒笑,只不知是何事触怒了神明。 左思右想,叹了一回气,只怨高帝驾崩太早,抛下老臣们不管,如今连小儿都敢来欺辱。

好不容易挨到天明,却是无人来理睬,狱卒只管送两餐劣食,粗冷难以下咽。 待到夜间，周千秋来巡查，周勃问何日可以过堂，那周千秋只冷冷答道："张廷尉若得空闲，自然就来提。"

如此挨过三日，入夜时分，周千秋忽然蹑足进了狱仓，隔着木栏低声道："绛侯，有家人来探。 有事不可啰唆，只三言五语，吩咐清楚便罢。"说罢，便闪身走开了。

周勃精神一振，连忙起身，双手抓住木栏，向外张望。 见是长子周胜之提了食盒，前来探狱。 父子相见，周胜之拉住周勃之手，忍不住号啕大哭。

周勃眼睛也是滚热，却强忍住，叱道："又做妇人状！ 入这鬼狱，几乎要饿杀，先容我饱腹再说。"便伸手从食盒内抓了糕饼，大嚼了一通。

一阵狼吞虎咽，将盒里糕饼、肉脯食尽，周勃这才问道："外间可有消息？"

周胜之答道："儿昨日入都，拜见阿翁旧僚属。 众人都说阿翁冤枉，然碍于诏令，都不敢上疏为你缓颊，只怕万一惹恼今上，反倒是害了阿翁。"

"唉，彼辈纵使有心，又能奈何？"

"儿闻知，唯袁盎一人上疏，力辩阿翁无罪。"

"袁盎？ 如何是他！"

"儿亦拜见了张廷尉，廷尉不置可否，只说些官腔，推说要按律处置。"

"按甚么律？ 我披甲见客，固然不检点，难道还要枭首不成？"

周胜之顷刻间泪如泉涌，又吞吞吐吐道："旧属皆言……寿则多辱，还是陈平、灌婴侥幸，早早薨了便好。"

周勃怔住，少顷，才仰头叹息道："这是何天理？ 是何世道？ 知我者，竟宁愿我早死！"

周胜之隔栏望见室内简陋，不由惊道："如此陋室，竟连一领被盖也无？"

周勃皱眉道："此乃小事，须设法早日脱罪才好。 你那公主浑家，可与你同来？"

此处周勃所言"公主"，便是文帝庶出之女，嫁与周胜之为妻，人皆称"绛邑公主"。

周胜之便答道："绛邑公主虽与我同入都，然庶出公主，人微言轻，不敢贸然求情，也是怕惹恼了今上。"

"恐不是这话！ 平素教你善待浑家，你不听，只顾在外花天酒地。 绛邑公主虽是庶出，到底是金枝玉叶，如今用得着了，你如何求得动人家？"

原来，周胜之一贯纨绔气重，最喜流连勾栏酒肆，素与绛邑公主不睦。 此次求公主说情，便遭了冷脸。

"阿翁，此事不能只怪孩儿。 绛邑公主终究出自深宫，眼高于顶，儿即便日日跪拜于前，怕也看不到个笑脸。 此次我再三恳求，公主应允随我入都，已属万幸，好歹可通宫中消息，免得措手不及。"

"也罢！ 你便好好学做人，多与绛邑公主说些好话。 宫中若有片语透出，须及时相告。"

周胜之应道："儿自当留意。"

周勃忽然想起，便又问："你弟亚夫，近日在云台山如何？"

"亚夫弟亦知阿翁事，终日流泪，几无心习武。 他来信道，本想也来探望，无奈师傅管教甚严，不得告假。"

"亚夫乃文武全才，将来大有前程，只专心习武便好，切不可令他来探狱。阿翁坐了谋反罪，辩白已属不易，莫再牵入亚夫！"

"儿已知此中利害。凡囹圄内外事，儿一人担待便是，绝无牵连亚夫。"

"幼弟周坚如何？"

"幼弟亦知事不妙，整日啼哭。"

周勃便长叹一声："我害你们几兄弟不浅！"

周胜之连忙安慰道："家中事，无须牵挂。我今日来，带了些金子与阿翁，你贿与狱令，他自然对你好。饮食被盖，有狱令关照，或不至受苦。"说着，便从袖中摸出些金版①来。

周勃连忙接过，看了两眼，便藏于怀中。

周胜之又道："家中财宝，我已尽数用车载来，置于客邸。狱中诸事，如需打点，阿翁只管说话。"

周勃摇头道："鼠辈狱吏，何须在意，阿翁所聚财宝，乃是以命换得，如何就能便宜这等小人？"

此时周千秋从门外走入，一个狱卒也跟进来，连声呼喝撵人。周胜之望一眼老父，心中伤悲，劝慰了两句，只得起身离开。

待狱卒送周胜之出门，周千秋便踱至狱室前，不经意说了一句："令郎倒还孝顺！"

周勃不知狱令为何发了善心，允准周胜之来探狱，便拱手道："多谢足下。犬子无才，唯知享恩荫而已。"

周千秋便笑："哪里！子胜父，乃是常理。不知令郎此来，有

---

① 金版，亦称"印子金"。战国时楚国铸造的黄金货币，形状有龟背形、长方形、方形等数种，铭文多为"郢爰"二字。

何高见？"

周勃忽就想起怀中金版来，看看周千秋的神色，便满心不快，不欲就此行贿，于是含糊道："无非嘘寒问暖，能有何主张？"

岂料那周千秋，接手诏狱已多年，此间的人情世态，早已看得清楚，放周胜之入内探父，所谋就是能得一笔贿金。此刻闻听周勃语言支吾，便知是舍不得行贿，于是脸色一变，唤门外狱卒进来，吩咐道："绛侯虽戴罪，到底是公卿贵人，狱室内岂可铺谷草？快去打扫干净。绛侯与我，好歹都姓周，五百年前或是一家，定要好生伺候！"说罢，向狱卒一使眼色，转身便走开了。

那狱卒连忙入室内，快手快脚将谷草收走，又提了一桶水来，胡乱洒扫一遍，瞄了周勃一眼，顺手便将门锁好，转身也走了。

周勃原以为，狱卒还要送来床榻、被盖，不想等到夜半，踪影全无，这才知狱令是在捉弄人。原先地上有谷草，尚可勉强栖身，此时一派潮湿，如何能睡得下人？

万般无奈之中，周勃只得倚在墙角，箕踞了一夜。春寒料峭天气，周勃坐于地上，寒意彻骨，恰似在地府里煎熬。如此一刻挨过一刻，熬了千万年般，才等到鸡鸣，心中便叫苦："罢罢！待天明，这些金版，尽数给了那厮便是。若我命丧牢狱，纵是万金又有何用？"

到天明，周勃便央求狱卒，去唤周千秋来。那狱卒去了片刻，又返回道："你且等候一时，狱令大人正用朝食，食毕即来。"

周勃便恼道："牛毛小吏，竟如此威风。孔孟可称大人，他也配称大人？"

狱卒横瞥了周勃一眼，道："三尺囹圄内，狱令不就是大人吗？"

周勃顿时哑然，摸了摸头颅，只得苦笑道："好，好，恕我不知。"

堪堪又挨过半日，那周千秋才慢慢踱进来，先就一揖道："绛侯，狱室干净了，昨夜无恙乎？"

周勃情知他在戏弄，但也无心气恼，只道："我这里有物什，要送与你。"

周千秋便笑眯了眼："区区狱令，难入绛侯眼中，有何物可以相赠？"

周勃一块一块将金版摸出，周千秋眼睛一亮，又惊又喜，直是手足无措。

周勃便道："老夫生性疏懒，家中宝物，所藏不多。此为当年入咸阳时所得，尽数相赠，只望有个床榻可睡。"

周千秋似听非听，只望住那金版，猛然伸手拿起一块，翻来覆去看，咂舌道："果真！这许多'郢爰'金①，生平仅耳闻，今日方开了眼界。"

只见这些金版，方方相连，有的已切开，成色十足，金光耀目。周千秋拿在手中，舍不得放下，周勃趁势便道："些许'郢爰'金，不成敬意，足下请收好。"

周千秋这才回过神来，将金版揣入怀中，忽就将笑容敛起，冷脸道："堂堂丞相，家中只得这几块金版，下官如何能信？这区区财物，于此时此地，可值得甚么？或许可换得三五餐酒食，饕餮几日而已。待到赴奈何桥之时，当不至做个饿死鬼。"

---

① 战国时期楚国的方形金版打有"郢爰"二字，也叫"爰金""印子金"。

周勃闻言，不禁瞠目，望住周千秋半晌，心中才大悟：原来这狱吏胃口，竟与达官贵人无异。于是心一横，昂首道："老夫从军半生，善取首级，却不善敛财，故而家资微薄。狱令不信，我亦无话，生死交付予天便好。"

　　周千秋见周勃固执，也不烦言，只一揖道："下官好言相劝，能听则听，不听便罢。既如此，绛侯好自为之。"言毕，便扬长而去。

　　入夜，狱室内孤灯一盏，明灭不定。周勃倚墙呆坐，万念俱灰。想此时身陷绝境，无人可以相救，熬也要被这狱令熬死，眼见得是生还无望了。

　　正懊恼间，忽有狱卒提灯近前，打开栅门道："绛侯，有故人来见。"

　　周勃一惊，抬眼望去，只见狱卒身后闪进一人，面色黧黑，遍身罗绮，一时想不起是何人。

　　只见那人拿出一尊朱黑漆方壶，置于地上，长揖道："在下布衣阴宾上，略识狱令一面，蒙他允准，前来探狱，为绛侯奉还这壶酒。"

　　周勃这才想起，原是霸桥相送的那位方士，便拱拱手道："原来是国舅之师，难得你不忘故人。我今日，被夺爵夺邑，已与僵尸无异，先生又何苦来看我？"

　　"绛侯入狱，如今长安满城争道，多为绛侯抱不平。我既闻说，如何能不来？"

　　"唉，见一面也好。老夫生死，只在旦夕。今日若不见，明年此时，吾之墓草恐已黄矣。"

　　"老臣之中，唯绛侯长寿，万勿说此丧气话。绛侯就国，原本应无事，如何转眼间就祸起？ 小民实不解。 今日来此，是为问足下：可曾忘了一句话？"

"先生此是何意？"

"绛侯就国之日，小民送别于霸桥，曾以老子一言相赠，即：'不知常，妄作凶。'绛侯就国年余，可否已知常？ 是否曾妄作？不然，怎会有如此凶险从天而降？"

周勃沮丧道："不提也罢！ 老夫不过是披甲见客，便被诬成谋反……"

阴宾上便摆手，截住周勃话头："在下平素最喜《老子》，老子所言圣人之道，无非是教人知行止。 绛侯在朝为丞相，握生杀权柄，这即是行；一旦就国，颐养天年，这便是止。 绛侯见客，本寻常事也；披甲，则成了事非寻常。 这不是'妄作'，又是甚么？"

周勃怔了一怔，渐渐面露惭色："我……确是忘了老子所言。"

"老子言'有无相生'，我辈则多不明其理。 披甲，原本是为求生；如绛侯所为，便成了求死。"

"果真，果真！ 老臣仅一莽夫耳，不知行止，闹得性命快要不保。 还请先生救我。"

"绛侯往日大权在握，生杀予夺，全不在话下。 然可曾想过：能顶天立地者，皆因权柄在手；一旦失权，则与草民无异。即便如草芥小吏，你也奈何不得他。"

周勃眼睛睁大，心中便是五味杂陈："正是正是。 老夫已知滋味。"

"绛侯今日当知：曲则全，枉则直，乃万古不移之道也。"

"好好！ 我已明白。 先生此来，真是救了我。"

阴宾上一面大笑，一面拿过陶碗，斟满了酒，递给周勃道：

"绛侯且饮。当初赠我酒,我自觉无福消受,故涓滴未饮,今日完璧奉还,权当谢意。今日之后,唯愿不再见到绛侯。"

周勃便惊异道:"此话怎讲?"

"不见足下,便是足下已全身而退。虽再无浮名,实则可得善终,此为谋身之上上计也。这杯酒,便是预为绛侯贺。"

周勃此时已大悟,拉住阴宾上,纳头便拜,阴宾上连忙拦住。二人正推让间,狱卒忽地蹳进门来,催促阴宾上道:"时辰已晚,外人不宜久留,请先生速去。"

阴宾上便起身,向周勃含笑揖道:"世上事,皆为天定。小民今日能见绛侯,亦属天意。"

周勃仰头将碗中酒饮干,叹道:"世人皆畏天,我亦不能不畏。"

那狱卒见此,便又催促,两人这才依依作别。

次日清晨,周勃见了狱令,当即解下衣带来,拱手道:"狱令大人,此地规矩,老夫已领教了。入狱三日,胜过戎马半生,若再不晓事,一副朽骨便要抛在此了。你快些拿笔墨来,我对犬子有所交代。"

周千秋眼中便灼灼一闪,忙取过笔墨来,欲递给周勃。

周勃哈哈一笑:"你高看老夫了。老夫无文,下笔不能成言。我口说,你来写。"接着,便口述一句,令周千秋记下一句,嘱周胜之取出一千金,交给来人,保命要紧,万勿心存吝啬。

周千秋写毕,念了一遍。周勃便嘱道:"可矣。足下持此衣带,去客邸寻得吾儿。吾儿识得这衣带,他看过,自有分晓。"

周千秋收起衣带密信,面有喜色,又似半信半疑,只连声谢道:"下官何德,蒙绛侯如此看重!"

"数日来，老夫席地而卧，睡得腰痛，唯愿有个床榻。"

"哦，这倒疏忽了。床榻之事，今夜太迟了，明日再说。可为你铺上茵席，暂且委屈一夜。"

"犬子再来探看，可否容他多带些吃食？"

"家眷探狱，乃天经地义事，下官绝无刁难。至于酒食，狱中也可代为备好。"

周勃知许诺见了效，心中恨恨，脱口道："老夫唯知，千古圣贤可称大人。然图圄之中，足下果真就是大人！"

周千秋听出话中有刺，然也不气恼，向周勃拱拱手道："绛侯有所不知，区区狱令，上下都难做人。先前辟阳侯因事入狱，时有狱令姚得赐，曾曲意关照，为之通消息。本以为辟阳侯蒙赦之后，可获奖赏，岂料全家却被发配巴蜀，生死不明。此后接任者，皆战战兢兢，不敢徇私。"

周勃两眼炯炯有光，逼视周千秋道："姚得赐之事，朝中无人不知，恐是因他当年折辱萧丞相，才有此恶报。此等小人，不足效法。"

周千秋连忙赔笑道："绛侯玩笑了，我哪里敢做姚得赐？世事翻覆，唯上智下愚不移，我有天大的胆，亦不敢以下犯上。近日，张廷尉便要来提审，内外消息，下官凡有所知，必先报给绛侯。其余食宿等事，更无须绛侯操心。"

次日，周千秋果然拿到了千金，立时显出百倍恭谨，为周勃换了一间干净狱室，内中床榻齐全；其余吃喝洗濯，无不照应周全。周勃卧于新榻之上，只疑是在做梦，心中难辨是悲是喜。

不数日，张释之果然前来提审。升堂之际，堂上两排皂隶齐声低喝："威武——"立时有几个狱卒，将周勃架上堂来。

且说张释之接手此案，颇觉为难——以周勃身世之显赫，何至于谋反？ 连市井也知，不过是有人构陷。 然诏令既下，也只得升堂对簿，按律处置。

此时大堂左右，廷尉正（次卿）、书佐等已就位，张释之便一拍惊堂木道："绛侯，狱中数日，可还安好？ 本官依例提审，多有不敬了，你只管如实说来。"

周勃便一揖道："周某系武人，一向不结交文法吏，入狱才数日，便知厉害。 廷尉凡有所问，必如实供出。"

张释之闻言，略显诧异，瞥了一眼旁侧的周千秋，接着便问："有人上书变告，指绛侯披甲见客、私养甲士，显系谋反之举，可有此事？"

"披甲见客，确有此事；私养甲士，则为小人诬陷，不过是家人执戟卫护。"

"那么，所见何人，须披甲执戟防备？"

"河东郡守、都尉按例巡行，途经绛县，顺便光顾敝舍。 老夫于家中见客，寒暄而已，其间并无不轨事。"

"那河东郡守，不正是季布吗？"

"然也。"

"季布在朝为官，恭谨守法，朝野都无非议。 如何他造访府上，足下要披甲相见？"

"前日曾闻，辟阳侯在家中见客，忽飞来横祸，竟至身首异处，故而臣不得不防。"

张释之眼中精光一闪，立即质问："辟阳侯当年为虎作伥，多行不义，故而结仇，绛侯却有何惊心处？ 莫非，足下也曾有不义之事吗？"

"周某虽位极人臣，却从不害人，此心可对苍天！"

"既未曾害人，为何怕人来害你？"

"这……"

"郡守、都尉奉命守土，皆为朝廷命官，依例巡行本郡，绛侯应泰然处之。究竟缘何事，须披甲执戟待之？"

"这个……"

此时周千秋在旁侧，见周勃不善言辞，所答悖谬，又不便为他代答，直是急得暗暗顿足。

张释之望见周千秋不安，顿了顿，忽就问道："狱令，人犯在狱中，可有牢骚？"

周千秋一惊，连忙答道："未曾有。唯长吁短叹，似有冤情。"

张释之便又望住周勃，一句一顿道："是否冤情，须有呈堂证供。似足下这般语言支吾，如何洗得清罪名？甲胄兵器，交战之物也，承平时日，家中藏这些有何用？有朝廷命官来访，不以乐舞相待，却披甲执戟以迎，若非谋反，又何以自辩？足下先前曾是丞相、太尉，既已夺爵，此时便是布衣。布衣戴罪，还指望刑不上大夫吗？如无可信证供，下官即便有心相救，亦是无力了，足下请谨记。"

一番话，说得周勃大起恐慌，知事情闹大，难以收场，一时竟无言以对，只得低下头去。

因周胜之已说情在先，张释之此刻见状，心中也有不忍，便道："足下于汉家，曾有大功。唯其如此，下官再宽限你几日，且去省思。何时想好了辩白，再行提审。"说罢一挥袖，便命退堂。

皂隶当即上前，将周勃押下，带往狱仓去了。张释之掉转头，又嘱周千秋道："这几日，狱令不可疏忽，人犯如有片言，皆须记下，容本官斟酌。人命关天事，务以证供为要。"

周千秋连忙应诺："廷尉说得是！下官自会小心。"

张释之拿出一卷文牍，对周千秋道："此文牍，乃河东守尉、绛县主吏等人证词，言之凿凿，如何能抵赖得了？此卷留给你，看罢，劝周勃尽早招认。"

周千秋连忙接过，收于袖中，然诺道："小臣这便去劝绛侯。"

"周勃涉谋反，此卷所载证据，不得与他看。狱卒均不得与之私语，提审、解送、问话等，须三人以上同行，违者定不饶过。"

"下官……不敢。"

送走张释之，周千秋已是汗湿衣裳，旋即屏退左右，于公廨中踱步苦思。

看这周勃，徒有三公之尊，却是笨嘴拙舌，眼见得难逃大祸。如今收了他贿金，若不援手，来日若遭举发，也将难逃姚得赐之祸。

周千秋想来想去，益发心焦，不由就开口骂道："如此父子，双双都不晓事！这许多年，是如何食的俸禄？如何做的天子姻亲……"

骂到此处，周千秋忽而心中一亮，一拍额头道："如何就忘了绛邑公主？"于是取过文牍来，于背面疾书"以公主为证"五字。

写毕，即唤来狱吏两人，一同往周勃狱室外，以季布等人证词示之，故意大声道："绛侯，你可看清？此乃季布等人证词，皆言你披甲见客，如临大敌。"说着，将文牍背面"以公主为证"五字朝向周勃，令其观看。

周勃看清字迹，心下也一亮：绛邑公主虽不愿说情，然可做证，并未见家翁反迹。若公主有此辩白之证，则定案亦难。想到此，忙向周千秋拜谢道："老夫看清了。旁人如何做证，全在良心。"

"绛侯，如何辩白，或关性命，你想好再说。"周千秋说罢，便收起文牍，巡视他处去了。

至夜，有狱卒向周千秋报："周勃之子又来探狱，可否放入？"

周千秋此时所盼，正是盼那周胜之来，当即答道："廷尉未曾禁探狱，可予放入。"

周胜之此次入内，见老父调换了干净狱室，不禁露出欣慰之色。周勃便将狱令白日里所为，详细告知。

周胜之闻之一喜："这等好主意，我父子怎未想到？明日，即教浑家写好证词，呈递张释之。"

周勃便拊膺道："幸亏我行事端正，虽遭构陷，却不曾真有劣迹。廷尉审理，谅他也不便上下其手。有绛邑公主证词在，总不能指鹿为马。"

周胜之却道："阿翁不可大意！指鹿为马者，岂是仅有赵高一个？一人指鹿，众人缄口，即便是孔孟之徒，也不过徒有其舌，而无寸胆。古来事，从来以君臣论，廷尉权虽大，总大不过帝王家。阿翁因诛吕有功，受赏的新增封邑，都送给了薄昭，儿昨日已找了薄昭，托他代为缓颊。"

"薄昭如何讲？"

"薄昭对我言：'无绛侯，便无薄某今日。此事无碍，我自去对阿姊说。'"

周勃大喜道："请托至此，便是顶到天了。薄昭进言，或能说动太后。"

周胜之此刻又忍不住泣下:"数日来,儿沦落如同乞儿。 公卿门槛,不知踏破有多少,看尽人家脸色! 只不知薄昭所言真伪,倘若能得太后过问,便是大幸。"

周勃想想便道:"我待薄昭甚厚,他知恩与否,只有随他。"

如是,周氏父子谋自救,一番忙乱,暂且压下不提。 再说文帝那边,自捕了周勃之后,便觉数年来所受的腌臜气,总算有了个了结。 想那张释之新晋九卿,此次问案,必不敢敷衍,即便问不成谋反,亦不会宽纵周勃,或贬为庶民,或流放巴蜀,都无不可。

却不想,自张释之问案之后,已有月余,只是迟迟不见审结。 文帝倒也不急,想到年前,周勃纠合老臣,交章诋毁贾谊,何其汹汹! 今日里,便教他在诏狱窗下,多挨些时日也好。

此时正逢仲春,莺飞草长,花事繁盛。 文帝便常与随侍文臣一道,流连于后园花丛下,投壶流觞,谈诗论文,只恨白昼太短。

这日晨起,见天气晴和,文帝又一时兴起,传令下去,要率近臣赴上林苑围猎。 近臣尚未集齐,忽有长乐宫宦者来报:"太后有请陛下大驾。"

文帝疑心母后身体不适,忙撇下近臣,从复道急趋长乐宫。

到得薄太后所居长信殿外,却不见有何异常。 此时,太后正闲坐于庭院中,额上覆了一顶软帽,安享暖阳,一面嗅着木槿香气。

闻听文帝走近,薄太后便抬头,约略看见儿子模样,便道:"闻吾儿于近日,玩兴大发?"

文帝不知此话是赞是讽,只得小心答道:"春日正好,儿不愿辜负春光。"

薄太后便颔首微笑:"为母虽老,也是这般心情。"

"唯愿母后永寿。"

"只不知诸孙儿女如何?"

"皆好。"

"那绛邑公主,你有几日不曾见了?"

文帝这才恍然大悟:此番召见,定是意在周勃事。于是存了小心,恭谨答道:"绛邑公主,有些时日未入都了。"

薄太后闻言,忽就拉下脸道:"绛邑公主于昨日,却来见了我!"

文帝倏然一惊:"绛邑公主入都了?儿实不曾闻。"

"公主怎敢来见你?我只要你说,将周丞相弄到何处去了?"

"周勃有反迹,已捕入诏狱……"

文帝此言未毕,薄太后当即勃然变色,一把摘下软帽,掷向文帝,怒道:"绛侯当初,腰系皇帝玉玺,领兵于北军,足可号令天下。他彼时不反,今屈居一小县,反倒欲反吗?"

文帝忙辩解道:"此系河东郡吏密报,称绛侯披甲见客,显系不轨。"

"何为轨,何为不轨?淮南王击杀审食其,目无王法,却为何不见有人密报?绛侯为汉家舍命百战,连你这龙袍,也是他为你争得。如此舍生忘死,他便是为了谋反吗?你究竟听了何人构谗,才出此下策?"

"母后息怒。汉家既有律法,则不便法外开恩。此事已交张廷尉对簿,是非曲直,皆由法定。"

"你口中所言这法,亦有绛侯浴血之功,方争得来。你生于掖庭,手未沾血,窃喜做个太平天子便好,焉知刀剑搏杀之苦?

汉家有法，应为持平之法，如此荒唐事，也闹到廷尉那里去，这便是荒唐之法！"

见母后震怒，文帝不禁汗流满面，强自辩解道："绛侯或不反，然需验证。容儿臣看过证供，再做处置。"

薄太后窥破文帝心思，便从袖中摸出绛邑公主手书证据来，丢给文帝看。

文帝见那缣帛上，有公主手迹、印鉴，力证周勃无罪，顿时哑然，不知如何对答。

薄太后气呼呼道："呈堂证供，你究竟看也没看？一个凭空变告，居然就信了？那周勃固然居功托大，排挤新进，然既已免官，便不足为患。如此诬他谋反，锻炼成狱，天下人将作何想？忠而见疑，鸟尽弓藏，来日还有何人肯为你舍命？"

一番呵斥，令文帝无地自容，连忙伏地谢罪道："儿于此案，也不甚明了，这便取案卷来看。"说罢，便遣了身边涓人，去张释之处提来证供文牍。

少顷，涓人即搬来几卷文牍，另有相府移送的一道上疏。

文帝先阅看上疏，见是袁盎为周勃说情，力言绛侯与刘氏混一难分，焉能有谋反之心。文帝知周勃深怨袁盎已久，袁盎却如此为他脱罪，不由甚感惊异。

再看廷尉府所录周勃辩词，显是率性而答，鲁莽无文。似这等莽夫，岂有谋反的心计？当即便知，若照此问成谋反罪，不独太后不能答应，众议也不能服。此前捕拿周勃，也确乎太过，便慌忙掩饰道："原来如此！所幸廷尉已验明，绛侯无罪，今日即可出狱了。"随后便唤来谒者，命其持节赴诏狱，赦免周勃，并复其爵邑。

薄太后见谒者领命而去，便释颜一笑："你看，所谓满天云散，只在你的一句话。故而天子施政，须三思而行，不可贸然出一语。"

文帝连声然诺，心中只是忐忑，弯腰拾起软帽，为薄太后戴好，方起身告辞。

再说那使者飞车驰入诏狱，高声传令，狱令周千秋亦颇感意外，忙唤狱卒为周勃洗沐更衣。一番忙乱后，周勃衣冠一新，方出来接旨谢恩。

使者走后，狱令便满面堆笑，请周勃稍事歇息，这就遣公差赴客邸，知会周胜之来接。

周勃心中气未平，冷冷道："何用犬子来接？此处有槛车，我怎样来的，亦可怎样去。"

周千秋一惊，慌忙伏地谢罪道："小官无能，连日来侍奉不周，绛侯度量大，还望勿怪罪。"

周勃也不理会，挥挥袖道："与你无干，无须惶恐。"

周千秋仍不放心，又道："小官心善，到底不敢做姚得赐。"

周勃便有些恼，怒视周千秋一眼，道："昨日种种事，你我都可闭口了。"

周千秋这才不敢再啰唣，自去诏狱门外张望。

待周胜之驾车来时，诸臣也早已闻讯，有冯敬、张相如、袁盎等一干人，驾车驰至诏狱门，一同迎周勃出狱。

周勃与诸人一一揖过，略事寒暄。唯见到袁盎，则大为动容，执袁盎手不放，再三谢道："君为我诤友。往日事，老夫错怪你了！"

袁盎也觉歉疚，连忙道："下官喜直言，多有得罪。"

周勃便急牵其衣袖，笑道："非君直言，我如何能及早解脱？若早听君言，又怎能有此大祸？ 来来，请与我同车，往客邸小酌。"

正待要登车，周勃忽又回望诏狱一眼。 见狱令正在门前执礼相送，便圆睁怒目逼视过去，久久不语。

旁侧诸人，顿时有所悟，也都一齐望住狱令。

那周千秋吓得立时跪下，以头抵地，哀声道："小人罪过！"

岂料周勃仍不言语，只向狱令施了个大礼，便返身登车，喟然长叹道："吾曾率百万军，却不知狱吏之贵也。"

诸人闻听，各个面面相觑，不由都唏嘘道："绛侯实是委屈了！"

当日周勃面谒文帝，不敢流露半分怨怒，只堆起笑脸，说了些谢恩的话，算是陛辞。 文帝见周勃已全无傲气，心知惩戒已见效，于是温言安抚了几句，亲送周勃下殿，嘱他返归好生将养。

其后数日，周勃又赴薄昭、张释之府邸，当面谢过，这才打道回绛县。 自此不敢有半句狂语，老老实实，做了个逍遥翁，直至寿终正寝不提。

此事朝野皆知，市井纷传。 公卿列侯见周勃尚不可免，知天子虽温雅，然事若逾常理，也能使出峻急手段来，于是都存了戒心，不敢再以身试法。

后又数月，文帝见贾谊有上疏，力请"设廉耻礼仪，以礼遇臣下"，不由猜到，贾谊定是也为周勃抱不平，心中便感叹，贾谊到底是心地坦荡。 也知周勃之事，不可再相逼了，任其终老便好。

待料理周勃之事完毕，文帝方觉如释重负。 即位四年来，老臣掣肘甚多，不得伸展。 如今周勃已知厉害，绝无胆量再作祟，心中一块大石，才算卸下。

这日，又见有鲁人公孙臣上书，述说五行终始之序，称汉正当土德之时，必有黄龙见，应改正朔、易服色。文帝拿捏不下，便召丞相张苍，至石渠阁面议。

这石渠阁为朝廷藏书处，建在前殿之东，矗立一高台上，巍峨无比，内中藏书浩如烟海。文帝登台入阁，缓步环视一遍，不由叹道："此尽为萧丞相之功，搜罗天下书籍，为世所用。"

张苍道："秦之焚书，实为大不祥。自焚书始，天下人便看轻了书籍，动辄嘲笑斯文。"

文帝颔首笑道："循礼崇文，匡正人心，便自我辈始吧！粗鲁如绛侯之辈，可以歇息了。今日召丞相来，便是为公孙臣上书事。其所云改正朔、易服色，为礼教之大事也，不知公意下如何？"

"年前贾谊亦有此论，臣以为，此议不妥。秦奉颛顼历，尚水德，其源有自，汉家应守旧制不改。"

"然朕亦有不解处——四年间，律法屡易，如何历法便动不得？"

"历法，运祚所定，立朝之本也。汉家受命于天，尚水德，乃是应了高帝元年河决金堤①之象，应守正不改。且如今并无黄龙见，当罢此议。"

"那好，公孙臣之议，便交丞相府，予以驳回。"

议毕正事，文帝望望张苍，不禁叹道："公不愧为前朝柱下御

---

① 金堤，汉朝人称黄河大堤为金堤。

史，迄今仍直立如松。可惜你那弟子贾谊，不似你这般谨严。"

"贾谊才高，所言堪称百年之计，见识宏阔。其才在于远谋，而不在实务。"

"诚然。多日未见他，倒是常念之，容日后再说。"

张苍又道："朝中老臣凋零，厚重渐失，臣常以萧曹事自励。"

文帝便笑："公亦不输于萧曹多少。听人说起，你每逢休沐，便亲奉王陵夫人饮食？"

"然。当年王陵救臣于刀下，臣没齿不忘。逢休沐日，必先拜见王夫人，侍奉食毕，方敢归家。"

"公亦为厚重老臣，不逊于王陵，朕可以放心了。"

君臣议至掌灯时分，张苍方告辞，文帝起身相送，又推心置腹道："朕侥幸登大位，心甚不安。四年居上位，不敢放肆言笑，今日起，可稍为宽缓了。"

君臣两人相视一笑，于是揖别。此时，正满天星斗，未央宫各处灯火隐约，安谧无声。文帝不禁朝四下里望去，觉万里天下，似也有这般无边的安稳。

八

淮南谋反
自取辱

自文帝重用文法吏以来，审慎施政，果不负天下之望，一时内外谨严，四海清平。赋役既轻省，农家便安于劳作，天下渐渐就透出了清平的模样来。其间，虽有水旱之灾，却也不是大患。至此，秦末的兵燹遗祸，已无迹可寻。关中百二山河①，渐至复苏，几可称富庶之地了。

　　如此两年过去，风平浪静，太常署内，太史令竟无大事可书。

　　至文帝前元六年（前174年）新岁，长安入冬日，天气和暖，宛如春临，未央宫高墙内外，不意有桃花逆时盛放。后宫诸姬妾无不欢欣，都撺掇着慎夫人、尹姬，要去上林苑观赏花海。

　　两人便往宣室殿去，欲禀明文帝。不料到得宣室殿，却听宫人说："陛下往椒房殿去了。"

　　尹姬便迟疑，慎夫人却丝毫不惧，拉着尹姬衣袖道："你畏缩甚么？陛下在椒房殿，也无非看太子读书，你我前往，皇后必不会责备。"

　　于是两人转往椒房殿，见文帝果然在廊下。文帝正手持一册

---

① 百二山河，成语，喻山河险固之地。百二：意谓以二敌百。

古诗，于桃枝繁密处，指点幼子刘揖道："诗云，'桃之夭夭，灼灼其华'。所谓夭夭乃其盛，灼灼乃其艳。你今日读书，知其文，也须知其意。"

恰逢刘嫖回宫省亲，也坐在一处，便向文帝做了个鬼脸："父皇当皇弟不懂？当年五岁时，师傅便教我了。这诗还有'之子于归，宜其室家'①一句，父皇莫不是嫌我闹，想让我早些'于归'吧？"

窦后在一旁笑道："父皇教你'宜其室家'，有何不好？你自幼淘气到大，如今有了家室，要守妇道，不要再霸蛮。"

刘嫖故意道："古人说话，也是没道理，出嫁怎的就叫个'归'？莫非唯有夫家，才是我的家吗？我倒宁愿长住宫中，唯觉此处，父母兄弟都有，才是真的家室。"

文帝立即收起笑意："不可如此说，公主也须守礼法。"

刘嫖却扭脸不理，赌气道："我看那礼法，也是无道理，不过只为女子所设！"

一句话，惹得文帝大笑。窦后便嗔怪道："小女子，不可放肆！"

远处慎夫人望见，文帝正与儿女说笑，心中便踏实，拉了尹姬趋步上前，道了个万福，款语请道："近日天暖，冬十月桃花盛开，显是吉兆。妾等请往上林苑赏花，请皇后亦驾临。"

窦后见慎夫人、尹姬恭谨有礼，心中大慰，知是夫君调教得好，便随口道："桃花开了二度，未尝不是喜，去看看亦不妨。"

---

① 之子于归,宜其室家。见《诗经·周南·桃夭》,意为女子出嫁,夫妻和谐。

此语却点醒了文帝，当即放下书，望望满树桃花，容色便谨严起来。

几位妇人略感惊慌，一齐望住文帝，不知是哪句话违了上意。

文帝收回目光，环视诸人一眼，道："四时有序，尊卑有等。入冬桃花盛开，恐不是吉兆。人间若有失序，天也知道。"

慎夫人、尹姬不禁花容失色。窦后也感不安，默然片刻，方道："陛下常忧天下，我等妇人，当小心侍奉。赏花虽是寻常事，然于时不合，便不合礼数，若传到外间去，也是不妥。"

两嫔妃连忙双双跪下，请罪道："臣妾不明事理，望陛下宽恕。"

文帝这才释颜道："与尔等无干。上林苑就不要去了，且在此处赏玩，亦是大有意趣。朕有事，须召张丞相商议，这便先走了。"说罢，便唤涓人抬步辇过来，匆匆返回了宣室殿。

文帝到了殿中，立召丞相张苍来，询问道："今桃花违时，入冬而华，朕心十分不安。海内晏然已久，可否有变乱之象？"

张苍道："臣问过太史令，他观星象、问卜筮，似并无异象。只是……"说到后面半句，忽就迟疑起来。

"爱卿，有事但说无妨。既立柱下，唯求直言，朕将天下事托与你，正是看重你的忠直。"

"陛下如此说，臣愧不敢当。想那先帝、高后两朝，海内动荡，皆因诸侯王之故。今中国之地，诸侯王皆为同姓，本是同根，一脉相连，应无腹心之患。唯淮南王刘长，多行不法，着实堪忧。"

"哦！那刘长，总脱不去小儿气。淮南国情形，有何事令丞相担忧？"

"汉家治天下，不似秦时，并非郡县一统，而是郡国各半；一旦有事，若郡县瓦解，只望诸侯可为拱卫。然以淮南王所为，非但不能为臂膀，恐还将酿成祸端。"

文帝拂袖笑之："何至于！竖子恣意，不过是逞逞威风，他岂能有掀天的本事？"

张苍便伏地，恳切道："年前淮南王击杀辟阳侯，陛下未予惩戒。返国后，他目中便全无朝廷。此前曾有上书，请自置丞相，得陛下允准，下官也只得照准。今淮南国丞相严春，原是淮南王身边一个门客，曾为郎中，好武无文，只因是亲信，便拔作了执宰。"

文帝略感惊异，脱口道："原是一个郎中？朕常闻刘长埋怨，说朝中派去丞相不力，故而准他自选。不承想，竟是换成了自家门客！"

"此举令朝廷顿成盲聋，无由闻知淮南国事。今淮南情形，唯赖廷尉派出的游士，方可辗转探得。"

"哦？"

"事若仅于此，也就罢了。今淮南国自定法令，已不用汉法。淮南王出入警跸，擅自称制，私建黄屋金钺，与公然称帝已相去无几了。"

"此事，太后、太子及典客等，多怀忌惮，皆有言及，朕也并非一无所知。然淮南王僭越，不过就是这些花头，倒未曾闻说有反意。或是因少年脾性未改，好慕虚荣。"

张苍不由心中发急，亢声争辩道："陛下，淮南王年已过而立，岂是懵懂少年？既建黄屋、左纛，便只差一个自封帝号了，与赵佗当年又有何异？裂土另立，恐就在不旋踵间。"

文帝略略一惊，忙安抚张苍道："丞相勿急。刘长无知，岂能有赵佗那般心机？无非是好武少文，其性不羁，总还是淘气一路。"

"非也。淮南之地，乃昔之楚项王根柢，若一旦动荡，天下便不稳了。前朝之事可鉴，待事发，则无以收拾。陛下喜读《过秦论》，可还记得贾谊所言'前事不忘，后事之师'？"

文帝闻此言，不由得惊起，凭窗东望许久，方回首答道："丞相，此事我已知轻重，容我去信规劝。既然赵佗可以回心，那刘长也必知道理。"

数日后，文帝便有一道敕书发往寿春，其言甚殷，责备刘长骄恣太甚。

刘长阅过敕书，嗤之以鼻，反倒更激起怨愤之心，回书语多不逊，曰："大兄仁智，惜乎百僚心机难测，专事进谗。弟谨守淮南，唯谋图治，何以僭越之罪妄加之？大兄既信谗言，弟亦无话，愿弃国为布衣。吾母赵氏当年暴薨，蒙高帝怜之，归葬真定。弟可守墓真定，不与人争。"

文帝看罢刘长回书，弃于案头，恼怒道："这是甚么话！"于是又下敕书一道，急递往寿春，严词相劝，令刘长不得弃国。

隔日问安时，文帝特意携了太子刘启，同往长乐宫薄太后处，在太后座前，将刘长回书念了一遍。

时刘启年已十四岁，文武兼习，虎虎有生气。闻叔父刘长如此不恭，脱口便道："父皇，淮南王抗辞罔上，已显露不臣之心。当日便不该宽纵，应痛加贬抑，以免后患。"

薄太后也颇觉忧心："刘长年少时，得吕太后庇荫，骄纵无度，于今则更甚。僭越之罪若不问，天下效仿者将不止一二。"

文帝犹豫道："刘长所为，母后亦曾多次说起，然如何处置，我却颇费踌躇。"

薄太后不解道："不知恒儿有何难处？ 陈平、周勃尚敢除去惠帝诸子，你贵为天子，却为何惧怕一个诸侯王？"

文帝道："功臣当初诛杀惠帝诸子，乃有'白马之盟'为凭。今日若要我除去亲弟，实不能为。"

刘启却不以为然："父皇仁孝，恐为天下所议。 然叔父如此桀骜，他哪里会知恩？"

薄太后也劝道："恒儿，前有刘兴居之鉴，后有你百年后之忧，刘氏诸王中桀骜者，若不加以贬抑，便是遗祸来日。 那惠帝诸子，不过沾了些吕氏血脉，诸老臣便不能容，可见陈平、周勃所虑之远……"

如此商议多时，文帝仍难以决断。 此时，忽有长乐宫谒者来报："车骑将军薄昭来朝，向太后问安。"

薄太后便命宣进。 薄昭上得殿来，见三人在此聚议，颇觉诧异，便逐一揖礼过。

文帝望一眼薄昭，忽地想起，便拊掌笑起来，对薄昭道："舅父来得正好！ 淮南王称制，朝野多有怨言，今日我祖孙三人在此，正议起此事。 刘长不守孝悌，我却不能悖兄弟之情，不教而诛。 舅父可按我意，写一封谏书与刘长弟，严词训诫。"

刘启却摇摇头道："叔父无文，恐不是书信可劝回头的。"

文帝望一眼刘启，笑道："唯其如此，才令车骑将军执笔。"

在座诸人听了，方才恍然大悟，连声称善。

薄太后道："今有薄昭书信劝诫，若刘长仍不悟，便是他自寻无趣了。"

当下议定，文帝便与薄昭同返宣室殿，闭门垂帘，斟酌了半日。由薄昭执笔，将一封谏书写好。

此信起首，历数刘长擅杀列侯、自置官吏、"欲弃国"等不法之事，说皇帝待刘长甚厚，理应知恩，责备刘长"轻言恣行，身负谤名满天下，实非明智"。

而后，又列举刘长不孝、不贤、不义、不顺、无礼、不仁、不智、不祥等八大过失，称："此八者，危亡之路也，而大王行之。"

继之，薄昭又列举史上周公诛管叔、齐桓公杀其弟、秦始皇迁其母之事，以及刘兴居被诛之前鉴，喻意此类大义灭亲，亦可用于当今。刘长即便是皇亲，亦不可奢望法外开恩。目下淮南国藏匿逃亡之徒，委以重任，安插上下，朝廷于此无不尽知。

薄昭告诫道：若不改，朝廷将拘系你于官邸，淮南丞相以下皆论罪，你将奈何？势必逃不过"堕父大业，退为布衣，近臣皆伏法，为天下笑"的结局。

末尾，薄昭又殷殷劝谏刘长，曰："宜急改操行，上书谢罪，曰：'臣不幸早失先帝，少孤。吕氏之世，亦遭危难。陛下即位，臣恃宠骄横，行多不轨。今追念罪过，心中恐惧，伏地待诛不敢起。'皇帝闻之必喜。若行之迟疑，祸如发矢，不可追矣。"

刘长接此信，命长史为他一字一句念毕，心中便觉大不悦，知是文帝与薄昭串通好的。他薄昭一个车骑将军，如何有闲情费这番笔墨？分明是写了信来恐吓。不由就大骂："甚么'祸如发矢'！一个裙带将军，也想来吓人？"

思来想去，若就此低头，委曲求全，实是于心不甘。再说大兄既已有怨意，迟早也要事发，躲又能躲过几时？倒不如索性定下反计，免得束手就擒。

于是，刘长便不加理会，并未上书谢罪，只严令属官休得再张扬。一面便募集死士，筹划钱粮，往长安城内多布眼线，寻找内应。

文帝前元六年冬十一月，刘长果然说动了一个人——棘蒲侯柴武之子柴奇，愿参与起事，于是谋逆之事，便悄然发动。

刘长密令属下大夫谢但，率死士七十人潜入都中，见过柴奇，合谋起事。相约由谢但率死士，以大车四十辆装载兵器，运至长安以北的谷口（今陕西省淳化县西北）存放，并隐身于此处山中。

谷口这地方，就在当初陆贾隐居的九峻山之东，为泾水出山处，因此得名。此处天寒地荒，奇峰壁立，并无寻常民家，仅有一二高人在此隐居。起事人马、兵器藏于此，便是神鬼也难察觉。

且说那棘蒲侯柴武，为高帝时名将。早在沛公军西进咸阳途中，便率四千人投军，后屡有奇功。至文帝前元三年，仍贾余勇，亲率步骑五万余，荡平刘兴居之乱。

柴武此人，不独善战，于疆域大势亦有远见。文帝初即位时，便上书建言，力主发兵征南越、朝鲜。曰："南越、朝鲜，秦时皆内属为藩臣，后拥兵据险，观望谋叛。高帝时天下新定，人民小安，未再兴兵征讨。今陛下仁惠，安抚百姓，恩泽加于海内，民亦乐于用命，宜趁此时征讨逆臣，混一疆域。"

文帝虽知其所图宏大，然不愿多事，于是批复道："朕得此天子冕旒，实难胜任，尚顾不到外藩事。且兵者，凶器也。兴兵远征，即便如我所愿，耗费亦巨。得了些许声威，于百姓又何其远？先帝知不可使民劳烦，朕岂敢自以为能？今匈奴内侵，军吏疲累，边民亦无宁日，朕常为之心痛。今藩属不附我，可设烽燧，以固边防；结好通使，以宁边陲，便是有大功。发兵之事，勿再议。"

柴武见文帝不肯发兵，满心无奈，只得叹息而罢。

平定刘兴居归来，柴武终究是年事已高，不久即得病薨了。因他投汉较晚，并非楚怀王旧部，故按例未封谥号；其长子柴奇，亦未能袭侯。

柴奇彼时正在长安军中，怅然有所失，竟不顾亡父英名，与刘长勾搭起来，要谋"大事"。

刘长得此内应，只道是有天助，谋反之事便越发紧锣密鼓。适逢两边传递消息，需一个可靠之人，柴奇身边恰好有个"士伍"，名唤开章，可当此任。

但说那士伍又是何职？原来，按汉律，凡军吏有罪被夺爵者，便降为士卒，人称"士伍"。开章既被夺爵，自然也是失意之人，故愿为柴奇效命，一心盼望事成，也好封王封侯。

这日，开章得了柴奇授意，携密信独骑奔往寿春，告知刘长曰："欲成事，淮南国尚嫌力薄。前有刘兴居之鉴，望诸侯各国响应，势必落空。须南连闽越，北通匈奴，向两国借兵，共举大计。"

刘长得密信大喜，心中有了数，与开章数次密晤，饮宴甚欢。刘长见开章乖巧，可堪重用，便要留开章在身边，允诺为他娶妻成家，厚赐财物，加爵禄二千石。开章不意得此宠信，甚是高兴，便转投了淮南王麾下。

开章既不能返回，刘长便遣了一名使者，回报在长安的柴奇，知会他开章已留淮南。

岂料这使者行事不慎，过函谷关时，与关吏一语不合，竟破口大骂。 那关吏常年迎送文武诸臣过关，其中不乏位至公卿者，岂能忍一个诸侯使者辱骂，便喝令戍卒，将这使者绑了。 待搜出使者身上密信，方知淮南王要谋反，关吏大感惊恐，忙将使者押送京师。

这日朝会方散，文帝忽闻张释之急报此事，便命将那使者押上殿来。 文帝看过密信，亦是大惊，严词追问淮南使者，方知柴奇已为内应，在谷口藏好了兵器。

张释之闻之色变，急请道："陛下，事急矣！ 请捕淮南王入都。"

文帝也知事不宜迟，提笔正要拟诏令，却又搁下笔，叹息一声道："吕氏一朝，骨肉兄弟尽殁，仅存淮南王这一枝，实不忍加罪。"便与张释之商议，仅遣都中缉盗的长安尉，前往寿春，将开章捕回治罪，以儆效尤，其余人皆可不问。

数日之后，长安尉史步昌便率差役数人，飞骑入寿春见刘长，出示了文帝诏令，要捉拿开章。

刘长见此，猜疑是事已泄露，只得强作镇定，对史步昌道："前几日，确有此人来投，然孤王未便接纳，已不知去向。 足下且在驿馆歇息，待本王遣人搜寻。"

安顿好长安尉一行，刘长便急召原中尉简忌，商议如何应付。那简忌乃是刘长心腹，此前因处置藩事犯禁，廷尉府曾发文，令解送长安问罪。 刘长不肯交人，只罢去了简忌中尉职，谎称简忌已病重，将他保全了下来。

由此，简忌更是忠心事主。 听主公说起开章事，便不无担忧："长安尉，掌长安县缉盗，捕人无数。 若将开章藏匿寿春，哪里瞒得过他？"

刘长便问："若以重金赐予开章，令其远遁，何如？"

简忌摇头道："长安尉既来之，便有眼线四布，开章在寿春已是逃不脱了。若捕入都中，大王又如何能钳住他口？"

刘长便一惊："君之意，莫非要我杀开章灭口？"

"为保无事，唯此一途耳。"

"孤王欲举大事，却先杀壮士，怕是名声不好。"

"大王，那开章并非你旧属，无所谓恩义，杀之亦不足惜。欲成大事者，岂可效妇人之仁？"

刘长叹气道："也只得如此了！此事，便交给你去处置吧。"

简忌拱手领命道："臣今夜即带人将他诱出，一索子勒毙，趁夜葬入八公山下，便是鬼也寻他不到。"

"只是……惜哉此人！"

"臣得手之后，以上等棺衾殓之，也算他不枉死一回。"

刘长只得颔首允之。可怜那开章，新居住了才几日，便被简忌骗出活活勒毙，运往八公山下肥陵邑，草草葬了。

次日，史步昌又上殿来见刘长，催问开章下落。

刘长已做好了手脚，心中不慌，便谎称道："昨夜淮南长史带人，遍寻城邑，只是不见踪迹。长安尉若是不信，可亲自缉拿。"

那史步昌见多识广，心知有诈，便故作不急道："生不见人，死不见尸，若就此复命，恐今上要责怪。容下臣在此多住几日，顺便寻访。"

刘长见这长安尉实在难缠，便又与简忌商议。简忌献计道："可造个假墓，哄他说开章已病殁。人既殁，他也好复命了。"

刘长想想，似也再无甚好计，便应允了。于是遣人在寿春城外，匆匆起了一个假墓，四周遍植柏木，墓前竖一木牌，诈书之：

"开章死，葬此下。"

那史步昌寻人心切，正带领随从数人四处查问，忽有相府吏员报称："开章病亡，已葬于城外。"

一行人连忙随那相府吏员，赶到城外，果然见到有一新墓矗起。 史步昌立于墓前，初时惊愕，继而面露冷笑，问那吏员道："开章家人何在？"

吏员答道："已各自走散。"

史步昌便不再理会，只顾围着新坟打量，沉吟不语。

那吏员试探问道："需开棺验否？"

史步昌回首道："既不能复生，看又何益？"当日便入见刘长，称开章已死，只得回去销案。

刘长便哈哈大笑："难为足下了，奔波了这数日，竟是只觅得一个死人！ 想那开章，不过一夺爵士伍，能惹下甚么祸？ 即便拿住他，又能何如？"

史步昌也不作回应，草草道了谢，便退下殿去，回长安复命了。

此时，淮南国相严春也在侧，见史步昌走时面色不善，便请道："臣愿入朝，为大王辩白。"

刘长立时横了严春一眼，大怒道："有何区区事，须入朝辩白？ 你不是欲离我，去附那汉家朝廷吧？"

严春未料刘长因此发怒，连忙谢罪，再不敢提起此事。

再说史步昌还都后，入见丞相张苍，称淮南王藏匿开章不交，或已灭口。 其技甚拙，不问也可知。

张苍详询了捕人始末，只觉隐隐不安，唯恐淮南国生变，便匆忙去见文帝。

文帝听了禀报，沉吟片刻道："如此看来，淮南王确有谋逆之嫌；然其反迹并未露，如何能下诏问罪？"

张苍便回道："臣料他部署尚未备，否则长安尉赴寿春，他受惊吓，必反无疑。不如趁他未动，及早召他入都，下狱拘讯。"

"这当口，他还敢入都吗？"

"陛下这就宣召，他必措手不及，只能前来，想着敷衍一番，再返回淮南寻机起事。若今日不召，待他万事俱备，便召他不动了。"

文帝深以为然，当日便手书一道识令，遣人飞递寿春。

那刘长接了诏令，果不出张苍所料，顿觉进退两难。与严春、简忌等商议了一整夜，也议不出一条好计来，只得硬着头皮入都。

入朝当日，刘长率一众亲随，往赴北阙，请谒者通报入见。谒者见是刘长来，也未多话，返身便进了司马门去。不多时，忽有典客冯敬、廷尉张释之，自阙门之内阔步而来，身后紧随数十名彪悍差役。

刘长一行人望见，正在惊愕，只听冯敬喝令："左右，淮南王谋逆，有诏拿下！"

刘长不禁大怒，喝了一声："大胆！"拔剑便要拒捕。

淮南王随从数人，也都一齐凑拢，欲拔剑厮杀。

众差役哪容得此辈放肆，登时如狼似虎般扑来，抢起一张渔网，劈面撒开，将那刘长死死缠住。几人围拢将他扑倒，夺下了手中佩剑。

刘长哪里肯罢休，高声呼道："左右救我！"随行近侍数人，立时拔剑乱砍，与执棍差役厮杀成一团。北门甲士见了，也执戟一拥而上，上前助阵。

淮南王一行苦斗多时，奈何寡不敌众，皆被乱棍打翻在地，一并遭擒获。

刘长还想呼叫，早有差役拿了一团麻絮，猛塞入他口中。冯敬冷冷一笑，吩咐将人犯绑好，押上槛车，送往诏狱去。众差役便七手八脚，将刘长及随从都绑起，丢上车，拥着槛车走了。

此后旬日之间，由廷尉府左监亲率公差，飞骑四出，将淮南王案中要犯，如柴奇、简忌、谢但及淮南国相以下属官、徒党三百余人，全数捕获。

此次刘长入狱，因事涉谋反，便无王侯入狱的优待，直如寻常人犯一般，囚衣褴褛、饮食粗劣。自幼金枝玉叶的刘长，哪里受得住，只觉每日生不如死。

待到提审之日，文帝命丞相张苍、典客冯敬、廷尉张释之、宗正刘逸、中尉庐福五人，同堂会审。此时御史大夫仍空缺，冯敬参与审案，便是代行其职。

会审之初，诸臣先将柴奇、简忌、谢但、严春等人拷问一通。诸犯见事败露，抵赖亦无用，严刑之下，便先后都招了。所录证供，各个相契，坐实了刘长谋反。

这日轮到刘长提堂，众皂隶将他械系，挟至大堂跪下。只见那大堂北墙，乃是一幅《獬豸望日图》，气势甚壮。五张书案后，端坐着主审五大臣，其余官佐分坐两侧，极威严。

刘长见这排场，竟比那三堂会审还要威风，知是要问成大罪，便昂首质问道："诸君一向食汉禄，如此待先帝骨血，可忍心乎？"

冯敬见刘长猖狂，便一拍惊堂木，喝道："刘长，此处为诏狱大堂。我等五人，为主审，眼中并无王侯，唯有人犯！"

刘长不顾手足皆系桎梏，挣扎欲起，大骂道："你个微末裨将，何出此大言？ 我之入狱，不过兄弟反目。 若不是你这等奸佞讥谗，何至于此？ 食人禄者，当知报恩，似你等这般豺狗，谋害天子骨肉以图官爵，必为天所不容也！"

冯敬面色如铁，一字一顿道："我等按法问案，若有谋私，天亦不能容，不必你多费心。 倒是有一事疏忽了，《周礼》曾有言：凡囚者，王之同族仅枷手即可。 来人，去掉人犯足梏！"

众皂隶应声上前，取下了刘长足上枷锁。

刘长松了松双脚，正要开口，冯敬却手指一旁道："对簿之前，本官教你看几个人。"说罢便一挥手，命皂隶将柴奇、简忌、谢但三犯拖曳上来，委弃于地。

三人此前曾抵赖不招，皆用了大刑，鞭打杖笞之外，又上了夹棍，将足胫击碎。 十指亦刺入竹签，双手皆血肉模糊，惨不忍睹。

刘长抬眼看去，见往日部属遍体鳞伤，状如鬼魅，全无人形，足断已不能站起，不由就大惊，瞠目不能出言。

冯敬挥了挥手，命皂隶将几人押下，又转头向张释之，拱手一拜："张公请——"

张释之便整整冠服，高声道："人犯刘长，本官问案，关乎你生死，不得妄言。 先问你，开章下落何在？"

刘长低头想想，忽就将头一仰："开章是生是死，乃是部属擅自所为，与我有何干？"

张释之略一笑，瞥了一眼书佐。 那书佐会意，当即打开一卷供词，将简忌等人口供，逐一读出。 几人口供，相互吻合，皆招认：系奉淮南王之命，勒毙开章，起造假墓。

刘长立时大呼道："严刑之下，岂有实情？那简忌必是诬我！"

张释之便冷笑："正是简忌首供，他人佐证。"

刘长愕然，遂低头默然无语。张释之又问了几句，刘长只是坚不吐口。

张释之便命皂隶道："将淮南国相押上堂来！"

两名皂隶，便挟了严春上来。看那严春，衣衫尚整齐，似未受过大刑，上堂来望了刘长一眼，连忙低头。

张释之望住严春，问道："严犯，可有实情还未供出？"

严春一悚，嗫嚅道："下臣已全招了。"

张释之便猛拍惊堂木："诳语！淮南王僭越，那车舆黄盖，是何人置备？僭越左纛，系何人竖起？"

严春惊望张释之一眼，又掉头瞥了刘长一眼，战战兢兢道："下臣奉淮南王之命，权领此事。"

张释之立时怒道："逆天之事尚未供出，如何便说已全招？来人，抬出夹棍来，将此两人大刑伺候！"

众皂隶齐喝一声，立时将两副夹棍抬上，各夹住刘长、严春两人脚踝，绑紧绳索。

刘长挣扎道："诏命尚未废我王位，你等酷吏，岂可加刑于诸侯？"

张释之便冷笑："你也知刑不上大夫？天潢贵胄，固可免刑，然谋逆者除外。且教你开开眼界，看严春如何受刑。左右，使锤！"

一名剽悍皂隶便虎步上前，抡起石锤，连连砸向严春左踝上木棍。只听得严春惨呼数声，左踝骨当即碎裂。

那皂隶还要再击锤，严春只顾呼痛不止，几不欲生。 张释之不为所动，只厉声道："一足既废，再夹另一足！"

众皂隶立时拥上，撤下夹棍，夹上另一足。 严春忍痛不住，连连以头抢地，凄声大呼。

刘长在一旁看得汗如雨下。 待皂隶用刑完毕，严春双足皆断，人亦奄奄一息。

张释之此时一使眼色，那彪悍皂隶便略一转身，又抡圆了石锤，照准刘长足踝猛然一击。 此一击，那皂隶心中有数，并未用足十分力气，尚不至断足。 刘长却是吃不住痛，待第二锤刚刚落下，便双目一闭，高声呼道："罢手，罢手！ 孤王招了！"

张释之便微微一笑："早该如此！ 进得诏狱来，岂有侥幸? 左右，取下刑具来。"又回头吩咐书佐："所有口供，一字不漏，皆如实录下。"

那宗正刘逸，素好儒学，不忍见刘长惨苦之状，便开口劝道："淮南王，你身为宗室，却与那鸡狗之徒勾搭，图谋不轨，何其不智也！ 先帝若有知，谅也不会饶过。 今日会审，便不要抵赖了，或可求得活命。"

刘长情知罪责难逃，便俯首允诺，不再心怀侥幸。

问过一堂，张释之令刘长画押完毕，遂将供词收起，向张苍等人拱手拜过，便不再言语。

张苍见状，与冯敬耳语了一番。 冯敬便起身，环视左右皂隶，吩咐道："今日到此，明日再审，且押去狱仓看管。"

此后多日，五大臣连日提审，将谋逆前后事逐一审明。 凡有牵连者，皆缉捕到案，半月之内，竟有千余徒众锒铛入狱。

如此连审一月余，才将淮南王谋反案审结。 除谋反罪外，又坐实刘长擅立法令、不用汉法、建黄屋拟天子等僭越罪。查出刘长为纠合徒众，广纳天下亡命徒，共赦免死罪者十八人、应服徒刑者五十八人，并擅自赐爵九十四人。

此外还有各人供出，刘长有不敬之罪数件。张释之看过口供，也不禁微微蹙了蹙眉，便与刘长逐一对簿："人犯刘长，本官问你，此前你曾患病，今上心忧，专遣使者赴淮南探望，赐予你枣脯，你却负气不见使者，可有此事？"

"……有。"

"年前庐江郡内，曾有南海游民造反，朝廷发淮南士卒征讨。待事平，今上遣使者携绢帛五十匹，令你分赐劳苦士卒。你是如何作答的？"

"孤王不肯受赐，却推说：'军士无劳苦者。'彼时说此话，原为无心，以今日来看，实为大不敬。"

"有南海王织，上书皇帝并进献璧帛，你手下亲信简忌，竟敢将上书焚烧，不予上奏。朝廷得知，召简忌问罪，你却拒不遣送，谎称简忌已病，此事可是实？"

"孤王偏袒私属，确属妄为。"

"上述若无误，便是你供认不讳，可想好了？"

"在下愿画押。"

随后，书佐起身，递过呈堂证供，备好笔砚。刘长接过证供，略一浏览，便在末尾画下了十字花押。

问出如此之多不法情事，五大臣都极感震怒。审结后，诸臣议了半日，都以为应坐死罪。于是联衔会奏，将刘长罪状逐一列举，称："刘长当弃市，臣等请按法论处。"

文帝接了这奏章，却是大费踌躇，便命张武知会北阙谒者，今日概不见朝臣。 一人在宣室殿内室独坐，垂下帘幕，凭几沉思。

那刘长不羁之事，历来便有，文帝原并不疑他有反心，今日看了奏报，方知其谋已露端倪，或不出三年，便是刘兴居第二。 然则，若依了五大臣所请，处斩首弃市，则刘长毕竟未树反帜，猝然诛之，免不了要担上"兄弟不相容"的恶名，恐有非议。

如此一想，文帝便觉不安。 想自己登位以来，夙兴夜寐，只为在史上留个好名，若背负了同室操戈的恶名，岂非前功尽弃？然五大臣会奏，又不好断然驳回，驳回则必遭群臣哂笑。

辗转思之，正在进退两难之际，忽闻涓人来报："皇后前来问安。"

文帝连忙起身，迎进窦后。 窦后目力不济，由两个宫女搀扶，摸索着坐下，开口便道："听宣室殿宦者说起，陛下屏退左右，整日未出，臣妾甚感不安，前来问候。"

文帝轻叹一声，答道："无他，为刘长事耳。"

窦后这才松口气："哦——，也听启儿说过，这个皇弟，甚是不成器。"

文帝便道："岂止是不成器？ 竟是私藏兵器，要学那蚩尤造反了。"

窦后便是一惊："淮南王居然反了？"

"尚不至即刻发动，然于日前会审，已牵出与谋者有千余人。"遂将会奏所述罪状，说给了窦后听。

窦后面色便渐沉，喃喃道："启儿来日，怕是要多事。"

文帝执起窦后之手，安慰道："莫急。 五大臣会审已毕，有联名会奏，请斩刘长。"

窦后便一喜："那允了便是。"

"不可不可！我不欲负杀弟之名，只教他晓得利害便好。"

"那五大臣会奏，陛下将如何驳回？"

"我正是纠结此事，觉左右都甚为难。拟交给列侯、吏二千石以上者申议，留他一条活路。"

"只恐来日，终究是个孽。"

"皇后多虑了。废其王位，便可保无事。"

窦后半信半疑，只得听任文帝处置，叹口气道："那刘长自幼性刚，昔年在长乐宫，哪个敢惹他！便是废了他王位，也不知可安宁否？"

窦后离去后，文帝立即援笔，在会奏上批道："朕不忍按法处置，此案请交列侯、二千石吏申议。"

五大臣接到驳回诏旨，皆大惊。心想此次拷问，是用了大刑的，若不将刘长追死，来日若他复起，自家性命又怎可保全？

于是张苍便授意各人，先去游说列侯及百官，切勿宽纵刘长。众人都称善，当即分头拜访去了。

隔日，列侯、百官计有四十余人，齐聚丞相府，一时冠盖如云。就连德高望重的太仆夏侯婴，也以安车请来。张苍遂将联衔会奏拿出，当众念了一遍。果然，众臣立时大哗，誓要除去此逆，皆称应按法处置。

夏侯婴虽已白发满头，却是雄风犹存，怒气冲冲道："竖子！若非当年朝臣厌吕氏、怜赵姬，岂能有他生路？他侥幸活过来，便是今日这等模样！"

老将王恬启，亦手按剑柄，朗声叱道："当年吾辈随先帝，大小百余战，人死了不知多少，才换得这天下。今海内无事，才不过几日，却又出了这等孽子，焉能不杀？"

两老将言毕，满堂更是群情汹汹，难以平息。张苍与冯敬互望一眼，皆微露笑意。

待众臣议毕，张苍等五人便又领衔，联名上奏曰："臣张苍、冯敬等五人，谨与列侯、二千石吏夏侯婴等四十三人共议，皆曰：'刘长不遵法度，不听天子诏令，暗聚徒党及谋反者，厚养亡命之人，欲行不轨。'臣等议论，应按法处置。"

接到复议奏书，文帝又是一惊，心中疑惑：如何列侯、百官都不解上意？徘徊无计间，只得去与薄太后商议。

薄太后听了文帝讲述始末，不由笑了："恒儿如今也乖觉了，不愿负恶名。然张苍等人主审，严刑捶楚，先已做了恶人，自然不愿刘长活。那张苍执掌中枢、统领群臣，百官焉能不看他眼色？夏侯婴、王恬启等，乃百战老将，只知疾恶如仇，哪里能知你的苦衷？"

"母后所言，我亦知。然孝悌与否，百世后亦有议论。若将刘长论罪弃市，我实不能为！"

"刘长终究鲁莽无谋，留下一命，谅也无妨。你便照实下诏好了，勿再含糊。"

文帝知此事延宕不得，若激起朝野议论，便不好收拾。于是连夜批回道："朕不忍诛杀诸侯，赦刘长无罪，废其王。"

五大臣得此御批，都知事不可挽，相顾叹息了一回。张苍即对众人道："既如此，我辈当上奏，要将刘长远放，不可在京为庶民。否则，日久生变，他或缘势复起，我辈则死无葬身之地矣！"

那四人便都附和，张苍当即写下奏疏一道，曰："臣张苍等冒死进言，刘长有大死罪，陛下不愿以法处之，恩旨赦免，仅废王位。臣请将刘长远放蜀郡严道（今四川省荥经县），置于邮驿看管，其子、其子之母可随同。由县衙为其筑居室，供以食粮、薪柴、菜蔬、盐豉、炊具、席褥等，请陛下准予布告天下。"

文帝看过，知是五大臣心内不安，恐刘长再起，故而欲置刘长于绝境。原来，那蜀郡本就偏远，所谓"道"，略等于郡，更是蛮夷所居之地。彼处之邮传驿，可谓山穷水尽处了。将刘长置于此，不独起居不便，欲探听天下事，也是万难。日久天长，终将白首于荒野。

想到此，文帝心中暗赞，五大臣倒还晓事。然则，若就此准允，外间仍难免有议论，于是提笔批道："饮食为常例，日供给肉五斤、酒二斗，令其原所宠美人、才人十名随行。其余皆准。"

此诏一下，全案告结。五大臣又请旨，将与谋者近千人尽皆诛杀。其中柴奇、简忌及死士七十人等，既已涉入，倒是不冤；唯那充作属官的门客，即是曹掾、县吏、军士者流，也都受尽拷掠，一并斩首，确是过于酷烈了。

此案布告天下，四方轰动，朝野议论不休。不数日，由张苍授意，以黑幕蒙于车上，名曰"辒车"，遣送淮南王赴蜀。路上不遣专使护送，只责令沿路各县差役，依次递解。

刘长离京当日，袁盎看不过去，入朝谏言道："陛下素来骄纵淮南王，不为他置严师良相，以至于此。淮南王为人性刚，遣送路上，如何禁得起百般摧折？若途中遇风寒，恐将暴病而死，陛下则枉负杀弟之名。若是，将如之奈何？"

文帝被袁盎说中心事，不由就尴尬，忙辩白道："这般处置，就为令他尝些苦头，不日便可召回。"

袁盎见文帝不听，亦是无奈，只能叹息而退。

且说那袁盎所忧，并非无因。刘长自离京之日起，独自一人囚于辒车中，终日颠簸，不见天光。车上有封条，沿途无人敢开启。其余眷属皆囚于别车，不得见面。路上馆驿所供饮食，皆由侍者自小窗递入。押送者仅差役十数人，不独照顾不周，且多有言语呵斥。

随行家眷只是啼哭，差役听得不耐烦，口出恶言道："既有今日，何必当初。不要惹得差爷恼恨，抛你们在这荒郊野外！"侍者照看刘长稍有殷勤，便遭差役叱骂："没眼目的，还当是昨日光景，想讨赏吗？"

刘长自幼至长，从未遭过如此凌虐，自是羞愤异常。想到大兄骤然反目，原来并非纵容不问，只不过暂时忍下了而已，往时己之所为，也未免太过张狂。便心有悔意，对侍者叹道："谁谓尔等主公是勇者？我安能勇！往日为王，我因骄横之故，不知己过，终至厄运临头。我来这人间，方及廿五载，余生尚有大半。人生一世间，安能郁郁如此！"

车出长安旬日，刘长便万念俱灰，决意绝食。沿途所奉饮食，一概拒之，侍者苦劝亦无用。差役见了，非但不劝，反倒上前责骂："猪狗吗？需用人喂！饥渴他自会料理。"便将两三侍者都驱至队尾。

一连多日，凡馆驿供食，无人敢递入，刘长也不索要。如此不饮不食，再无声响。那递解差役，数十里一换，哪个想到要启封去看。又因人情炎凉，只想那废王何须关照，于是任由他去。

车马行至雍县（今陕西省宝鸡市凤翔区），县令闻淮南王过境，心存怜悯，便亲赴馆驿察看。闻说刘长已多日未进食，声息全无，便知不好，急令差役启封，登车去看。见刘长不知何时已活活饿毙，早没了气息！县令不由大惊，忙遣人飞报京师。

文帝闻报，一时也是呆了："如何尚未出三秦，人便已薨了！"当下哀痛大哭，整日不食，涓人都惊慌不知所措。

其时，袁盎正值守宫中，闻讯亦大惊，忙趋至宣室殿，顿首请罪："陛下辍食，微臣知晓得迟了，特来请罪。"

文帝便泣道："公有何罪？我悔不听公言，竟致淮南王中途暴亡。"

袁盎早有所料，然此时亦是无奈，只得劝道："陛下请自宽心。淮南王自弃，非他人之过。既成往事，岂可悔哉！"

文帝又叹道："骨肉兄弟，我不能保全，天下必有议论，如之奈何？"

袁盎知文帝心结，便劝慰道："非也，陛下有高行者三。此一事，不足以毁名。"

"哦？吾有高行者三，是为何事？"

"陛下在代国，太后患病，前后逾三年。陛下目不交睫、衣不解带以侍奉，汤药必亲尝而后进奉。此等孝行，即是孔门高徒曾参，以布衣之身犹难为，况乎陛下以王者为之？陛下之行，远过曾参矣！此乃其一。往昔诸吕肆虐，大臣被黜，陛下率近侍六乘，驰入险地。虽战国力士孟贲、夏育之勇，尚不及陛下，此为其二。陛下入都，至代邸休憩，西向让天子位者三，南向让天子位者二。上古高人许由，不受尧帝传位，仅为一让；陛下则五让天下，过许由者四，不亦高乎？此乃其三。"

文帝闻言，虽知这话不免近谀，然听起来终究顺耳，忙摆手道："吾岂敢与许由并论？"

袁盎又道："陛下迁淮南王于蜀郡，不过欲苦其心志。然放逐途中，有司守护不谨，竟致他亡故，错不在陛下，而在大臣。如此放逐，饥寒交并，布衣百姓尚不能忍，况淮南王乎？唯有斩丞相、御史以谢天下，或可服人。"

文帝闻言，心中有愧，涨红脸道："是我大意了，与彼辈无干。"于是不再哀戚，稍进饮食。

袁盎一番巧语，竟说得文帝释颜，涓人在一旁见了，无不称奇。消息传出，朝臣亦生感叹，袁盎由此名重朝廷，天下人亦尽知其善言事。

未及两日，文帝便有诏下，令廷尉将沿途解送役吏擒来，究其不启封供食、饿毙淮南王之罪，皆处以弃市。

张释之闻诏，心中一惊，知此举是为平息朝野之议，欲杀小吏而自清，也只得遵命。便派了曹掾数人，率公差一路西行，大张声势拿人，逮回处置。可怜那各县数十名役吏，虽眼见淮南王不食，又怎敢擅自启封？兼之世态炎凉下，皆不以废王死活为意，如此，竟都枉送了性命。

随后文帝又有诏下，命以列侯之礼，将刘长在雍县安葬，置民三十户守墓。原淮南国故地，尽数收归朝廷，复置郡县，由朝廷派遣官吏。

这一番处置，公卿百官看在眼里，无不知其中利害，虽有异议，亦无人敢言。各诸侯王闻听，也都心怀怵惕，轻易不敢再犯法。

后过了三年，文帝想起刘长，心生怜悯。知刘长尚有四子，皆不满十岁，流落于民间，便封了其长子刘安为阜陵侯，次子刘勃为安阳侯，三子刘赐为周阳侯，四子刘良为东成侯。待一一封毕，方才心安，料想天下当不致再有非议。

如此又过了四年，忽一日，文帝闻涓人说起，民间竟有歌谣传唱，哀淮南王之死。歌谣云：

一尺布，尚可缝；一斗粟，尚可舂；兄弟二人不能相容。

文帝听了，怔住半晌，继而叹息道："古之时，尧舜放逐骨肉，周公杀管蔡，天下皆称圣人。为何？不以私害公。天下之议，莫非怪我灭亲，是为夺淮南王之地耶？"

由是方知，天下仍有人耿耿于怀。因又想到，刘长既已亡故多年，还是优恤眷属为好，可以塞天下之口。于是下诏，令城阳王刘喜（刘章之子），徙至淮南故地为王，以撇清夺地嫌疑。又追谥刘长为淮南厉王，在寿春新置墓园，归葬于此，尊以诸侯礼仪。这些，皆为后话了。

待淮南王善后处置完毕，时已深冬。这日，文帝觉天寒，便披上狐裘，拥炉烤火。思前想后，心事终不能平，只觉没个人可做商量处，不由就想起贾谊来。

想那贾谊南迁，不觉已有三年。于今想起来，此人确为绝世之才，贬在江南僻远处，实是过苛了。那长沙卑湿地，长此以往，将如何熬过？莫如召回另行任用。于是次日，文帝便下了征书一道，征召贾谊入都，待诏另用。

征书传至临湘，贾谊心头就一亮，料是出头之日已至。便匆促收拾好行装，别了长沙王，携家眷仆从，欣然北归。

归路上寒意侵人，贾谊便打开箱笼，寻出文帝所赐白狐裘，披在小儿身上。一路沅湘景色，都顾不得看了，只想着召见时如何应对。过武关之北，天渐大寒，也只顾着冒雪赶路，不觉其苦。

旬日之间，便驰入长安了。

召见当日，正值冬至，文帝祭天归来，在宣室殿静坐养神。忽闻贾谊求见，心中就一喜，急忙下令宣进。

落座之后，文帝见贾谊英气依旧，便寒暄道："君在长沙，神色似更清雅。"

贾谊答道："拜山水之赐也。"

时隔三年，君臣面对，都似有千言万语要说，却又不知从何谈起。恰好文帝祭祀归来，正想着鬼神之事，便顺口问起："祭天方毕，朕恰在想：世上鬼神可有形乎？彼辈如何言语，如何起居，又居于何处？看世间之人，密如星斗，若都往生为鬼神，则天地间有何处可容下？如此等等，不知君有何见教？"

贾谊不意文帝问起这些，倒也触动兴致，便答道："人之所归，终是鬼神之地。然我辈凡人，岂能知鬼神所居？当是全然不同于凡间，或是至大无朋，或为缥缈无极，以常人揣度之，不可思议，不如存而信之。"

"哦？儒家便是如此看的吗？"

"正是。季路曾问孔子，如何事鬼神。孔子答：'未能事人，焉能事鬼？'便是此意。想那鬼神，有形或无形，凡人不可辨；然鬼神行事，当不至于逆人伦而行。天上人间，应为一理；人事既洽，鬼神亦当喜之。"

一番话，听得文帝入神，不由向前移席，赞叹道："君之所论，我闻所未闻，不妨尽兴说来。儒家看鬼神，似看作人间事，那么其余诸家，又做何论？"

贾谊一时兴起，侃侃而谈道："道家所言：鬼者，归也。人生天地之间，不过是寄生于此。死，便是归，这是洒脱一路。墨家则以为：鬼神之明智胜于圣人。 因那鬼神所秉，乃为天志；圣人或有违天志之时，鬼神则不会，此为敬鬼神一路。 法家虽未论及鬼神，然法家崇道，道乃鬼神之魂魄，即如小民所言：神明在上。 总之，诸家论鬼神，其说不一，讲起来，怕要讲上半日。"

文帝一笑："今日也无事，且从容讲来。"

贾谊便又侃侃而谈。 岂料这一讲，便从午后日斜，直讲到夜半。 一个滔滔不绝，一个屏息凝听，涓人将灯油添了又添，两人只是毫无倦意。

此情此景，即是史上极有名的一幕。 后世唐代诗人李商隐有《贾生》诗一首，说的便是此事：

> 宣室求贤访逐臣，贾生才调更无伦。
>
> 可怜夜半虚前席，不问苍生问鬼神。

那夜，贾生讲到口干舌燥，不意间抬眼望望窗外。 文帝这才想起，忙欠身去看莲花漏壶，方知时辰已近午夜，不觉就一笑。

贾谊会意，连忙起身告辞，行至殿门，却欲言又止。

文帝窥破他心思，便嘱道："先生今日累了，讲了这许多鬼神事。 至于凡间事，来日方长，你我尚有共话时。"

贾谊便施了大礼，由涓人引领，往北阙出宫。 行至御路，仰头望见北斗横斜，就有些恍惚。 想到贬谪三年，积了满腹的经世之策，这半夜晤谈，竟连一句也未说出，只得叹道："鬼神事，果然高于人间！"

送走贾谊，文帝方觉疲惫，便返回寝宫歇息，宦者忙侍奉入寝。 盥洗时，想起这一夕倾谈，不禁自语道："我久不见贾生，自认学问已过之。殊不料，今日仍不及他！"

后又多日，文帝只命贾谊待召，心中却翻覆不定，不知该如何任用他才好。想着贾谊气盛，未曾稍减，若留于朝中，仍将咄咄逼人，免不了又要惹出是非来。此等奇才放在身边，终究难以驾驭，不如仍从阴宾上之议，仅用其计，不用其人，以外放为宜。只是无须太远，不教他委屈就是。

恰在此时，文帝幼子刘揖那里，有个空缺。刘揖封梁王已多年，自幼喜读书，与其余皇子殊不同，素为文帝所爱。数年间，只苦于寻不到好师傅。

文帝想好，便召了贾谊来，面命道："小子刘揖为梁王，今方七岁，嗜书如命，日夜手不释卷。如此书痴，朕所未曾见也，甚喜之。我不欲他成大业，能安心读书便好。遍观天下，可为其师者，非君莫属。朕拟拜先生为师，不知意下如何？"

贾谊未料此次又是外放，心中就大不悦，只得强打起精神，领命道："陛下所托，乃有厚望于梁王，臣当尽职。"

"少子终究年幼，或有顽皮，有劳先生操心了。"

贾谊便苦笑道："陛下仁心，恐微臣劳累，然臣亦喜读书，不以王太傅之职为苦。"

文帝听出贾谊之意，便笑道："到了睢阳，仍可上书言事。"

此次二度外放，虽非僻远，贾谊心中仍觉郁郁，只叹当年独步朝堂之盛景，将不复再见。当夜回到馆驿，对妻说明缘由，贾妻亦大感失望，勉强笑道："他人做官，都知见机行事；独你入朝，则不辨利害，言人所不敢言，又岂能久留长安乎？"

贾谊闻此言，伤感不已，打发妻儿睡了，独坐寒室，拿起昔年赐物白狐裘，摩挲片刻，便折起放入箱笼中了。

如是，寒荒岁初时，贾谊又携家眷离京，心情与月前相比，恰有云泥之别。

好在抵梁都睢阳后，见刘揖果然聪明好学，心中方感宽解，便放下了许多愁绪，一心辅佐。稍有闲暇时，仍是浮想联翩、遐思万里。时不久，便写出一道万言书来。

这日，文帝正在宣室殿批阅文牍，忽见有贾谊自睢阳上书，竟有十余册之多，当即就一惊。检点字数，竟几近万字，便叹息一声道："贾生不悔，仍是执拗如故！"

浏览那疏文，见开篇即是危言警告：臣窃观天下大势，可为痛哭者一，可为流涕者二，可为长叹息者六，而其余背理而伤道者，则难以遍举。今之群臣进言者，皆曰天下已安已治，臣独以为不可出此言。所谓安且治者，非愚则谀，皆非事实。犹如抱火积薪之下而寝其上，火未及燃，即谓之安。方今之势，何异于此？本末颠倒，首尾不接，国制纷乱，非甚有纪，岂可谓治！

此节文字，如当头棒喝，震人心魄。文帝顿觉坐立不安，立即唤来谒者，令关闭司马门，不见朝臣。又命涓人燃起博山炉，焚香细读疏文。

此文所论天子与诸侯、汉与匈奴，以及礼教崩坏之世象，无不透辟。其文意，环环相扣，首尾相衔。文笔忽峻忽缓，如当面娓娓陈情，理既深邃，文采亦佳，书生意气不减当年。文帝读之，拍案再三，连涓人在旁也看得瞠目。

其文要旨，在于说破诸侯国弊端。贾谊写道：先帝建众多诸侯国，本为固天下之本，然而天下却少安，是何故也？皆因诸侯王幼弱时，汉家所置国相，尚能掌其国事；数年之后，诸侯王皆年至弱冠，血气方刚，封国之中属官，将遍置私人。如此，与淮南王、济北王又有何不同？ 此时欲为治安，虽尧舜亦不能矣。

疏文又云：高皇帝割膏腴之地，封诸臣为王，多者百余城，少者三四十县，恩德无比。 然其后十年之间，反者九起。 以高皇帝当初手段，尚不能保一岁之平安，陛下今日亦必不能也。

当今同姓诸王，虽名为臣，实皆似布衣兄弟，无不仿帝制而以天子自居，擅加爵于私人，赦逃亡者死罪，甚或建黄盖，不行汉法令。 朝廷有令不肯听，陛下召之又怎能来？ 即便来朝，法又怎能加罪？ 责罚一皇亲，天下诸王即汹汹而起。 陛下身边，虽有强悍如冯敬、张释之者，恐还未等张口，匕首已刺入其胸矣！

故疏者必危，亲者必乱。 异姓王恃强而动，以往高帝在时，朝廷侥幸胜之，却又不改制。 此后同姓王效仿而动，此伏彼起，祸乱之变未可预料。 陛下为明君，处之尚不能安，后世又将如之何？

为此，贾谊献计云：欲使天下治安，莫如多建诸侯国，而削其国力，国小则无邪心。 如此，可令海内之势畅通，如身之使臂，臂之使指，无不服从。 诸侯王不敢有异心，八方来朝，心服天子，彼国小民亦知安分守己。 当今之势，应分割诸侯封地，令齐、赵、楚各为若干国，使悼惠王、幽王、元王诸子孙，无论长幼，各分其祖地，地尽而止。

看到此处，文帝立时彻悟，心中豁然贯通，不由连连击掌。将这几册拣出，置于一旁。 接着拨亮火烛，又埋头看下去。

贾谊在文中，引了管子之语："礼义廉耻，是谓四维；四维不张，国乃灭亡。"由此而论道：秦灭四维，故而君臣乖张紊乱，奸人并起，万民离叛。 天下仅十三年，而社稷覆亡。 看今之汉家，四维犹未备也，故而奸人侥幸，众心疑惑。 宜早定规制，务使君君臣臣，上下有序；奸人无所侥幸，而群臣有信，心无疑惑。此业一定，世世常安，而后代亦有所遵循。若规制不定，则如渡江河而失桨楫，中流而遇风波，船必覆矣。

贾谊此论，可谓目光如炬；千古帝王业的要诀，皆在他的指画中。文末，更是披肝沥胆，直言道："安者非一日而安也，危者非一日而危也，皆以积累而渐然。君主所积累，无非礼、法两端，以礼义治臣民者，积礼义；以刑罚治臣民者，积刑罚。刑罚积而民怨恨，礼义积而民和善。百代以来，君主欲使民向善，其心皆同；而如何使民向善，则手段相异，或导之以德教，或驱之以法令。导之以德教者，德教洽而民气乐；驱之以法令者，法令苛而民风哀。哀乐之异，便是祸福报应也。"

通篇读罢，文帝如雷霆击顶，百窍皆通，拍案道："贾生大儒也，惜哉，惜哉！"便急遣涓人，去唤来太子刘启，将抽出的几册疏文交给他，嘱咐道："限你于今夜秉烛，彻夜读毕。明早，我要问你功课。"

太子刘启见父皇所授，乃是贾谊上书，心中就一凛，不敢怠慢，忙以双手捧好，诺诺而退。

次日朝食毕，刘启来见，文帝便问："阅此文，有何所思？"

刘启当即答道："昨夜读之再三，所论深邃，儿臣尚不能尽然领会，唯读到'疏者必危，亲者必乱'一语，则深感悚然。"

"正是。贾谊此疏，可为万世治安之策。今日，你将其余各册也拿去，抄录一遍，务求详解。"

"父皇，贾先生之论，既是切中要害，何不这便分割诸王之地，不使其渐成强干？"

文帝便叹息："不可。比如百年古槐，枝干虬结，匆促间不可尽除，否则必生变故，致天下动摇。"

刘启顿了顿，似有迟疑，接着又道："儿臣读此文，忽有奇想：秦时一统，天下皆为郡县，只因苛法而亡，故天下人都以郡县为非。陈胜起事之时，秦吏离心，郡县不能御敌，故又以分封诸侯为上，以为可成拱卫。然诸侯王无论同姓异姓，自春秋时起，至韩、彭、济北、淮南等王，无不为乱源，又谈何拱卫？以贾先生之意，要将那诸侯封地，分割至乡邑大小，方可称汉承秦制。如此，才得永绝祸患。"

文帝眼中便精光一闪，喜道："启儿是读懂了。只是……凡改制，务必渐行；猝然加之，乱必起自肘腋。你我父子，都不可操切。"

刘启不由略显失望："待此事安妥，莫非需百年之功？"

文帝摩挲案头简册，心不能平，慨叹道："以高帝之威，尚不能望天下尽归郡县；后世子孙，若百年能竟全功，便可称圣明了。"

"儿臣明白了。此策抄毕，儿当置于书架，时常翻检。"

"不然。其中平匈奴、建礼制两事，应属当务之急。尤以官民奢侈无度、尊卑无序、礼义不兴、廉耻不行等弊，虽暂无倾覆之危，亦属忧患，万不可放过了，你且去领会。"

刘启怀抱简册退下，文帝仍端坐案前，凝思良久，方轻叹了一声："百年后人，当谢贾生也！"随后，便唤来宦者，将案头拂拭干净，不留一丝痕迹。

九

薄昭获罪
饮鸩毒

文帝前元六年（前174年）初，关中初雪时，沉寂已久的匈奴，忽有大事发生。这日，自漠北来一使者，驰入长安，报称冒顿单于病亡，已由其子稽粥嗣位，号为老上单于。北使还携来老上单于亲笔信一封，求与汉家和亲。

那冒顿单于，乃匈奴一代雄主，为此前数百年间所未有。汉初时，曾于白登山围困高帝，后又以书信羞辱吕太后，猖狂不可一世。汉家势弱，用兵不成，唯有用娄敬所献之计，以和亲为羁縻，算是暂息了刀兵之祸。

然和亲亦不过权宜之计，匈奴强横依旧。此前高帝、吕后时，先后两次和亲，虽阻住了匈奴倾巢来犯，却阻不住胡骑常来犯边，惊扰塞上。

文帝看罢老上单于来信，暗自松了口气，却也忍不住略有伤感，遂好言安抚了北使一番，允诺和亲。满朝文武闻说冒顿薨了，则无不喜形于色，额手称庆。

不数日，宗正便在宗室中寻得一女子，由文帝下诏，许嫁与老上单于。古时皇帝之女称公主，诸侯王之女则称"翁主"。可怜这位翁主，年方及笄①，便要远嫁漠北，终生不得归宁。

说起那匈奴风俗，不独饮食起居与汉地不同，婚娶亦与汉俗相异。翁主嫁与单于，若其后于单于死，则须下嫁其子；子死，又须下嫁其孙。汉人闻此风俗，只觉匪夷所思。想那小女子远嫁万里，举目异俗，日夕思亲，不知该有何等凄凉！汉匈之争，汉家处下风，本是时势使然，无人能一举改观。此等重负，也只得由一弱女子来担起。

待选定了和亲女，内廷又选了一名宦者，名唤中行说，护送翁主前往，并命他留在北地为陪臣。中行说本为燕人，熟知北地荒凉之状，闻此消息大骇，哪里愿去？便借故家有老母，向典客冯敬求情，不肯就遣。

冯敬闻之，连忙禀告文帝。文帝略作沉吟，吩咐冯敬道："中行说生于朔方，为人还算老成，命他为陪臣，并无不妥。你去与他讲，此去漠北，事关天下安危，不得免行。"

冯敬便向中行说转述谕旨，中行说不敢违命，阴着脸，诺诺而退。

回到住处，中行说难以安睡，一整夜长吁短叹。待天明，即与同僚诉苦，恨恨道："朝中文武，个个都似有不世之才，如何临事却只遣我去？我虽是阉宦，亦有亲眷在，此去便终生不得归，悲乎哉！朝廷无义至此，便休怪我无情。待到了匈奴，我便助胡害汉，以抒此恨，左不过是个永不归汉。"

同僚听了，不禁咋舌，当即就有人密报冯敬。冯敬闻报不以

---

① 及笄(jī)，古代女子年满十五岁，可婚配，称"及笄"。出自《礼记·内则》。

为意，以为并非大事，只轻描淡写向文帝提起。 文帝也仅只一笑："他一个阉人，能有何大害？ 逞口舌之快而已。 北行艰难，选人不易，就随他去吧。"

且说老上单于继位不久，汉家情势究竟如何，心中尚不踏实，此次求和亲，无非是想试探。 见文帝慨然应允，汉家翁主旋即嫁来北庭，便觉脸上有光。 及至见了翁主，更是惊为天人，当即将翁主封为正室。 又在王庭龙城（今蒙古国鄂尔浑河西侧）摆下宴席，召来各部番王饮宴，大事庆贺了一番。

再看那中行说，既存了投靠之念，入匈奴后，自是八面玲珑，果然讨得老上单于喜欢。 单于闲来无事，便唤他一同宴饮，听他说些汉家事情。 日久，中行说索性剖白心迹，表明了投胡效命之意。 老上单于喜出望外，当即应允，收他做了身边谋臣。

中行说骤登大贵，心中更恨汉家君臣无情，便倾尽心思为单于献计，一心要强胡弱汉。

老上单于听他说得多了，不禁有些心疑，笑道："爱卿嘴巧，将汉家说得如此不堪。 吾之臣民，却是以汉家为贵，南来一丝一缕，皆视为宝物呢！"

中行说连忙叩首道："匈奴距汉地千里，唯闻其好，不知其弊。 小臣为汉人，汉地习俗，自幼熟之，方知其弊在骨。"

"哦？ 汉匈两家，虽是各有短长，然汉家衣食器皿等，凡日常所用，确是远胜我匈奴，此乃有目共睹也。"

"不然。 小臣以为，若以基业而论，匈奴所成，倒是远胜汉家许多。"

"这又从何说起？"

"匈奴人口寡少，不及汉家一郡之众，却能独霸一方，与汉家相抗。此等雄才大略，可是汉天子能及的吗？"

"哈哈！说得不错，然汉家物产到底是丰盛，匈奴哪里能及？"

"臣却以为：匈奴人少，衣食易足，不必仰给于汉家，此即为匈奴之长。小臣来此，闻听单于得汉物则喜，愿变俗而随之，倒是大出意料了，此恐非吉兆。"

老上单于闻言便一惊，敛衽坐直道："这有何不吉？且为我说来。"

中行说此时已换了匈奴衣冠，便整了整胡服答道："上有所好，下必甚焉。单于喜汉物，臣民则无不私心慕汉。那汉家物产，确是丰盛，略施与匈奴一二，匈奴之民便感激不尽。岁久，民心必然向汉。若遇两家交兵，恐将相率降汉，背主求荣，则大王又将何以存身？小臣实为大王担忧。"

单于听得浑身一震，仰头想想，觉此言甚有道理。

中行说见单于面露犹疑，便趁机进言道："小臣斗胆进谏，大王可弃汉物不用，诸事以匈奴为本，以媚汉为卑，则臣民必定效法，傲然自信，无可摇撼。匈奴基业，方可稳立于北庭。"

老上单于自幼便慕汉物，所穿衣袍，皆为汉家缯帛制成。闻听中行说之言，不由摩挲身上袍服良久，不能决断，便劝勉了几句，命中行说暂且退下，另召左右大都尉、大当户、骨都侯、大且渠等文武诸臣前来商议。

那匈奴诸大臣，年纪阅历各不相同，对中行说之言或赞或贬，一时争执不下。老上单于见此，也不勉强，便将此事搁置一旁。此后，仍是贪恋汉物华美，不肯弃之。

中行说见匈奴君臣不听进言，便心生一计。一日，趁单于与诸臣在穹庐毡帐议事，中行说特地穿上缯帛之衣，骑马跃入荆丛，狂奔了一回。身上缯帛，旋即为荆棘所裂，成一身褴褛状。而后，下马返回毡帐，手指破衣道："此即汉物，实无用也！"言毕，又换了毡裘穿上，复往荆棘丛中疾驰一回，返回帐内，谓诸臣道："汉家缯帛华而不实，远不及匈奴毡裘耐用，高下优劣，为诸君今日所亲见。诸君本应自信，缘何要弃己之长，用人之短？"

单于帐中大臣见此，皆惊异不止。老上单于也有所心动，笑对诸臣道："中行说原为汉人，深知其弊，众爱卿今日可看清了？"

于此之后，匈奴一众达官贵人，果然都换回了本国衣服，不再以汉家缯帛为贵。

中行说又对匈奴诸臣道："汉家食物，寡淡无味，远不如畜肉酪浆味美。"每与诸臣饮宴，见有汉家酒菜端上，则令侍者撤下，换上匈奴食物，方肯用饭。

匈奴诸臣见了，皆曰："中行说身为汉人，犹厌汉习，可见汉家之物实在平常，不足取也。"

见匈奴君臣已渐弃汉俗，中行说心中暗喜，更教单于近臣如何计算数目，将那各部人口、牲畜等造册厘清。那匈奴施政，原本粗陋，自他这一番调教后，渐也有序起来。

老上单于得了这个降臣，大喜过望，将他视为至宝。此后凡有汉使来，便命中行说亦参与应对。

彼时一般汉使，自恃从上国来，往往托大，见匈奴风俗鄙陋、物产贫瘠，不免都要讥笑一番。匈奴诸臣寡闻少见，不知该如何应对，唯中行说敢于出头辩驳，振振有词。

一日，有汉使携礼物前来拜问单于，匈奴诸臣与之饮宴。席间，汉使饮酒多了，谈及匈奴习俗轻老，讥笑道："吾中国，皆知孝悌之义。下臣今至龙城，惊见胡俗轻老，民间以老为贱、以少为贵，不知所本为何？"

中行说闻言大为不忿，立即辩驳道："汉人年年出官差，戍边筑城。出行者，皆为少年；哪次不是父老节衣缩食，以供子弟？这便不是轻老了吗？"

那汉使未料遭此驳难，一时语塞，少顷才答道："戍边者，系苦差也，岂能令老弱前往？这便是汉俗尊老之故。"

那中行说不依不饶，当即反驳道："听君所言，原来也不糊涂！匈奴立国，与汉家大不相同，素以攻战为上，从未有一言求和。想那耆老之辈，如何能战？须以少壮出战，衣食从优，方能无往而不胜。汉使若不信，可记否：当年冒顿单于，还曾险些擒住了高皇帝。下臣以为，无论何地之俗，皆须顺势。汉使少见多怪，岂能诬言匈奴轻老？"

匈奴诸臣闻此言，皆大笑不止。那汉使脸面上难堪，不由怒气陡生，离席而起，戟指中行说面孔，叱道："你知悉胡俗，才得几日？我问你，匈奴父子亲眷，竟同卧一穹庐中，不避长幼，已是骇人至极。且父死，子居然可娶后母为妻；兄弟死，则可娶兄弟之妻。逆伦至此，还敢说不足为奇吗？"

中行说也愤然立起道："贵邦孔子曰，'以道事君，不可则止'。此言足下可闻知否？足下为汉天子使臣，出使王庭，只知以汉俗为正道。然今日所论，为匈奴风俗，当以匈奴之道为上。按胡俗，父子兄弟死后，妻若他嫁，便成绝种；不如自娶之，以保全一家一姓。故而胡俗虽不同于汉家，却可保种姓不衰。"

汉使仰头笑道："荒唐甚矣！伦常者，天地之纲纪也。闻足下之言，乱伦竟也有道理，无怪足下有如此面皮，要弃祖宗衣冠于不顾了！"

中行说轻蔑一笑，回驳道："看足下面貌，似曾读过书，可知那祖宗衣冠，也须名实相副？ 尔等汉家君臣，历来侈谈伦理，然自上而下，哪一家不是宗族疏离，各怀私心？ 至于骨肉相残者，屡见不鲜，数次耸动天下，我便不指名道姓了，免得你面皮上不好看。 如此有名无实，便等同欺世盗名。 料你见得多了，也是心知肚明，只不敢说一句实话。 伪善若此，譬如小人，还有何胆气，敢来匈奴地面自夸呢！"

"咄！ 无礼无义，便是树木无皮。 汉家虽兵弱，却是地广人稠； 匈奴兵强，反倒屈居一隅。 何也？ 礼义不兴焉！ 某愚钝不才，看不懂足下行事。 只不知，你满腹心机，却为何要弃礼义而图小利，认他人作父？ 如此苟且，恐只为偷生，还谈何保全种姓？"

"足下口不离礼义，貌似明理，然则何为礼义，可否简明以示之？ 吾闻君臣之礼，简明而后可行；看你那汉家礼仪，繁文缛节，有何益处？ 究其实，君不知如何为君，臣亦不知如何为臣，唯知上下相害，内外相杀。 高皇帝以来相杀事，还看得少吗？"

汉使不由气极，斥责道："妄言！ 中国为足下父母之邦，即便降了外藩，亦应知恩。 如此诋毁家邦，无乃禽兽乎？"

闻汉使此话，中行说被登时激怒，抽出佩剑来，直指汉使道："足下来王庭，不过是一弱国使者，屈膝来朝，休得在此指手画脚。 且将你所携礼物，检点清楚，博得单于欢心就好。 若不合单于之意，便要小心，待秋高马肥，或将有胡骑数万越境，踏破你那关中老巢！"

汉使见中行说变了脸，心中到底是胆怯，只得住了口。 旁观的匈奴诸臣，见汉使辩不过中行说，都喜笑颜开，端起酒先敬中行说，后又敬汉使，转圜了几句，将场面圆了下来。

事后，有大臣将论辩始末，禀报了老上单于。单于亦是满心高兴，待汉使也益发傲慢起来。

且说自高帝和亲以来，汉家皇帝写给匈奴单于的书信，历来竹简长一尺一寸，抬头写"皇帝敬问匈奴大单于无恙"。彼时单于回书，并无一定之规。此次中行说舌战汉使，挫了汉家锐气，便趁机向单于建言，回书亦应有规制，务必扬匈奴之威。

老上单于欣然采纳，此次回汉皇帝书，便是简长一尺二寸，故意压汉家一头；抬头则写"天地所生、日月所置匈奴大单于，敬问汉皇帝无恙"，一派居高临下口吻。信末所用印鉴，也比汉皇帝玉玺略大。

那汉使携书信回朝，文帝看见书信制式，心中一惊，急问使者缘由。使者便将中行说狡辩之言，复述了一遍。

文帝细细听了，愁云便上了眉头，悔不该遣中行说北上。心知是老上单于新立，有意立威，既谋得和亲，便没了顾忌。如今受了中行说怂恿，立显出霸道来，或将兴兵犯边也未可知。

此后数日，文帝召来张苍、冯敬等人，数度商议，却也没个主张。张苍便道："臣闻贾谊近日上书，曾论及匈奴事，不知可否有高明之计？"

文帝摇头苦笑道："书生之见，从来恢宏，所论虽有远虑，却难以救急。事既至此，只得谕令边关各郡守，要小心防备才好。"

诸臣退下后，文帝又取出贾谊的奏疏来，重读论及匈奴之语，只觉得句句锥心——

奏疏曰："陛下何忍以帝皇之名号，而为戎人诸侯？势既屈辱，且祸患不息，长此以往，何时方为尽头？ 为陛下出谋者，皆自以为是，不通谋略，无才无能甚矣！ 臣看那匈奴之众，不过汉地一大县；以我天下之大，困于一县之众，下臣甚为执事大臣羞之。

"陛下何不试以微臣掌外藩之事，以主宰匈奴？ 行臣之'三表''五饵'计谋，必绳系单于之颈而扼其喉，降伏中行说而笞其背，令匈奴之众唯天子是从。 今日汉君臣，不猎敌骑而猎猪羊，不搏贼寇而搏狐兔，贪小乐而不思大患，天下又何以能安？ 君王若有威德，德可远施，威可远加，而今数百里外威德便不行，汉家可为流涕者此也。"

放下简册，文帝想想心伤，果真就落下泪来，喃喃道："岂是执事大臣之羞？ 乃吾无能之羞也。 然则，欲系单于之颈、笞中行说之背，又谈何容易……"

既是无计可施，此事便只好搁下。 自此边地各郡，都严命官民谨慎行事，不敢轻易触怒匈奴。

且说文帝这边小心翼翼，匈奴老上单于那边，凑巧也无暇旁顾。 于是，两下里好歹无事。

白衣苍狗，岁月更替，堪堪已至前元十年（前 170 年）。 这一年，海内清平，边地亦无大事发生。 汉家君臣，这才放下心来。

这年入冬，文帝率文武诸臣及禁军，再次巡幸甘泉宫，以慰勉军民，威慑匈奴。 临行前，命国舅、车骑将军薄昭留守京师。

北巡一路，照例是郡县迎送，百姓夹道观望，倒也平顺。 却不料文帝在外时，朝中却出了一件非常之事。

事情缘起，乃是文帝入住甘泉宫后，遣一使者返京，通报薄昭。 不巧那使者与薄昭素有嫌隙，言语之间，触怒了薄昭。 薄昭本就对此人怀恨，见他顶撞，更怒不可遏，当场拔出剑来，竟将那使者一剑砍死。

薄昭身为外戚，又立过大功，拜为车骑将军后，位高权重，深得宠信，日久便跋扈起来。 拔剑杀使者之时，只道是杀了一个仆从，全不顾使者乃是天子所遣。

那使者被杀后，薄昭遣人知会了新任中尉周舍，就算了事，其余则全然不顾。 中尉负有京师治安之责，闻报大惊，一边急赴薄邸处置，一边遣人急报文帝。

消息传开，长安城内议论纷起，官民都大感不平，觉薄昭目无法纪过甚。 虽是国舅，此罪亦不容赦，故而都想看天子如何处置。

文帝在甘泉宫得了消息，果然震怒，想到近年用张苍为相，便是欲使天下人都知守法。 薄昭既为外戚，本应格外谨慎，岂料他竟敢擅杀帝使，令天子颜面扫地。 若杀的是自家奴仆，倒也罢了，可敷衍过去；然擅杀朝使却是闻所未闻，天下人无不瞩目，想要袒护也难。 若一旦赦免，则皇亲国戚都没了禁忌，哪个还肯听驾驭？

文帝默默无语三日，晨起又读《治安策》，忽想到诸吕作乱事，心中就一凛，便欲下令诛杀薄昭，以绝后患。 然转念一想：若按法处死薄昭，母后那里，又该如何交代？ 若母后不允，此事便成大尴尬，倒要教天下人看笑话了。

如此延宕多日，文帝与张苍等人商议再三，仍是觉薄昭专擅，已不可忍，不杀不足以服人心。

文帝对诸臣道："诸君之意既如此，便可逮薄昭入狱，按法处置。 天子之尊，在于法令畅行，朕登位已逾十年，尚有如此公然犯法者，是可忍，孰不可忍！"

张苍却略有担心："按法加罪，于理不谬，然太后颜面亦须顾及。 可在问罪之后，请太后恩旨赦免。"

文帝便低头沉思，片刻后，昂首断然道："不可，此罪不可纵容。 环顾海内，各处已无半个枭雄，唯薄昭一人跋扈异常。 诛薄昭，乃是昭示天下，外戚犯法亦不可免，要教那诸王、列侯看了，都心存畏惧。 如此，朕即使百年之后，也无须担忧太子安危了。"

冯敬想到薄昭功劳，心有不忍，便犹豫道："杀与不杀，利弊倒也分明，只是其中缘由，万不能公之于世。 薄将军当初有大功，世人皆知，今日断然诛杀，须得有个说法。"

文帝猛一拂袖道："诸君不必过虑，既决意诛之，朕自有办法，诸君听命便是。"

当下君臣议毕，文帝便立即遣使返长安，命中尉周舍将薄昭软禁在家，不许外出一步。

再说那薄昭，平日里跋扈惯了，杀个使者，本不以为意。 忽一日清晨，司阍奔入惊道："中尉带了兵卒来，将府邸团团围住！"

薄昭这才知大事不好，欲出门去看，却被兵卒横戟阻住："侯爷止步！ 奉诏令，无论贵府何人，皆不得出。"

薄昭眦目大怒："诏令？ 我犯了何罪，竟不得出家门！ 今上乃我甥儿，我还怕他不成？ 且把诏令与我看。"

话音未落，便有大队兵卒一拥而上，挺戟逼住府门。 一校尉跨步揖礼道："轵侯且息怒，诏令昨夜送至中尉衙署，令侯爷在家待罪。 我等奉命来此，未有中尉口谕，不敢放行。"

"中尉？ 好，你教那周舍来说话！"

“中尉周舍有令，不见轵侯，恕下官不能从命。”

“甚么？……我府中仆从，可否出入？”

“亦不可。”

“笑话！莫非有诏，欲令我全家饿死？”

“贵府所用食蔬，皆由我等代买。”

薄昭与兵卒起了争执，巷中有人闻声，都跑了出来，远远围住了看。那校尉便劝薄昭道：“以侯爷之尊，天下无双。诏令无非是禁出入，并无其他。待天子返回，侯爷便可知分晓。若一味为难下官，倒教那闲人看笑话了。”

薄昭想想也有道理，便哼了一声，拂袖而退。心中也知，定是擅杀触怒了甥儿。回到内室，忙唤了家老来，令他翻墙出去，往长乐宫薄太后处告急。

家老领命，便搬了梯子登墙窥看，但见墙外各处，均有军卒把守，四面围得水泄不通，哪里还能出得去？

听了家老回报，薄昭这才知事情闹大，登时汗流浃背，挥退了家老，独自瘫倚于几上。

想想这个使者，不过是内廷一个郎官，而非功臣贵戚，即便失手杀了，甥儿又何必动怒？看来刘恒这小儿，早不似当初了，近来尤重文法吏，区区小事，就如此作势，莫非有意给天下人看？若是如此，则夺爵削邑恐是难免了。

想到此，薄昭就叹气，心中暗道：“不承想逞一时之快，却惹了如此大祸。只得待甥儿返归，请阿姊来裁断。好在我有拥立之功，小子也不至无情过甚，到时辩白数语，或许就可解脱了。”

如此一想，薄昭心中渐渐释然，便不再烦恼了。既不能出入，且随他去，转而命仆人将窖藏的好酒取出，终日狂饮，不再过问门外事。

如此挨过旬日，阖府老少都望眼欲穿，忽一日见兵卒加多，脸上煞气更重，便猜想天子或已还都。未料，不见有谕旨下来，却有蹊跷事发生。

这日清晨，薄邸门前忽然人声喧嚷，车马辐辏，有二十余位公卿联翩而来，上门拜访。为首者乃是丞相张苍，其余为九卿及次卿等。

薄昭被软禁数日，却好似过了几年，如今见了众公卿，心中略一松，忙将诸人迎入正堂，依主宾坐下。

张苍略整整衣冠，环顾座中，特意扫了一眼冯敬。冯敬便会意，向薄昭拜道："多日不见将军，诸人皆想念。今日来，只为叙旧，要与将军畅饮一回。"

薄昭心中疑惑，不知公卿造访是何用意，然冠盖满门，脸面上终究有光，便欲吩咐下人去备酒菜。

冯敬却伸臂拦住，笑道："将军少安毋躁，贵府近日有所不便，我等也都尽知，自带了酒菜来，吩咐庖厨分好便是。"

薄昭闻此言，不觉一怔，望望诸人神色，觉各个虚实莫测，心下就更茫然。

少顷，薄邸仆人将酒菜端上，众人便举杯祝酒，互叙旧谊。薄昭终究是聪明，知众公卿此来，绝非无意，定是与擅杀一事有关，便故意将话头引至诛吕往事上，也好摆摆功劳。

当年谋划诛吕，张苍曾参与其事，亲见许多细事，不为外人所知，此时在酒席上讲出来，众人都听得仔细。讲到北军当年入宫，众人便想到刘兴居下场，都唏嘘不止。

冯敬此时忽然道："城阳王、济北王两兄弟，当日固然神勇；

然薄将军冒险入都，劝今上登位，亦是功不可没。我等诸人，当敬一杯。"

众人便纷纷祝酒，满座一派喧哗。

薄昭不由面露得意之色，嘴上却只是谦让："诸公是我前辈，迎今上登位，皆有大功。下官区区之劳，何足道哉！"

如此酒过三巡，张苍放下酒杯，忽然语气苍凉道："当年诸吕猖獗，外戚干政，我等舍命诛尽鼠辈，乃是为延汉祚。幸而事成，迎来今上入主大统，汉家方得重生。殷鉴不远，不容轻忽。我等既为股肱之臣，当力护法统，不可坏了纲纪。若纲纪崩解，即使朝中遍布文法吏，亦禁制不住，难挽颓局。"

这一番话，说得众人感慨，都纷纷附和。

薄昭却听得心惊，面露尴尬，连忙敷衍道："张丞相自秦入汉，声名远播，为当今汉家之栋梁。有丞相在，汉纲纪便在，我等都省去了许多心思。"

"也不尽然。设若上无明君，则虽有能臣万千，也难以治天下。韩非子曰：'人主者，以刑、德制臣也。'今上用老臣为相，无他，就是看重老臣这用刑之才。"

廷尉张释之在座中，此前一直未语，此时忽地站起，向张苍一揖，赞同道："丞相说得是。为臣之道，德不能薄；为政之道，刑不能弱。善用刑者，不在严苛，而在持平；若刑不上大夫，则何以指望治平天下？"

众人闻此言，都纷纷拊掌叫好。

薄昭闻此言不善，气血便涌上头来，正要开口，忽见张释之掉转头来，略施一揖，双目炯炯道："薄公身为皇亲，又有迎立之功，在下唯有钦敬。然刑法昭然，功罪不能相抵。吾闻薄公近日擅杀帝使，触犯汉法，此事不可敷衍，公当自裁以谢天下！"

薄昭大惊失色，未及对答，张苍、冯敬等人便一齐起身，向薄昭揖礼。张苍更是语声铿然道："张廷尉所言，乃是我等欲谏薄公之言。足下擅杀帝使，失尽朝廷颜面，天下四方，无不议论汹汹。今上顾及骨肉之情，不便处置，薄公却不应置若罔闻。老臣也以为，汉家异于暴秦，全在于律法持平。若薄公惜命，以外戚之身侥幸脱罪，则天下臣民怎能心服？法既不平，国祚又谈何万代？恐在我辈手中，便要烟消云散了。"

冯敬也紧追了一句："薄公，事已至此，神人也不可挽回。还请公尽早了断，万勿随济北、淮南之后，为宗室之耻。"

薄昭心下这才明白，原来众公卿上门，是来催命的。当下脸色大变，环指座中人，愤然道："我道诸公清闲，前来小叙，却不料是各怀心机。我薄某当不当死，诸公恐是说了不算，只看今上之意裁断。以往天子曾杀侄杀弟，今又欲杀母舅，自是不怪，然也须他亲下诏令。我薄氏一门，与刘氏根脉相系，不可谓两姓。今上素有孝悌之名，今日事，就看他敢不敢再次杀亲了！"言毕便一甩袖坐下，闭目不语。

张苍等人闻言无不骇然，见事成僵局，只好复又坐下，在一旁婉言相劝。

薄昭心中恼恨，任凭众人千言万语，只是纹丝不动。

众公卿面面相觑，自觉没趣，只得纷纷起身，向薄昭道别，相率出了薄邸。

且说文帝在未央宫坐等回音，见诸臣沮丧而归，知是薄昭并未就范，便请众人坐下，慢慢道来。听了诸臣禀报，略一沉思，便道："不急。诸君且去歇息。"当下挥退众人，唯留下张苍，吩咐道："有劳丞相赴长乐宫，将薄昭事始末，说与太后听。 其余诸事，朕自有主张。"

张苍领命，便转赴长乐宫，求见薄太后。

薄太后此时，正在长信殿闭目养神，闻听张苍求见，心中就一惊。 待得张苍进来，劈面便发问道："丞相，今日如何是你来？"

张苍不由得怔住，不知该如何作答。 原来，自薄太后患了目疾，文帝每日必来问安，亲奉羹饭。 然此次自甘泉宫返回，却是一连数日不来。 薄太后不知出了何事，正在揣测，忽闻张苍前来，自然有此一问。

察觉张苍神色惶然，薄太后便一笑："吾儿每日问安，多年不辍。 这几日倒是蹊跷，竟是不来了。"

张苍这才猛省，立即悟到文帝用意，便将薄昭擅杀朝使事始末，对薄太后细述了一遍。

薄太后听罢，亦是大惊："前者听到涓人偶语，知薄昭干犯法纪，却不料竟是此等大事！"

"薄昭擅杀朝使，史上所无。 如今朝野尽知，诸臣也无力为他掩盖。"

"按汉法，薄昭该当何罪？"

"此乃'故杀'之罪，按律当斩。"

"啊！ 可否减死论罪？"

"不可。 此非失手误杀，亦不涉奸情、无关亲仇，故不可减罪。"

"皇帝又是何意？"

"今上并未下诏，只令微臣禀告太后。"

"可要讨哀家旨意吗？"

"今上并未明言。"

"唔——"薄太后心中立时雪亮，知文帝已有了决断，要拿薄昭来祭刀。

数年来，文帝重用文法吏，重振纲纪，内外都有赞声。薄太后虽身居深宫，亦常有耳闻，人前人后多有夸赞。如今自家亲弟犯了死罪，于情法之间，倒是难住了薄太后，不知该如何发话才好。

思忖片刻，只得叹口气道："事涉薄昭，哀家也难做人，便不说甚么了。事情我已知，他分明是自寻死！"

张苍便道："薄公不慎，竟至罪无可绾。臣体察今上之意，似是欲劝薄公自尽，以免入狱问罪，辱没门楣。"

薄太后立时满眼含泪："原来吾儿不来，是怀有此意！这……也好。皇亲犯法，前者已有刘长之鉴；皇弟尚不能免，况裙带之亲乎？幸而薄昭之罪，仅止于此，倒还不至似那诸吕……"说到此，便止不住哽咽，随即泪落如雨。

张苍也忍不住泪下，连忙伏地叩首，劝慰了几句，便返回未央宫复命。

文帝听了张苍讲述，知太后没有言语，心头便一松，招手道："张公，你且附耳过来。"便向张苍耳语了几句。

张苍听罢，略露惊愕之色，旋即神色凛然，拱手道："微臣领命。明日一早，即率众公卿再往。"

待到次日清晨，薄昭尚未起，便有司阍来报："今日公卿又来，倒比昨日还要多些。连那太仆夏侯婴，也手持竹杖来了。"

薄昭被扰醒，满心不耐烦，挥手嗤笑道："皆是无用之辈！若真有本事，能请来太后便罢。"当即吩咐家老："请诸公入正堂，只说我随后便至。"

待薄昭梳洗毕，穿上见客袍服，迈入正堂，不由就呆了——只见那正堂上，公卿、列侯坐了满堂，人人一身缟素，有如吊丧。那夏侯婴白发皤然，亦是一袭素服，端坐于正中。

见薄昭步入，夏侯婴立时起身，众人也跟着起来，纷纷揖礼。

薄昭满面惊愕，竟忘了回礼，结结巴巴道："滕公……诸位这是何意？"

张苍跨出一步，朗声道："下官张苍等五十三人，不忍见薄公被刑，弃市于街衢，特意前来送行。"

话音刚落，便有一天子使者，从众人身后转出，手托一个红漆酒壶，内盛毒酒。

薄昭霎时心明，面如死灰，惊道："这，这是……"

张苍便道："薄公若饮此鸩酒，便是求仁，可留个刚烈之名；若不饮此酒，则弃身于西市，为万人所唾。事已至此，容不得迟疑了！"

薄昭眼睛一热，仰天叹道："甥儿逼我，竟至于此吗？我只求太后有一语。"

"老臣昨日已见过太后，太后确有话说。"

"说的甚？"

"太后曰：刘长为皇弟，尚不能免，况裙带之亲乎？"

薄昭闻言，双目一闭，叹了声："今番休了！"随即，向满堂公卿揖了揖，便又道："容我与家眷告别。"

不料，张释之却抢上前来，从使者手上拿过酒壶，斟满一杯递上，高声劝道："薄公，大丈夫行事，何须效小儿女状？"

薄昭便怒目圆睁，直视众人道："堂上诸公，半数曾请托于我，或为谋官，或为攫财。当日诮笑，至今我未能忘，莫非此刻，全都盼我早死吗？"

诸臣闻听此言，果然多半埋下头去，不敢与薄昭对视。唯有夏侯婴豪气满身，跨出一步道："老夫便不曾求过国舅，所有功名，皆于剑锋上夺来。大丈夫，当坦荡行事，岂可贪生怕死？你虽功高，终究是未历战阵，既有胆杀无辜，为何却无胆偿罪？"

薄昭望望夏侯婴，不由气沮，哀鸣一声道："罢了！滕公既如此说，我也无话，便遂了诸公之愿吧！"言毕，接过张释之手上酒杯，一饮而尽。

满堂公卿见了，不由脸也变色，都纷纷伏地，不忍抬头。

薄昭掷了酒杯，撩衣坐下，对众人笑道："此酒甘洌，惜乎今生只此一回。来日黄泉下，再与诸君饮……"言未毕，毒性已发作，身子便歪倒了下去，当场气绝。

后堂里家眷闻知，立时哀声大作，争相抢入正堂，抚尸恸哭。众家眷也知公卿是奉了上命，前来赐死的，因此不敢怨怒，只是不住声地哀哭。

众公卿甚觉尴尬，也陪着洒了些泪，帮忙布好灵堂，将尸身入殓，拜了三拜，方才陆续离去。

当日，公卿入朝，向文帝禀明薄昭已死。文帝听了，脸上无喜无怒，只颔首道："朕已知，遣人将棺椁送归故里，好生厚葬。薄昭之子，则可袭侯。"

且说那窦后在椒房殿，闻此骤变，满心不安，辗转一夜未能眠。天明，即往长乐宫去，向薄太后问安。

一见太后，窦后即伏地俯首，泪如雨下。薄太后见了，也不劝阻，只淡淡问道："你又何须前来？坐起说话吧。"

窦后这才起身，拭泪答道："昨日闻国舅事，妾终夜不安，甚为太后担忧。"

"皇后有所不知：薄昭获罪事，唯有如此，上下才得安宁。前几日，老身也曾辗转反侧，却于事无补。此事所涉，乃朝堂纲纪，与我辈女流无干，皇后也不必多虑。"

"国舅情义甚笃，一向善待诸皇子。如今猝亡，妾身焉能不悲？"

薄太后望望窦后，长叹了一声："老身亦颇悔，当初便不该教他封侯。看你那两兄弟，布衣隐于市，倒最为安妥。"

窦后当即领悟，心中也觉侥幸，嘴上却道："妾那两兄弟，实不成器，不提也罢。"言毕，便只顾默默流泪。

薄太后也忍不住，落下两行泪来。俄顷，忽吩咐涓人道："去唤太子来。"

未几，太子刘启应召前来，见过太后、母后，便伏地听命。

薄太后问道："孙儿，舅公之事，可知其详？"

刘启满怀忐忑，只小心答道："昨日满长安已传遍，孙儿亦有耳闻。"

"此事，孙儿有何所悟？"

"即是皇亲，亦不可犯法。"

"肤浅之见！你舅公，实是为你而死。"

刘启便感惊愕："啊？这……与孙儿有何干系？"

薄太后挥了挥袖，只道："待冬至日，你勿忘前往薄邸，好好祭拜就是。"

窦后心中明白，忙拉了刘启一把，催促道："愚儿，还不谢太后指点？"

薄太后摆摆手止住，望向窦后，殷切嘱道："你我都有目疾，看得不远。孙儿将来是要坐天下的，万勿短视。你们且回吧，老身已多日未歇好，今日要好好睡下。"

窦后、刘启闻言，忙叩首问安，又劝慰了几句，才起身离去。

如是，薄昭之死便如一阵飙风，旋起旋落。又似池中微澜，过了便无人说起。唯有四方诸王各自心惊，都记在了心中，不敢再有所造次。

此前许多年，文帝曾日夜苦思，勤谨自律，一心要治平天下。于这之后，可谓大功已告成。夜深人静时，偶尔也想起贾谊来——岁月蹉跎，当初那翩翩少年，如今也是人到中年了。文帝心中，便常有叹息。

如此转过年来，是前元十一年（前169年），贾谊那边，偏偏就出了事。

这年仲夏，梁王刘揖自睢阳入朝，按例向文帝问安，贾谊为梁国重臣，亦随之。那梁王方逾十龄，年少任性，见一路景致美妙，不由意兴飞扬，策马跑得甚急。贾谊看在眼里，心中也喜。岂料，半途梁王马失前蹄，竟坠下马来，头触地，血流如注。

贾谊与随从急忙赶上，下马扶起梁王。只见这一跤，却是跌得狠了。梁王面色惨白，口鼻流血，呼吸已不畅，嗫嚅道："太傅，怕是不行了，浮生且了……"

贾谊不由大急，忙唤随行医官来看。众人七手八脚，将伤处包扎好，送至驿馆，那梁王已是一口口喘气，说不出话了。

贾谊惊出一身汗来，又令医官熬药。可惜未等药成，再看梁王，已然面如白垩，两眼上翻，眼见是活不成了。

"这如何得了！"贾谊慌了，抱起梁王来急呼。怎奈未熬过一时三刻，那少年梁王，竟是一命呜呼了。

梁王自幼聪慧，一向敬重贾谊，两人相契，竟似知音。来梁国四年多，贾谊尽心辅佐梁王，眼见他一日日成才，心中颇为自得。今日忽遭此祸，不啻是晴天霹雳，当下就抱着梁王，放声大哭起来。

直哭到夜半泪尽，贾谊才勉强打起精神，一面遣人急报朝廷，一面率众人料理好后事，扶柩返归梁都睢阳。

此时梁国相为老将王恬启，闻讯亦是愕然，不禁与贾谊相对垂泪。然后，两人一道张罗修了坟墓，将梁王安葬。待诸事办妥后，贾谊深为自责，想到梁王年少无后，按例封国将要撤去，身后不免凄凉，便欲上书建言，为梁王立后嗣。

贾谊遂伏案，铺开笔墨正要书写，忽想到天下大势，处处有危象，不由就为文帝担起心来。此时海内已多年无事，上下都以为从此太平，贾谊却不为浮言所惑，独具慧眼，看事看到了骨子里去。于是提笔写了一道奏疏，纵论大势。

贾谊奏疏曰：如今诸侯王之势，不过传了两三世，便各个逞强，汉法不得行。陛下所能依恃者，唯有代国、淮阳两处。代国尚无事，尴尬就在淮阳国，此国区区封地，与各大诸侯比，不过是人脸上的一颗痣，不足以禁制诸侯，一旦有事，必成大国饵食。

贾谊何以会出此论？原来，在刘氏诸王之中，原本有文帝嫡子刘武，及庶子刘参、刘揖三人。其余各王，皆为旁枝。如今幼子刘揖亡故，唯余刘武、刘参两人，皇子势力就不免孤单。

皇次子刘武原为代王，数年前徙为淮阳王。刘武赴淮阳后，原太原王刘参徙为代王；太原国之地，亦随之并入代国。如此一来，代国封地固然有所增益，有利边防；然刘武所在的淮阳国，封地就略嫌狭小，不足以震慑其余诸王。

贾谊也知，文帝徙刘武为淮阳王，是为避嫌。因刘武素为窦后所溺爱，朝野尽知，文帝不愿天下人指他偏私，便封给了刘武一个小国。贾谊因此谏道：

> 今制天下之权在陛下，陛下封诸国，为何令亲子作旁人饵食？天子之行，应异于布衣。布衣之人，最喜粉饰小行、炫耀小廉，以此取悦于乡党。天子所虑，则唯有天下安固与否。想那昔日，高皇帝瓜分天下，大封功臣，造反者却多如猬毛。其后以为不可，遂削去不义诸侯，立诸子为王，而天下大安。故而大人者，当不计小行，以成大功。

一番劝谏后，贾谊便为文帝献计，指点迷津，说道：当下，应将原淮南之地，尽数并入淮阳国，以壮大刘武之势。另将淮阳国北边二三列城，并入梁国，使梁国封地亦有所增益。眼下若为梁王立后嗣，可徙代王刘参为梁王，以其子过继给梁王承祀。

如此一来，梁国北至河边，淮阳国南至江边，堪为关中屏障。两国为皇子刘参、刘武所辖，其余各诸侯即便有异心，亦无胆量谋之。改划封疆之后，梁国足以制齐赵，淮阳国足以制吴楚，陛下便可高枕无忧了。

贾谊唯恐文帝不信，不惜以危言警示：当今天下，恬然无事，皆因诸侯尚年少，数年之后，天下之患，陛下便可见也。当年秦始皇，日夜劳心以除六国之祸；今陛下权倾天下，却拱手以成六国之祸，是为不智。若身前留下祸根，百年之后，祸乱必将及于幼子，酿成大患。

文帝接了奏疏阅之，见贾谊仍是一如既往，语带锋芒，不禁笑了笑。细思之，却是甚觉有理，便又叹了一回："贾生之才，确乎旷代罕有！"当即全盘采纳，稍作变通，下令撤去淮阳国，将其地并入淮南，重置淮南国；又将刘章之子刘喜，从城阳王徙为淮南王。如此，既可安抚刘章一枝，亦可镇抚南边。

原淮阳王刘武，则徙为梁王，并按贾谊之计，增加封地，使梁国北接泰山、西至高阳（今河南省杞县），成为长安以东最大屏障。此次挪动，看似闲棋，日后朝廷却因此受益，算是贾谊留给后世的一大功劳，此处且按下不表。

其时，已故淮南王刘长的四子，皆已封侯。贾谊知文帝心思，定是要为这四人封王，于是又上疏谏道："窃以为，陛下将封淮南王诸子为王，不知是何人出此计也？淮南王悖逆无道，天下谁人不知其罪？陛下赦而迁之。于途中，淮南王自尽而死，天下又有谁谓其不当死？今若尊罪人之子，则必负天下谤名。四子少壮，岂能忘其父？臣以为：与仇人之便，用以危汉，实为不当之策。即便将其分割为四，四子亦一心也。使其广有人财，无异于豢养伍子胥、荆轲之辈，即所谓借虎翼与贼兵是也。愿陛下稍作留意。"

贾谊在此处的眼光，竟是看到了身后许多年。疏中所预见之事，后来果然都言中。然文帝当其时，思之再三，终觉对不起刘长，遂搁置一旁，善待刘长四子如故。后又过了数年，在追谥刘长为淮南厉王之际，立其三子为淮南王、衡山王、庐江王，将原淮南国一分为三。也算是依照贾谊之计，令旁枝诸侯尽数成了小国。

却说梁王刘揖死后，贾谊倍觉内疚，以为自己做太傅未能尽职，竟眼睁睁看着主上殒命，为此常暗自哭泣。其间，又闻旧友宋忠出使匈奴，未至王庭便擅自返归，因而获罪，就更加伤感，身体日渐虚弱，过了年余，竟也病故了。

临终之际，贾谊卧于榻上，回想起平生遭际，正如高人司马季主所言，盛极而衰，不觉就伤情。忽又想起，在长沙时那只飞进屋内的鵩鸟，口中便喃喃道："其生兮若浮，其死兮若休。吾今休矣，不致再苦了！"

其妻儿围于榻边，哀泣不止。贾谊便嘱其子贾璠道："孙儿辈勿求成大器，若喜读书，甚好；若不喜读书，亦甚好……"言未毕，竟溘然长逝，宛如鵩鸟化作精灵而去。

贾谊死时，年仅三十三岁。消息传到长安，文帝默然许久。至中夜想起，枕上又叹息了数声。

后贾谊之孙二人，皆官至郡守，其中贾嘉最为好学，颇有世家之风。

贾谊死后，后世士人多为之惋惜。多年后，有楚元王四世孙、经学泰斗刘向，力赞贾谊之才，可直追伊尹、管仲。倘使当时见用，则功业必盛，惜乎为庸臣所害，甚可悼痛。司马迁却以为：文帝施政谨慎，足见贾谊之论已付施行。纵观其生平，虽英年早逝，位不及公卿，却不能说是不遇。

贾谊毕生著述，计有五十八篇，其中有补于世事者，皆传于后世。一代华章，流韵千载，至今仍有人赞不绝口。

贾谊病殁，文帝甚怅然，以为贾谊之才，海内无人能及，今后不知良策何出？为此郁郁多日。偏巧这一年夏，北地又起边警，闹得千里不安。

原来，新即位的老上单于，得了中行说这个谋臣，探知汉地虚实，对汉家便不再忌惮。那中行说又屡屡献计，力促兴兵南犯，老上单于亦深以为然。是年秋，单于探知周勃已死，以为汉家再无良将，便抛却和亲之约，发兵数万骑，入寇狄道（今甘肃省临洮县），斩了当地守尉首级，大掠人畜。

文帝气恼，便写信去责备，指老上单于背信弃义，老上单于却只是不理。文帝别无良策，只得一面下诏激励官吏御敌，一面调兵征饷，往援北地。一时间，边境日夕戒备，数十万兵民惶惶不安。

时不久，陇西有一小吏，奉诏而起，率兵民与来犯胡骑厮杀，斩杀了一个番王。胡骑受惊，不敢恋战，旋即纷纷退走。消息传回，朝野士气略为一振。

恰在此时，文帝忽接到太子家令①晁错的一道奏疏，对兵事所言甚详。文帝细细阅之，竟是击节赞叹不止。只见那晁错写道："臣闻战胜之威，民气百倍；败军之卒，没世不复。自高后以来，陇西三困于匈奴，民气大伤，无有胜意。今有陇西之吏，奉陛下明诏，集合士卒，砥砺其志，率败伤之民，当乘胜之匈奴，以少击众，杀其一王。此役得胜，非陇西之民有勇怯不同，乃是将吏用兵有巧拙之别也。兵法曰：'有必胜之将，无必胜之民。'以此观之，安边境，立功名，全在于良将，不可不择也。"

文帝看到此，不禁拍案叹道："果真是如此！若有一廉颇，百

---

① 太子家令，掌太子家事务的总管。

世无忧；若得一李牧，则万世安宁矣。可惜朝中良将，类此者甚少。"

叹罢，又埋头看去，见晁错论及汉匈两家，各有地形、战技、兵器之长；其中匈奴长技有三，汉家长技有五。且汉家可兴数十万之众，以应对数万匈奴。以此观之，众寡之势分明，汉家可以十击一，稳操胜券。

奏疏末节，晁错又献计道：今有义渠胡人数千来降，其长技与匈奴相同，可赐给坚甲利矢，派遣良将统领。此等义渠，与汉军可互为表里，各用其长。以汉家之众，击匈奴之寡。如此，大胜匈奴，只在俯仰之间矣。

最末一句，晁错写道："古书曰，'狂夫之言，而明主择焉'。臣晁错愚陋，冒死上狂言，唯请陛下采择。"

文帝读罢，不禁大笑："才失一狂夫，又来一狂夫，此恰为汉家之大幸也！"当下亲笔赐书，予以嘉勉。

文帝赐书曰："皇帝致太子家令晁错：上书言兵事三章，阅之。书中言'狂夫之言，而明主择焉'，我意不然。言者不狂，择者不明，国之大患，即在于此。"其激赏之情，溢于言表。

却说这晁错，又是何人？原来，他也是汉初大名鼎鼎的一个文士，为颍川（今河南省登封市）人。早年从师为学，研习法家申不害、商鞅之术，后以精通典章旧事之故，被选为太常掌故①。

晁错料事精明，见识深刻，平素乐与勋臣子弟相交，甚得平阳侯曹窋、汝阴侯夏侯灶、颍阴侯灌何等人推重，互引为知己。

_____

① 太常掌故，掌搜集国家旧事典籍的官员，为汉朝九卿之首太常的属官。

晁错得以脱颖而出，颇有一段传奇。彼时文帝为重教化，下诏广搜经书，百姓闻之争相缴献。那上古经典，几近搜罗齐全，唯有《尚书》一书无由寻访。又过了数年，文帝偶闻济南有一大儒伏生，在家以《尚书》教授齐鲁诸生，不禁大喜过望。惜乎伏生年已九十，不可征召了，文帝便下诏，令太常遣人去济南讨教。

这位老翁，本名伏胜，乃是秦末一个博士。秦始皇时，逢焚书令下，他不敢违抗，取出家中书来，上缴焚毁。唯有一部《尚书》舍不得烧，便不肯缴出，偷偷藏于家中夹壁内。至秦末大乱，伏生弃了官，四处游走避乱。至汉初，惠帝废了《挟书律》，伏生才敢凿壁，取出书来。惜乎时日太久，书简受潮朽烂，仅存下二十九篇。

太常受文帝之命，在属官中千挑万选，最终选了晁错去见伏生。岂料那伏生已年老体衰，口齿不清，方言又难懂，晁错不能解其意，甚是着急。所幸伏生有一女，名唤羲娥，常随其父学《尚书》，颇通大义。晁错来求教时，便有羲娥立于旁侧，代为传译。如此，好歹尚能听懂。有那二三不明之处，也只得自己揣摩，曲意领会。

伏生手中这部《尚书》，多是断烂竹简，有一半不可辨认，为伏生凭记忆背出。晁错在济南数月，得伏生耳提面命，粗通了《尚书》要义，便辞别伏生返回，上疏陈说求教始末。文帝看了，大为称意，为表彰晁错之功，下诏擢他为太子舍人，不久后又擢为博士。

晁错深谙法家刑名之术，识得太子之后，便上书谏言道："皇太子虽才智奇高，精通射艺，却不通术数，不知何以制臣下。陛下应择圣人治世之术，用以教诲太子。"

文帝甚觉有理，诏令嘉奖，又拜晁错为太子家令，以为太子辅佐。晁错聪明过人，不单擅长撰文，且极有辩才，谈古论今，无不头头是道。不多时，便深得太子刘启宠信。太子家中，上下都称他为"智囊"。

自得了皇帝嘉奖，晁错更是志得意满，又接连上了两道奏疏，计有万言，陈说强边备、薄赋敛二事。

其奏曰：凡民不畏战者，皆因有利可图。若战胜即拜爵，破城即得财富，则民众皆能冒矢杀敌，赴汤蹈火，视死如生。秦时戍卒则不然，远戍有万死之害，却无锱铢回报。故而秦民视戍边为"谪戍"，如同赴刑场弃市，心怀深怨。这才有陈胜戍边，行至大泽乡倡乱，天下跟从者如流水。

于此，晁错建言道：远方戍卒赴塞下，一岁一更换，全不知胡人虚实。不如募罪人、奴婢及百姓，长居塞下，予以衣食，赐给高爵，令其建家室，务农田。塞下之民利禄既厚，击胡便不避死；并非其民有高德，而是为保全身家，有利可图也。如是，汉家将无远戍之苦，塞下之民逢敌，邑里相助、父子相保，再无被掳之患。此举若可行，与秦时戍边相比，则高明不止万里。

晁错又举古制，献上一道边地防敌之策，即：以五家为伍，十伍为一里，四里为一连，十连为一邑；择邑中有贤才者，各为其长，教民射艺以应敌。如此，百姓在城内，军士在城外，彼此关照，遇敌则可相救。

文帝看罢，不禁又击节赞道："贾谊之后，大才者，唯此一人矣！"便采用晁错之计，下诏募百姓徙至塞下，以充实边地。此举，可谓开屯垦守边之先河。

后文帝又下诏，举贤良文学士。晁错得曹窋等人推举，入选其中。其时，各地人才齐集长安，由文帝亲自策问，令所选文学士，就"朕之不德，吏之不平，政之不通，民之不宁"四者直言极谏，毋庸忌讳。众文学士所作对策，皆密封闭卷，由文帝拆封亲览，以察朝政得失。

此次晁错所写对策，又是洋洋洒洒，万言有余。其中斥秦始皇施政之失最是精彩："秦最富强，故能兼并六国。彼之时，上古三王之功，亦未过秦始皇。然数年间便至穷途末路，国势日衰，皆因用不肖之徒，信谗言之贼。始皇大造宫殿，奢欲无极；民力疲尽，赋税不节；妄自尊大，群臣擅谀；骄横恣纵，不顾祸患；喜则滥赏，怒则妄杀；法令烦苛，刑罚暴酷。至秦二世，更是草菅人命，杀人取乐；天下寒心，无以自安。奸邪之吏，乘机乱法，以成其威；狱官独断，生杀恣意，遂致上下瓦解，各自为政。秦末始乱时，官吏之所先侵害者，贫人贱民也；至中期，所侵害者为富人、吏家也；至末途，所侵害者则为宗室大臣也。缘此，亲疏皆危，内外怀怨，离散奔逃，人有逃心。陈胜先倡乱，顷刻间天下大溃，祀绝国亡。此即'吏不平、政不通、民不宁'之祸也。"

此段文字，将秦末败亡之象描摹入骨，字字如利刃，剖解其弊。文末，晁错说得兴起，又痛陈当今之世，乱象亦多，皇帝亦不能辞其咎："今陛下有厚德之名，资财不下于五帝，君临天下，已有十六年；然民不增富，盗贼不衰，边境未安。其所以如此，乃因朝堂之事陛下未能躬亲，而倚赖群臣也。陛下不自躬亲，而交付昏盲之臣，日损一日，岁亡一岁，日月将暮，盛德终未能施于天下，臣窃为陛下惜之。"

文帝直看得汗出如雨，不忍释卷。当其时，对策者共有百余人，唯晁错一人见识超绝，高居前列。 文帝大为赞赏，当即擢升他为中大夫，掌谏议之职。

晁错蒙文帝器重，愈发振作，又连连上书，言及削诸侯、更改法令等事，拢共有三十篇。 文帝虽不尽采纳，却认定晁错是奇才，多有嘉许。 那时，太子刘启年已二十四岁，英俊有为。 文帝想到身后事，便有意令刘启多些见识，凡有晁错上书，必嘱刘启细读。

刘启见父皇如此看重晁错，甚是不解，疑惑道："儿臣有一事要问：贾谊、晁错二人同为奇才，狂傲不畏人言；然晁错之才，终逊于贾谊，父皇何以远贾谊而近晁错？"

文帝便一笑，嘱道："治平天下，并非考究学问，总不以才气横溢为上。 贾谊之才，固是千载难逢，然略逊法家之术，未达沉稳，故不得不远之。 今晁错之才，不输于贾谊，却深谙术数，洞察人心入微，最宜为近臣。 贾谊之计，或可用于千年；而晁错之策，则甚合于当世也。 启儿万不可轻看。"

刘启这才大悟，于是遵嘱，细读晁错之论，亦颇有心得，尤以削诸侯之议为良策，赞叹不止。

晁错自此脱颖而出，名震朝野。 他素喜进取，不掩锋芒，每上书必洋洋万言。 公卿士人争相传阅，引为谈资，一时风头甚劲，倒把那袁盎等人都比下去了。 缘此之故，袁盎及诸功臣都不喜晁错。

此时朝中新人甚多，老臣们大半凋零，文帝便也略作安抚，不欲令其生怨。 时逢老臣周勃在封邑病殁，其长子周胜之袭爵。 文帝想起周勃的功劳，不禁又有些伤感，又闻听众口称赞，说周勃次子周亚夫才兼文武，便拜了周亚夫为河内郡守，以白丁擢为二千石吏，优容有加，算是对老臣们有了交代。

这一年，文帝纳晁错之谏，又降了田租，颁下定制，永为"三十税一"。四海农夫，无不额手称庆。

至前元十二年（前168年）三月，正值春耕时分。文帝闻知，天下之吏仍有人劝农不力，便愤而下诏，予以痛责："朕亲率天下人务农，于今已有十年，然天下田仍未增。一遇歉收，则民有饥色。所以如此，皆因各地官吏未曾用心。吾诏书数下，每岁劝农种树，却功效甚微，亦是官吏奉诏而不勤，劝农而不力也。吾农民甚苦，而官吏不知，又将何以劝农？鉴于此，免农民今年田租一半。"

一年后，于前元十三年（前167年）夏六月，文帝见天下农民仍是辛苦，实不忍心，又下诏免农民田租，并赐天下孤寡以布帛。

此时天下，既富且安。各处农桑兴旺，连年大熟，谷价竟低至每石十余钱，万民无不感激。

文帝仍不敢大意，内外施政，都小心翼翼，如履薄冰。这年夏，朝堂上又有一事，轰动内外，为文帝留下了千古美名。

事起于原齐国太仓令①淳于意。这位淳于意乃临淄人，自少时便好医术，曾拜同郡人公孙光为师，潜心学医。公孙光见他聪颖好学，甚是喜爱，便将自家学问倾囊相授，又引荐他去见高人，师从同郡名医公乘阳庆。

名医姓氏中这"公乘"二字，为复姓，本是个爵位名。秦汉爵位分二十级，自一级公士，至二十级通侯，公乘为其中第八级。

---

① 太仓令，汉代朝廷及封国治粟内史属官，掌粮仓事务。

其后人，便有以公乘为姓氏的。当其时，公乘阳庆已有八十余岁，老耄不再行医，虽医术高明，却不肯传与子孙，唯见淳于意心诚，竟破例收为门徒。

淳于意入门为弟子后，勤谨奉师，长进极快。公乘阳庆便令他弃旧日所学，而授之以祖传秘方，将黄帝、扁鹊之《脉书》《五色诊》等书，一并传授。如此受教三年，淳于意学有所成，便辞师返归故里。为人看病，能预知生死，一经投药，无不立愈。无多时，即声名远播，四方病人纷纷来求医，竟至门庭若市。左近有吴王刘濞、赵王刘遂、济川王刘太、胶西王刘仰等，都曾遣人前来延请。

淳于意为人散淡，不以阿附权贵为荣，常游走四方，避不奉诏。与人看病，也是随意取资，不问多寡。曾做过齐国太仓令，然未及年余，便辞官而去。

淳于意如此藐视权贵，有人上门求医而不得，便心怀怨恨。至文帝前元十三年，有一权贵上书，告淳于意在临淄行医，敷衍欺人，致病患者身亡。

案子发下临淄县，那县令是个粗人，不问青红皂白，便将淳于意拿获问罪。在公堂之上，严刑逼供，将淳于意问成大罪，拟处以"肉刑"。

此处的所谓肉刑，专指刺面、削鼻、断趾、阉割等四刑，皆是在人身上动刀，算是死刑大辟以下的重刑。用过肉刑之后，身体残损，虽未死，却处处受人鄙弃，几成废才。

因淳于意曾为官吏，地方上不能擅自加刑，县令便上奏朝廷，请示定夺。文帝见了，担心县令草率，便诏命将犯人解来京师，交廷尉处置。

淳于意养有五女，闻老父将解京受刑，都伤心欲绝。启程那日，众女随槛车送行，一路啼哭。淳于意听得恼火，忍不住骂道："生女不生男，遇急事，便无可用者！"

淳于意最小女缇萦，闻听父言，极是感伤，一股热血上涌，便决意随父西行。回家拿了行李衣物，追上槛车，于一路上小心照顾。至长安，淳于意被收入诏狱，缇萦则壮起胆来，只身赴北阙，上书为父吁请宽刑。

当日，谒者闻有小女子上书，不胜惊讶，忙奔出司马门来看。见是一个豆蔻女子，十三四岁，素面布裙，十分寻常。交了书简之后也不走，只顾坐在地上，凄然唱起古诗《齐风·鸡鸣》来。

闻其悲声，谒者心中不忍，忙问明缇萦住处，嘱其暂回，明日再来打探。缇萦不听，仍是悲歌不已。谒者无奈，只得拿了缇萦上书，入奏文帝。文帝听了，也觉新奇，忙拆开来看。但见缇萦写道："妾父为吏，齐人皆称其廉明公平，今犯法当受刑。妾哀于死者不能复生，受刑者断肢不能复续，虽欲改过自新，终不可得。妾愿身入衙署为官婢，以赎父罪，使其能改过自新也。"

文帝读了不禁动容，顿起恻隐之心，便命谒者引路，赴北阙来看。远远便望见，缇萦正抱膝坐在地上，口中吟唱不止。其歌曰：

鸡既鸣矣，朝既盈矣。匪鸡则鸣，苍蝇之声……

其声哀切，令人心摧。北门众执戟甲士，闻之也都面带愁容。文帝忙掉头返回，心中酸楚，至入夜亦难眠。次日清晨，文帝唤来谒者，问道："那小女，还在北阙下吗？"

谒者答仍在，文帝便起身，与谒者同往北阙，见缇萦竟坐了一夜，还在哀歌。晨风拂过，其声愈发激扬，融入那啾啾蝉鸣之中。

谒者不禁神色黯然，摇头道："昨已曝晒半日，又兼一夜未眠，教人如何受得……"

文帝心中亦恻然，不觉长叹了一声："此一女，堪比百男啊！"于是，命谒者赴诏狱，赦免淳于意，任其携女儿归家。

此事传出，那缇萦之孝，以及文帝之仁，皆令官民赞不绝口。就此，留下了一段"缇萦救父"的佳话，流传至今。

至次日，文帝便有诏下，命有司革除肉刑。诏曰："今人有过，未施教而加刑，或欲改过自新，却计无所出，朕甚怜之。肉刑断肢体、刻肌肤，终身不治，何其不德也，岂是为民父母之意！今应革除肉刑，另行商议。"

丞相张苍得了诏令，立即会同御史大夫冯敬、新任廷尉等人，改定刑律，将那刺面改为罚劳役，削鼻改为笞三百，断趾改为笞五百等，皆大为减轻。

此时，有大臣多人上疏，极言不可废肉刑，唯恐狡民从此不畏法。文帝未加理会，批答张苍所拟，一律照准。新法改定后，百姓额手称庆，皆感文帝施政之仁。从此服罪者中，再不见断足削鼻之人。

再说那淳于意躲过大难，返回家中安居。文帝未能忘，不久，便召他入都，于偏殿召见，殷殷垂问道："公擅医技之长，能治何病，有医书否？是否皆为名师所授，受教有几年？用药应验者，为何县何乡人，所患何病？用药毕，其病状如何？请公细述与朕听。"

见文帝如此谦和，淳于意心中感念，详尽对答道："臣下才疏，少时即喜医药，开药方试之，多不灵验。高后五年，有幸拜公乘阳庆为师，授我《脉书上下经》《五色诊》《奇咳术》《揆度》《阴阳外变》《药论》《石神》《接阴阳禁书》等书，皆是上古高人遗传。我苦读一年后，开方即验，可预知生死。前后学了三年，医术渐精良，诊病无不应验。时年臣下三十九岁，今日思之，阳庆师竟已死去十年了……"

继之，淳于意又列举病案二十五例，皆疑难奇巧，以答文帝所问。病患者中，上至诸侯、王太后，下至侍者、闾里男女等，无分贵贱。所治愈病症亦多，有头痛、小儿气嗝、疝气、热病、腹痛、风邪、龋齿、怀子不乳等，五花八门。

文帝听得入神，欲罢不能，便留淳于意在宫中进食，两人竟谈了一整日。所有医药事，文帝不厌其烦，只管逐一细问，屏息静听。

相谈多时，文帝见窗外日已暮，却意犹未尽，又问道："尊师阳庆医术，是从何处学得？其人在齐国可闻名乎？"

淳于意答道："不知他师从何人。阳庆其人，家财富裕，虽擅为医，却不肯为人治病，故此未能闻名。他又嘱臣，不得将所学药方，授予他子孙。"

文帝抚膝叹道："如此神医，却是淡泊出世之人，可惜！"遂又问道："朕闻齐地吏民，多有向先生求学的，可否尽得公之医术？"

淳于意道："有临淄人宋邑、济北王太医高期、淄川王马政冯信、高永侯家丞杜信、临淄人唐安等六人，先后来向我求教，虽不能尽得，却都学了些医术去。"

见淳于意面有疲色，文帝不忍，只好最后问道："先生诊病，预决生死，可万无一失吗？"

淳于意如实答道："臣诊病，必先切其脉，而后治之。病重不可治者，则顺其势而治之。然臣非神人，亦时时有失，不能全也。"

对答毕，时已暮色四合。文帝依依不舍，亲送淳于意至阶下，嘱其好自珍重，归乡安养天年。

淳于意归家后，安居闾里，行医不辍，郡县无不敬重。其寿七十余岁，活到了汉武帝时，死后葬于临淄山水之间。

后司马迁作《史记》，载其医案二十五例，堪为华夏最早可见的病例。因淳于意曾任齐太仓令，司马迁在书中尊其为"仓公"，与扁鹊并列，作《扁鹊仓公列传》。

司马迁写到淳于意生平，曾自感身世，叹曰：女无分美丑，入宫见嫉；士无分贤与不肖，入朝见疑。故而扁鹊因其技而遭祸。仓公虽隐匿不出，亦未能免，险受肉刑。多亏缇萦孝义，以尺牍救父，故老子曰"美好者不祥之器"。此寥寥数语，实有铭心之痛，足以儆示后人。

且说文帝采纳晁错之计，徙中原之民往边塞，编成什伍，亦耕亦战，果然大有收效。北地就此消歇了三年，不见再有胡尘起。

不料至文帝前元十四年（前166年）冬，老上单于已坐稳王庭，见汉家日渐富强，心中不忿，要给汉文帝一些颜色看。这年入冬，竟亲率胡骑十四万，入寇陇西，攻陷萧关（今宁夏固原市）。

时汉家有北地都尉孙卬，领郡兵迎敌，怎奈寡不敌众，被胡骑围困数重，力战而死。

老上单于亲征得胜，气焰陡涨，分兵继续进犯，沿回中古道，一路烧杀，直闯入关中来了。三秦雪野，一时间马蹄翻飞，狼烟四起，百姓生灵涂炭。告急羽书一日三入都，京畿为之震动，大户人家都人心浮动，纷纷收拾细软，逃往了乡间去。

文帝日览军书，夜不能眠，知此次匈奴来犯之势，为白登之围以来所未有，不可大意。于是与张苍、冯敬等连夜商议，拜中尉周舍为卫将军、郎中令张武为车骑将军，发战车千乘、骑卒十万人，扎营渭水之北，以拱卫长安。又拜昌侯卢卿为上郡将军、宁侯魏选为北地将军、老将隆虑侯周灶为陇西将军，各领步骑，分路往援边地三郡。

待三路援军开拔后，文帝即率文武大臣，驰出长安，亲赴渭北大营，大阅兵马，申敕军令。

这日清晨，渭北雪野之上，驻屯汉军一部列阵受阅。但见众军列伍齐整，甲胄鲜明，长戟如林而立。

文帝头戴琼玉皮弁，身披精甲，立于戎辂车上，缓缓驰过阵前。见士气可用，不禁大喜，振臂呼道："今有匈奴老上单于，骄狂无度。欺我汉家无人，发兵十四万，攻陷陇西，又入关中，前锋已近甘泉。匈奴欺我如此，我岂可忍！"

军士闻此言，皆血脉偾张，举戟大呼道："杀敌，杀敌！"

阵前原本一派寂静，此时突发怒吼之声，竟如排山倒海般，一时鼎沸。

文帝精神大振，拔剑在手，环视众军道："朕已决意，即日将率尔等亲征，誓要挫他单于锐气，教他知我厉害。诸儿郎，可有此志乎？"

众军争相腾跃，一齐答道："有！"

文帝喜道："好！ 社稷有难，大丈夫岂可袖手？ 众儿郎既有心杀敌，稍后即有犒赏，待取胜归来，还要另行封赏。 今胡骑猖獗，长安可见烽火，恐容不得儿郎安睡了，二三日内，朕便与尔等同行。"

众军又是一片欢呼，剑戟相撞之声，不绝于耳。

张苍、冯敬等骑马在后，闻文帝此言，互望了一眼，面色忽就变白。

文帝掉转头来，问文武诸臣道："军卒集齐，皆愿用命，诸位可有灭敌之志？"

张苍连忙一揖道："亲征乃大计，容臣等还都，朝会再议。"

文帝冷笑一声，高声道："文法吏执事，精细有余，霸气终究不足！ 朕意已决，请毋庸多言。"

张苍略一沉吟，忙回道："与匈奴战，汉家素少良将，今老将尽已凋零，唯余滕公一人，臣等不可不慎之。 且亲征之事，牵扯甚广，非二三日内即可成行，还望宽限半月，容臣等详尽筹划。"

文帝收起佩剑，瞟一眼身边诸臣道："朝中无老将，便不杀敌了吗？ 那匈奴单于，正是以此欺我文弱。 今敌已临门，岂容你我辈退缩？"

"兵马虽齐，然尚欠粮秣，出师万不可仓促。"

"丞相想得太多了！ 既如此，便暂且回驾，五日内，务必发兵。"

诸臣见文帝发怒，便不敢再谏，只得随銮驾匆匆还都。

当夜张苍返回府邸，不及洗沐，便写了一道密奏，遣人送往长乐宫，将文帝欲亲征事告知薄太后。

次日晨，文帝早起，正在寝宫盥洗，忽闻涓人来报："太后自长乐宫驾临。”

文帝不由一惊，想到即位以来，太后从未移驾未央宫，今日不知出了何事，便连忙更衣出迎。

此时薄太后一身素服，已缓缓登上前殿。文帝趋步迎上，见母后如此装扮，心中更是大骇，不由自主便跪于地上，连连叩首。

薄太后只淡淡道：“为母与你偏殿里说话。”便令宫女搀扶自己至偏殿坐下。

文帝服侍母后坐好，小心问道：“儿臣在此问安！只不知，母后何以如此穿戴？”

薄太后便挥退左右，仅留一宫女在侧，向文帝招手道：“你近前来些。”

文帝忙向前移膝，来至薄太后座前。太后以手触抚文帝面庞，喃喃道：“恒儿相貌未变，心却变野了。”

文帝这才醒悟，母后是为亲征事来责问，便辩解道：“匈奴狂妄，欺我仁厚少武。今胡骑已临三秦之地，儿欲亲征，乃不得已耳。”

薄太后隐隐一笑，颔首道：“正是如此。为娘今日素服，即是来为儿送别的。”

文帝心头一沉，支吾道：“母后如何这般说？”

“为母要问你：恒儿之武功，可胜过先帝？”

“儿臣不可及。”

“恒儿之威势，可远过高后？”

“儿不能比。”

“这便是了。匈奴凌我，非止一日，直教先帝受困、高后忍辱。为母只不明白：以先帝、高后之威，尚不能胜匈奴，儿有何德何能，便要御驾亲征？"

"乃势所迫也。朝中老将多已凋零，儿今若不亲征，将士焉肯用命？"

薄太后便收回手，敛容正坐道："先帝白登被围，险些不能脱身。而今恒儿你亲征，为母料定是有去无回，因此素服来相送。"

文帝闻此言，面色便发白，沉吟片刻才道："那老上单于，武略终不及冒顿。儿此去，未见得就是履险。"

薄太后便冷笑道："吾儿之武略，恐也不及周勃、灌婴，此去又焉知祸福？我今日来未央宫，便不想走；若恒儿此去不得归，为母也好暂代朝政。"

文帝不禁心头一震，知太后执意要拦阻亲征，便犹豫不语。

薄太后催促道："你自去点兵吧。朝中事，也不必托付太子了，为母当可决断。"

文帝伏地良久，最后只得叹口气道："母后之意，儿已知晓。儿遵旨不再亲征，召大臣来议对策就是。"

薄太后这才释颜，微微一笑："你去召文武大臣吧，连滕公也一并请来。母后今日，权且在朝堂旁听一回，也好长些见识。"

文帝无奈，只得将薄太后引至前殿，侍奉坐下，这才宣文武大臣上朝。

不多时，便有张苍、冯敬、张相如、夏侯婴等一干文武，先后上殿，见薄太后端坐于御座之后，都感大惊。

不等文帝开口，薄太后便对诸臣道："诸公请勿疑！今日朝会，是为选将征匈奴事。哀家偶得清闲，特来坐坐，你们自管议论。"

张苍心中明白，昨夜密奏入宫，太后已有决断，今日临朝，便是断了文帝亲征之念，不觉就暗喜。其余诸臣也都猜到几分，心下顿感释然。

文帝开口，果然申明不再亲征，至于如何御敌，请诸臣尽管献计。诸臣议了半日，最终议定：拜东阳侯张相如为大将军，建成侯董赫、内史栾布为将军，率车骑大军北上，并统领上郡、北地、陇西三处兵马，进击入寇之敌。

议罢，文帝皆照准，当场便拟了诏书，命近畿一带征发粮秣，集齐于长安。择日于南门外筑坛拜将，誓师出征。

诸臣见诸事已无遗漏，正欲罢朝，薄太后忽又开口问道："哀家乃女流之辈，向不问兵事。只知自白登之役以来，各地武备渐盛，远胜过当年。不知练兵至今日，可堪一战否？"

文帝忙回道："自白登之役后，军士皆有雪耻之心，演兵习阵，无一日废之。年前有中大夫晁错上书，论兵事甚详，儿臣阅后更重武备。每年初，必亲临长安南郊，行大阅之仪，以五营士卒列阵，按兵法操演，开阖进退，皆中规矩。逢九月，各郡国亦演兵，由守尉亲督，考定部卒优劣。今汉军已非昔日，军将悍勇，战法娴熟，胜过那胡骑不知有几许！"

"汉兵有勇力，哀家自是不疑。然胡骑亦悍勇异常，且长于野战，汉军将如何应付？"

"自先帝设立考工室以来，兵器日新，武库充盈。我军之劲弩长戟、坚甲利刃，皆为匈奴所不能及。近年用晁错之计，已颁下'马复令'，民家养马一匹，可免三人赋役。御马苑内，马匹充足，胡骑已不足惧也。"

薄太后这才释然，颔首微笑道："如此，哀家便放心了。然匈奴之患，绵延千年，岂是一日间即可除去的？今大军北上，敌若胆怯退走，便是汉家得胜，万不可贪功。"

诸大臣闻太后之言，皆心怀敬服，一齐伏地，叩首然诺。

不数日，各地粮草到齐。文帝便率百官，于长安南门外登坛，拜张相如为大将军。是日，由张苍代文帝宣读策书，冯敬代授金印紫绶，张武代授彤弓符节。张相如伏于地，接过印信等物，三呼万岁，叩拜如仪。

文帝此时忍不住，又叮嘱张相如道："先帝兴兵以来，拜大将军者，唯韩信、灌婴等三五人。今拜你为大将军，天下安危系于一身，须小心出战，切勿失机。"

张相如挺身答道："臣随先帝起兵，历数十战而侥幸未死。今日得拜大将军，臣定要舍死迎敌，不负陛下。"

文帝便招手道："公请近前，朕还有数语，要嘱咐你。"

张相如跨步向前，只闻文帝附耳轻声道："汉匈之间，强弱不同，你我皆知底细。此去，只需尽力驱走便罢。"

张相如闻言一凛，立即有所领悟："臣已知，定不负上命。"

誓师毕，三将军便率大军出长安，大张旗鼓，兵锋直指甘泉。又会同上郡、北地、陇西三郡汉军，专拣胡骑弱处进击，汉军一时声威大震。

再说那老上单于，在汉地骚扰已数月，军心渐疲。忽闻汉大军自长安出，其势浩大，心中便不安。此时是战是退，拿不定主意，便召中行说来问计。

中行说当即谏道："今我军入汉境，趁彼虚弱，所获已甚多。臣闻汉军今番出动，前有周灶等三将分赴塞下，又有张相如等率马军北来，其势不可小觑。那张相如拜了大将军，位同三公，为武人至尊也。汉家自沛县起兵以来，唯有韩信等人曾得此封号。汉皇帝此举，志在灭我，已是无疑了……"

老上单于闻言，不禁倒抽一口冷气："爱卿之意，我当退兵乎？"

"臣以为：汉匈之争，百年内未必分出高下，故而得失成败，不在此一役。此次南下，掳获甚多，已足数年之用，不如便退回，勿使汉军得逞。"

"我不战而退，倘若汉军趁势出塞，兵犯漠南，我又将何如？"

中行说便摇头笑道："必不能如此！汉人唯喜颜面。我军若退，他君臣上下便有了颜面，自然班师，岂能越境来犯我？"

见老上单于仍在犹疑，中行说又谏道："我军南下，原不为久战，兵马粮秣皆不足。且入汉地以来，兵已分三路，各处不过仅数万。汉军若聚兵至一地，灭我一部，则我士气必大损，恐将得不偿失。"

老上单于闻言，心中暗暗吃惊，便拍膝道："便听爱卿之言，今日即退兵，不再与他缠斗了！"

退兵号令传下，不过旬日，入寇汉地之所有胡骑，便都携了掳得的财物，出塞远遁了。

张相如率大军追至边境，各处仔细搜寻，竟不见一人一骑，唯有遍地废墟，狼藉一片。诸将便一齐跳下马来，远眺塞外。只见绝地千里，荒烟无际，仅有三五穹庐散布其间。

张相如凝望良久，神色黯然道："北虏之患，百代未解，吾辈何日才能马踏漠北？"

将军栾布在旁，连忙劝解道："张公不必哀伤。汉家势弱，唯有隐忍韬晦，以待时日。"

张相如不由仰天叹道:"灭匈奴日,恐要留待子孙了!"随后,便拟了一道军书,遣人飞递入都。

如此,大军留驻边境月余,仍不见胡骑踪迹。张相如料定单于已远走漠北,一时不复犯境了。此时又接到文帝谕令,命班师回朝,便下令拔寨南还。

当年开春之日,大军还都,渭北屯军也奉命撤回,一时内外解严,天下皆喜悦。长安百姓无不欢悦,都相偕出门,争看得胜之师。满街满巷,尽是称贺之声。

匈奴闻声退去,文帝数月以来的焦躁,也一扫而空。彼时朝中百官,五日得一休沐,文帝知臣下也辛苦,便恩准百官休沐三日,略作喘息。

初休沐这日,文帝起得早,心情甚好,便带了近侍,乘软辇巡行宫内。见各处官署,皆寂寥无人,仅有宦奴二三人在当值。

行至郎署门前,忽见有一年老侍臣,孤零零立于道旁迎驾。文帝不禁好奇,忙下了辇,施礼问道:"请问父老,今日如何不歇息?"

那老者答道:"小臣劳碌惯了,不忍荒废时日,故而未歇。"

文帝心中陡生敬意,又恭谨问道:"不知你家在何处?看父老装束,是为郎官。郎官无俸禄,老人家为何要来做郎官?"

那老郎官答道:"回陛下,臣名唤冯唐,祖父为赵人,祖籍中丘(今河北省内丘县),自臣父时起,则徙至代地。汉兴,又自代地徙至安陵(今河南省鄢陵县)。臣本驽钝,仅在乡中略有孝名。老来为公卿所推举,选为中郎署长,得以侍奉陛下。"

文帝闻听"代地"两字,顿感亲切,忽想起一事,便道:"冯公说起代地,真有不胜今昔之慨。朕昔年为代王,长居代地。彼时吾之尚食监①，曾数度说起赵将李齐，称其为贤臣，曾出战巨鹿，骁勇异常。惜乎今已故去，无由任用。至今吾每饭仍不忘，父老可知其人乎？"

冯唐答道："臣仅略知其人。若论为将，李齐不如廉颇、李牧。"

"哦！如何说呢？"

"臣祖父在赵时为将，曾与李齐友好；臣父先前曾为代相，亦与李齐为友，故而知其为人。"

文帝不住颔首，一面就叹道："可惜！吾生也晚，未能与廉颇、李牧同时，不得用二人为将。否则，吾岂惧匈奴哉！"

冯唐瞄一眼文帝，忽就拱手道："不然。臣以为，陛下即便得了廉颇、李牧二人，也未必能重用。"

文帝闻听此言，心中就大不悦，面色一沉，望了望冯唐，便上了软辇，命随从起驾回殿。

冯唐却面色不改，徐徐向辇驾施了一礼，目送文帝远去。

回到宣室殿，文帝气仍未消，对左右涓人道："冯唐以我为昏君乎？"

左右涓人连忙劝道："冯唐老迈，说话不知轻重，他岂敢诋毁陛下？"

文帝面色这才稍缓，沉吟道："或许如此，不知他究竟有何怨念？朕这便召他来问。"

少顷，冯唐应召而至，仍是不徐不疾，行至御前立定。文帝

---

① 尚食监，原载《史记·张释之冯唐列传》，应为宫中掌膳食的太官令之属官，职名为尚食丞或食监丞。

便屏退左右，起身一揖，心平气和问道："冯公何故要当众辱我？何不寻个无人处，与我私语耶？"

冯唐闻文帝如此问，亦有所动容，连忙谢罪道："鄙人不知忌讳，并无其他。"

文帝想想，便笑道："公如此耿直，也无怪年过花甲，仍在郎署。"于是便不再责备，嘱冯唐速回家去休沐。

冯唐闻命，也无感激涕零之态，仅淡淡谢了恩，便退下了。

在旁涓人见了，议论纷纷，都笑冯唐古怪。文帝却摆手制止道："此翁必有过人之处，你辈休得小觑。"

数日后，北地都尉孙卬遗体归葬故里，家眷扶枢过长安。文帝特予召见，封孙卬之子孙单为鉼（píng）侯，以揄扬忠烈。

送走孙卬家眷，文帝犹自伤感，戚戚于心，觉边地之患尚未消除，远未到高枕无忧之日。于是又召冯唐来问计。

甫一见面，文帝先是寒暄道："日前与公偶语，朕知你非寻常之辈，想必壮年时亦有大志，何以老来甘居于郎署？"

一句话，说得冯唐心中酸楚，不由叹道："陛下春秋正盛，不知岁月如流矢，倏忽即逝。臣少壮时并非无为，然恍惚之间，人便老矣！"

文帝一笑，这才将话锋一转，问起前事来："公何以知我不能用廉颇、李牧？"

冯唐这才知文帝心思，便放开了胆量，侃侃而谈道："臣闻上古王者用将，必屈膝推其车辖，以示尊崇。将军征伐，必嘱其曰：'宫禁以内，寡人决之；宫禁以外，将军决之。'军功赏爵等事，皆由将军决于外，归来再奏。此绝非虚言！臣祖父曾言：李牧为赵将，据守北疆，营外军市①所收租税，皆留作军中自用，以犒赏将士。所有赏赐，皆由李牧决于外，赵悼襄王从不问。悼襄王既委李牧以重任，便只问战功如何，不问其他。故而李牧能尽其才，北逐单于，东破东胡、澹林②，西抑强秦，南拒魏韩。彼时，赵之强盛，几可称霸天下。"

文帝听得入神，拊掌连连赞道："那赵悼襄王，果然开明！"

"惜乎悼襄王薨，赵王迁继位，听信近臣郭开谗言，诛杀李牧，令齐人颜聚代之，以致秦军大破赵军，东下邯郸。赵王迁、颜聚二人，亦为秦将王翦所擒。"

"朕少年时，太傅教我读书，也曾讲过李牧事。今日闻公之言，更觉痛惜。"

"臣方才所言，皆为古人事；然今人之事，亦可令人扼腕矣！"

"哦？"文帝不由惊诧，连忙正襟危坐道，"你尽管说来。"

冯唐便谏道："臣闻云中郡守魏尚，所收军市之租，尽给士卒，又出私钱，五日杀一牛，分赏宾客、军吏及舍人。由是，将士用命，皆愿效死。匈奴闻声远避，不敢近云中之塞。胡骑也曾贸然入寇，魏尚率军击之，所杀甚众，胡虏尸横遍野。"

"此事朕也有所耳闻，令人气壮！"

"然朝堂上事，偏有匪夷所思之处。魏尚功高若此，不赏也就罢了，却因此得咎，令众边军心寒！"

---

① 军市，军旅在军营旁侧设军市，收取租税，用以养军。战国时始置。

② 东胡、澹林，皆为殷商以来东北方民族。

"嗯？当初御史大夫曾有上奏，只说他冒功请赏，朕并不知其根由。"

"所谓冒功请赏，苛责而已！想那军中士卒，尽是农家子，起于田舍而仓促从军，岂能精于尺牍？终日力战，气竭而归，上报所斩胡虏首级，未能精当。于是一数不合，文吏便以法绳之。缘此之故，魏尚有功而不能赏，岂不荒唐？"

"哦？原来如此！"

冯唐说到此，忽就伏地叩首，高声道："臣也愚钝，以为陛下法太苛、赏太轻、罚太重。魏尚请功，斩首仅差六级，陛下便有诏，令文吏削魏尚之爵，罚做劳役。以此观之，陛下即是得了廉颇、李牧，亦不能用。臣素来愚不可教，今日犯颜谏之，更触及忌讳，死罪死罪！"

文帝满面羞愧，连忙扶起冯唐，劝慰道："公请平身！此乃朕之过。幸有你直谏，方不致贻误更深。朕未料近臣之中，竟有冯公这般大才。只可惜你年逾花甲，方得脱颖而出，确是太委屈了。"

冯唐淡然一笑，揖谢道："陛下纳臣之言，臣即不胜感激。过往之事如流水耳，岁月易老，臣亦易老，而非君上之过也。"

文帝闻此言，不禁执起冯唐之手，大笑不止。当日便下诏，令冯唐持节往云中郡（今内蒙古托克托县东北），赦免魏尚，复其官爵仍为郡守。

待冯唐归来复命后，又拜冯唐为车骑都尉，统领中尉署及各郡国车骑，参与征伐事。花甲郎官，忽一日得此重用，朝野都以为是奇事，赞叹不已。

后又数十年，冯唐免官归乡已久，被地方再次荐为贤良之士，上报朝廷。惜冯唐其时年已逾九十，不堪奔走，只得征召其子冯遂为郎官。就此留下一段"冯唐易老"的掌故，为后人所津津乐道。

再说那魏尚复任云中郡守，边军果然士气大振，匈奴不敢再犯。此后文帝便留了心，所用边将，皆亲自酌选，务求精干。如此又是数年过去，边境上尘埃不起，人民始得心安。

这年春来，恰是风日晴好。文帝心甚安泰，欲登高远眺，却苦于官中无露台，便欲建造，命少府召工匠来问。

古时之露台，须堆土高数丈，上建亭阁，仰之若丘山。那一干工匠应召而来，先算了算，报称需花费百金，方能造成。

文帝闻报便一惊，不禁脱口道："百金，乃中等人家十户之资也，这如何使得！我承先帝之祀，得以入主未央宫，已羞愧至极，岂能再起露台？"

少府在侧劝道："陛下曾两免田租，天下之民无不感恩。此等小事，不过靡费百金，应无伤大雅。"

文帝断然道："昔读周公所作《七月》诗，见'无衣无褐，何以卒岁'句，顿思农民之苦，于心有愧，几欲泣下。为人君者，民之父母也；造露台事虽小，所费亦是民之膏血，吾实不忍为。"旋令少府作罢。

此事在列侯、百官中传开，亦获众人大赞。后世宋代诗人陆游有诗云："古者养民如养儿，劝相农事忧其饥。露台百金止不为，尚愧七月周公诗。"即是咏此事。

至此，文帝已安坐天下十四年，承薄太后之旨，奉行黄老，凡事以恭俭为上，不敢生事，终得海内晏然，外患不起。万家生民由凋敝而复苏，渐入太平治世之境。

饶是如此，文帝亦不敢大意，以为匈奴之扰，或就是上天示警。于是下诏责己，诏曰：

"自我即大统，主祀上帝宗庙，于今已有十四年。历日绵长，以吾不明不敏之资，而久抚天下，朕甚自愧。朕之意，今起将广增祭祀坛场，以报祖宗。

"朕闻昔年先王，广施仁德而不求其报，祭祀而不求其福，尊贤而远亲，先民而后己，可谓贤明之极也。朕又闻，今之祠官祝祷，皆归福于我，而不归于百姓，朕甚愧之！以朕之不德，岂能独享其福，而不与百姓焉？着令祠官于祭祀之时，唯敬祖宗，而无须为朕祈福，钦此。"

天下人见了此诏，无不心折，都称颂文帝为圣明之君。百姓街谈巷议，各个慨叹：生于当世，实为前生攒下的福气。

十

隐忍方得
山河固

话说史上历代君主，于鼎盛之时，最易转为昏聩，拒劝谏，信宠佞，好大喜功。皆因平日里，满耳颂声听得多了，便生出骄矜之意，致使阿谀之徒有机可乘。此类前车之鉴，不知曾有过多少，即是贤明如汉文帝，亦不例外。

就在前元十五年（前165年）春上，陇西成纪县（今甘肃省秦安县）有人报称，曾有黄龙见于野，一时哄传，群情耸动。地方官吏虽不曾亲见，却风闻上奏，称祥瑞忽见于郊野，当是大吉之兆。

世间无能小吏，阿谀之术一贯如此，无不是揣摩上意，不吝颂圣。即便未获赏识，亦不至于遭罚，故而各类谀辞，都是不假思索，援笔即来。

此前，凡有关祥瑞奏报，文帝皆交由张苍处置，今日看见，忽就动了心思。想自己勤谨十数年，一心施恩于民，或是上天有所感，方降下这祥瑞来。由此想起，鲁人公孙臣从前曾有奏章，称黄龙将现。于是，便命涓人去寻出来看。

待找出那奏章后，再读公孙臣彼时所奏"汉正当土德之时，必有黄龙现"等语，便觉不同了。当初看时，颇似谀辞；今日再来看，则无疑是先见之明。文帝想自己登位至今，担了十二分的小心，终得天下大治。今观四海之内，吏守常法，民安百业，安稳远胜于高帝时，正合了老子所言"为无为，则无不治"之道。即便身处深宫，亦常能听到外间称颂，想来那"黄龙现"也是有所本，并非郡县小吏阿谀。

文帝由此想道：人事所为，不可以逆天。既有黄龙示祥瑞，若不加理睬，那便是固执了。于是拟了一道征书，征召公孙臣为博士，以备顾问，也好当面与之商议。

再说那位公孙臣，虽与孔子同邑，却并非儒生，而是个江湖术士，行走于乡邑，以测符运为生。年前曾上书请改正朔，希图借此得官，却被张苍驳回，满心沮丧。不料才过了一年，一道征书自朝中发下，转眼竟成了当朝博士。

公孙臣谒见那日，文帝和颜悦色道："公乃异人，曾言天下将出黄龙，汉当改正朔，惜乎丞相张苍不肯纳公之言，故而朕也未信。今陇西果有黄龙见，正应了公当初所言，此乃朕之过也。"

公孙臣强按住心中欢喜，恭谨回道："陛下言重了，小人实无大才。臣与张丞相所习术数不同，故所见亦不同。臣习于占候①，丞相则精通律算，各有所长。然天道之事，人算岂可尽知乎？"

"恰是如此！朕不欲偏听，故而召你为博士。今黄龙既见，我君臣皆不可无视。公可与朝中诸博士商议，当如何奉天命。"

公孙臣听文帝如此说，却面露迟疑之色："臣下愿从命，然不知张丞相之意如何？"

---

① 占候，指古之术士视天象变化以附会人事，预言吉凶。

文帝便笑道："张苍老迈了，不免迂腐，公无须理会。"

公孙臣这才放下心来。他原为布衣游民，如今得了个博士荣衔，俸禄四百石，食宿皆有朝廷供给，端的是今非昔比，于是满心感激，与诸生日夜聚议。

是时，文帝终究心存顾忌，不敢贸然改正朔，任由公孙臣几次催促，都无回话。

公孙臣猜不透文帝心思，只觉无奈，料不到文帝却是另有主张。

这年初春时，文帝忽有诏下，曰："有异物之神见于成纪，无害于民，兆在丰年。朕将郊祀上帝诸神。然秦焚书之后，典籍散失。何为郊祀，其典仪如何，今已失之不传。凡此种种，皆由礼官议定，奏报上来。"

此诏所谓的"上帝"，乃是指"上天之帝"。祭祀上帝，为旧时周秦礼仪，汉家并无成例，奉常昌闾主掌天子祭祀，得了这诏令，一时也摸不着头脑，连忙率属官查阅典籍。忙碌了多日，才大略查明。

原来，秦之都城曾在雍城，秦时祭天处所，即在雍城之郊，人称"雍郊"。雍郊离雍城有三十余里，山下筑有高坛五处，分祭"五帝"，即黄帝轩辕、青帝太昊、赤帝魁隗、白帝少昊、玄帝颛顼。这五位，皆是华夏上古首领，统称"五方上帝"。

据此，昌闾又忙碌了半月，拟定了郊祀典仪，而后上奏文帝。

文帝问清了细节，当即照准。因不欲劳民伤财，便不再另外筑坛，只用秦时旧址。择定于夏四月朔日，在雍郊祭祀五帝。

此次祭天大典，备极隆重，文帝亲临雍郊致祭，随行公卿百官等，竟有千人之多。车马过处，烟尘蔽天，卤簿望不见头尾。其典仪之盛，为立朝以来所未有。公孙臣因此名震天下，人人都知他擅神仙之术，得天子宠眷，风头竟将那张苍都比了下去。

张苍最见不得这类装神弄鬼事，原想阻谏，见文帝日益冷淡自己，知恩宠已衰，便赌气托病不朝。如此一来，朝中风气便不同了，阿谀之风随之渐起。

其时，有赵人新垣平，粗通文墨，混迹于闾里，在邯郸城内略有薄名。他见公孙臣凭一张巧嘴，即骤登高位，不由也动起了心思。当下跑去长安，拜了阴宾上为师。讨教数月，学得了些术数皮毛，便斗胆赴阙，妄称精通望气之术，求谒见天子。

彼时文帝祀罢五帝，正踌躇满志。想到自盘古开天地以来，功业如己者，算来恐是无多。当此时，忽闻谒者来报，阙外有方士求见，便料定又是天意，连忙宣进。

那新垣平随谒者走上殿来，心中就暗喜——原来见天子竟是如此容易，便放开了胆量。叩拜完毕，即大言道："方士新垣平，本为邯郸人，今至长安，乃为望气而来。"

文帝见新垣平相貌不俗，口齿伶俐，先就喜欢了几分，忙摆手道："且慢！近闻民间方术士甚多，自立名号，杂芜不堪。请问新垣公所学，可有师从？"

新垣平赴阙之前，早已探得底细，知文帝素好黄老，此时便大言不惭道："小民与阴宾上，为同一师门，皆师从前朝方士侯生，熟读《黄帝杂子气》，因而最擅望气之术。"

文帝不觉就一惊："公与阴宾上同门？为何从未听他说起？"

"宾上兄为人淡泊，无意彰显，此乃我所不及。然小民为陛下计，不忍错失良机，故而赴阙求见。"

"原来如此。那么依你看，此地有何气？"

"小民近观天象，见长安东北有神气，成五彩之色，如人之冠缨。以《黄帝杂子气》所言，东北之角，乃神明所居；西方之域，为神明之墓。今东北有神气，即是天生瑞气，为国之吉兆。小民以为，陛下当顺天意，就地立祠庙，礼祀上帝，以合祥瑞之意。"

此时文帝最喜听的，便是这"祥瑞"二字，不觉就精神一振，忙问道："不知《黄帝杂子气》是何典籍？"

新垣平道："此乃吾师所藏黄帝书，惜乎经秦时焚书，所存仅余残篇。"

文帝颔首笑道："公所言望气之术，朕幼年时也有耳闻。先帝早年藏身芒砀山，外人不知其所在，唯高后一人，可望气而知踪迹。公既有望气之才，便不要在江湖上了，且入朝听命，为朕在长安左近择地，立五帝祠。"

新垣平大喜过望，连连谢恩，就此得以出入宫禁，结识了公孙臣。两人心照不宣，都想瞒哄好文帝，混一口长久的富贵饭吃。

数日之后，奉文帝之命，新垣平与奉常昌闿一道，策马出长安洛城门，渡过渭水，一路寻觅，来到渭阳地方。新垣平见此处地势开阔，便用手一指，故作喜色道："前面五彩之气最盛，立祠之地，可择于此！"

昌闿抬眼看去，见此处恰在长安东北，倚山面水，地势果然不错，便连声喊好。如是，两人择定了地方，便返回长安，禀报于文帝。

文帝听了二人细述，心中大喜，当即下诏，令长安县征集民夫，在渭阳修建祀祠。

此处祀祠，既然为五帝而建，便要分为五大殿。那五殿当如何分布，昌闿又不懂了，只能听凭新垣平主张。然新垣平又哪里懂得，情急之下，只得装腔作势，先将黄帝庙定于中央，又将那青赤白黑四帝，胡乱按东南西北分了。

昌闾听了这番铺排，仍存疑惑，又问道："五帝各殿，又当如何区分？"

新垣平眼睛转了两转，便答道："只将那殿门涂漆，分作五色便罢。"

昌闾乐得有新垣平做主，便也不问究竟，照此吩咐了下去，令长安县如期动工，不分昼夜。

待五帝祠建成，已是前元十六年（前164年）孟夏。文帝闻报大喜，择了吉日，便起驾出城，亲赴渭阳五帝祠祭天，又是一番热闹。

祭天当日，文帝亲启燔燎之仪，命昌闾率郎卫一队，在坛顶堆好薪柴，将玉璧、玉圭、缯帛等祭品置于上。随后文帝登上坛顶，接过昌闾手中火把，点燃积柴。霎时，只见火焰熊熊，一股烟云腾空而起，状若游龙。

新垣平这时也随侍在侧，见烟雾袅袅，便指给文帝看："此烟云，恰似前日东北瑞气，今日重见，恰是天人相合之象。"

那新垣平胡乱指点，专拣顺耳的话说，又引文帝远望黄帝殿，诡谀道："汉当土德，为黄帝苗裔。今黄帝殿居五帝之中，正应了陛下之位——居中而控天下，东西南北，莫非王土。"

文帝此刻俯视山川城郭，只觉豪气满腹，仿佛自家功业，已上承五帝。又想到天下生民，碌碌如蚁，无不赖有明君护佑。自己即位以来，理政也就十余年，天下即清平若此，便是秦始皇当年，也未见得能过之。

待祭天大典毕，文帝还都，便拜了新垣平为上大夫①，又赏给千金，宠信之隆无人可及。

新垣平感激涕零，逢人便讲要报恩。当下集合了众博士，日日翻书，寻章摘句，从六经中摘得些片段，辑成《王制》一篇，囊括封国、职官、爵禄、祀葬、刑罚等典章制度，供文帝参用。此文后收入《礼记》一书，于今仍可见到。

编书闲暇，新垣平又与公孙臣聚议，暗中共谋，劝文帝应仿尧舜古制，行巡狩、封禅之礼，以此上敬天意，下抚万民。

文帝拘谨半生，眼见大业将成，从此可名垂千古，心中便也活动起来。听了二人进言，欣然采纳。然巡狩、封禅之礼该如何办，却又无人通晓，文帝便命诸生翻阅古籍，先将典仪弄清再说。

那巡狩、封禅二礼，浩繁盛大，不同于寻常礼仪。如何斟酌，倒是难煞了众博士。所幸文帝并不着急，只令众博士从容商议。

新垣平见妄语亦能邀宠，便将那文帝更加看低了，每日用尽心机，要弄出些花样来。

这日，文帝出巡万年县，驱车出长安，往东南行至长门亭。忽见道北伫立五人，相貌奇异，服饰奢华，所着服色各个不同，且异于时俗。文帝正在疑惑间，又见那五人忽然掉转身去，各朝一方，疾步而行，转瞬就隐入了柳林丛中。

此处为郊野，田间除了两三农夫外，并无他人。文帝不禁诧异："何以有异人在此？"便急命御者停车，召新垣平来问道："方

---

① 上大夫，此处见《史记》。本为先秦官名，在国君之下有卿、大夫、士三级，大夫亦有上、中、下三级。然汉初并无此职，仅有中大夫、太中大夫等，故而存疑。

才那五人，不似凡人，莫非是五帝现身？"

新垣平早有谋划，当即躬身一揖道："陛下所见不虚，小臣也已看见。那五人所服，为黄青赤黑白五色锦衣，头顶有瑞气缭绕，当是五帝幻化而成。"

"果然！五帝显灵，朕将何如？"

"五帝候于道旁，必有深意，可在此地筑坛以祀之，以祈陛下永寿。"

此时文帝已入魔道，凡新垣平所言，无不相信。于是下诏，于长门道北修筑五帝坛。筑成，文帝又亲临坛顶，以太牢之礼致祭，亦是十分隆盛。

新垣平见文帝好哄，便又心生一计，隔了几日又奏报："臣昨夜望气，阙门之下，有瑞气升起，当有宝玉见。"

文帝听了，按捺不住，急令谒者速往北阙去看。谒者领命，疾奔至北阙，见宫门外果有一布衣男子求见，称在阙门下挖出一个玉杯，要献与天子。

谒者满心惊异，引来人上殿，呈上玉杯。文帝忙接过玉杯来看，见此物倒也平常，只是杯上刻有"人主延寿"四个字，熠熠生辉。

文帝自登位至今，诸事顺遂，不免就私心盼望长寿，见了玉杯上刻字，不由大喜，只道是上天亦有此意，便厚赏了新垣平及献杯之人，将玉杯藏于宫内。

如此，新垣平连连得手，便恼恨以往蹉跎太久，未能早些以骗术求富贵。后凡有谋划，便不再知会公孙臣，只顾挖空心思说谎，以求独宠。

未过几日，新垣平果然又有奇思，携了一部古历《夏小正》，向文帝禀道：“臣揣摩历书，今日正午，日可重返中天。”

文帝自是大惊，急命太史令，往北阙下去看日影。那太史令便去阙门外，竖起一根木杆，静候细察。过午之后，忽疾奔入殿称：“下官于日中时，守候多时，果然见日返当中。”

文帝大奇，忙问道：“所据何为？”

那太史令举起手中木杆，言之凿凿道：“此为奉常署所用，竖立于地，以观日影。日行中天时，若逢冬至，日影一丈三尺五寸；若逢夏至，则为一尺六寸。今恰为夏至，日过午时，小臣亲见日影长至二尺，不多时又复回一尺六寸。考之上古盘铭①，此象为‘日却再中’。”

“日过正中，竟可逆行乎？”

“小臣守候在侧，以尺量之，确是日返正中，而后复始。”

文帝便觉疑惑：“此象是何意呢？”

新垣平连忙禀道：“此象自古便有，为开元之象。老子有言：‘执古之道，以御今之有。’陛下不妨从之，改元以应天象。”

那新垣平与太史令一唱一和，直说得文帝心动，当即下诏：自明年起改元，以应天意。因汉朝彼时尚无年号，故史家称改元后为“文帝后元”。

此时，距后元元年（前163年）新年，仅有半月余，新垣平在家中乱翻书，忽又生出一个奇思来，入朝向文帝进言道：“上古禹王收九州之金，铸九鼎，以祭享上帝。后传于商周，周显王时水

———————

① 盘铭，盘为古代盛物之器，其上刻有铭文，即是盘铭。

患成灾，周鼎即没于泗水①之下，前人曾百计搜寻，终是不获。"

文帝便也想了起来："此事太傅也曾说过，昔秦始皇过彭城，发千人打捞周鼎，终未果。莫非如今有了踪迹？"

"正是。今秋大雨，河决金堤，河水已与泗水相通。近日臣望气，见长安东北有异象，汾阴（今山西省万荣县）一带宝气冲天，当是周鼎将出。"

"嚯！滔滔河水之力，真乃神力。周鼎重千斤，百年前沉于泗水，今日竟能移至汾阴。"

"小臣以为：周鼎，神器也，天命所授。上古没于东，今日又见于西，乃是上天独钟陛下。秦始皇昔日仅得传国之玺，而未能得周鼎，故而社稷转瞬即亡。今汉家欲传万代，则不可不寻周鼎，陛下当早做打算。"

"哦？吾欲得周鼎，当何如？"

"当立祠庙于汾阴，祝祷河神，以待天时。"

"此事真乃大奇，莫非是天助我也？"文帝遂不疑此事，又厚赏了新垣平，令少府拨给钱财，在汾阴县修建祠庙，为求鼎之用。

那汾阴县令接了诏旨，不敢怠慢，立即调发民夫，备齐工料，不顾天寒便开了工。

文帝想到，若九鼎即出，万民必将称颂，后世亦可留个好名声，不禁喜上心头。适逢新年将至，于是特准天下"大酺"，百姓可聚饮三日，以示同庆。

百姓听闻九鼎将出，都称汉家厉害，将上承三代，下启千载。

———————————

① 泗水，发源于今山东省泗水县，流经曲阜、兖州、济宁等地，汇入微山湖。

一时间父老相邀，家家聚饮，足足大醉了三日。

至此，新垣平接连受赏，累计已过千金，朝野四方，无不知其大名。有那民间贪利之徒，更是啧啧称羡。

事若至此，倒也算圆满；然则，正所谓水满则溢，总有变数出乎人意料。就在普天同庆之时，忽有一日，有人赴北阙上书，劾奏新垣平欺君罔上，妖言惑主，实有不赦之罪。

劾书当日传至宫内，文帝拆开来看，见竟是阴宾上所写，不觉就吃了一惊，连忙命人去召阴宾上入宫。

未几，阴宾上应召上殿，文帝见他一身布衣，两鬓飞霜，竟全没了当日的奢华气，便又是一惊："数年不见，如何先生便见苍老？莫不是有了忧心事？"

"小民孤老一人，家资丰盈，还有何事可忧？实为天下人心忧而已。"

"此话怎讲？"

"当今天下，之所以无事，乃有明君在上。若君主不明，则社稷定是堪忧。"

文帝顿感惊诧："先生是说……朕如何不明？还请指教。"

阴宾上脸上便有怒色，愤然道："那新垣平，邯郸一文氓也，欺世盗名，全无根柢，他哪里能懂黄帝书？平素不过纠合几个同类，臭味相投，彼此吹擂，名不能出邯郸城半步。前月来投我门下，学了些皮毛，就敢来欺瞒陛下，陛下却为何待他若上宾？"

"那新垣平，不是你同门吗，曾师从前朝侯生？"

"焉有此理！我自幼拜师，系从黄石公学《易》，苦读二十载方有今日，与侯生有何干？论起来，臣与张良、司马季主等，倒是可称同门，岂是新垣平之流能攀附的？那前朝侯生，以鬼神之事欺罔秦始皇，事败逃亡，不知所终，致使秦始皇怒而坑儒，留下恶名。吾岂能拜那伪人为师？"

文帝脸就一红，辩解道："新垣平此人，总还有些本事吧？他擅望气之术，为朕亲眼所见。"

阴宾上便冷笑："鬼神之事，如何能亲眼见到？凡亲见鬼神者，便是作假。新垣平之诈术，臣亦有耳闻，诸如五色之气、五帝现身、周鼎将出，等等，无不是从中做了手脚。想那五帝有先后，相隔不知有几千年。若聚会，只该是聚于蓬莱仙山，凡人不可见，如何能聚到这长门亭来？"

文帝知阴宾上语含讥讽，脸上便一红，又勉强道："五帝现身事，虽属玄虚，然周鼎恐不为假。"

"那更是假！周鼎重逾千斤，试问那柔弱之水，如何能载其漂移西东？若周鼎可自泗水移来，那河伯莫非大力士乎？"

"咳咳……那么，何以分辨新垣平所言是真是假？"

"这个不难，以夹棍伺候，便可知他所言真伪。"

文帝便面露难色："如此，恐有违仁义……"

阴宾上仰头笑道："岂用真的动刑？此等小人，全无节操，拉去诏狱问话，不消片刻即可招认。若他不招，小民甘当构陷之罪。"

文帝此刻也想起来，新垣平往日所言，破绽甚多，自己如何就轻信了？此刻若忽然问罪，世人得知，将如何议论？如此一想，竟不知所措。

阴宾上见文帝神色犹疑，便又谏道："陛下自登大宝以来，勤谨施政，从无一句虚言。然近年却渐入玄虚，民间已有议论。想那秦始皇，虽有千古之才，扫平六国，混一海内，然信了侯生那班人妄言，也不免倒行逆施，惹得天下怨怒，身死而社稷亡。今陛下度己之才，可胜于秦始皇乎？庶几可免于此厄乎？"

文帝闻言，心头便一颤，这才狠下心来，命谒者去廷尉府传谕：新垣平欺君罔上，所言多虚妄，着令夺爵，交发廷尉问罪。

待谒者领命走后，文帝这才释颜，对阴宾上温言问道："先生高致，然人情总还要讲，如何一连数年都不来见我？"

阴宾上从容答道："世间高士，贵在有灵性。心性通灵，方可感物，能知千年之后。若跻身朝堂，则易于追名逐利，壅蔽心智，致通灵之才全失，故此小民不敢打扰陛下。"

文帝便笑道："如此说来，朕之身边，皆是庸碌之徒了？"

"虽非庸碌，却也不明大势。那新垣平误陛下甚深，绝非社稷之福，为何竟无一人敢谏？还不是为保俸禄。小民实为不解：朝堂上无声，陛下耳根清净，天下便可无祸吗？"

文帝闻此言，心中一悚，语带歉意道："先生不来见我，乃朕之失！今后，还望先生多加指教。"

阴宾上便整了整衣冠，敛容道："我本布衣，不通政事。文吏中袁盎、晁错者流，皆是敢言之士。陛下若真心纳谏，只听逆耳之言便好，不然事将危矣。小民有幸，躲过秦末之乱，便不欲重见天下鱼烂。此前，屡见新垣平得势，竟无人阻谏，恐为不祥之兆。辗转思之，无以为计，故而一夜间白了须发。"

文帝愕然，望住阴宾上良久，方揖谢道："先生用心良苦，吾当自省。从此，所有伪冒方术士，当斥退，永不任用。惜乎当年吾见贾谊，未问富民事，却只问了些鬼神事……"

阴宾上淡然一笑："那班庸才，容不得贾谊，却容得下新垣平之流，赖此辈，何以能富民？如今贾谊虽殁，市上却争传其言：

'夫民者，至贱而不可简也，至愚而不可欺也。'故自古至于今，与民为仇者，有迟有速，而民必胜之。'如此良臣，却不能久在朝中，小民甚为陛下惜之！"

文帝脸便一红，叹道："贾谊其言，我读亦如遭雷击！他若在，吾必不为谄言所惑。"

如此，两人又谈了许久，文帝方送阴宾上至殿门，慨叹道："先生大隐隐于市，惜不能出山，为我股肱。"

阴宾上道："古之圣人曰：'山下有险。'臣不愿履险，恕不能入朝为官。近闻司马季主亦倦于俗世，不日将西行，往邛崃天台山，去寻那赤松子旧迹。吾决意与他同行，也不欲居留长安了。"

文帝不禁瞠目，连忙挽留道："不可不可，窦氏两兄弟，尚有赖先生教诲呢！"

阴宾上便笑："窦氏兄弟好学，苦读数年，皆已知书达理，尤以窦少君为优，今已改名窦广国，与旧时判若两人，可堪大用。陛下无须担忧，臣就此别过。"

"先生且慢，待我吩咐少府，赠你五百金为心意。"

"陛下，万不可如此！老子曰：'致虚极，守静笃。'小民此去，立意要守静笃，若受了这赏赐，便难以静心。"

文帝望望阴宾上，顿感怅然，心知劝阻不住，只得与之依依作别。

阴宾上行至阶陛，才走了两步，忽又停住，回首道："初见陛下至今，倏忽已二十年矣。小民此一别，恐再不能入阙；有一语，愿冒死说出。"

"先生但说无妨。"

"初见陛下，觉陛下温文尔雅，虚怀乐善；今见陛下，却见眉宇间难掩虚骄气，却是为何？ 小民昔年读《春秋》，最恨君王执两端，既为善，又为恶。 若有余力，何不减一分为恶，增一分为善？民间尚有贫苦无告者，陛下何以就忍心耗巨资、饲鬼神？ 独不见有人窘于衣食、有人困于老病乎？ 古来君王，皆称慕尧舜；那尧舜之心，莫非不是肉所生成？"阴宾上说到此，一双白目圆睁，炯炯有光，直逼人魂魄。

文帝不意阴宾上口无遮拦，出言如此尖刻，立时就僵住，羞愧不知如何作答。 迟疑间，竟然几欲泪下。

阴宾上也不理会，略一揖礼，转身便下了阶陛。

文帝立于殿门，怅然许久，方才回过神来，命涓人连夜传谕廷尉：新垣平欺君一案，不得宽纵。

且说那新垣平被夺了爵，银铛入狱，早已吓得三魂出窍。 前来问案的廷尉宜昌，素敬张苍，本就恨新垣平所行不端，此次得了上谕，便不留情面，将各式刑具搬了出来，摆满公堂。

新垣平心中有鬼，一见此等阵势，不待上刑便汗流如注。 一问之下，都如实招认了。 原来那些神神鬼鬼，全系捏造。 所谓"五帝现身""日却再中""天降玉杯"等，都是重金买通了他人，暗中作假。

廷尉宜昌听了招认，纵是曾问案无数，也不禁讶异："新垣平，你这作假本领，可称古来诈术鼻祖了！"

新垣平心知罪重，叩首流涕不止，唯求能保全性命。

宜昌岂能给他好脸色看，只冷冷道："上大夫，哭有何用？ 且饱餐几日吧。"

新垣平便知大事不好，当场大叫一声，晕厥了过去。

宜昌问案毕，拟了斩刑，将案情上奏文帝。 文帝起先还心存侥幸，以为总有一二事为真，待从头阅过案卷，见新垣平竟无一言是真，不禁勃然大怒，当即回批道："新垣平妖言罔上，罪不容诛。着令重启连坐法，处新垣平腰斩，并处夷三族。"

诏令一下，新垣平一门亲族，便全数被捕入狱。至行刑之日，新垣平与其父母、兄弟、妻子等数十口，一齐被褫去上衣，押至西市，一路哭声震天。西市中，但见刀斧手头系红巾，一字排开。待午时三刻一通鼓响，便手起刀落，满地人头乱滚。只可怜那新垣平，得富贵才不过半年，便落得满门抄斩，围观百姓见此，无不唏嘘。

此时，连坐法已罢废多年，因新垣平之故，竟又重启。消息传开，官民皆感震悚，知皇帝这次是动了怒。民间方术之士，无不惊恐万状，都不敢再执业，或改教蒙童，或远遁深山，唯恐再遭一次坑儒。

那公孙臣虽无欺罔之事，文帝亦不再重用，命罢黜博士。公孙臣眼见新垣平被诛，早就慌了，不等罢黜令下，连夜便逃去了。

事过后，朝野议论纷纭，久不平息。文帝亦觉大失颜面，遂下令停建汾阴祠，连带那渭阳五帝祠，也不再去亲祭，只令祠官代祭了事。

薄太后在长乐宫中，也听到新垣平伏诛之事。一日文帝前来问安，薄太后便笑道："秦始皇信方士之言，遍寻长生药而不得，落得身死沙丘。恒儿莫不是要学他，死后与鲍鱼睡作一处？"

文帝羞愧难当，只得俯首答道："母后责备得对！儿稍有骄矜意，便做错了事。"

再说那丞相张苍，自公孙臣得宠后，意气难平，托病不上朝，一连数月不曾出门，在家校勘《九章算术》。闻新垣平事败、公孙臣被黜，心中仍觉不平，埋怨文帝清浊不辨。 此时，正值少府衙署有一中侯①，系由张苍任用，因作奸犯科受人弹劾，张苍便觉脸上无光，索性上奏，借口自己年已九十，不堪任事，乞请病免归乡。

文帝见了张苍奏章，心中略有愧意，然也并未挽留，准了他罢归。

那张苍自秦时起，为官六朝，家财甚厚，起居极是奢华。 家中侍妾，竟有百人之多，凡生下一子者，张苍便不再与之同床，朝野皆叹为奇闻。

罢归后，张苍安居阳武（今河南省原阳县）故里，仍习经不止。 因年事已高，牙齿落尽，家人便雇了民妇，喂他人乳，如此活到一百零五岁，方溘然长逝。 迄今，其故里谷堆村，仍有其坟墓在。

且说张苍去职后，何人可当丞相大任，文帝难以决断，便召了冯敬来问："张苍免归，丞相之任不可虚悬。 朕之意，可否起用窦广国？"

冯敬此时亦老迈免职，闻文帝垂询，自是无异议，赞同道："广国君贤明知礼，朝臣多有赞誉，臣以为可。"

文帝默思片刻，忽又摇头道："不妥不妥！ 窦广国虽有才具，然他为皇后之弟，用了他，天下人难免要说我偏私，还是从旧臣中选吧。"

如此，君臣两人商议多时，才在关内侯中选了一人，名唤申屠

---

① 中侯，少府属官。

嘉。

这位申屠嘉，乃梁国睢阳（今河南省商丘市）人，虽非名臣，却也有些资历。当初投汉时，仅为军中一弓弩手，擅射硬弩。后随刘邦平定英布，立有军功，旋即拔为都尉。至惠帝时，又升为淮阳郡守；文帝元年，封关内侯；至文帝前元十六年，擢升御史大夫，接了冯敬之职。此人为丞相，确是个极好的人选。

冯敬低头想想，忽又心生疑虑："申屠嘉官声甚好，当不负此任，然到底不是列侯。拜他为相，恐公卿及子弟不服。"

原来，汉时官民因功授爵，爵位有二十级。最高一等是二十级，其食邑即是封地，为列侯。次为十九级，有食邑而无封地，称为关内侯。前元元年，文帝见随高帝入关旧臣中，尚有人未封侯，便将其中二千石吏以上三十人，都封了关内侯，申屠嘉便是其一。

文帝不以为意，便笑笑："此事不难。申屠嘉今有食邑五百户，以此为封地，封他为列侯便罢。"

于是，隔日便有诏下，拜申屠嘉为丞相，以食邑五百户实封，为故安侯。

那申屠嘉一向为官持重，秉正嫉恶，从不在家中受人私谒。文帝用他，也颇费了一番心思。料想此人终究资历略浅，用他为相，不至像张苍那般执拗。

岂料这番心思又落了空，申屠嘉虽无大名，刚直却一如张苍，亦是颇难驾驭。

任用之后不久，一日，申屠嘉入朝奏事，猛见文帝左侧身后，有一侍臣站立，其神情怠慢，举止乖错，竟然与随侍宫女嬉戏，心中便有些恼。待奏事完毕，便指着那人对文帝道："陛下所宠侍臣，可使其富贵，却不可使其骄狂。 大殿之上，百官须守仪制，不可不整肃。 此人却怠慢不知礼，望陛下切勿宽纵！"

文帝猛听得申屠嘉言语激愤，不禁愕然，忙掉头去看，见身后原是太中大夫邓通，心中便觉好笑，又恐申屠嘉更出恶语，连忙摆手道："公请勿言。 这等细事，我私下训诫便是。"

申屠嘉狠盯了邓通一眼，犹自愤恨，只道了声："愿陛下勿食言。"便强忍住气，退了下去。

邓通见惹恼了丞相，不由神色惶恐，只呆呆望住文帝。 不料文帝并未予叱责，只挥了挥袖，令邓通退下便是，无须多话。

那么，这位邓通究竟是何人，竟敢如此无状？ 说来也是一段传奇。 他本是蜀郡南安（今四川省乐山市）人。 其父名唤邓贤，家道殷实，在乡中略有贤名。 其妻为他连生三女，方得了这一子。

邓贤得子这年，天下已安定，有官道修过南安。 邓贤平生从未出过县，乍见驿马飞驰，甚觉新奇，遂为幼子取名为"通"。

邓通幼时，读过几年蒙学，闲时最喜戏水捕鱼。 久之，竟练就了一身水上功夫。 待弱冠之后，凭借此技，在乡里做了水手。老父见邓通聪明，不忍见他就此埋没，便置办了马匹衣装，令他入都，好去谋个郎官做。

邓通体魄健壮，性素敦谨，颇讨人喜欢。 入都不久，便在宫中谋得一职，做了一名御舟水手。

未央宫中的一班御舟水手，有百余人之多，虽不是郎官，却也算是近侍。 平素在太液池操桨，皆头戴黄帽，故而人称"黄头郎"。 也是合该邓通走红运，做了黄头郎才几日，便阴差阳错，得了文帝格外的恩宠。

彼时文帝正痴迷于鬼神，忽有一夜得梦，梦见自己白日飞升，腾空而起，眼见就要攀上天庭，却不料脚下一软，便再也无力攀上。正在此时，有一黄头郎匆忙奔至，以手托起他双足，用力一推，文帝这才跃上了天庭。

文帝在梦中欢喜，自云端朝下看去，见那黄头郎已转身离去，只隐约可见背影，上身着短衫，后襟有一方补丁。正欲唤此人回来，却不料窗外一声鸡啼，竟将这好梦惊醒了……

文帝于榻上惊起，回味梦境，暗自称奇。便想到，此梦必有吉兆，须在那班黄头郎中，认出此人来才好。

可巧这日朝中无事，文帝便传下旨去，要亲往太液池巡阅御舟。待文帝来到池畔，那班黄头郎早已集齐，在御舟旁恭候。

文帝望了望，便命黄头郎都到近前来。众黄头郎不知何意，只得战战兢兢围拢来。文帝便道："毋庸惊惶！尔等排成列，鱼贯从我前面走过。"

众黄头郎闻令，连忙排成一列，缓缓走过文帝驾前。一连走过几十个，文帝都觉面生，无以辨认。正摇头叹气间，忽见邓通从眼前走过，看那衣衫后面，恰有一方补丁，便急令他止步，召他近前来问话。

邓通不知是祸是福，忙趋前几步，伏地听命。文帝便问他姓名籍贯，邓通都一一答了。

听邓通报过姓氏，文帝不禁拍膝大喜道："邓通？正是你，正是你！"

原来，在繁体字中，邓写作"鄧"，偏旁中有一"登"字，岂不正合登天之意？那梦中托足的黄头郎，不是这邓通又是谁？文帝喜不自禁，当即吩咐道："你不必再做水手了，这便随我去，充作侍臣。"

队列中一众黄头郎，连带文帝亲随，竟都看得呆了，不知这邓通究竟有何门路。邓通得了这意外恩宠，一时竟回不过神来。有涓人在旁提醒，他这才想起，连忙叩首谢恩。

邓通敦厚内向，不善交际，故而随侍文帝后，并不借此张扬。文帝见他老实，甚是喜爱，数度准他休沐，任他随性闲耍。虽则如此，邓通亦是待在家中，并不出去闲逛。

文帝见他忠厚，也不嫌他庸碌无才，反倒倍加宠信，接连赏赐十余次，前后累至巨万。不单如此，官职上也屡有拔擢，两三年间，竟然升至太中大夫，所受恩宠，与当年贾谊一般了。

邓通骤登大贵，满心欢喜，唯恐有朝一日跌落，便用尽了心思来固宠。似这等庸碌之人，别无长技，唯知以巧言讨主上欢心。未过多久，便窥破此中奥妙，事无大小，总能百计讨好文帝。

文帝勤谨施政十余年，颇觉疲累，自从收了这嬖臣，顿感轻松。偶尔出宫闲游，也要顺路去邓通家中歇息。二人抛却君臣之别，时常饮宴游戏、斗鸡走狗，总要尽欢而散。

正是有此依恃，邓通才敢在朝堂上简慢失仪。那申屠嘉看在眼里，岂肯善罢甘休。当日罢朝，回到相府坐下，便草拟一道公文，遣使送往邓宅，召邓通来丞相府议事，要给他些颜色看看。

闻听申屠嘉召见，邓通料定不是好事，徘徊再三，终不敢前往。岂料一使方离，一使又至，登门即口称："丞相召邓通而不至，当请旨处斩！"

邓通惊得魂飞魄散，求天告地，仍无计可施。只得飞奔至宫中，见了文帝，伏地泣诉道："丞相方才召我赴相府，说是议事，恐是凶多吉少，请陛下救我！"

文帝闻听此事，一时也哭笑不得，想了想便道："丞相不过是恼你失仪，当无大事。你只管去，稍后我便遣使召你。"

邓通闻文帝如此说，只得硬起头皮，前往相府请罪。甫一登堂，只见申屠嘉衣冠整肃，端坐于堂上，满脸都是阴霾。邓通慌忙撩衣下拜，口称参谒，请丞相示下。

申屠嘉略略瞄了邓通一眼，既不回礼，也无言语，只是怒容依旧。

邓通心中惶恐，只得又一拜，恳求道："下臣邓通不晓事，多有得罪，万望丞相宽恕。"

话音刚落，只见申屠嘉霍然起身，猛一拍案道："来人！送廷尉府，斩了！"

丞相府众曹掾一声应诺，有几个就作势要上前拿人。

邓通闻听一个"斩"字，面如土色，立时叩头如捣蒜，连呼"饶命"。

申屠嘉这才冷笑一声："太中大夫，今日也知厉害了？"

"小臣有所冒犯，然并无大过。丞相大量，请勿与小人计较。"

"竖子，今日我便教你知罪！你究竟有何德何能，敢踞太中大夫之位，以媚语欺君？可知新垣平是如何死的？"

"下臣不敢学新垣平，从未有过一语欺瞒君上。"

"来来，我这里有几卷《老子》。你既是大夫，也不敢劳你讲解，只一字一字给我念出半篇来。"说罢，申屠嘉便抛下几册书来。

那邓通粗通文墨，大字倒是识得几个，却从未涉及典籍，如何就能念得通《老子》？急得只顾叩头："小的……粗鄙少文，实是念不通《老子》。"

"我只知太中大夫一职，专掌谏议，如何连一册书都念不出？我倒要问你：食君之禄，忠君之事，你到底谏的是甚么，议的又是何事？"

"小臣该死！小臣仅知行舟。"

申屠嘉便嗤笑道："恐也是最善斗鸡走狗吧？你这等庸才，充作太中大夫，又如何为天子辅佐？堂堂汉家，出了这等走狗大夫，不是欺君，又是甚么？"

邓通情知这一关难过，只得免冠跣足，做负荆请罪模样，哀恳道："小臣该死，幼时生于乡鄙，不懂规矩，实不该与皇帝游戏。万望丞相宽恕，容小的改过。"

"哼！朝廷者，高皇帝之朝廷也。你邓通一小臣，竟敢嬉戏于殿上，实属大不敬。太平之世，出了你这等人，便是妖人。其罪当斩，还谈何宽恕！"

堂上几个曹掾，亦甚厌憎邓通，此时便都一齐喝道："斩了！斩了！"

邓通脸色一白，几欲瘫倒，急得连声大呼："不能斩，不能斩呀！"便连连狠命叩首，竟至额头破裂，血流满面。

见邓通狼狈至此，众曹掾皆掩口失笑；更有人忙着寻觅绳索，要上前捆绑。

申屠嘉只斜倚于座上，不睬邓通，任由他苦苦哀求。

邓通正自哀叹命将绝时，忽闻堂下有人高呼："刀下留人——"言未毕，其人已疾步跨上堂来。

众人都转眼望去，见是一宫中宦者，持节走上堂，向申屠嘉从容一揖。

申屠嘉见来人是朝使，便知文帝有心相救，只得站起身来，回了一礼。

那宦者高声道："传谕旨，召邓通入朝议事。上曰：此为朕之弄臣，请申屠公宽释。"

申屠嘉向朝使拱了拱手，口称"遵旨"，便转身对邓通道："大夫请起吧。既有谕旨，我也只得遵命，饶你不死。若他日再敢放肆，即便有谕旨至，老臣也决不放过。"

邓通这才缓过神来，叩首感泣道："谢丞相不杀之恩！小臣今后，定不敢逾矩。"

申屠嘉便轻蔑一笑，挥挥袖道："你做了大夫，也须令天下人服！且随朝使去吧。"

邓通抹了抹脸上血迹，慌忙谢过，连鞋也顾不及穿，便赤足随了朝使，奔出相府。待入宫见了文帝，忍不住号啕大哭道："臣几被丞相所杀！"

文帝见邓通蓬头跣足，满面血痕，不觉又笑又怜，忙唤太医过来，为他敷药。又叮嘱邓通道："世间事，新进总不敌耆老，你只管发财，勿再去惹恼丞相。"

邓通这才知道，皇帝也要看丞相面子，即是有奇耻大辱，也只得咽下，便含泪道："小臣入宫以来，唯知有陛下，不知有他人，何以竟如此命苦？"

闻听邓通此言，文帝不禁心生哀怜，忽然想起，便召冯敬来吩咐道："公已免归在家，朕却要数次搅扰你。今又有一事，非公而不能成。且往横门闾里之中，寻觅方士阴宾上行踪，召来宫中，朕有事要问他。"

冯敬便感诧异："那阴宾上，为一布衣也，遣使去召即可，何以如此郑重？"

"他前日称，将远赴邛崃寻仙，不知是否已动身。倘若尚未起程，请延入宫中，与朕一晤。"

"臣闻自新垣平伏诛，各地方术之士，多已敛迹。此人怎敢如此托大？"

文帝便一笑："也不可一概而论。此间事，公无须多问。"

冯敬会意，便问明了阴宾上住处，乘车前往横门内。那横门内闾巷交错，冯敬体弱眼花，寻了多时也寻不到。幸得有父老指点，方才找对，连忙整了整衣冠，上前去叩门。

见阴宾上开门出来，冯敬连忙上前一步，揖礼道："在下冯敬，故御史大夫是也。今奉上命，请先生入宫晤谈。"

阴宾上不觉一怔，望住冯敬片刻，方才缓缓道："久仰，原是冯公光临！小民日前已向天子陛辞，即将赴邛崃山中。这几日，正检束行装，诸事繁杂，便不去宫中搅扰了吧。"

冯敬环视宅中，见果然已收拾好箱笼，唯余四壁萧然，便急忙拉住阴宾上道："这如何使得？今上礼遇先生，人皆称羡，先生为何欲弃功名，执意沉潜？"

阴宾上便淡然一笑："小民岂不知功名好？然求功名，也须待时。黄石公所言'潜居抱道，以待其时'，便是我之本意。"

冯敬忙道："先生谈玄，老夫便不是对手，唯知上命难违……老夫已年迈，寻到先生殊不易，可否赏给薄面，随我入宫去谒见？"

阴宾上见冯敬气喘吁吁，心中颇觉不忍，于是叹气道："也罢！冯公既如此说，小民若不从，倒有违忠恕之道了。"

冯敬这才松了口气，命随从将阴宾上扶上车，一同前往未央官。

这边厢，文帝正在前殿等候，见阴宾上一身白衣，由冯敬引上殿来，不由大喜道："有冯公出面，朕料定先生必来。"遂又向冯敬嘱咐道："冯公劳累了，且去歇息，朕与阴先生有话说。"

待冯敬退下，文帝便请阴宾上入座，殷切问道："不知先生何日起程？"

阴宾上答道："已收拾停当，只待称心之时，便与司马季主相偕出行。"

文帝笑道："先生洒脱！ 与你二位高人相比，我辈君臣，倒似自困于笼中了。 我也知先生心已驰远，然有一事，不得已有所劳烦。"说罢，便命人召邓通上殿。

邓通闻声走上殿来，向阴宾上恭谨一揖。 文帝便对阴宾上道："此是太中大夫邓通，朕之近臣也，请先生看他面相如何？"

阴宾上在民间，早闻听邓通善谀，今见其人果然猥琐，心中便益发厌恶，望了他一眼，久不言语。

文帝颇感诧异，忍不住问道："何如？"

阴宾上推辞道："相面之术，非臣之所长。 当今最擅相面者，非鸣雌亭侯许负莫属，陛下可召许负来问。"

"朕亦知许负擅相术，当年称太后'可母仪天下'，后果然应验，太后遂视其为姊妹，朕亦尊其为义母。 然十数年来，许负隐于商洛山中，出行多有不便。"

"原来如此！ 小民明白了，只能勉为试之。 看这位邓通大夫，有纵纹入口，为不吉之相。 眼下虽得封赏无数，然财多亦有尽时，察其将来，恐命途不济……"

邓通脸色便陡然难看，脚下打了个趔趄。

阴宾上睬也未睬邓通，只顾接着说道："……或将饿毙，也未可知！"

邓通闻听此言，不由惊呼了一声："啊！"

文帝面色便猛一沉，大不悦道："先生或言重了，邓通欲致富贵，有何难哉？ 仅凭朕一言，便可保他终身富贵，何至于饿毙？真真岂有此理！"

"小民无欲，若妄言，能有何益？ 恕我据许负《五官杂论》而相其面，并无半分欺瞒，万不敢效新垣平妄言。"

文帝正要动怒，见阴宾上不卑不亢，毫无惧意，想想也只得忍下，仅是冷冷道："先生高致，非常人所能及也。 此去邛崃，愿先生如愿成仙。"

阴宾上闻此言，知皇帝是要送客，便起身道："臣之言说，不悦耳，惹陛下不快了。 小民于平素，亦喜闻善言。 然悦耳之言，最难辨真伪，有求于我者，则其言多为假。 陛下为万民之主，何人敢对天子无所求？ 故而陛下所闻，当全是假言假语。"

文帝闻言，心中顿起震动，不由脱口道："莫非为仁君者，便要喜闻恶言？"

"正是！ 唯有恶言，方出于真心。 草民喜闻善言，可矣；君主喜闻善言，则不可。 试问：新垣平者流，可曾有一言逆耳乎？"

文帝连忙起身，向阴宾上一揖道："今闻先生诤言，当闭门思过。"

阴宾上又道："上天造物，可谓公平之极。 万乘之君，固然尊崇，却不能如高士云游四方，亦不能如平民仅闻善言，这即是黄老所本'恭俭谦约，所以自守'。 仁德之君，须自困于笼中；一旦破笼，恣意而行，必将流弊遍地，无可收拾了。"

"哎呀！此言甚是……逆耳。先生不忙走，请与朕作彻夜长谈。"

"小民不敢！平白蒙恩，绝非好事。小民已蒙陛下垂恩，安居都中十数载，当属万幸。近来重温贾谊赋，见其曰：'迟速有命兮，焉识其时？'我深以为然。小民不识时，当归深山；不懂察言观色，当从此缄口。命该如此，又岂有他哉！"阴宾上说罢，向文帝一揖，转身便要走。

文帝一把拉住阴宾上衣袖，急切道："你我相交十数年，朕受益良多。先生不可如此便走，请留一言，为我治平天下计。"

阴宾上望望文帝，忽以手一指前殿匾额，高声道："天子之事，古来镜鉴多矣，诸子亦其说不一。然以小民观之，又有何玄奥？欲治平天下，所谋者无非有三。即：诸侯无异心，御外有良将，百姓生计不苦，唯此而已。若令一少年为天子，理好这三事，闭目也能治天下，况乎圣明之君？小民读史，常有一事不解：百姓自养，各有其技，并不赖他人。然自成汤周武以来，何用养这多吏，收这多赋？又何须兴这多兵，死这么多人？……"

此言一出，文帝顿觉百骸震动。正惊异时，阴宾上却不待答话，即飘然走下殿去。阶下甲士以为出了变故，各个惶恐，横戟便要阻拦。

谒者亦满面错愕，正欲去追，文帝却摆摆手道："出世之人，多有异行，且随他去吧。"

众近侍皆感惊异，呆望那阴宾上如仙如魅，白衣飘拂，渐渐隐入薄暮中去了。

殿上邓通仍在呆立，见文帝面色不豫，便下拜道："陛下请宽心，小臣是祸是福，无足挂齿。陛下无恙，才是小臣至福。"

文帝似未听见，低头沉思片刻，忽仰头一喜道："朕有一计，可保你百世富贵。"

邓通忙又叩首道："陛下赏赐已甚厚，小臣不敢有奢望。"

文帝便摆手道："非赐金也，朕将赐你铜山一座，任你去铸钱。"

邓通闻言，几疑是听错，不由喜极而泣，连连叩头如山响。

原来，彼时汉家所用钱，大有文章可做。刘邦开国之时，汉承秦制，仍用"秦半两"铜钱，重十二铢①。后秦半两钱不敷使用，朝廷便允民间私铸钱。汉初国穷民敝，因而无论官铸私铸，钱重皆不足，虽仍号"半两"，实为轻钱。至吕后时已减至八铢，文帝时更减为四铢而已。

至于民间私铸钱，则多掺有铅铁，成色不足。甚或有轻至二铢者，薄如榆荚，动辄碎裂不可用，人称"荚钱"。

钱轻，物价便腾贵。最甚之时，一石米竟值万钱，百姓都叫苦不迭。朝廷于此也甚感头痛，曾下令禁民间私铸钱，违者处斩。然厚利所在，人趋之若鹜，又如何能禁得住？文帝无奈，只得于前元五年复又开禁，任由权贵、富户铸钱，只是严禁掺入铅铁，违者处以黥刑。

此时天下铸钱大户，乃是吴王刘濞。他在豫章郡（今江西省一带）觅得铜山一座，便广招天下亡命徒，铸钱赢利，数年间便富埒天子。

文帝正是想起了刘濞，便对邓通道："蜀郡严道有一铜山，所

---

① 铢，古代重量单位，二十四铢等于旧制一两。

产甚丰，取之不竭。 今赐予你，可令家人自去铸钱。"

邓通也知刘濞铸钱致富事，当下连连谢恩。 此后不久，邓通之父邓贤，便率了两个女婿赴严道，雇用众多工匠，挖铜山铸钱。

那邓贤，原是个本分乡绅，做事精细，铸钱时务求检点，绝无掺假。 又为炫富之故，所用铸材皆为红铜，不似官钱为铜锡合金。 钱重也十足，竟比官钱分量还要重些。 人称此钱为"邓通钱"，百姓皆喜用。

此后不过数年间，邓氏之富，便可与吴王刘濞相比。 其时东南多吴钱，西北多邓钱，两家资财究竟积了多少，恐是唯有天公方知。

至此，邓通对文帝感激涕零，甘为犬马。 时逢文帝患病，身上生了个痈疮，久而不愈，竟至溃烂流脓，日夕不得安。 邓通见了心急，竟用嘴去吮吸脓污。 如此，文帝方感舒畅，可以安卧片时。

一日，邓通吸罢脓血，便侍立于旁。 文帝回首见了，心中感慨，便问道："依你看，天下何人最爱朕？"

邓通未加思索，当即答道："至亲莫如父子。 最爱陛下者，当属太子。"

文帝听了，却是默然不语。

至翌日，太子刘启入宫问安。 文帝痈处恰又流血，便看向刘启，吩咐道："你可为我吮去脓血。"

刘启大骇，欲拒之，又恐有违礼教，不得已皱起眉头，勉强吮了一口，便几欲呕吐。

文帝见此，遂叹息了一声："生于深宫者，岂能为此贱役！ 你且回吧。"

刘启脸一红，甚觉难堪，只得怏怏退下。

文帝又召邓通前来，邓通毫无难色，当即跪下，俯身吮去脓血。文帝低头看去，不禁动容，感叹道："至亲莫如父子，恐非如此呀！"

自此之后，文帝对邓通恩宠更甚，朝野再无第二人可及。

且说那太子刘启，此时已近而立之年，虽也谨慎知礼，却颇有脾气，不似其父那般温良。回到太子宫，想想吮脓之事，甚觉吊诡，不知是何人做出这等恶心事，方致父皇有此乱命。于是密令身边近臣，往未央宫涓人中去探听。

无多时，即有近臣返回禀报："有太中大夫邓通，时常入宫，为今上吮痈。"

刘启便在心中暗骂："竖子！这等猪狗事，都做得出，世上还有何恶他不敢为！"

由是，刘启对邓通心怀怨恨，发誓只待时日，定要施以报复不提。

且说文帝改元之后，依旧是政简刑清，天下承平如故，可谓史上少有的祥和时日。文帝亦常思己过，不欲留下瑕疵，为后人所非议。不由就想道：当年即位之初，待齐悼惠王一枝，未免过苛。于此事，总觉心有戚戚焉。

此时，齐王刘则也已病薨，刘则无后，按例当除国。文帝追念齐悼惠王刘肥之功，不忍除之。此时刘肥诸子中，刘罢军已薨，眼下健在的尚有六人。

文帝便依照贾谊所言，将齐国一分为六，将这六人尽封为王。即：刘将闾为齐王，刘志为济北王，刘贤为淄川王，刘雄渠为胶东王，刘卬为胶西王，刘辟光为济南王。 此六人，同日受封，分赴就国，一时蔚为大观。

当初汉承秦制，诸法依旧，唯郡县制一事，未能施行于全天下。 刘邦分封功臣、子弟为王，竟封去了半个天下。 原是想竖屏自强，却不料先有异姓王造反，后又有刘氏诸王不安分，反倒成了一大心病。

刘邦在世时，好歹平定了异姓诸王。 余下刘氏诸王，却是貌合神离，颇令文帝不安。 自贾谊献上《治安策》，文帝心中才有了数。

此次将齐国分为数个小邦，诸王势力，随之大减，文帝这才稍感心安。 再环视海内，便只有吴王刘濞一处，须多加提防了。

那吴王刘濞，封王时年仅弱冠，如今也已是中年了，坐拥封国五十三城，俨然为东南重镇。 此人坐大东南，乃是另有一番渊源。

前面曾提起过，刘濞为刘邦次兄刘喜之子。 刘喜在汉初受封为代王，其封地为匈奴南犯要冲。 刘邦如此安排，原是想倚重兄长。 岂料这刘喜胆小如鼠，见匈奴来犯，非但不能坚守，反而弃国而逃。 刘邦不忍加罪，只将他废为合阳侯了事。

刘喜之子刘濞，却与乃父大不相同，为人骁勇善战，年方弱冠便已封了沛侯。 英布倡乱时，他任汉军骑将，曾随刘邦大破英布军，甚获刘邦赏识。

其时，荆王刘贾被英布杀死，刘贾无后，须另立刘氏子弟坐镇东南。 刘邦担心吴民彪悍，欲以强悍者制之，然环顾身边，诸子皆弱小，便立了刘濞为吴王。

至惠帝、吕后之时，天下初定，各诸侯都尽心安抚其民。 刘濞对此也颇用心。寻得豫章铜山后，便招集天下亡命徒，挖山起炉，大肆铸钱。又煮东海水为盐，垄断厚利，以至国用富足，竟可免征赋税，吴民因此感激不尽。

国势渐强后，刘濞不免就藐视朝廷，渐起了谋反之心。文帝在位十数年间，除元日朝贺外，刘濞从不入都。其间，因身体有恙，曾遣太子刘贤代行朝贺一次。岂料仅这一次，竟然惹出了一场意外。

彼时文帝见吴太子刘贤来，便有心笼络，令太子刘启与之游宴。刘启与刘贤为堂兄弟，年纪相仿，见面便觉投合。此后多日，两人同车出入，日夕饮宴，相交甚洽。那刘贤还带了几个师傅来，刘启也待之以礼，邀来一同欢会。

如此熟不拘礼，欢洽无间，人都道是好事。何曾想到，到头来，竟是乐极生悲！

原来，有一日饮宴散了，众人尚有余兴，刘启便与刘贤弈棋，以作消遣。两人对坐，各执黑白，众陪臣则围拢一旁。太子侍臣立于左，吴太子师傅立于右，各为其主出谋划策。

刘启棋艺本不如刘贤，两相较量，先就输了两盘。那刘贤嘴不饶人，顺口就讥讽了几句；一众吴太子师傅在旁，也都哂笑不已。

刘启心中懊恼，几欲发作，又不便当面训斥宾客，只得强自忍下。

刘贤却是毫无眼力，不知见好就收，竟然叫板道："何如？太子若不服，可敢一局定胜负？"

刘启哪里肯服，愤然应道："也罢！前面不算，我便与你一决胜负！"

决胜这一局，两人都谨小慎微，精心布子。下至中盘，恰在生死关头处，太子刘启偏又误落一子。吴太子刘贤见了，忙用手按住，仰头大笑道："太子将死矣！"

刘启低头看去，见果然是一着不慎，牵动全局，眼见就要满盘皆输。当下大急，便去抢那棋子，口中嚷道："误了误了！且容悔一子。"

刘贤甚是得意，只按住那棋子不放，讥笑道："太子视我东南无人焉？一言既出，如何悔得！"

刘启争辩道："我偶然眼花而已。东南之人，心胸竟如此之狭吗？"

那一众吴太子师傅，皆是楚人，性素强悍。见太子欲悔棋，便都一齐叫起来，责备刘启无礼。

刘贤索性起身，一脸轻蔑道："出言无信，形同市井，将来如何做得皇帝？"

一众吴太子师傅闻言，也都高声哄笑。

刘启生于帝王家，哪受过这等屈辱，不禁血涌头顶，抓起那棋盘，便向刘贤头上狠命掷去！

刘贤料不到太子会翻脸，毫无防备，竟被棋盘击中额角，"哇呀"一声，登时栽倒在地。

那棋盘，系由上等楸木制成，坚硬如铁。当时掷下，竟将刘贤砸得脑浆迸裂，一命呜呼了。

吴太子师傅见状，都惊异不止，立时喧哗起来："光天化日，如何公然杀人！"便都挽袖攘臂，上前要捉拿刘启。

太子侍臣见势不妙，连忙一拥而上，护住刘启，带去了别殿，一面遣人飞报文帝。

文帝闻报亦大惊，急命典客赴太子宫料理善后。又召太子近侍来询问，听罢侍臣述说，文帝不由怒道："竖子，如此不晓事！"一时不知如何处置才好，便令众人先退下。

事过一夜，文帝才召太子刘启来，当面训诫。刘启生性倔强，虽口中认错，却只说是吴太子无礼在先，这才有失手杀人事。

文帝蹙额道："我百年之后，你终将当国，何以总不改小儿气？今日所欠，终要偿还，不知你将来如何偿之？"

刘启无言以对，只得嗫嚅道："儿无城府，方有此变。奈何？"

文帝仰天叹了一声："偏狭若此，夫复何言！待你有了城府，天下又不知怎样了。"便严令刘启闭门思过，又命典客备好棺木，厚殓刘贤。

忙碌了一番，文帝这才登殿，召见吴太子师傅一干人，好言安抚。嘱彼辈切勿生事，好生扶吴太子之柩归葬。

数日后，噩讯传至吴国。刘濞闻之如雷轰顶，悲愤交并，一连几日弃政不理，饮食不进。经属臣苦劝，方才勉强出来理事。这日，闻刘贤柩车已至吴，刘濞大怒道："天下同宗，尽已姓刘。竖子既死于长安，便葬于长安，又何必归葬？"便遣人截住柩车，令其原路返回长安。

文帝闻知柩车返回，心中有愧意，也不去责备刘濞无礼，只下令厚葬刘贤了事。

自此，刘濞对文帝怨望甚深，日渐不守藩王之礼。凡朝廷有来使，均以冷语相待，甚为倨傲。诸使赴吴受了辱，都愤愤不平，返回都中，便禀报于文帝。文帝知刘濞心怀怨望，便觉不安，连忙遣了专使赴吴，召刘濞入都，意欲当面排解，重修旧好。

岂知刘濞却不买账，拒见来使，公然称病不朝。文帝接到回报，以为刘濞确是有恙，忙又遣使前去探病。那探病使者入了吴都，上下左右打问，只听得吴国臣僚皆称："吾王体魄安泰，怎会有病？"使者便返回奏报，文帝这才知刘濞竟敢诈病，不由得心生怒意。此后，凡有吴国使者入都，文帝皆令一概拘捕，下狱论罪。

如此一来，刘濞倒是心虚了，深恐文帝问罪，心中渐萌谋反之意；然想到时机未至，又不敢造次。正在两难之间，恰逢秋季，照例应入都谒见请安，刘濞便选了一得力之臣为使者，代行其事。命那使者携重金入都，贿请前郎中令张武，在文帝面前巧为转圜。

其时，张武免归在家，乐得受了这意外之财，便入宫去劝文帝。文帝素来敬重张武，听了张武劝谏，这才召见吴使，当面责问道："吴王因小儿之事，便诈病不朝，何以不自爱至此？"

那吴使有备而来，早知该如何应答，此时便从容回道："吾王实无病，朝廷系捕吴使数人，吾王惊恐，为此称病。古人云：'察见渊中鱼，不祥。'即是说，万事不可苛责。今吾王诈病，陛下察之，若责备过急，吾王则愈恐被诛，不敢来见。陛下莫如捐弃前嫌，令吾王自新；吾王定当悦服，一改前过。"

文帝闻吴使之言，觉甚是有理，想了一想，便笑道："东南果然有人才！朕这就开释所有吴使，你归去，与吴王讲明：渊中鱼可以不察，然吴国也须水清，一切更始，朕不究以往就是。"旋即，便令释放以往吴使，又赠予刘濞一靠几、一手杖，并传诏曰："吴王老矣，可不朝。"

刘濞躲过大难，脸面上亦好看，心中反意便渐渐消除。此后，他笼络臣民之术，一如既往，专有铜盐之利，令百姓无须缴税。 若朝廷发吴人服劳役，则由吴国府库偿以钱财。

每逢岁时，刘濞总不忘抚慰人才、赏赐闾里，若别郡公差来捕亡命者，均由他出面阻挡。 如此数十年，一以贯之，便深得人心，吴民皆愿听他调遣。

彼时，刘濞未反，还甚得另一人之力，在此也须提到。 此人，便是袁盎。

前面曾提及，袁盎性耿直，数度直谏，惹恼了臣僚不知有多少。 文帝起初尚能重用袁盎，怎奈众口铄金，久之，对袁盎也心生厌烦，遂外放为陇西都尉。 自此，袁盎仕途便远不及张释之，蹉跎不进，累有多年。 然袁盎到底是个人才，赴陇西之后，治军有方，甚爱惜士卒。 后又迁为齐相，不久再迁为吴相。

袁盎受命赴吴当日，其兄袁种为其送行，担心他在吴国惹事，便与之私语道："吴王骄恣日久，国中多奸人。 你今为吴相，若依法究治，彼辈或上书诬告，或雇人谋刺，总放不过你！ 往吴国去，最宜口不言事。 南方卑湿，不如每日饮酒，以祛湿气。 在彼为相，只劝吴王勿反便罢，如此即可免祸。"

袁盎知兄长之言出自肺腑，便默记于心。 至吴地，果然依计而行，不问他事，只不时劝谏刘濞，以恪守藩臣之道为上策。

刘濞素知袁盎大名，闻袁盎之言，深以为然。 故而袁盎在吴时，刘濞便泯去了雄心，只是平淡度日。

文帝见刘濞安稳下来，心中大慰。 后又闻说，张武曾受刘濞贿金，便怪张武何以不守晚节，欲加责备。 于是召张武来，并不说破缘由，只赐金若干，命涓人搬到张武车上。 其数目，恰与刘濞贿金相等。

张武无功受赏，先是一头雾水，俄而才猛然悟到：原来受贿之事，今上已察知。 不由心内大惭，忙伏地请罪道："臣迷了心窍，竟受人请托，今甘受责罚。"

文帝便道："人之清誉，千金难买，勿谓屋宇之内事，鬼神不知。 何必贪那区区之财？"

张武顿觉颜面失尽，流涕道："罪臣正是依仗功高，方惑于一念。 今日贻害子孙，悔之莫及。 陛下处夺爵就是。"

文帝摆摆手道："你既知错，过往之事便了。 公在代地之大功，我不能忘，夺爵自是不能，赐金你也携回吧。 今后若有事，仍将倚你为股肱。"

张武大窘，推辞再三，文帝亦不允，终究只得抱惭退下。

东南事既平，文帝便卸下了一桩心事，想起阴宾上之言，不由释然道："诸侯终无异心了！"

然起坐之间，四望天下，仍觉有堪忧之事。 那山河表里虽已复苏，生民却似苇叶，到底是孱弱，耐不得风雨摧折。 故而又想到：官府于民，不可索需无度，还须尽心呵护才是。

当其时，各地连年遇水旱之灾，百姓时有饥荒。 文帝闻之，忧心难以释怀。 自新垣平事发，文帝便觉大失体统，今又见天灾，想起阴宾上临别之问，愈发觉得过失在己。 改元之年夏秋，便下诏罪己，诏曰："近来数年，未有丰登，又有水旱疾疫之灾，朕甚忧之。 吾愚而不明，常思己过，乃政有所失，行有所过乎？ 乃天道有不顺，地利有不得，人事多失和乎？ 何以至此！ 或因百官奉养靡费，无用之事过多乎？ 何以百姓之食匮乏也！ 天下田未减少，而民未增多，以口量地，犹多于古时，而民食却不足，其咎安在？ 莫非百姓多舍本逐末，以末害农，为酿酒费谷者多乎？ 思之再三，吾未能解。 今令丞相、列侯、二千石吏及博士议之，凡有利百姓之见，皆可放胆言之，无有所隐。"

读此诏，其诚惶诚恐之态，呼之欲出。想那文帝生长于深宫，从未有过饥馁，却知心忧民食不足，其仁心厚泽，实为罕见。天下官吏读之，无不震悚，都越发打起精神来，察访百姓之苦，唯恐有失。

至后元二年（前162年）六月，文帝第三子刘参，忽病殁于晋阳。噩讯传来，文帝不禁伤感，想到刘参、刘揖两个庶子，都聪明好学，却早早亡故，便觉人世无常。悲悼之余，对太子刘启、梁王刘武两个嫡子，就更是怜惜。

恰在同月，匈奴老上单于来使和亲。文帝正想着海内已定，唯有边事未平，便暂且放下丧子之痛，打起精神，亲笔致书单于，欣然允准和亲。在信中晓之以理，推诚相待，唯愿两家世代敦睦。

老上单于阅文帝信，颇为动容，也知汉家已渐强，不宜轻起边衅，便疏远了中行说，遣了当户、且渠等官吏为使臣，赴长安献马两匹，并复书称谢。

与老上单于和亲事定，汉家君臣无不欢喜。文帝遂将此事诏告天下，诏曰："朕既不明，不能远德，使方外之国不能宁息。往昔四荒之外不得安生，封疆之内劳碌不息，二者之咎，皆缘于朕之德薄，不能致远也。此前多年，匈奴连犯边境，多杀吏民；兵将又不明吾之志，更增吾之不德。如此连兵结祸，中外之国将何以安宁？今朕夙兴夜寐，勤劳治天下，忧心万民，为之怵惕不安，未尝有一日敢忘。故遣使者络绎于途，以朕之志，晓谕单于。今单于思社稷之安，便万民之利，与朕捐弃前嫌，偕之大道，结兄弟之义，以保全天下元元之民。和亲以定汉匈之谊，即始于今年。"

诏书颁下，长安又有一番和亲大典，天下皆为之欢腾，尤以边民为甚，都以为从此可高枕无忧。此后数年中，文帝每年又巡行雍、代、陇西等地，以示安抚。

如此三年过去，边地果然太平。至后元五年（前159年），老上单于病薨，其子军臣单于继位，遣人至长安报信。文帝又嫁宗室女入匈奴，重申和亲之约。

那军臣单于起初得了汉女，心满意足，本已无意南犯。不料那中行说并不死心，见有隙可乘，便屡劝军臣单于入寇汉地，将那汉家子女玉帛夸个不住，引得军臣单于垂涎。

至文帝后元六年（前158年）冬月，军臣单于终被说动，悍然发兵六万，分两路入寇，一路西取上郡（今陕西省榆林市南），一路直下云中，沿途劫掠，来势汹汹。

汉之边地兵民，已有多年不闻战鼓声，今见胡骑卷地而来，势若狂飙，都感大惊，慌忙紧闭城门，举烽火示警。数日之间，处处可见狼烟；入夜则光焰四起，竟能照彻甘泉宫。

文帝在长安闻警，知匈奴又背信弃义，便急调三路人马，驰援边地。一路领军为中大夫令免，出镇飞狐①；一路领军为楚相苏意，出镇句注②；还有一路，起用了老臣张武领军，出镇北地③。三路人马屯兵北边，据关而守，于此扼住匈奴南下要冲。

这三路人马，皆为三秦强悍之兵。于同日发兵，沿途金鼓齐

---

① 飞狐，即"太行八陉"之飞狐陉，又称飞狐口、飞狐关，在北岳恒山之东。

② 句注，山名，在今山西省代县北，战国即有句注之塞。

③ 北地，即北地郡，在今甘肃省庆阳市。

鸣，车马辚辚。边地军民闻之，都为之一振。

隔日，文帝又遣河内郡守周亚夫为将军，领军一部进驻细柳（今咸阳市西南）；宗正刘礼，领军一部驻霸上（今西安市以东）；老将祝兹侯徐厉，领军一部驻棘门（今西安市东北），以为后备。这三路人马，皆为近畿精兵，环绕长安扎下营寨，互为犄角，以保京师无虞。

此时朝中虽已无周勃、灌婴等名将，然文帝多年谋边，早已处变不惊。此次闻警，便依次调兵遣将，缓急有备，一时军声大震。

数日之后，文帝略不放心，又率群臣赴近畿劳军，以激励士气。

銮驾先至霸上及棘门军营，只见营门卫卒皆未披甲，形同寻常。军卒见是天子驾到，忙闪至两旁，弃戟伏地，高呼"万岁"。待大队疾驰而入，警跸于营内，将军刘礼、徐厉方才闻知，急率一干校尉奔出帐，伏地迎驾。

文帝看看军容尚整，也未多说，慰勉了两句，便掉转头出营。两营将军以下军吏，皆骑马簇拥于后，送出营门，至数里方止。

待来到细柳军营，情景却是大不同。但见栅门紧闭，门外数名卫卒横戟而立，如临大敌。壁垒之上有军士肃立，皆劲甲结束，手执弓弩、短刃。见有人来，只听一声号令，众军士皆拉弓搭箭，持剑向外，立呈警戒之状。

卤簿有前驱郎卫数名，先奔至营门。门外卫卒立时喝止，搭戟拦住。

众郎卫不得入，连忙勒马，大呼道："天子将至！"

此时营门都尉立于壁垒上，傲然回道："军中只闻将军之令，不闻天子之诏。"

郎卫无奈，只得驻马等候。少顷，天子銮驾驰到，只见满目冠盖如云；然守门军士并不闪避，仍执戟拦住。

文帝无奈，只得命使者持节上前，宣谕道："今上谕令：吾前来劳军。"

营门都尉听罢宣谕，拱了拱手，掉头即奔回大帐，禀报了将军周亚夫。

周亚夫闻知天子驾到，仍不离大帐，只传令出来，命军士打开营门。

文帝御者正要扬鞭，只听那都尉又呼道："将军有令，军中不得驰驱！"

文帝听了，心中一凛，忙嘱御者按辔徐行，万不可鲁莽。

待大队缓缓进得营内，方见周亚夫全身披挂，出来迎驾，仅向文帝一揖道："甲胄之士，不拜天子，请以军礼相见。"

文帝闻之，不禁动容，俯身于车轼，向周亚夫远远回礼。又遣使者上前，宣谕道："皇帝慰劳将军！"

君臣互致礼毕，文帝见营中井然有序，军士如临战阵，心知不宜久留，便下令返驾。

那周亚夫也不相送，待文帝人马出了营门，即命军士关闭栅门，警戒如故。

出得营门来，群臣皆惊异不止，议论纷纷，多有嗔怪周亚夫不敬的。文帝则与群臣不同，回望细柳军营，慨叹道："此真将军矣！方才霸上、棘门之军，如同儿戏。若敌骑来犯，虏其将军易如反掌耳。独周亚夫，有何人可犯？"

此行，文帝识得了周亚夫本事，便起了重用之意。返京途中，忽想起阴宾上临别语，不禁喜道："终获良将矣！"一路与群臣相议，又夸赞了周亚夫许久。

如此中外戒严月余，那军臣单于闻之，到底是心虚，不敢与汉军鏖战，遂下令退军。两路胡骑闻令，旬日之间，便都退回塞外去了。

文帝如释重负，下令三军罢兵，依次撤回。随后即下诏，拜周亚夫为中尉，掌京师禁卫。

那周亚夫，虽为勋臣之后，却一直无功名，年已近不惑，方以父荫之故拜为郡守，可谓默默无闻。至今日，偶然得文帝赏识，一跃而为公卿，满朝文武皆啧啧称奇。其治军之名，立时遍于中外。

此前在河内郡（今河南省武陟县、济源市一带），周亚夫闻许负擅相面，隐于商洛山中，便遣人渡河相邀，请许负来衙署中，为自己相面。

那许负，实为汉初一奇妇人。其善相之名，自幼便闻于天下，如今已是六十老妪了。这日，乘车来至河内郡衙中，周亚夫连忙延入上座，恭谨道："久闻鸣雌亭侯善相，不胜仰慕。下臣之相如何，可据实而言，毋庸忌讳。"

许负便挺身端坐，默望周亚夫良久，方开口道："君三年之后，可封侯。封侯八年，为将相，手持国柄，世间贵重无二。"

周亚夫一怔，继而大笑道："吾父年前已薨，吾兄胜之袭父爵。若吾兄卒亡，则其子继之，如何说我可封侯？"

许负也不理会，接着说道："为将相后九年，你将饿死。"

周亚夫更觉不解，疑惑道："既如所言，我贵为将相，又如何说将饿死？请……指我面相告知。"

许负便一指道："君有纵纹入口，此即为饿死法相也！"

周亚夫惊疑不定，勉强一笑，也不敢多言，只赐了许负许多金，恭恭敬敬送走了事。

岂料许负相面所言，无不说中。三年后，周勃长子周胜之，因杀人坐罪，被夺爵除国。后文帝问诸臣，周勃之子还有谁可以袭爵，诸臣皆推亚夫，亚夫遂被文帝封为条侯。再后九年，果然又跻身于公卿将相，贵不可言。

周亚夫擢升为中尉后，心中亦喜亦忧。喜的是今生竟能为公卿，权倾朝野；忧的是许负所言"饿死"，又不知是何种结局，只得暂且抛开不想。

且说文帝重用了周亚夫之后，心中倍感安妥，便不再忧心边事。然则，事难有万全。自从细柳军营巡阅归来，文帝便觉身体疲惫，一日不如一日。心知是二十余年来，日夜操劳所致，只得将朝政大半委于申屠嘉。勉强撑了半年，自仲夏起，便不能每日上朝；入冬，则更是病卧不起了，虽有邓通在旁照看，也无大用。

窦后见了不由心慌，欲令太医孔何伤寻些秘方来。文帝却摆手道："那孔太医，不过是个镴枪头，混世而已，如今更是昏庸。莫要唤他，且多留我几日在这世上。"

窦后急得落泪，连忙打发宫女去报知薄太后。

稍后，薄太后由宫女搀扶来到，坐于榻前，拉住文帝之手道："数十年来，皆是恒儿来看我，今日倒要为娘来看恒儿了。"

这一句话，说得在旁诸人皆落泪。文帝倚坐于榻上，强作笑颜道："母后勿急，儿只是体虚，将养几日便好。"

"恒儿性笃实，对天下诸般事，用心太过，方有今日不测。"

"母后有所不知，儿不敢怠慢，并非担忧此位不保。年前，曾有高人赠我一言，曰：为人主者，欲治平天下，无非封疆无异心，御敌有良将，民生无疾苦而已。儿实无异能，诸事都做不到这般好，最忧是身后有人议论，不配为天子……"

薄太后连忙拦住话头，嗔怪道："这是如何说起？你守黄老之道，不但知勤政，且知施惠于民，是个好皇帝。向时，为娘最佩服高后，能垂拱而治；以今日看来，恒儿之治平功夫，又胜于高后许多了。"

文帝含笑道："母后知我，我心甚慰。想我长于深宫，不事稼穑，不擅用兵，却能稳坐天子位二十余年，心中岂能无愧？由是，儿于利民之事，近年确是颇用心，已陆续免田税，抚鳏寡，罢诸侯朝贡，弛禁山泽之利，免官府奴婢为庶民。所有举措，皆是唯恐民之负累太过。"

薄太后便也笑道："恒儿不似往时了，如何治天下，已了然于胸。说来，为娘也不以治天下为难事，无非勤、谨二字，缺一不可。似你这般用心勤政，且又隐忍，便不是他人能及的。"

"儿亦有过失。自新垣平伏诛后，儿不怕鬼神，只畏惧吏官。一生所为，是智是愚，总不要贻笑后世才好。"

"又说这些！且安心养病就是。无论如何，你也走不到娘前面去。"

母子两人说了一阵话，文帝便觉精神略好些。此后又是半年，身体时好时坏，总病怏怏的。好在丞相申屠嘉甚是得力，朝政上无须再费心。

挨过了数月寒冬，天气渐暖，文帝便命邓通去石渠阁，将阁中所藏黄帝书寻些来。邓通寻得《经法》《道原》《金人铭》《归藏》

《鬼容区》等卷册，抱了回来，回禀道："御史中丞①告知，黄帝书甚多，一时搬不完，容臣再去取些来。"

文帝摇头道："足矣！ 黄老之书，片言便可抵得一册。"

邓通扶起文帝，倚在靠几上，书籍则置于脚边，伸手可取。

这以后，文帝读书常入神，整日不出一语。 有一日午间，看得困倦了，不由就轻叹了一声。

邓通忙问道："陛下缘何叹气？"

文帝便道："我虽贵为君王，却是东未见海，南未涉江，北未登阴山，西未入巴蜀，实与常人无异。"

邓通奉上羹汤，温语劝慰道："人间万事，都是不能比的。 臣乃蜀人，生平也仅至长安而已。"

文帝便笑笑，感慨道："我幼时读黄石公书，见其文曰：'道者，人之所蹈，使万物不知其所由。'颇不明其意，今日方知其奥妙。 我一生所蹈，苦矣疲矣，然至今却仍不知其所由。"

邓通听不懂，忙递上枕头催道："陛下疲累了，还是瞌睡片刻吧。"

如此又挨过了两月，至后元七年（前157年）夏六月，文帝身体越发不济了，自觉来日无多，便急唤太子刘启入内，嘱咐道："吾将不起矣。 你气量狭小，天下能安否，未可知。 若事有紧急，周亚夫可以掌兵。"

刘启急得流泪，忙劝道："父皇尚有百岁之寿，何言之不吉？"

文帝摆摆手道："人无永寿，事至此，又何须忌讳？ 为父在

---

① 御史中丞,官名,秦始置。汉代为御史大夫的属官,掌监察之外,亦兼管图书。

位，谨守黄老之道，省苛事，节赋敛，毋夺民时，天下方见稍富。此事为大，你接掌过去，不可有所稍懈。"

"儿当谨记。父皇病重，可要告知太后？"

"休要！勿去惊动老人家。"

"那定要告知母后。"不等文帝发话，刘启便命涓人速往中宫，请窦后前来。

少顷，窦后掩泣奔入，跪伏于榻边，问文帝有何嘱托。

文帝喘息道："你一向溺爱少子，今刘武为梁王，所封皆膏腴之地。我不负你母子，苍天可鉴。我若有不测，你切不可干政，当以吕氏为戒。"

窦后闻此言，心中颇为不快，然见文帝已气息奄奄，也不便多说，只匆忙应道："陛下勿作此想，妾亦是识大体的。"

此后，窦氏母子便与邓通一道，在病榻边轮流伺候。

至己亥这日，清晨时分，天光尚未亮。文帝忽睁开眼，抓住刘启之手，喃喃道："你我父子，须得……"岂料言未毕，双目便凝住不动，竟是溘然长逝了。

顷刻之间，寝宫内便腾起一片哀声。后宫慎夫人、尹姬等人闻讯，仓皇奔至，也都哭作一团。

太子刘启哭了一阵，忽就立起身来，命邓通出宫去知会丞相，而后便不必再入宫了。邓通神情恍惚，实不愿离去，见刘启神色严厉，只得伏地，向榻上拜了两拜，含泪退下了。自此之后，文帝所有善后事宜，皆由刘启一人操办。

这一日，曙色照临长安时，蝉声依旧。汉家最贤明的一位皇帝，就这般悄然走了，享年四十七岁。万民的生息，仍自袅袅炊烟中起始。街衢上，行人渐多，却无一人知道今后是祸是福……